Scarred Ink

Klappentext

Fae hat ihr altes Leben tausende Meilen hinter sich gelassen, um in L.A. neu anzufangen und die traumatischen Erinnerungen an ihren brutalen Ex-Freund loszuwerden. Als Tätowiererin in einem der angesagtesten Studios der Westküste muss sie sich jedoch jeden Tag aufs Neue ihren größten Ängsten stellen, schließlich gehören neben knallharten Bikern auch eine Menge zwielichtiger Typen zum Kundenstamm.

Vor allem Chase, der Türsteher des benachbarten Strip-Clubs, reißt ihre inneren Narben mit seiner bloßen Präsenz auf. Dumm nur, dass er auch genau Faes Beuteschema entspricht und in ihr bei jeder Begegnung Gefühle weckt, die sie sich selbst am liebsten verbieten würde. Doch sie hat nicht mit seiner Beharrlichkeit gerechnet, denn er setzt alles daran, Fae von sich zu überzeugen. Nicht bloß, damit sie ihm die sichtbaren Erinnerungen an seine dunkelsten Stunden covert, sondern auch, um seinem Herzen endlich eine Bestimmung zu geben.

Chase lässt nichts unversucht, sie für sich zu gewinnen, aber als seine eigenen Narben aufbrechen, ist es an Fae, den Kampf gegen die Finsternis aufzunehmen, die seine Seele zu verschlingen droht.

Scarred Ink

Soul

K. Elly de Wulf

K. Elly de Wulf
Scarred Ink: Soul

Herzogweg 21
31275 Lehrte
kontakt@writtendreams-verlag.de

© Covergestaltung: Sabrina Dahlenburg
(www.art-for-your-book.weebly.com)
Bestellung und Vertrieb:
Nova MD GmbH, Vachendorf
Druck und Bindung: PRINT GROUP Sp. z o.o. ul. Księcia Witolda 7 71-063 Szczecin (Polen)

ISBN ebook: 978-3-96204-120-5
ISBN print: 978-3-96443-813-3

Widmung

Stark sein bedeutet nicht,
nie zu fallen.
Stark sein bedeutet,
immer wieder aufzustehen.

Kapitel 1

Fae

Das konnte doch nicht wahr sein! Wieder Blumen, wieder keine Nachricht. Wer auch immer dieser Wahnsinnige war, der ihr schon den sechsten Tag in Folge den dämlichen Lieferservice des besten Floristen von Hollywood auf den Hals hetzte, sie nahm sich vor, ihn zu jagen und zur Strecke zu bringen. Danach würde er eines qualvollen Todes sterben.

Das Schlimmste an der gesamten Geschichte war jedoch, dass ihr diese verdammten Sträuße ausnahmslos gefielen. Der von heute ganz besonders, denn die kupferroten Gerberablüten passten wundervoll zu der schrillen Farbe ihrer Haare. Um sich nicht noch weitere, nur bedingt witzige Seitenhiebe von Tai, ihrem Boss, anhören zu müssen, gab sie vor, das Gestrüpp in den Müllcontainer auf dem Hinterhof werfen zu wollen. Stattdessen verstaute sie die Pracht, nachdem sie ein weiteres Mal ihre Nase in die Blüten gesteckt hatte, sorgsam im Kofferraum ihres Wagens. Zur Sicherheit schlug sie einen dicken feuchten Lappen um die Stängel und knallte hastig die Heckklappe zu.

Sie wusste schon genau, wo sie den Strauß in ihrer kleinen Wohnung platzieren wollte, zermarterte sich jedoch trotzdem das Hirn, wer dahinter stecken könnte. Erst hatte sie Tom vom Music-Store um die Ecke vermutet, da sie ihn allerdings nicht für derart romantisch hielt, fiel er schnell aus dem Kreis der Verdächtigen heraus. Um solche Blüten und Farben auszuwählen, bedurfte es eines gewissen Maßes an Feingefühl, was es ihr erschwerte, überhaupt einen Schuldigen in ihrem näheren Bekanntenkreis auszumachen.

Als Tätowiererin in einem der angesagtesten Tattoo-Studios von Los Angeles war sie nicht gerade von sensiblen und eloquenten Menschen umgeben, die mit derlei Geschenken aufwarteten. Zu ihren Kunden gehörten Biker, Rockmusiker und all die anderen Nachtschattengewächse von Tinseltown. Nicht einmal Tai, der durchaus eine gehobene Bildung genossen und sogar einen Collegeabschluss vorzuweisen hatte, traute sie es zu, eine Rose von einer Nelke unterscheiden zu können. Und bei dem Gedanken daran, dass es Tucker, der Boss der berüchtigten Biker-Gang *L.A. Longhorns* gewesen sein könnte, stellten sich ihr sämtliche Nackenhärchen auf.

Missmutig schnaufend wollte sie sich zurück an die Arbeit begeben. Ihr nächster Termin wartete bestimmt bereits auf sie. Seit durchgesickert war, dass das *Ink Maniac*, die renommierteste Zeitschrift für alles, was mit Tattoos oder Körperkunst zu tun hatte, das *Tailors Ink* in einem größeren Beitrag featuren würde, rannten ihnen die Leute buchstäblich die Bude ein.

Fae war schon auf halbem Weg zur Hintertür, als sie eine riesige Gestalt bemerkte, die zwischen der Kellertreppe und dem wenige Meter davon entfernt stehenden Müllcontainer stand. Im ersten Moment schnürte sich ihre Kehle zu, doch sobald sie erkannte, dass es nicht Rufus, sondern Chase war, atmete sie stockend aus. Dennoch jagte ihr sein Anblick einen eiskalten Schauder über den Körper. Lauerte ihr der vermaledeite Türsteher des benachbarten Nachtclubs *Rodeo Girls* etwa auf?

Der überdimensionierte Problemfall glich einer Marmorstatue, verzog keine Miene oder bewegte auch nur einen Muskel. Nichts. Eine seiner großen Pranken hatte er in der Hosentasche vergraben, mit der anderen hielt er sein Handy, als würde er etwas lesen. Sein Kopf war leicht nach vorn geneigt, einen Fuß hatte er nach hinten an die Fassade gestellt. Seine Körperhaltung wirkte locker und entspannt, doch das konnte alles nur ein Fake sein. Fae zögerte.

Obwohl sich ein ungutes Gefühl in ihrer Magengegend breitmachte, kam sie nicht umhin, diesen riesigen Kerl eines zweiten Blickes zu würdigen. Wenn er arbeitete, trug Chase meistens einen schwarzen Anzug und machte eher den Eindruck, ein Businessman zu sein, als jemand, der über den Eingang eines Strip-Clubs herrschte. Bei den wenigen Gelegenheiten, in denen sie sich abseits des Gebäudes, in dem sich sowohl das *Tailors Ink* als auch das *Rodeo Girls* befanden, begegnet waren, hatte er zwar legere, jedoch stets hochwertige Kleidung getragen.

Ihm schien es wichtig zu sein, einen gewissen Stil zu pflegen und Fae nahm an, dass dieser wohl über seine wahre Natur hinwegtäuschen sollte. Die bloße Präsenz des Mannes ließ ihre Eingeweide zu einem Eisklumpen erstarren. Doch die eine Region, die ein kleines Stückchen tiefer angesiedelt war, regte sich ebenso und heizte sich, im Kontrast zu den höher gelegenen Gefilden, auf.

In einem anderen Leben hätte sie ihn keineswegs so abscheulich gefunden, da wären Kerle wie Chase genau in ihr Beuteschema gefallen. Aber diese Zeiten gehörten längst der Vergangenheit an. Hier und heute wusste sie, dass sie sich von solchen Männern fernhalten musste. Sie bedeuteten Ärger, Schmerzen und Tränen. Alles Dinge, wegen denen sie über dreitausend Meilen geflohen war, um sie endlich hinter sich zu lassen. Nein, keine Chance!

Fae raffte all ihren Mut zusammen, zog ihre Schultern zurück und marschierte schnurstracks auf die Kellertür des Studios zu. Sie würdigte Chase keines Blickes, sondern verschwand im Inneren, wo sie erleichtert aufatmete, sobald das schwere Metall krachend hinter ihr ins Schloss fiel.

Der Typ hatte einfach so dagestanden und sie beobachtet. Zumindest glaubte sie, dass er das getan hatte, sicher war sie sich allerdings nicht. Immerhin hatte er eine verspiegelte Sonnenbrille getragen. Womöglich checkte er auch nur sein Tinder-Profil. Andererseits, was lungerte er überhaupt um diese Uhrzeit hier herum? Das *Rodeo Girls* öffnete seine Tür erst nach zehn Uhr am Abend und schloss im Morgengrauen. Sollte er am späten Vormittag nicht im Bett liegen und schlafen?

Für einen Moment hatte sie geglaubt, sich in ihrem Albtraum wiederzufinden. Nicht ihrem alten, der sie schon seit Jahren verfolgte, sondern in dem Neuen, der ihr seit Kurzem den Schlaf raubte. Faes Puls schnellte in astronomische Höhen. Ihr kam es so vor, als könnte sie seine groben Hände noch immer auf ihrem Körper fühlen und seinen stinkenden Atem riechen. Ein eiserner Ring zog sich stetig fester um ihren Brustkorb herum zusammen, hinderte sie am Atmen und drückte jeden rationalen Gedanken ab.

Sämtliche verdrängten Erinnerungen wallten auf und Fae wusste, wenn sie sich jetzt nicht sofort in den Griff bekam, wäre an arbeiten heute nicht mehr zu denken. Es war nicht das erste Mal, dass der Emotionsstrudel, in den dieser Bastard sie geworfen hatte, sich nicht legen wollte.

Fae hatte geglaubt, den Ballast, den sie aus Chicago mitgebracht hatte, weitestgehend unter Arbeit und ihrem neuen Leben als Tattoo-Artist vergraben zu haben. Innerhalb eines Wimpernschlags waren jedoch alle

Wunden wieder aufgerissen und nässten tagelang. Zum Glück hatte sie Freunde. Erst eilte ihr Morris, mit dem sie zusammen arbeitete, zu Hilfe und befreite sie aus der äußerst brenzligen Situation. Und dann nahm sich Tage später Jada, die seit Kurzem mit Morris liiert war, ihrer an.

Ohne Morris' Auftauchen und Jadas Beharrlichkeit wäre es ihr schlimm ergangen, denn Fae war während des Angriffs und auch Tage danach wie gelähmt gewesen.

Ihre sonst so toughe Fassade war binnen Sekunden in sich zusammengefallen. Zwischen den Trümmern stand das verängstigte Mädchen, von dem sie gehofft hatte, es in Chicago zurückgelassen zu haben. Selbst jetzt, mehrere Wochen später, trieb sie die plötzliche Hilflosigkeit und die innere Wut darüber, noch immer nicht in der Lage zu sein, mit einer solchen Situation umgehen zu können, in den Wahnsinn.

Fae ballte die Hände zu Fäusten. Am liebsten hätte sie auf irgendetwas oder irgendjemanden eingeschlagen. Warum nicht Chase? Er war auch einer dieser Typen, die vor nichts Halt machten, weder Skrupel noch ein Gewissen besaßen. Jemand, der für Ken Desmond arbeitete, durfte sowas wahrscheinlich von Natur aus nicht besitzen. Der Inhaber des *Rodeo Girls* hatte sich mit reichlich finsteren Kerlen umgeben. Egal, ob Türsteher oder Handlanger, sie wirkten stets zu allem bereit, um ihren Boss zu schützen oder einen Konkurrenten aus dem Geschäft, wenn nicht sogar aus dem Leben zu drängen.

Chase bildete da keine Ausnahme, also würde ihre Wut wenigstens in die richtige Richtung gelenkt werden. Sie fragte sich, wie es sich anfühlen würde, wenn sie jetzt die Tür öffnen und ihn draußen stellen könnte. Ihre Hände waren klein, zu klein, um diesem Muskelberg überhaupt gefährlich zu werden. Treten konnte sie, wobei das Erreichen seiner empfindlichen Körperpartien aufgrund des enormen Größenunterschiedes Höchstleistungen von ihr gefordert hätte. Wahrscheinlich lachte er sich schlapp oder schlug ihr den Kopf mit einer rückhändig ausgeführten Ohrfeige von den Schultern.

Sie versuchte, den in ihr brodelnden Vulkan mit tiefen Atemzügen abzudecken und verließ den Keller. Nur wenige Augenblicke später betrat sie den vorderen Bereich des Studios. Tai, der sich nach wie vor seinem Kunden widmete, blickte kurz auf und nickte in Richtung der vor dem Kassentresen stehenden Typen. Allesamt hatten bereits eine ansehnliche Zahl Tattoos auf ihren Armen, denn wer einmal anfing, konnte nicht mehr damit aufhören. Eine Tatsache, die sie am eigenen Leib nur zu gern zur Schau stellte.

Fae quälte ein Lächeln auf ihr Gesicht, während der erste Kerl näher an sie herantrat. Sie schätzte ihn auf Mitte zwanzig, eher jünger. Er trug ein verwaschenes und ziemlich schlabberiges Metallica-T-Shirt, dazu eine abgewetzte Bluejeans und ausgelatschte Sneakers. Sein schiefes Grinsen sollte wohl den Beginn eines Flirts markieren, doch wenn es eines gab, wogegen Fae immun war, dann waren es dämliche Anmachsprüche oder gar post-pubertäre Flirtversuche.

Am liebsten hätte sie die Augen verdreht und ein angeekelt klingendes *Urgh* von sich gegeben. Da der Typ jedoch ein potentieller Neukunde war, verkniff sie es sich und versuchte, ihre Mundwinkel oben zu behalten. Außerdem wusste Fae, dass Tai sie killen würde, sollte sie sich gegenüber einem Kunden, egal ob männlich oder weiblich, danebenbenehmen. Dafür hatte er kein Verständnis.

»Hey, ich wollte nach einem Termin fragen«, stieg er mit dem Offensichtlichen ein, denn dass es sich bei ihm nicht um die angekündigte Stacey Chapman handelte, konnte sie klar erkennen.

»Was soll denn gemacht werden?«, hakte sie nach, was ihr Gegenüber dazu brachte, seine halb unter einer verkehrt herum getragenen Basecap verborgene Stirn zu runzeln.

»Ein Tattoo«, erwiderte er und grinste wie ein Honigkuchenpferd, welches eine satte Weide zum Grasen gefunden hatte. Dabei schob er seine Hände in die Vordertaschen seiner tiefsitzenden Jeans und zog die Schultern nach von.

»Wir nähern uns der Sache an, was für mich aber entscheidend ist, wie groß soll es werden? Was Nettes für den Arm, die Beine oder für die Brust?« Ihr Gesprächspartner verzog das Gesicht, als würde er sämtlichen Körpereinsatz zum Nachdenken benötigen. Fae verlangte es im Gegenzug jede Unze an Gutmütigkeit ab.

»Meine rechte Wade. Nein, Moment! Die linke Wade. Auf der rechten habe ich ja schon eines«, erwiderte er und sah zur Sicherheit an sich herunter. Fae wusste nicht, ob sie lachen oder weinen sollte. Diese Art von Kundschaft kam nur vorbei, weil das *Ink Maniac* auf ihrem Instagram-Profil und dem YouTube-Channel über das *Tailors Ink* berichtet hatte. Wahrscheinlich hatte er alles fleißig abonniert und klapperte jedes Studio ab, was das *IM* auch nur ansatzweise empfahl.

Mit Mühe unterdrückte sie einen gequälten Seufzer.

»Cool! Soll es über die komplette Wade verlaufen oder nur einen Teil bedecken und, bevor wir einen Termin für das Vorgespräch machen, willst du einen eigenen Entwurf mitbringen oder sollen wir einen nach deinen

Wünschen erstellen?«, gab sie ihm zur Auswahl, was ihn sichtlich überforderte.

»Ähm, also … ja, wenn ihr mir was entwerfen könntet, wäre das echt cool. Ich mag so Goth-Zeugs, Pentagramme und so. Hier, sieh!«, erklärte er und zeigte ihr seine mit wilden und kaum zusammengehörigen Tattoos versehenen Arme. Bei dem richtigen Typ Mann würde so ein Durcheinander gut aussehen, bei dieser recht unsportlichen Couchpotato wirkte es jedoch wie gewollt und nicht gekonnt. Einige der Tattoos waren sogar ziemlich unsauber gestochen, die Konturen ungenau und zum Teil fielen die Farbpigmente aus der Haut. Dadurch sahen sie aus, als wären es billige Abziehbilder aus dem Kaugummiautomaten.

In Gedanken zählte sie bis zehn, atmete tief durch und zwang das Fake Lächeln zurück auf ihr Gesicht. Sie konnte das, es war ihr Job, den sie eigentlich liebte, wenn da nicht diese dämlichen Möchtegern-Bad-Boys wären.

Fae versorgte den Typen und gab sich alle Mühe, auch den weiteren Kundenwünschen, trotz eines übervollen Terminkalenders, nachzukommen. Der ein oder andere zeigte sich zwar entsetzt wegen der Wartezeit von bis zu vier Wochen, da sie jedoch unbedingt ein *Tailors Ink* Tattoo haben wollten, sagten sie zähneknirschend zu. Die Erläuterungen zu Vorabgesprächen, Mustern und der Preisgestaltung konnte sie mittlerweile im Schlaf herunter leiern.

Sobald sie die Schlange bewältigt hatte, stellte Fae fest, dass Stacy Chapman nicht aufgetaucht war.

»Wieder ein Schisshase«, murrte sie und strich den Namen von ihrer Terminliste. Da die junge Frau, die sich vor drei Wochen unbedingt ein Einhorn auf die Schulter tätowieren lassen wollte, nicht abgesagt hatte, war es zwischenzeitlich zu spät, um einen anderen Kunden von der Warteliste einzuschieben.

Fae nutzte die kleine Verschnaufpause, um ihren Kaffeebecher zu füllen. Der Inhalt ihrer Monstermug dampfte und sie schnupperte am Aroma, welches vom schwarzen Gold aufstieg. Es zauberte ihr ein Lächeln aufs Gesicht.

»Jetzt kriege ich Angst«, hörte sie Tai sagen, der mit hängenden Schultern in den Aufenthaltsraum kam. Er schien ziemlich müde zu sein, denn er rieb sich die Augen und streckte sich, während er gähnte.

»Lange Nacht?«, hakte sie nach, ohne auf seinen komischen Kommentar einzugehen. Tai winkte ab und goss sich ebenfalls Kaffee in seinen Thermobecher.

»Termin nicht erschienen?«, wollte er wissen, was sie mit einem Kopfschütteln bedachte. »Tja, damit ist die Anzahlung verfallen. Pech gehabt. Hat sich Jada schon gemeldet?«

Fae checkte ihr Handy, was sie während der Arbeit zumeist lautlos gestellt hatte.

»Ja, vor ein paar Minuten hat sie geschrieben, dass sie sich jetzt auf den Weg machen«, erwiderte sie. »Du kannst ruhig fahren. Ich bleibe hier und schmeiße den Laden.« Es war ein Vorstoß, von dem sie hoffte, dass Tai darauf anspringen würde. Warum musste Trudy Desmond, die Besitzerin des Gebäudes, in dem sich das Studio befand und mit der die Crew des *TI* eng verbunden war, ausgerechnet heute ein BBQ veranstalten?

»Kommt gar nicht in Frage. Das verzeiht sie mir nie. Sie schmeißt die Party extra für Morris. Sie wollte uns unbedingt alle noch einmal vor ihrem Urlaub sehen«, rief er ihr ins Gedächtnis. Fae hätte am liebsten mit den Augen gerollt, aber sie unterließ es.

»Ist ja schon gut«, maulte sie und seufzte. »Wo fährt sie nochmal hin?«

»Greyserville. Dieser eine Regisseur, Francis, du kennst ihn von ihrem letzten Sommerfest, der etwas beleibte ältere Herr. Zu dem geht es aufs Weingut, mit ihrer Freundin Naomi zusammen.«

»Stimmt, sie hatte neulich sowas erwähnt«, erwiderte sie, wobei erwähnt nicht der richtige Ausdruck war. Trudy sprach seit Tagen von nichts anderem mehr. »Will sie wirklich die gesamte Strecke mit dem alten Benz bestreiten? Das Ding ist antik.«

»Will sie und lass das Thema lieber, ich habe mir schon den Mund fusselig geredet. Sie lässt sich nicht davon abhalten. Nostalgiefahrt nennt sie es. Weißt du, wie ich es nenne? Blanker Irrsinn. Die Strecke bis nach Monterey, wo sie Naomi einsammelt, geht nur durch Canyons und hat zig Kurven mit einem Gefälle, bei dem sogar mir mulmig wird. Als ich Morris davon erzählt habe, fragte er mich, ob sie noch ganz bei Trost sei. Gut, sie ist alt genug«, entgegnete er reichlich zerknirscht wirkend und schnaubte verärgert.

Fae legte ihm eine Hand auf die Schulter und drückte sanft gegen seine festen Muskeln.

»Wie war das noch mit dem Unkraut? Trudy wäre nicht Trudy, wenn dieser Trip nicht fantastisch werden würde und wir uns völlig unnötig Sorgen machen. Aber so sehr ich sie auch mag, ich würde wirklich lieber hier bleiben«, wagte sie einen erneuten Vorstoß.

Tai seufzte. »Ich weiß, du hast Bedenken wegen Ken und vor allem wegen Rufus. Glaub mir, keiner der beiden Vollidioten ist so dämlich, sich einen derartigen Fehltritt direkt unter Trudys Nase zu leisten. Außerdem sind Morris und ich dabei, dazu Tucker und Jadas Vater Bill. Und du weißt doch noch, wie Trudy ihn bei Marcias

Geburtstag vor die Tür gesetzt hat?«, versuchte er, auf sie einzudringen, was Fae mit einem Augenrollen bedachte.

Natürlich konnte sie sich recht lebhaft daran erinnern, vor allem wegen des vorangegangenen Streits zwischen Tai und Ken. Wie Kampfhähne waren sie aufeinander losgegangen. Allein beim bloßen Gedanken daran krampfte sich ihr Magen zusammen und ein eisiger Schauder lief ihr über den Körper. Warum mussten sich Männer wie Neandertaler verhalten und herumbrüllen?

Die Uhr tickte unaufhörlich und je näher der Zeiger der zwölf kam, desto mulmiger wurde es ihr. Vielleicht hätte Tai ein Einsehen, wenn sie ihn darum bat, im Laden zu bleiben, von wegen Telefon und Kundenterminen. Es lag ihr bereits auf der Zunge, ihn danach zu fragen, als er sich räusperte.

»Ich freue mich schon richtig auf das Essen. Trudy hat ohne jeden Zweifel wieder das Beste vom Besten aufgefahren.« Fae seufzte und fühlte sich nur noch mehr hin und her gerissen. Sie wusste genau, wovon Tai sprach. Horsd'œuvre mit Kaviar, feine kleine Cracker mit Häubchen, Kressesandwiches und dann erst die Hauptspeisen. Steaks, richtige Kobe oder Wagyu Rindersteaks. Fleisch, was einem auf der Zunge zerging, wenn man es aß.

Warum um alles in der Welt musste Trudy nur so einen Dreckskerl zum Sohn haben? Sie mochte die alte Hollywood-Diva, sie war ein liebenswürdiger Mensch. Etwas exzentrisch, dennoch herzensgut, doch bei ihrem Sohn hatte sie gänzlich versagt. Ob ihr klar war, dass er in großem Stil mit Drogen handelte und einige Prostituierte auf dem Hollywood Boulevard für seine Taschen arbeiteten? Wenn ja, musste sie ihren Spross sehr lieben, um ihm derlei Dinge durchgehen zu lassen.

Widerwillig stimmte Fae zu und stand eine knappe Stunde später gemeinsam mit Tai vor der Eingangstür des riesigen Hauses am De Mille Drive. Um nicht mit völlig leeren Händen aufzutauchen, hatte Fae schweren Herzens den Blumenstrauß aus dem Kofferraum geholt, um ihn Trudy mitzubringen. Tai hatte zwar nichts gesagt, sein Grinsen sprach allerdings Bände. Wahrscheinlich ahnte er bereits, dass sie die bunte Blütenpracht nicht wie behauptet entsorgt, sondern stattdessen aufgehoben hatte.

Fae fiel es schwer, sich zu konzentrieren, ständig sah sie über ihre Schulter, ob sich nicht ein Schatten aus dem Gebüsch lösen oder eine Faust aus dem Nichts heraus auftauchen würde. Die Angst lähmte ihre Gedanken, brachte ihre Eingeweide dazu, sich zusammenzuziehen, und ein Kribbeln jagte über ihren Körper. Sie kannte diese Schauder, dieses widerliche Gefühl der Ohnmacht und hasste es.

Ebenso hasste sie sich selbst, da sie nach all der Zeit noch immer nicht in der Lage war, der inneren Panik Herr zu werden. Wie lange arbeitete sie nun schon daran? Drei Jahre! Drei verdammte Jahre! Seitdem sie Chicago den Rücken gekehrt und sich auf die Fahrt hierher gemacht hatte, war kein Tag vergangen, an dem sie nicht wieder bei Null hatte beginnen müssen.

Manchmal glaubte sie, die Kontrolle über ihr Leben zurückerlangt zu haben, nur um im nächsten Moment eines Besseren belehrt zu werden. Vor allem seit jener Nacht, in der sie den Fehler begangen hatte, an dem Wagen dieses Dreckskerls vorbeizulaufen.

Beinahe konnte sie seinen stinkenden Atem riechen und schnappte entsetzt nach Luft. Nicht jetzt! Sie flehte sich selbst an, nicht in dieses dunkle Loch zu fallen. Sie musste stark sein, standhaft bleiben, durfte sich auf gar keinen Fall unterkriegen lassen. Mit Mühe schaffte sie es und brachte es sogar fertig, ihre Mundwinkel nach oben zu bekommen, bevor eine strahlende Trudy ihnen die Tür öffnete.

»Da seid ihr ja! Schön euch zu sehen«, trällerte sie und zog Tai in eine herzliche und sehr innige Umarmung. Fae hoffte vergeblich, dass ihr diese körperliche Begrüßung erspart bliebe, ließ es jedoch zu, sobald sie an der Reihe war. Trudy konnte man nur schwer etwas abschlagen und gelegentlich tat ein wenig wohl gemeinte Wärme gut.

Kapitel 2

Chase

Er spürte die abgerundeten Ecken seines Smartphones in seiner Hosentasche. Bei jeder Bewegung drückten sie gegen sein Bein und riefen ihm in Erinnerung, was er am späten Vormittag mitansehen durfte. Es war einer Offenbarung gleichgekommen und ließ sein Herz noch immer schneller schlagen.

Natürlich war es ein Wagnis gewesen, sich dermaßen aus der Deckung zu bewegen und gänzlich offen auf dem Parkplatz auf sie zu warten, doch es hatte sich gelohnt. Zum Glück war er auf die Idee gekommen, heimlich die Aufzeichnungen der Überwachungskameras zu checken. Da hatte er sie vor drei Tagen entdeckt, wie sie sein Geschenk, ein Bouquet aus weißen Lilien und gelbroten Rosen vorsichtig im Kofferraum ihres Wagens verstaut hatte. Zwei Tage hatte er mit sich gehadert und dann endlich den Mut gefasst, sich ihr zumindest ein klein wenig zu nähern.

Nun hatte er ein bleibendes Andenken, einen filmischen Beweis ihrer Freude und vor allem ihr wundervolles Lächeln in 4K auf seinem Handy gespeichert. Das Wissen allein ließ seinen Gang leichter werden, als ob er über Wolken wandeln und nicht den dunklen Flur zum Büro seines Chefs entlanggehen würde. Der Anruf war überraschend gekommen, gerade, als er das Sportstudio zwei Blocks von seinem Apartment entfernt betreten wollte.

Ganz zu seinem Verdruss ließ Ken ihn ohne Vorgabe eines Grundes antanzen. Die gesamte Fahrt über zermarterte er sich somit das Hirn, warum er ihn unbedingt sprechen wollte. Was war so wichtig, dass es nicht bis zum Abend hätte warten können?

»Herein«, hörte er Ken rufen, nachdem er höflich geklopft hatte, und betrat langsam den Raum. Er tat es nicht, weil er Angst vor seinem Boss hatte, sondern, um sich an die leicht abgedunkelten Lichtverhältnisse zu gewöhnen und die im Zimmer befindlichen Personen in aller Ruhe ausmachen zu können. Eine Vorgehensweise, die ihm das Leben beigebracht hatte. Ein Selbstschutz, um jederzeit ausweichen zu können.

»Tag, Sir«, nuschelte er und ging gemessenen Schrittes auf den Schreibtisch zu, hinter dem es sich Kenneth Desmond, der Besitzer des *Rodeo Girls* bequem gemacht hatte. Sein Side-Kick Rufus Mathers, dessen massiger Oberkörper beinahe aus dem schlecht geschnittenen und nach billigem Polyester aussehenden Anzug platzte, hatte sich an eines der an der Wand stehenden Regale gelehnt. Er pulte sich mit der Spitze eines Messers an den Fingernägeln herum und wirkte augenscheinlich desinteressiert und genervt. Dass dem nicht so war, wusste Chase nur zu gut, denn wann immer Rufus mit einer Klinge spielte, floss Blut und es war äußerst selten sein eigenes.

Insgeheim hoffte er, dass Rufus so dämlich sein und ihn zu einem Kampf herausfordern würde. Seitdem er herausgefunden hatte, dass Rufus Fae vor dem Eingang des Clubs belästigt hatte, suchte Chase nach einer Möglichkeit, diesem Mistkerl sämtliche im Leib befindlichen Knochen zu brechen.

»Setz dich«, knurrte Ken, doch Chase kam seiner Aufforderung nicht nach. Sitzen bedeutete ein Nachteil, vor allem, wenn Rufus stand und sich dadurch schneller bewegen oder etwas nach ihm werfen könnte.

»Hab es ein wenig am Knie, Boss. Würde lieber stehen«, log er, was ihm einen abschätzenden Blick seines Chefs einbrachte.

»Wenn du heute Nacht nicht kämpfen kannst, dann sag es jetzt, damit ich einen Ersatz auftreiben kann. Sollte ich wegen deines kleinen Wehwehchens die Wetten kurzfristig abblasen müssen, kriegen wir ein echtes Problem miteinander«, entgegnete Ken mit eisiger Stimme.

Sein Blick aus kalten blauen Augen bohrte sich in Chase hinein, doch die Zeiten, in denen er vor der lauernden Brutalität eines anderen Menschen Angst verspürt hatte, waren lange vorbei. Stattdessen nahm er eine lockere Position knapp einen Meter vom Schreibtisch entfernt ein, die ihm genug Bewegungsfreiheit ermöglichte, schnell zu reagieren und Rufus oder gar sein Messer abwehren zu können.

»Es ist nur ein Zwicken, ich lege nachher etwas Eis drauf. Wenn ich in den Käfig steige, bin ich kampfbereit«, erwiderte Chase und wartete ab, was als Nächstes geschehen würde. Währenddessen fragte er sich, ob Ken oder Rufus bemerkt haben könnten, dass er sich die Aufzeichnungen der Überwachungskameras angesehen hatte. Der Zutritt für den Security-Raum war ihm zwar gestattet, dennoch könnte ihm jemand, der ihm wenig wohlgesonnen war, einen Strick aus dieser Sache drehen. Dabei war ihm völlig egal, mit wem Ken so herumvögelte, wenn seine Freundin Cassy nicht in der Nähe war, selbst, wenn es sich um ihre eigene Schwester handelte.

»Trotzdem, dein Gegner ist kein Leichtgewicht. Ivan ist ein russischer Bär, ungeschlagen.« Das wusste Chase nur zu gut und freute sich genau aus diesem Grund auf den Fight. Er würde den Mann zerbrechen.

»Ich werde mein Bestes geben, so wie immer«, erwiderte er kühl. In Kens Augen konnte er eine gewisse Zufriedenheit ablesen, da er nichts anderes von ihm zu erwarten schien.

»Ich nehme dich beim Wort. Nun zu einer anderen Sache«, setzte Ken an und Chase spürte, wie die Luft im Raum dünner wurde. Anspannung machte sich in ihm breit. Sein Gegenüber fixierte ihn mit seinem kalten Blick und Rufus hatte seine Maniküre beendet.

»Nettes kleines Tattoo hast du neuerdings am Handgelenk.« Es war keine Frage, sondern eine knallharte Feststellung, die Chase nicht einmal leugnen konnte. Die beiden keltischen Äxte, die er sich vor Kurzem von Morris hatte stechen lassen, wurden nur halb vom Ärmel seines Hemdes oder dem des Jacketts verdeckt. Dummerweise war die gesamte Crew des Tattoo-Studios seinem Boss ein massiver Dorn im Auge.

Über die Hintergründe des seit Jahren schwelenden Streits wusste Chase nichts, wohl aber, dass er sich Probleme einhandeln könnte, sollte er den Laden auch nur betreten. Er hatte es getan, sogar zweimal und wollte wieder hingehen, damit weitere Tattoos gestochen und er dunkle Erinnerungen loswerden könnte.

Vor allem jedoch, weil er Fae nahe sein wollte. Der kleinen, verrückten Tätowiererin, die ihn hasste, als wäre er das personifizierte Böse und die er, seit er sie das erste Mal sah, nicht mehr aus dem Kopf bekommen konnte.

»Danke«, erwiderte er und straffte sich innerlich. Jeder Muskel in seinem Körper war angespannt, egal, was nun kommen würde, er war bereit. Gleichzeitig fragte er sich, ob und vor allem wie Ken von seinem Besuch im *Tailors Ink* erfahren haben könnte. Er war vorsichtig gewesen, sehr vorsichtig sogar, dass ihn auch ja niemand dabei hätte beobachten können, als er die verbotene Zone betrat.

»Hör zu, mir ist es gleichgültig, was meine Angestellten in ihrer Freizeit anstellen, aber du weißt, ich habe so meine Probleme mit Tai. Im Grunde muss der Wichser nur das Feld räumen und alles wäre wunderbar, doch leider hat sich die Zecke an meiner Mutter festgebissen und saugt ihr den letzten Funken Verstand aus.« Dazu konnte Chase nichts sagen. Er kannte Trudy Desmond lediglich aus alten Hollywood-Filmen und den bunten Boulevardmagazinen, die seine Mutter so gern gelesen hatte.

Ihm lag auf der Zunge, zu fragen, woher er überhaupt wusste, dass es nebenan gestochen worden war, als Rufus sich räusperte.

»Darüber hinaus hast du deinen Posten an der Tür verlassen«, knurrte er und Chase konnte dem brutalen Bastard an der Nasenspitze ablesen, wie sehr er die Tatsache, dass er ihm auf diese Weise Probleme bereiten konnte, mit Genugtuung auskostete. »Und bevor du dich fragst, es sind meine Männer, die vorn an der Tür neben dir Dienst schieben. Ich weiß alles, was hier vor sich geht. Alles.«

Also hatte ihn einer des wenig dynamischen Muskelduos verpfiffen, mit dem er an der Tür des Clubs seinen Dienst versah. Chase war auch nicht unbedingt schmächtig, zumindest nicht mehr, doch Dan und Rick übertrafen ihn um Längen. Der Lebensinhalt der zwei aufgepumpten Bodybuilder bestand darin, Steroide zu futtern, als wären es Jelly Beans und im wahrsten Sinne des Wortes Eisen zu fressen. Kurz überlegte er, welcher von Rufus' Schoßhunden es gewesen sein könnte, schlussendlich spielte es jedoch keine Rolle, vielleicht waren es sogar beide zusammen. Im Endeffekt wusste er nun, wie sie zu ihm standen und, dass er sich keinesfalls auf sie verlassen konnte.

Chase zuckte mit den Schultern, um zu zeigen, wie egal ihm die ganze Sache war.

»Es ist ein Tattoo, nichts weiter. Das nächste wird schon bald folgen.« Für den Bruchteil einer Sekunde verengte Ken seine Augen zu Schlitzen, lehnte sich anschließend jedoch in seinem Chefsessel zurück und verzog den Mund.

»Dann such dir ein anderes Studio dafür«, knurrte Rufus und trat langsam näher.

»Wozu?«, hörte er Ken überraschenderweise sagen und glaubte, er hätte was an den Ohren. Rufus schien es ähnlich zu ergehen, denn der verwunderte Blick, mit dem er Ken bedachte, sprach Bände.

»Aber …«, setzte Rufus an, doch Ken hob eine Hand und brachte ihn damit zum Schweigen.

»Mach nur. Sind dein Körper und dein Geld. Doch zukünftig nur noch in deiner Freizeit. Ist das klar?«, erklärte Ken, was Chase stutzig machte. Er wusste nur zu gut, wie Ken sonst auf die bloße Erwähnung des Tattoo-Studios reagierte und nun gab er ihm einen Freifahrtschein? Da stimmte etwas nicht.

»Ist klar, Boss«, erwiderte er und beobachtete Kens Reaktion, die aus einem knappen Nicken bestand, genau. Chase wurde aus der Sache nicht so ganz schlau, hielt es jedoch für besser, seinen Boss nicht nach den Beweggründen zu fragen. Stattdessen wollte er sich zum Gehen abwenden, als Ken erneut das Wort an ihn richtete.

»Ist dir neulich, als du dort warst, beim Weg durch den Keller ein Gully-Deckel aufgefallen?« Verwundert wandte sich Chase um und dachte angestrengt nach, ob er in jener Nacht, als er durch die auf der Gebäuderückseite befindliche Hintertür ins Studio gelangt war, etwas Derartiges gesehen hatte. »Irgendwo in der Mitte des großen Raumes.«

»Hm, nein. Ich kann mich allerdings erinnern, dass ich um ein Klavier herumlaufen musste. Könnte sein, dass es ihn verdeckt, aber ehrlich gesagt, habe ich nicht darauf geachtet.« Mit der Antwort schien Ken nicht wirklich zufrieden zu sein, dennoch nickte er in Richtung Tür und signalisierte Chase damit, dass das Gespräch beendet war.

Als er das Büro verließ, grübelte Chase darüber, wieso Ken ihm gegenüber so locker agierte, während er bei anderen, die im *TI* erwischt wurden, bestenfalls eine Kündigung ausgesprochen hatte. Außerdem irritierte es ihn sehr, was Ken an einem Gully-Deckel so interessant fand und weshalb um alles in der Welt einer in einem Gebäude sein sollte.

Als er endlich an seinem Wagen, den er hinter dem Club geparkt hatte, angekommen war, blickte er in Richtung der Tür, durch die Fae vorhin verschwunden war. Gegen den Kofferraum gelehnt überlegte er, ob er für den kommenden Tag nach einem Termin fragen sollte.

Kurzerhand machte er sich auf den Weg zur Vorderseite, nur um an der Tür ein Schild mit der Aufschrift *geschlossen* vorzufinden. Das war nicht das Ende der Welt, dennoch breitete sich ein klein wenig Enttäuschung in ihm aus. Nach all den Monaten, in denen er sie aus der Ferne beobachtet und sich nicht getraut hatte, ihr näher zu kommen, fühlte es sich wie ein Schritt in die falsche Richtung an, als er mit hängenden Schultern zurück zu seinem Wagen ging.

Das Wissen, sie trotzdem gleich wiederzusehen, heiterte ihn jedoch auf. Sobald er wieder in seinem Apartment in der Mariposa Avenue angekommen war, koppelte er sein Handy via Bluetooth mit seinem OLED Fernseher und war froh, dass er auf eine sehr gute Kamera an seinem Smartphone Wert legte. Faes Lächeln in 4K und überlebensgroß zu sehen, ließ sein Herz schneller schlagen. Bisher war ihm keine Frau begegnet, deren bloßer Anblick genügte, um ihn aus seiner gemütlichen und gut eingerichteten Ecke heraus zu drängen. Sie schaffte es spielend. So sehr, dass er den anstehenden Kampf als etwas Nebensächliches betrachtete.

Chase ließ sich auf die Couch sinken und schloss seine Lider. Vor seinem inneren Auge sah er sie, ihr Blick leicht verträumt und alles nur wegen seiner Blumen. Sie wirkte gelöst, beinahe fröhlich. Wenn sie ihm stattdessen persönlich über den Weg lief, zeigte sie eher ihre biestige Seite.

Dabei fragte er sich, ob es wirklich nur daran lag, dass er für Ken arbeitete und nicht doch an etwas ganz anderem. Nur woran? Er hatte sich ihr gegenüber nie falsch verhalten, nickte ihr jedes Mal, wenn er sie zufällig traf, höflich zu und hielt ihr sogar einmal die Tür auf.

Das nervige Klingeln seines Handys weckte ihn auf. Er hatte von ihr geträumt, sie in seinen Armen fast spüren können. Es mussten einige Stunden vergangen sein, denn draußen vor dem Fenster war es bereits dunkel.

»Bist du schon auf dem Weg?«, ranzte Ken ihn an, sobald er das Telefonat annahm.

»Nein?«, erwiderte er barsch und sah auf seine Armbanduhr. »Mitternacht ist erst in drei Stunden. Ich komme wie immer direkt zur Lagerhalle«, ergänzte er kühl. Seinem Boss schien das nicht zu genügen.

»Dreiundzwanzig Uhr bist du spätestens dort«, knurrte er und beendete das Gespräch, ohne auf Antwort zu warten. Chase hasste es, wenn Ken mies gelaunt war, ahnte jedoch, dass ihm irgendeine Laus über die Leber gelaufen sein musste. Ken ließ seinen Ärger nur zu gern an anderen aus. Eine Unart, die er ihm am liebsten aus dem Leib geprügelt hätte.

Missmutig sammelte er seine Sachen zusammen, packte sie in eine Sporttasche und wärmte sich die Reste einer Pizza in der Mikrowelle auf. Nachdem er sie vertilgt hatte, begab er sich auf den Weg nach Silver Lake, wo er in einer alten, direkt neben dem Los Angeles River gelegenen Lagerhalle auf seinen Gegner treffen würde. Die Fahrt in die Blake Avenue dauerte keine zwanzig Minuten, weshalb er bereits um halb elf vor Ort eintraf. Es ärgerte ihn, dass er sich beeilt und wegen Ken aus seiner üblichen Routine ausgebrochen war.

Normalerweise hätte er sich Zeit gelassen, wäre die Stärken und Schwächen seines Gegners noch einmal durchgegangen und hätte sich eine Strategie zurechtgelegt. Zumindest für Letzteres hatte er noch Gelegenheit, während er sich aufwärmte. Als er die Halle betrat, stellte er mit Verärgerung fest, dass Ken noch nicht aufgetaucht war. Einzig Rufus, der mit einigen ziemlich zwielichtig anmutenden Typen herumstand, hatte sich zum Ort des Geschehens bemüht. Zähneknirschend bahnte sich Chase seinen Weg durch die bereits zahlreich anwesenden Zuschauer, bis hin zu einem zerbeulten Trailer, den man in einer Ecke des baufälligen Gebäudes geparkt hatte.

Mit gezielten Übungen bereitete er sich vor. Die Zeit verflog nur so und brachte ihn mit jeder Sekunde seiner Bestimmung näher. Durch die dünnen Metallwände konnte er die Leute hören. Sie waren heiß auf diesen Fight, brüllten, riefen seinen Namen. Noch fünf Minuten, dann würde er in den Käfig steigen, um gegen

Ivan Maruschenko anzutreten. Ein Kampf über drei Runden. Ein Kampf ohne Regeln. Nur einer würde am Ende durch die Tür nach draußen gehen, während der andere auf der dreckigen Matte in seinem eigenen Blut lag.

Chase hatte sich eine recht aggressive Strategie zurechtgelegt. Er wollte sofort angreifen und seinen Gegner so schnell wie möglich besiegen. Auch wenn er über eine sehr gute Kondition verfügte, spielte jede Minute, die verging, Ivan in die Karten. Er musste also eine Entscheidung in der ersten Runde erzwingen, um eine halbwegs vernünftige Chance zu haben.

Die letzten Minuten, bevor er sich auf den Weg machte, versuchte Chase, zur Ruhe zu kommen und seine Gedanken zu ordnen. Auf der schmalen Bank sitzend, sah er ein letztes Mal auf sein Handy. Faes Lächeln galt in diesem Augenblick nur ihm allein.

Er legte sein Smartphone in seine Tasche, zog den Reißverschluss zu und nutzte den ruhigen Moment, um Kraft zu tanken und sich zu fokussieren. Wie jedes Mal glitten dabei seine Finger der rechten Hand über seinen linken Unterarm. Sie erfühlten die feinen Erhebungen, gerade Linien, akkurat nebeneinander. Vierzig Stück.

Sein Blick suchte und fand sein Tattoo. Vorsichtig strich er darüber. Eigentlich hatte er gehofft, Fae würde es ihm stechen, auch wenn ihn der Gedanke, wie sie über ihn urteilen könnte, wenn sie die beiden Narben sah, ängstigte. Im Nachhinein war er erleichtert gewesen, dass Morris sich der Sache angenommen hatte. Obwohl ihn die Frage, was ihm das Cover-up bedeuten würde, nachdenklich gestimmt hatte.

Tat es noch immer. Die Äxte bedeckten das sichtbare Zeugnis seines absoluten Tiefpunkts. Sie veränderten die Narben jedoch und machten sie zu etwas Besonderem.

Dennoch überzog jedes Mal, wenn er an diese Nacht vor zehn Jahren dachte, eine Gänsehaut seinen Körper. Es war so einfach gewesen, die Rasierklinge, die er dazu einsetzte, um überhaupt etwas empfinden zu können, dafür zu nutzen, sein Leben zu beenden.

Fühlen. Egal, was. Schmerz, die einzige Möglichkeit, der klammen Kälte zu entkommen, zu der sein Innerstes aus purer Hilflosigkeit erstarrt war. Chase ballte die leicht bandagierten Hände zu Fäusten, pumpte Luft in seine Lungen und legte den Kopf in den Nacken. Gleichgültig, was andere sagten, die Therapie hatte ihm geholfen. Er lebte und hatte sogar einen Sinn darin gefunden. Einen sehr wichtigen, der ihm viel abverlangte, der es jedoch wert war, beinahe jedes Opfer zu bringen. Der nächste Kampf.

Von außen klopfte jemand rabiat gegen die Seitenwand des Trailers.

»Es geht los!«, hörte er Ken rufen und stand auf. Chase brauchte weder einen glitzernden Mantel, noch eine grimmig dreinschauende Entourage, wenn er zum Käfig ging. Der Chor aus Stimmen, die seinen Namen skandierten, war seine Einmarschmusik. Schließlich war das hier kein schillernder Boxkampf, kein glattpolierter MMA-Fight, sondern brutale Realität. Ein Bare Knuckle Fight. Zwei Männer, keine Regeln.

Chase schob sich seitlich durch die schmale Tür nach draußen, wo Ken bereits auf ihn wartete. Ganz der Manager, musterte er ihn kritisch.

»Was macht das Knie?«, wollte er wissen.

»Alles gut. Bin topfit.« Chase blickte an ihm vorbei in Richtung Käfig. Davor hatten sich mindestens einhundert Männer versammelt. Einige Frauen, zumeist Stripperinnen, die im *Rodeo Girls* arbeiteten, aber auch ein paar der Nutten, die für Ken auf dem Hollywood

Boulevard anschaffen gingen, waren ebenso dabei. Sie alle päppelten ihr mageres Einkommen mit dem Verkauf von Drogen oder Quickies auf. Für Ken war es in jedem Fall eine Win-Win Situation, da er neben den Wetten auf diese Weise zusätzliche Einnahmen generieren konnte. Immerhin mussten die Frauen beinahe achtzig Prozent an ihn abdrücken, sonst hetzte er ihnen Rufus auf den Hals.

Ken trat näher an ihn heran, tat so, als würde er ihm Mut zusprechen, doch stattdessen legte er ihm die Hände auf die Schultern und raunte: »Am besten, du haust ihn in der zweiten Runde um.«

Chase wusste genau, was das zu bedeuten hatte. Ken hatte über einen Strohmann eine Wette bei Igor, dem Veranstalter dieses Kampfes, platziert und er durfte die Suppe nun auslöffeln. Die Fighter, gegen die er bisher angetreten war, waren zwar allesamt kein Fallobst und jeder Kampf harte Arbeit gewesen. Ivan hingegen, war ein verdammt zäher Brocken und spielte in seiner eigenen Liga. Ihn in die Knie zu zwingen, würde ihm alles abverlangen.

»Alles klar, Boss«, knurrte er und ballte die Hände zu Fäusten. So kurz vor dem Kampf noch eine Strategieänderung vorzunehmen, könnte ihn zu Fall bringen. Chase biss die Zähne aufeinander und schritt hoch erhobenen Hauptes auf den Käfig zu. Die Maschen im Draht waren groß genug, damit die Zuschauer alles sehen konnten, doch das barg auch Risiken.

Bei seinem vorletzten Kampf versuchte sein Gegner, Chase' Fuß durchzuschieben, um ihn fixieren und besser niederschlagen zu können. Wäre sein Plan aufgegangen, hätte er wahrscheinlich massive Brüche in den Beinen davon getragen.

Zum Glück hatte Chase den Braten früh gerochen und den Spieß umgedreht. Statt seines Fußes, hatte sich der Unterarm von Bruce in den Maschen verfangen und hing, bevor Chase ihn endgültig k.o. schlug, reichlich verdreht an seinem Körper herab. Ob er ihn jemals wieder benutzen oder auch nur bewegen könnte, war ihm zwar nicht egal, doch er blendete es aus. Zu viel über die Dinge nachzudenken, die zurückblieben, wenn der Kampf vorbei war, geschweige denn, was mit ihm geschehen könnte, falls er einen Kampf verlor, war nicht gut. Ein *was wäre, wenn* gab es für ihn nicht.

Kapitel 3

Fae

Der Tag begann für sie wie jeder andere. Fae wurde durch den schrillen Alarm ihres Handys aus dem Schlaf gerissen. Zum Glück, denn der Albtraum, der sie seit Jahren verfolgte, hatte sich ihrer erneut bemächtigt. Am ganzen Körper zitternd, starrte sie an die Decke und spürte ein tonnenschweres Gewicht auf ihrer Brust, als würde Jasper höchstpersönlich auf ihr hocken. Wenn sie die Augen wieder schloss, glaubte sie sogar, seinen faulig stinkenden Atem riechen zu können.

Wieso hörte es nicht auf? Sie war bis an die Westküste gefahren, um diesen Geist so weit wie möglich hinter sich zu lassen. Er hatte sich jedoch in ihrem Kopf festgesetzt und zermürbte sie von innen heraus. Fae wusste nicht einmal mehr, wann sie das letzte Mal richtig durchgeschlafen hatte. Es musste eine Ewigkeit her sein.

Entsprechend ausgelaugt fühlte sie sich, während sie ihre steifen Glieder streckte, um aufzustehen. Auf dem Weg in die Küche schaltete sie das Radio an und gleich wieder ab, weil der gerade gespielte Song jede Menge böser Erinnerungen mit sich brachte. Wie ein Déjà-vu aus der Hölle hallte das Lied von *Sound of Ice*, die Band, für die Jasper als Roadie gearbeitet hatte, in ihrem Kopf wider.

Die Bandmitglieder waren seine besten Kumpels gewesen. Der Sänger der Gruppe, Nathan Lavoie, hatte Jasper erst so richtig auf den Drogentrip gebracht. Gemeinsam dröhnten sie sich mit allem zu, was es gab oder ließen den Alkohol in Strömen fließen.

Ein Zittern durchlief ihren Körper. Diesen Song so unvermittelt zu hören, riss ihre inneren Wunden nur noch weiter auf. Bis dato hatte ihre Vergangenheit wie ein Moorbrand unter der Oberfläche geschwelt, sie konnte sie, so gut es ging, wegignorieren. Nach der Sache mit Rufus war daraus jedoch ein loderndes Inferno geworden. Ihr graute beim bloßen Gedanken daran, wenn sie das nächste Mal alleine die Spätschicht im Studio absolvieren musste.

Morris war zwar aus dem Krankenhaus raus, doch so, wie er am Vortag beim Barbecue ausgesehen hatte, war mit ihm in den nächsten Tagen nicht zu rechnen. Und Tai konnte wegen seiner achtjährigen Nichte Marcia, für die er das Sorgerecht hatte, am Abend nicht im Studio sein. Da würde es auch nicht sonderlich helfen, wenn Tucker, der Chef der *L.A. Longhorns*, einer hiesigen Biker-Gang, einige Männer vor dem Studio platzierte. Die Typen sahen allesamt nicht so aus, als würden sie eine sich bietende Chance nicht ebenfalls gnadenlos ausnutzen. Sie waren ihr genauso suspekt wie Musiker, vor allem Rockmusiker und erst recht deren Roadies.

Tagsüber allein zu sein war eine Sache, aber nach Einbruch der Dunkelheit war L.A. kein Ort, wo man als Frau ohne Begleitung herum spazieren sollte. Zudem könnte ihr Rufus erneut über den Weg laufen oder ihr sogar auflauern. Darauf hatte sie am allerwenigsten Lust. Dieser miese Bastard hatte die dünnen Stelzen, auf denen sie ihr neues Leben aufgebaut hatte, mit seinen widerlichen Händen in Nullkommanichts eingerissen.

Selten hatte sie sich dermaßen hilflos gefühlt, wie in dem Moment, als er sie an die Brust fasste, sie gegen seinen Wagen drängte und ihr das Top hochziehen wollte. Sein stinkender Atem stach noch immer in ihrer

Nase, genauso wie sein ekelhaftes Lachen in ihren Ohren widerhallte.

Mit ihren Händen hoffte sie, es abblocken zu können, indem sie sie darüber legte. Doch es half nicht. Also griff sie in ihr Haar, blieb jedoch mit dem kleinen Finger ihrer linken an einer der in ihrer wallenden roten Mähne eingearbeiteten Dreadlocks hängen. Schmerz durchzuckte sie, als sie Jaspers Andenken vorsichtig löste. Den Finger würde sie niemals wieder richtig strecken können, die Narben von den Operationen, die nötig gewesen waren, um ihre Hand zu retten, ließen sich zum Glück gut mit mehreren Tattoos covern.

Kraftlos tapste Fae ins Badezimmer, duschte und schlüpfte in Yoga-Hose und Top. Sie musste erst in drei Stunden im Studio sein, somit hatte sie genügend Zeit, um den Tag in Ruhe zu beginnen. Nachdem sie sich eine große Tasse Kaffee gebrüht und eine Schüssel Granola zubereitet hatte, sah sie die Post der letzten Tage durch, die sie aus Zeitmangel stets auf einem Haufen sammelte und nur bei Gelegenheit durchschaute.

Das meiste war Werbung und wanderte direkt in den Müll, doch ein Flyer blieb neben einigen Rechnungen liegen. In Gedanken versunken spielte sie an einer der rotgelben Rosenblüten, die in einem ganz wundervollen Bouquet steckten, während sie wieder und wieder die Worte auf dem Titel des dünnen Prospekts las.

Wir machen dich stark! Du willst selbstbewusst sein und keine Angst mehr haben, wenn du in der Stadt unterwegs bist? Dann komm zu JayJay! Unser Selbstverteidigungskurs ist das beste Mittel gegen deine Ängste.

Könnte es so einfach sein? Ein wenig Training und die Panik, wenn ein Streit entstand oder ihr brutal wirkende

Männer zu nahe kamen, wäre verflogen? Sie bezweifelte es sehr, dennoch fühlte sie ein heftiges Kribbeln bei dem Gedanken daran, sich die Sache einmal ein bisschen näher anzusehen.

Das Studio war keine zwei Meilen entfernt und bot sogar kostenlose Parkplätze an, was definitiv einen Pluspunkt bei der angespannten Parkplatzsituation in L.A. darstellte. Bevor sie es sich versah, schnappte sie sich ihre Sachen und eilte zur Tür hinaus. Es musste etwas geschehen, so konnte sie nicht weitermachen. Immerhin hatte sie schon einmal einen drastischen Schritt gewagt und war damit zumindest zeitweise sehr erfolgreich gewesen. Vielleicht war so ein Kurs exakt das, was sie brauchte, um die restlichen Meter in ein ruhiges und einigermaßen angstfreies Leben zurücklegen zu können.

Im Studio angekommen, bereute sie ihre kurzentschlossene Entscheidung jedoch sofort, denn das Publikum, welches sie vom Eingang aus auf der Trainingsfläche sehen konnte, entsprach genau dem Typ Menschen, gegen die sie sich wappnen wollte.

Große, muskulöse Männer mit verschwitzten Körpern, die Gewichte stemmten oder auf Sandsäcke einschlugen. Sie konnte lautes Stöhnen, das Klatschen von Fäusten auf Leder und grimmige Rufe hören. Ihr wurde flau im Magen und ihre Knie begannen zu zittern.

»Hallo! Willkommen im *JayJay*. Was kann ich für Sie tun?«, fragte eine junge Frau in engem Sport-Top und Leggins, die ihre schlanke Figur sehr gut zur Geltung brachten und lenkte sie damit ab. Fae bemerkte ein Schildchen an ihrem Top, auf dem der Name Kathy stand. Mit fahrigen Fingern zog sie den Flyer aus ihrer abgewetzten Messenger-Tasche und reichte ihn an Kathy weiter, deren Gesichtsausdruck rasch von freudig zu bedauernd wechselte.

»Es tut mir sehr leid, aber der Kurs ist bereits ausgebucht. Die Nachfrage war so groß, das hat uns alle total überrascht. Wir überlegen, einen zusätzlichen anzubieten, doch leider fehlen uns dafür die Kursleiter. Wenn Sie möchten, können wir Sie gerne auf die Warteliste setzen, falls jemand abspringt«, bot sie an, was Fae zähneknirschend annahm und den Flyer zurück in ihre überfüllte Tasche stopfte. Egal, ob ihr das Publikum hier zusagte oder nicht, sie musste das für sich tun. Sie wollte sich nicht länger von ihren Ängsten beherrschen lassen.

Trotzdem war sie beim Verlassen des Studios froh, wieder an der frischen Luft zu sein. Ihr innerer Tumult legte sich und sie konnte frei atmen. Als sie an ihrem alten Chevy angekommen war, hatten zumindest ihre Hände aufgehört, zu zittern. Mit quietschenden Reifen fuhr sie vom Parkplatz auf den Santa Monica Boulevard in Richtung Osten und bog, obwohl ihre Schicht erst in zwei Stunden beginnen würde, auf den Hinterhof des *TI*.

»Was machst du denn hier?«, rief Tai, als sie durch die Vordertür hereinkam. Das Gesicht des Typen, dessen Innenseite des Unterarms er gerade verschönerte, war schmerzerfüllt verzogen und so wie es aussah, schien er die Unterbrechung willkommen zu heißen.

»Laber nicht rum. Wir haben jede Menge Termine und Morris fällt noch für eine Woche aus, nachdem du ihm gestern unbedingt Zwangsurlaub verpassen musstest«, zischte sie ihm im Vorbeigehen zu und brachte ihre Tasche in den Pausenraum im hinteren Bereich des Studios.

Bevor sie wieder nach vorne ging, füllte sie ihre Monstermug mit Kaffee, kippte Milch dazu und schraubte den Deckel drauf, damit nichts auslaufen konnte.

»Du hast ihn doch gesehen, er sieht nach dem Angriff dieser Gang noch immer aus, als habe man ihn durch einen Fleischwolf gedreht. Ich bin froh, dass er überhaupt noch lebt«, versuchte sich Tai, der zu ihr nach hinten gekommen war, zu verteidigen. Fae ebenso, auch wenn sie Morris am liebsten zweimal täglich auf den Mond geschossen hätte, weil er es einfach nicht lassen konnte, sie zu piesacken. Im Grunde waren sie alle hier wie eine große Familie. Tai und Morris verhielten sich ihr gegenüber wie Brüder und versuchten, sie zu beschützen.

Und auch wenn es ihr schwerfiel, es zuzugeben, wäre Morris ihr nicht zu Hilfe geeilt, um Rufus zu stoppen, hätte es für sie ein verdammt böses Ende nehmen können.

»Denkst du etwa, ich nicht? Nur fehlt er halt an allen Ecken und Enden. Dazu ist Trudy heute in Urlaub gefahren und Jada übernimmt für die nächsten Tage Marcia. Die fehlt somit auch«, erwiderte sie und trank einen Schluck Kaffee.

Tai schnaufte missmutig und zuckte mit den Schultern. »Sie am allermeisten. Das verfluchte Telefon treibt mich schon, seitdem wir geöffnet haben, in den Wahnsinn. Es steht keine fünf Minuten still. Trotzdem, du bist auch noch nicht zu hundert Prozent einsatzfähig«, wandte er ein, was Fae mit einer brüsken Handbewegung fortwischte.

»Lass den Scheiß, Tai. Ja, ich war ziemlich down, doch ich habe mich wieder gefangen und es ist besser, ich arbeite, als mir ständig über das Hätte, Wäre oder Wenn den Kopf zu zerbrechen.«

Tai hob beschwichtigend die Hände und gab sich geschlagen. »Wie du meinst. Doch wehe, du machst mir schlapp, dann kann ich gleich zusperren«, murrte er und ging mit hängenden Schultern zur Tür, blieb jedoch stehen und drehte sich zu ihr um. »Ach ja, nur falls du dich fragst, deine tägliche Lieferung ist noch nicht gekommen. Aber was nicht ist, kann ja noch …«, frotzelte er und musste sich ducken, da Fae ein Stück Zucker nach ihm warf. »Ey!«

»Schieb ab!«, rief sie ihm nach und zeigte ihm ihren erhobenen Mittelfinger, was Tai nur noch mehr zum Lachen brachte. Sie hoffte inständig, dass dieser Wahnsinn endlich ein Ende haben würde. Wer auch immer dahintersteckte, sie würde demjenigen die Fußsohlen tätowieren oder Schlimmeres. Mürrisch kramte sie in ihrer Handtasche nach ihren Kaugummis, bis sie sie fand und schob sich einen Streifen in den Mund. Zu guter Letzt leerte sie noch den Inhalt ihrer Hosentaschen hinein, warf den Flyer von JayJay, der beim Wühlen herausgefallen war, obenauf und schob sie neben die Couch, sodass man sie von der Tür aus nicht sehen konnte.

Als sie mit ihrer Tasse bewaffnet in den vorderen Bereich des Studios zurückkehrte, warteten bereits drei Leute am Kassentresen und wollten Termine vereinbaren. Der Horror vom Vortag wiederholte sich, sie fertigte die Typen ab und absolvierte nebenbei vier Telefonate. Soweit so gut, doch zu dem Zeitpunkt, an dem ihre Schicht eigentlich begonnen hätte, ging die Tür auf und das, was sie am meisten gefürchtet hatte, trat ein. Der Blumenlieferant setzte seinen Fuß in das Studio.

»Nein!«, rief sie und schreckte damit Tai und dessen Kundin auf.

»Was um …«, hakte er nach, doch als er den Mann, dessen Gesichtsausdruck irgendwo zwischen bedauernd und ängstlich einzustufen war, sah, prustete er vor Lachen los.

»Halt die Klappe, Tai! Halt einfach die Klappe!«, blaffte sie ihn an, er machte jedoch weiter und wischte sich nebenbei die Tränen vom Gesicht. »Vollidiot!«

»Miss, ich, also es tut mir ehrlich leid, aber ich hab nun mal den Auftrag …«, brachte der Mann halblaut hervor und streckte ihr einen riesigen Strauß kupferroter Gerberas entgegen. Es waren mindestens zwanzig Blüten und eine schöner als die andere. Fae heulte auf und schlug die Hände vors Gesicht. Das durfte nicht wahr sein.

»Geben Sie her, ich mache das«, hörte sie Tai sagen und spähte zwischen ihren Fingern hindurch. Dabei sah sie, wie ihr Boss die Blumenlieferung quittierte und sie vor Fae, beinahe schon ehrfürchtig, auf den Kassentresen legte.

»Auch wenn du es nicht gerne hörst, eines muss man dem Typen lassen. Er hat Stil. Blumen sind sowas von Oldschool und doch gebe ich offen zu, sie sehen verdammt geil aus.«

»Finde ich auch. Das ist so romantisch«, schaltete sich Tais Kundin ein und warf dem Strauß einen verträumten Blick zu.

»Tja, du hast es gehört. Voll romantisch. Wer auch immer sie dir schickt, der meint es verflucht ernst«, mutmaßte er, was Fae dazu bewog, ihre Hände wieder herunter zu nehmen. Sie nahm den Strauß vom Tresen und überlegte, den Boten, der ziemlich schnell das Weite suchte, damit zu verprügeln, aber stattdessen steckte sie ihre Nase mitten zwischen die riesigen Blüten. Tief atmete sie den süßen Duft ein und spürte, wie die Blütenblätter auf ihren Wangen kitzelten. Ihre Augenlider flatterten auf, doch etwas im Studio hatte sich verändert. In der Tür war ein gewaltiger Schatten aufgetaucht.

»Chase! Was führt dich her? Job oder Vergnügen?«, brummte Tai und baute sich vor dem Hünen auf, der ihn in Faes Augen ohne Probleme zu Kleinholz hätte verarbeiten können. Sie nahm wahr, wie ihr Innerstes in wenigen Sekunden zu einer festen Masse erstarrte. Kälte machte sich in ihr breit. Auch wenn er in diesem Moment nicht den Anschein erweckte, sonderlich gefährlich zu sein, sie wusste, dass so ein Typ wie er über ein zweites Gesicht verfügte. Wie Doktor Jekyll und Mister Hyde.

»Vergnügen. Für seine Jobs schickt Ken andere Leute los«, erwiderte er und seine tiefe Reibeisenstimme kribbelte in ihren Ohren. Die Schwingungen, die dadurch in ihrem Körper erzeugt wurden, setzten sich über ihren Rücken bis zu ihrem Unterleib fort. Sie wollte das nicht fühlen. Am allerwenigsten, wenn so ein Kerl wie er vor ihr stand. Warum konnte er nicht von der Statur her eher normal wie Tai gebaut und weniger muskelbepackt sein?

»Cool! Was Größeres?«, hakte Tai nach und Fae wollte sich am liebsten in Luft auflösen.

»Nein. Nur was Kleines, quasi ein Strich, mehr nicht.«

Ihr wurde mulmig.

»Mein Termin kommt in fünfzehn Minuten«, warf sie ein, doch Tai schien das nicht zu interessieren. In ihr wallte Ärger auf.

»Okay, Fae schaut sich das mal an.«

»Nein werde ich nicht!«

»Fae!«, blaffte Tai in einem Ton, der ihr genau zu verstehen gab, dass er sie diesmal nicht aus der Sache herauslassen würde und Morris war auch nicht anwesend, um für sie einzuspringen.

Wut explodierte in ihr. »Fick dich!« So schnell sie konnte, rannte sie nach hinten, wollte ihre Tasche holen und nichts anderes als verschwinden. Sie würde diesen Kerl nicht tätowieren. Keinen von ihnen! Diese Typen mit ihren riesigen Muskeln, das waren alles miese Schläger. Jeder von ihnen. Und diesem hier stand es sogar im Gesicht, so geschwollen, wie seine rechte Wange gewesen war.

Mit einer Hand langte sie nach ihrer Tasche, mit der anderen versuchte sie, ihr Haar nach hinten zu streifen und dann geschah es, sie blieb erneut mit dem kleinen Finger hängen. Nur dieses Mal hatte er sich so in einer Dreadlock verfangen, dass sie ihn nicht herausziehen konnte. Egal was sie anstellte, es zog höllisch an ihrer Kopfhaut und ihr kam ein gequältes Wimmern über die Lippen. Alles brach über ihr zusammen. Ihre Angst, Tais Unnachgiebigkeit. Vor lauter Schmerz presste sie die Augenlider zu.

Sie öffnete sie auch nicht, als sie eine warme Hand an ihrem Arm spürte, die sie unglaublich zärtlich berührte. Es musste Tai sein, der seinen Fehler eingesehen hatte und ihr nun dabei half, sich zu befreien. Eine andere Hand tauchte auf, schob ihr Haar zur Seite, zupfte vorsichtig an ihrem Finger und zog ihn schließlich aus dem Knäuel heraus.

»So sehr dir die Dinger auch stehen mögen, für heftiges Haareraufen sind sie absolut ungeeignet«, hörte sie eine tiefe Stimme neben sich und schreckte zusammen. Als sie ihre Lider aufriss, sah sie Chase neben sich auf der Lehne des alten Sessels sitzen. Sein Gesicht lag voller Sorge, mit einem Mal wirkte er sogar ein wenig ängstlich und schüchtern auf sie.

Sie spähte zur Tür, überlegte, ob sie es schaffen könnte, vor ihm zu fliehen.

»Was ist mit deinem Finger?«, wollte er wissen, doch wenn es eines gab, was sie diesem breitschultrigen

Ochsen ganz bestimmt nicht auf die Nase binden würde, dann war es ihre Vergangenheit.

»Das geht dich nichts an!«, zischte sie und wand ihren Arm aus seinen Fingern heraus, um ihre leicht gehandicapte Hand vor seinen neugierigen Blicken zu verbergen.

»Ich tue dir nichts«, brummte er leise, als ob er ihre Gedanken erraten hätte, und hob seine riesigen Hände in einer beschwichtigenden Geste. Seine körperliche Präsenz drang auf sie ein. Faes Herz hämmerte bis in ihren Hals hinauf. Angst kroch durch sie hindurch. Am liebsten hätte sie sich zusammengerollt und klein gemacht oder wäre weggelaufen. Weit weg.

»Habe ich dir irgendwann mal was getan? Ich meine, was stört dich so an mir?« Seine Stimme glich einem rauen Flüstern, was ihr eine Gänsehaut über den Körper jagte und in ihren Ohren kribbelte. Ein Schauer folgte dem nächsten und sie konnte nicht verhindern, dass sich ihre Brustwarzen verhärteten und sich ein wohliges Pulsieren in ihrem Unterleib ausbreitete.

»Du arbeitest für Ken! Das ist Grund genug!«, fauchte sie. Wieso hatte seine Stimme einen derart heftigen Effekt auf sie und warum fühlte sich seine Berührung so widerlich gut an? Sie wollte das nicht. Die Hände eines solchen Mannes sollten nicht zärtlich sein und sein tiefer Bass nicht wie Seide über ihre Haut gleiten.

»Hm, ich bezweifle sehr, dass das der wahre Grund ist. Du arbeitest als Tätowiererin. Hier gehen Biker, Rocker und was weiß ich alles für Typen ein und aus, die scherst du ja auch nicht alle über einen Kamm, oder?«, stellte er fest und landete damit einen massiven Treffer mitten in Faes selbsterrichtete Weltanschauung. Es nagte an ihr, dass er ihr einen Spiegel vorhielt, vor allem, weil ihr missfiel, was sie darin erkennen musste. Natürlich kostete sie jeder Tag unter all diesen Typen Kraft und Unmengen an Nerven, trotzdem hielt sie sich für einen Menschen, der nicht nur nach äußerlichen Dingen ging, sondern sein Gegenüber so nahm, wie es war. Fae wollte genauso wenig auf ihre Haarfarbe oder die Wahl ihrer Klamotten reduziert werden.

Der Weg von Chicago bis hier her ins *Tailors Ink* war verdammt lang und überaus steinig gewesen. Ihr wurde bewusst, wie eindimensional sie dachte und sie erschrak. War sie wirklich so kindisch, Chase in die gleiche Ecke wie Ken, Rufus oder gar Jasper zu stecken? Zähneknirschend schüttelte sie den Kopf und seufzte.

»Das ist es nicht. Ich …«, setzte sie zu einer Erklärung an, aber die Worte konnten ihren Mund nicht verlassen, denn sie blickte in die klarsten blauen Augen, die sie je gesehen hatte. Ihre Farbe glich dem des Himmels über Chicago, wenn der frostige Nordwind die Kälte über den vereisten Michigansee trieb. Ein dichter Kranz heller Wimpern säumte seine Lider, so voll und lang, dass wohl jede Frau neidisch gewesen wäre.

»Du musst mir nichts erklären. Alles okay. Ich wollte dich auch nicht belästigen, oder so«, nuschelte er und war im Begriff, aufzustehen, Fae hielt ihn allerdings zurück.

»Nein, ich …«, setzte sie abermals an, wusste jedoch nicht, wie sie ihm klarmachen sollte, was in ihr vorging. In ihrem Kopf war nichts als Leere, doch als sie ihren Blick hob und ihm wieder in die Augen sah, die sie voller Sorge betrachteten, öffnete sich ihr Mund von ganz allein. »Es hat nichts mit dir persönlich zu tun, sondern mit deinem Aussehen, deiner Statur und dem, was du ausstrahlst.«

Es war heraus. Zwischen seinen dichten Augenbrauen bildete sich eine tiefe Falte.

»Ach so. Typen wie ich machen dir im Allgemeinen Angst?«

»Ja.« Ihr Herzschlag hatte sich geradezu verdoppelt und sie rieb ihre schweißnassen Hände an ihrer Hose ab. Wieso war ihr seine Augenfarbe bisher nie aufgefallen? Sie konnte sich gar nicht daran sattsehen. Alles darum herum, sogar sein lädiertes Gesicht, verschwand. Seine Augen waren groß und von einer unendlichen Tiefe, dass sie darin hätte versinken können.

»Normalerweise bin ich ganz froh, dass ich so abschreckend wirke, ist ziemlich hilfreich im Job, aber ich möchte dir keine Angst machen. Ich lasse mir von Tai einen Termin bei Morris geben, wenn er wieder fit ist. Das hat auch noch Zeit«, erwiderte er und blickte traurig zu Boden. Sein massiver Brustkorb dehnte sich so weit aus, dass sich der Stoff darüber spannte. Er atmete tief durch und nickte ihr zu, bevor er aufstand. »Ich lass dich jetzt besser in Ruhe«, brummte er und wandte sich ab. Fae wusste nicht, warum, nur eines war klar, sie durfte ihn so nicht gehen lassen. Sie streckte ihre Hand aus und griff an sein Handgelenk.

»Bleib.«

Kapitel 4

Chase

Ihre schlanken Finger fühlten sich seltsam heiß, geradezu glühend an. Chase konnte ihre Berührung bis tief in seinen Körper hinein spüren. Alles in ihm begann zu beben. Seine Mauern bröckelten. Er hielt den Atem an.

»Ich kann es mir ja mal ansehen«, hörte er sie leise sagen. Faes Blick ging in Richtung Boden, doch das war ihm egal, denn sie berührte ihn aus freien Stücken heraus. Langsam setzte er sich zurück auf die Lehne des alten, reichlich abgewetzten Ledersessels und traute sich im ersten Moment nicht einmal, seinen Arm zu bewegen. Allerdings musste er sein Jackett aus- und den Ärmel seines Hemdes hochziehen, um ihr zu zeigen, welche Stellen er tätowiert haben wollte.

In ihm baute sich ein Wirbelsturm auf, denn am liebsten hätte er ihre Hände überall auf seinem Körper gespürt. Dieses Kribbeln, was von ihren Fingern ausging, war unbeschreiblich und viel mehr, als er sich je von ihr erträumt hatte. Natürlich hatte er oft daran gedacht, wie es sich anfühlen würde, doch keine seiner Fantasien war derart intensiv gewesen. Diese hauchzarte Berührung hatte nahezu fundamentale Auswirkungen auf ihn.

Gleichzeitig kamen ihm ihre Worte ins Gedächtnis. Er machte ihr Angst. Und dann war da noch ihr gekrümmter Finger. Wie war das geschehen? Hatte sie einmal einen Unfall gehabt?

»Sekunde«, murmelte er und löste die Verbindung zu ihr. Sofort wurde sein Arm kalt, fühlte sich taub und leer, beinahe wie eingeschlafen an. Chase zog sich sein Jackett aus, rollte den gestärkten Baumwollstoff seines Ärmels nach oben und atmete tief ein. Der Moment der Wahrheit war gekommen.

Sein Blick war fest auf ihr Gesicht gerichtet. Chase wollte sehen, wie sie auf seine Offenbarung reagieren würde. Gleichzeitig ärgerte er sich über sich selbst. Eben berührte sie ihn, sah ihm zum ersten Mal überhaupt richtig in die Augen und rannte nicht wie sonst schreiend vor ihm davon. Doch nun saß er hier und zeigte ihr, was er in den letzten beiden Jahren an der Highschool mit seinem linken Unterarm angestellt hatte. Es zerrieb ihn innerlich.

Jede Sekunde, die verging und in der er keine Regung auf ihrem so elfenhaften Gesicht wahrnehmen konnte, frustrierte ihn. Es war schlimmer als der Kampf in der vergangenen Nacht. Da kannte er seinen Gegner, wusste die auf ihn einprasselnden Schläge zu nehmen und vor allem, wie er sie zu verdauen hatte. Hier befand er sich jedoch auf gänzlich fremdem Terrain.

Chase überlegte, ob er die Sache nicht besser abbrechen und sich zurückziehen sollte. Das hier legte seine Seele bloß, machte ihn angreifbar. Morris gegenüber war es ihm zwar nicht egal gewesen, aber um einiges leichter gefallen. Fae hingegen war eine ganz andere Hausnummer. All die Nächte, in denen er von ihr geträumt hatte, die Sehnsucht, die ihn immer dann erfasste, wenn er sie auf der Straße vor dem Studio sah oder das Wissen, dass sie seine Blumen mochte.

Mit jeder verstreichenden Sekunde wurde das Gefühl, dass das hier ein riesiger Fehler war, größer. Er hätte ihr seine Narben nicht zeigen dürfen. Leider wurde es ihm zu spät bewusst, denn Fae griff an seinen Arm und beugte sich weit nach vorn. Ihr Gesicht war nur wenige Zentimeter von seiner Haut entfernt und er konnte spüren, wie ihr warmer Atem darüber floss. Das Kribbeln explodierte in seinem Körper, brandete hindurch und ließ Erregung in seiner Körpermitte aufwallen. Sein Penis meldete sich und binnen Sekundenbruchteilen musste Chase gegen seine rapide anwachsende Erektion ankämpfen.

»Die willst du alle gecovert haben?« Ihre Frage kam aus dem Nichts und überraschte ihn eiskalt.

»Ähm, ähm, ja«, erwiderte er stockend und unterdrückte ein Zittern. Seine eigene Stimme hatte in seinen Ohren fremd und unnatürlich hoch geklungen. Er war doch sonst so cool und stets Herr der Lage. Jahrelang hatte er dafür gekämpft, dass seine Fassade niemals, egal, unter welchen Umständen, zu bröckeln begann. Reichte tatsächlich eine Berührung von ihr aus, um sein Hirn zu Wackelpudding zu verarbeiten?

»Nur Striche? Wie an einer Knastwand?«, hakte sie nach, was er mit einem Nicken bestätigte. Allerdings schien Fae seine Idee nicht sonderlich gut zu finden, denn sie rümpfte ihre kleine Stupsnase und schürzte ihre Lippen. »Hätten die für dich eine Bedeutung? Ich meine, das wäre keine besondere Arbeit, nichts, was deine Persönlichkeit ausdrückt.« Sie hob ihren Blick, drehte seinen Arm und deutete auf den Bereich seines Handgelenks, wo die Pulsader verlief. »Nicht so wie das hier. Die Äxte passen perfekt zu dir. Du könntest locker eine von ihnen schwingen.«

Er hatte keine Ahnung, was er darauf erwidern sollte. Vor allem, weil sie anscheinend nicht gesehen hatte, dass unter dem Tattoo etwas verborgen lag. Sie ließ seinen Arm los und Chase zog sich, dabei betreten schniefend, den Ärmel herunter, bevor er zurück in sein Jackett schlüpfte.

»Die Narben haben eine Bedeutung. Sie gehören zu meinem früheren Leben, mit dem ich abgeschlossen habe. Die Striche wären ein Sinnbild für mein neues Ich. Es sind insgesamt vierzig. Fünfzehn davon könntest du gleichzeitig covern. Die verbleibenden dann nach und nach.«

»Sinnbild für was?«, erkundigte sie sich, doch er schüttelte den Kopf.

»Das ist sehr privat«, erwiderte er und hoffte, damit diese ziemlich gefährliche Klippe umschifft zu haben. Chase konnte nicht ausmachen, was in ihrem Kopf vor sich ging und traute sich auch nicht, danach zu fragen. Er hatte viel zu große Angst vor einer neuerlichen Zurückweisung. Wenn sie ihn wegen seiner Statur und seiner Ausstrahlung abstoßend fand, war das zwar nicht sonderlich schön, sollte der Grund jedoch ein derart persönlicher sein, wäre es ein wahrer Tiefschlag. Was hatte er nur getan?

»Hm, also, wenn du mich fragst, dann lädt die Struktur eher zu etwas Großem ein. Die Narben liegen akkurat nebeneinander, haben beinahe alle den gleichen Abstand zu einander. Mir kam da eben ein Gedanke. Ich zeichne dir mal was auf«, erklärte sie und irritierte ihn damit völlig.

»Ich wollte nur Striche«, wandte er ein, doch Fae machte eine brüske Handbewegung und sein Mund schnappte augenblicklich zu. Sie zog einen der Blöcke, die auf dem Tisch lagen, zu sich und griff nach einem der Bleistifte, die in einer alten Konservendose steckten. Dummerweise lehnte sie sich auf der Couch zurück, sodass er nicht sehen konnte, was sie zeichnete. Ihn faszinierte jedoch, wie vertieft sie zu sein schien. Eine seltsame Ruhe überkam ihn, er hätte ihr Stunden zusehen können. Einfach nur neben ihr sitzen und bei ihr zu sein, war ein unglaublich schönes Gefühl.

Leider wurde die Lehne des Sessels langsam unbequem, was ihn dazu bewog, sich auf die Sitzfläche zu setzen. Dabei stieß er mit dem Fuß gegen etwas auf dem Boden. Als er sich nach vorn beugte, bemerkte er ihre Handtasche, die offen zwischen ihnen stand. Obenauf lag ein Flyer von *JayJay*, dem Fitnessstudio, in welchem er bereits seit Jahren Mitglied war. Chase erinnerte sich, dort einen ähnlich gestalteten Aushang für die Ankündigung eines neuen Selbstverteidigungskurses gesehen zu haben.

Im ersten Moment überlegte er, sie darauf anzusprechen, entschied sich allerdings dagegen, da er ihr nicht den Eindruck vermitteln wollte, herumgeschnüffelt zu haben. Sie saß hier neben ihm, hatte sich nicht angewidert von ihm abgewandt, als er ihr seine Narben gezeigt hatte und zeichnete nun sogar eine Idee für sein Tattoo auf. Was wollte er mehr?

Sein Blick fiel auf sein Handgelenk und das an dieser Stelle befindliche Tattoo. Hatte sie wirklich nicht wahrgenommen, dass es ebenfalls zwei Narben bedeckte, oder war sie einfach nur darüber hinweggegangen, um ihm kein schlechtes Gefühl zu geben? Er sah zu Fae und kam zu dem Schluss, dass es ihr tatsächlich entgangen sein musste. Morris hatte verdammt gute Arbeit geleistet, da die Überbleibsel seines Suizidversuches selbst für ein derart geübtes Auge verschwunden zu sein schienen.

Der Gedanke, sie könnte ihn deswegen verurteilen, wich in seinen Hinterkopf zurück und ein Lächeln stahl sich auf sein Gesicht, was ihm seine Verletzung schmerzlich in Erinnerung rief.

»Meine Schwester hat das übrigens ebenfalls eine ganze Weile gemacht«, hörte er sie sagen und blickte sie verwundert an. »Das Ritzen, meine ich. Nicht so häufig wie du, aber ich kenne die Narben und weiß auch, wofür sie stehen«, fügte sie an und jagte ihm damit einen eiskalten Schauder über den Rücken.

»Die Pubertät ist eine verdammt beschissene Phase«, murmelte er und rieb sich mit der flachen Hand über den Mund. Fae nickte lediglich und zeichnete unbeirrt weiter.

»Fae? Ah, da bist du!« Tai kam durch die Tür und deutete mit dem Daumen über seine Schulter hinweg nach hinten. »Dein Termin ist da.« Während er wieder verschwand, schlug Fae seufzend den Block zu und legte ihn zurück auf den Tisch.

»Tut mir leid. Komm am besten Morgen nochmal rein. Gleiche Zeit oder etwas früher, dann habe ich die Vorlage fertig«, entschuldigte sie sich und streckte ihm ihre Hand entgegen.

Chase ergriff sie ganz vorsichtig. Sein Herzschlag nahm rasant an Geschwindigkeit zu, als sie ihm ein zögerliches Lächeln schenkte. Doch mit einem Mal veränderten sich ihre Züge.

»Und auf das da solltest du Eis legen. Sieht echt schlimm aus.« Sie deutete auf seine ramponierte Wange. »Wie ist das denn passiert?«

Chase wusste, dass der Bereich vom Kinn bis hinauf zur Schläfe tiefrot und geschwollen war. Den Volltreffer, den er hatte einstecken müssen, konnte er noch immer spüren, jeden einzelnen Fingerknöchel dieses russischen Bastards.

»Gab ein paar Probleme, nichts Wildes«, erwiderte er. »Das ist in zwei, drei Tagen abgeklungen.«

»Was für Probleme denn? Das *Rodeo Girls* hatte gestern Ruhetag.«

Verdammt, sie war gut. In Chase' Kopf begannen sich die Rädchen wie wild zu bewegen. Er musste sich etwas einfallen lassen, und zwar rasch.

»Als wir uns mittags gesehen haben, hattest du es noch nicht«, zischte sie und schürzte ihre Lippen. Für einen

Augenblick schien es ihm, als wollte sie ihm deswegen die Hölle heiß machen.

»So schnell wie du an mir vorbeigerannt bist, kannst du mich kaum richtig angesehen haben«, warf er ein, was sie mit einem abfälligen Schnauben bedachte.

»Klar, so einen Panzer wie dich übersieht man ja mal eben so«, erwiderte sie schnippisch und ließ von ihm ab. Chase senkte seinen Blick. Es war ihm unangenehm, weil er ihr nicht die Wahrheit sagen konnte, aber anlügen wollte er sie ebenso wenig.

»Lass einfach. Das vergeht. Tut auch nur weh, wenn ich lache. Dein Termin wartet.«

Ohne einen Blick zurück und mit einem ihren Unmut deutlich zum Ausdruck bringenden »Hmpf«, verließ sie den Raum. Er atmete stockend aus und ließ sich nach hinten gegen die wuchtige Lehne des Sessels sinken. Was hatte ihn nur geritten, gleich am Tag nach dem Kampf hierher zu kommen? Warum konnte er nicht warten, bis die äußeren Verletzungen zumindest halbwegs abgeklungen waren? Die Fights waren geheim und hochgradig illegal. Keiner durfte etwas davon erfahren. Fae erst recht nicht, sie sollte mit dieser Welt aus Brutalität und Härte keinesfalls in Berührung geraten.

Chase war im Begriff, sich aus dem tiefen Sessel zu bugsieren, als Tai im Türrahmen auftauchte.

»Lebst du noch?«, fragte er und grinste ihn breit an, während er sich Kaffee in einen riesigen Thermobecher kippte.

»Sie hat mich noch mal davonkommen lassen«, erwiderte er, bewegte sich langsam auf ihn zu und lehnte sich mit der Hüfte gegen die Single-Küche.

»Sie ist echt okay, manchmal ein wenig zickig, aber im Herzen ein wahrer Schatz«, raunte Tai ihm zu. »Nimm ihr die spröde Art nicht krumm.«

»Liegt wohl eher an mir. Typen wie ich machen ihr Angst. Wir haben kurz darüber geredet. Denke, es ist für sie jetzt in Ordnung«, ging er darauf ein und überlegte, ob er die sich bietende Chance nutzen und Tai auf den Grund von Faes Verletzung ansprechen sollte. »Ähm … weißt du, was mit ihrem Finger ist?«

»Finger? Ach so, ja. Sie hat ihn sich mal gebrochen und die Ärzte haben gepfuscht, deshalb kann sie ihn nicht mehr gerade machen«, erklärte Tai und zwinkerte ihm freundschaftlich zu.

»Hmm«, machte Chase und obwohl das Ganze plausibel klang, blieb ein eigenartiger Beigeschmack zurück. Wieso hatte sie ihm das nicht genauso erläutert, sondern ihn stattdessen angefaucht?

Was auch immer dahintersteckte, im Moment waren er und Fae auf einem guten Weg und er gespannt auf die Vorlage für sein Tattoo. Vielleicht würden es doch mehr als nur ein paar Striche werden.

Beim Verlassen des Studios zwinkerte er Fae, die ihn mit ihrem gewohnt biestigen Gesichtsausdruck bedachte, zu und nahm sich vor, ihr all ihre kleinen Geheimnisse zu entlocken. Egal wie, er würde schon noch dahinter kommen, warum ihr große und muskulöse Männer Angst einjagten und vor allem, was mit ihrer Hand geschehen war.

Kapitel 5

Chase

»Also, du weißt Bescheid?«, fragte er vorsichtshalber nach, ob Kathy wirklich verstanden hatte, worum genau es ihm ging. Sie schenkte ihm ein breites Lächeln und zwinkerte ihm verschwörerisch zu.
»Klar! Das kriege ich hin. Wir sehen uns«, verabschiedete sie ihn und winkte ihm nach, während sich die Eingangstür zum *JayJay* automatisch vor ihm öffnete. Doch bevor er weiter über sein gewagtes Vorhaben nachdenken konnte, klingelte sein Handy. Ken beorderte ihn zu sich. Allerdings sollte Chase nicht wie gewohnt im Club antanzen, sondern zu ihm nach Hause in den de Mille Drive kommen.

Chase hatte gehofft, dass Ken ihn erst am Abend im *Rodeo Girls* zur Rede stellen würde, war jedoch froh, dass er ihn nicht in eine abgelegene Gegend in den Hills bestellt hatte. So würde es hoffentlich nicht allzu blutig werden, denn der Kampf war nicht ganz so gelaufen, wie Ken es von ihm verlangt hatte. Ivan Maruschenko stellte sich als weitaus härterer Brocken heraus, der Chase einiges abverlangte, sodass er die sich bietende Chance einfach ergreifen musste und ihn zum Ende der ersten Runde zu Boden schickte.

Seine eigenmächtige Planänderung hatte Ken wahrscheinlich ordentlich Geld gekostet und womöglich auch ziemliche Probleme bereitet. Mit einem mulmigen Gefühl in seiner Magengegend fuhr er durch die Schranke am Eingang zu der Private Area, in dem der de Mille Drive lag. Vor dem Haus angekommen, parkte er seinen Porsche hinter dem schwarzen Mercedes von

Rufus. Dass dieser Kerl hier war, verwunderte ihn nicht wirklich, verstärkte jedoch das Grummeln in seinem Bauch.

Auf dem Weg zur Haustür versuchte er, seine innere Mitte zu finden und sich auf das Kommende vorzubereiten. Sollte es auf einen Kampf hinauslaufen, würden ihn die Verletzungen, die er in der vergangenen Nacht davongetragen hatte, massiv behindern. Sie waren alle nicht so nennenswert, dass sie ihn im Alltag beeinträchtigt hätten, hauptsächlich eher Prellungen und einige Blutergüsse. Dennoch waren seine Beine schwer und durch die Schwellung in seinem Gesicht konnte er nicht richtig sehen. Einen Typen aus dem Club befördern, würde kein Problem darstellen, sich Rufus vom Leib zu halten, dagegen schon.

Er läutete und wartete geduldig, bis ihm Cassy, die Partnerin von Ken, die Tür öffnete.

»Hey Chase. Ken ist oben in seinem Büro. Geh ruhig hinauf«, begrüßte sie ihn und deutete zu dem, einer Hollywood Showtreppe gleichenden, Aufgang am anderen Ende des Eingangsbereichs der Villa. Es war komisch, Cassy in normalen Klamotten zu sehen, denn üblicherweise lief die hochgewachsene Blondine ihm nur im Club über den Weg und trug dort zumeist ihr Strip-Outfit. Gegen das mit Pailletten besetzte Bustier und das knappe Höschen waren die weiße Bluse und der cremefarbene Rock geradezu züchtig und elegant.

»Danke«, erwiderte er und durchquerte den Raum. Auf dem Weg kam er an einem Tisch vorbei, auf dem eine kunstvolle Vase mit einem ihm merkwürdig bekannt vorkommenden Blumenstrauß darin stand. Er hielt inne und besah sich die kupferroten Gerberas näher.

»Schöner Strauß, nicht? Trudy hat ihn gestern von Fae geschenkt bekommen«, flötete Cassy und strich dabei vorsichtig mit ihren langen Fingern über die zarten Blüten. Ihre Worte versetzten Chase indes einen Stich mitten ins Herz. Fae hatte den Strauß also deswegen in den Kofferraum gelegt und nicht, wie von ihm angenommen, um ihn mit nach Hause zu nehmen.

Er trug sich schwer mit dem Gedanken, dass sie ihr nichts bedeutet hatten, schob es aber von sich, da er oben in Kens Büro einen kühlen Kopf bewahren musste. Sich straffend, stieg er Stufe um Stufe seinem Treffen mit dem Schicksal entgegen. Er war zuvor bereits einige Male hier gewesen, doch heute fühlte es sich an, als würde er direkt auf das Tor zur Hölle zuhalten.

Der Flur, an dessen Ende Kens Büro lag, wirkte unnatürlich lang, wie ein gähnender Schlund. Allerdings war er nicht alleine darin gefangen. Chase konnte im Gegenlicht des Fensters die Umrisse einer Gestalt ausmachen, die vor der Tür zu stehen schien. Je näher er herankam, desto besser konnte er sie erkennen. Tamara, Cassandras jüngere Schwester.

Obwohl er sich nicht die Mühe gab, leise zu sein, bemerkte sie ihn erst, als er nur noch wenige Meter von ihr entfernt war. Sie schreckte zusammen und ließ dabei beinahe ihr Handy fallen. Chase musterte sie, da sie einen ziemlich verschreckten und panischen Eindruck machte und war im Begriff, sie zu begrüßen, als sie die Flucht ergriff.

Irritiert sah er ihr nach, tat die ganze Sache jedoch ab. Was auch immer sie hier gemacht hatte, ging ihn nichts an. Er atmete stattdessen tief durch, wappnete sich für das nun Kommende und hob die Hand, um an der einen Spalt breit offenstehenden Tür zu klopfen.

»Wenn man es so nimmt, die genialste Idee, die ich jemals hatte. Ich kann dir gar nicht sagen, wie gut es sich anfühlt, diese Last losgeworden zu sein. Es ist wirklich der beste Tag meines Lebens. Endlich kann ich meine Ziele so angehen, wie ich es für richtig erachte«, vernahm er Kens freudig klingende Stimme. Chase wollte allerdings nicht länger lauschen und machte sich lieber bemerkbar.

»Wer ist da?«, hörte er Ken rufen.

»Chase, Sir«, erwiderte er und betrat den Raum. Das modern eingerichtete Büro glich so gar nicht seinem Pendant im Club. Es war hell, frisch und weitaus komfortabler ausgestattet. Auf dem riesigen Fernseher an der Wand war der Sender *L.A. Live* eingestellt. Es wurde von einem schweren Unfall auf der Küstenstraße in Richtung Norden berichtet, wo ein brennender Oldtimer, der eine Böschung hinabgestürzt war, aufwendig gelöscht werden musste.

Ken stand hinter seinem Schreibtisch am Fenster und kam ihm breit grinsend entgegen. Rufus hatte es sich derweil auf einem der zwei cremefarbenen Sofas gemütlich gemacht. Er schien ebenfalls bester Laune zu sein, was Chase daran zweifeln ließ, dass er wegen der nicht eingehaltenen Vorgabe, seinen Gegner in der zweiten Runde k.o. zu schlagen, hier antanzen musste.

»Ah, sehr gut. Schön, dass du es einrichten konntest. Was machen die Blessuren? Dein Gesicht ist ja recht farbenfroh«, wollte Ken wissen, reichte Chase die Hand und klopfte ihm sogar kumpelhaft auf die Schultern, während er den Handschlag erwiderte.

»Ist okay. Der Tritt gegen die Nieren war schlimmer«, gab er zu und versuchte, trotz der gelegentlich aufkommenden Schmerzen eine gerade Körperhaltung beizubehalten.

»In dem Fall gebe ich dir heute frei, dann kannst du verschnaufen. Ich habe da vollstes Verständnis«, erklärte er ganz zu Chase' Überraschung. Ken ballte die Hand zur

Faust und schüttelte sie. »Du hast deinen Gegner zermalmt! Das ist mein Mann!«

Okay, nun begann Chase, an seinem Verstand zu zweifeln. Was musste passiert sein, dass der normalerweise so griesgrämige und selten gut gelaunte Ken Desmond für seine Verhältnisse regelrecht überschwänglich und ausgelassen wirkte?

»Ich gebe immer mein Bestes, Sir«, entgegnete er und wartete beinahe ungeduldig darauf, dass die Stimmung ins Negative umschlagen würde. Sie tat es jedoch nicht. Stattdessen bot ihm Ken einen Stuhl an und ging hinter seinen Schreibtisch. Chase bemerkte, dass er immer wieder mit leuchtenden Augen zum Fernseher sah. Ergötzte sich Ken etwa am Unfalltod eines oder mehrerer Menschen? Im Grunde war das wenig verwunderlich für ihn und vervollkommnete nur sein Bild, was er sich von diesem Mann gemacht hatte.

Nicht nur deshalb hatte Chase seine Fühler schon eine ganze Weile nach einem neuen Job ausgestreckt, dummerweise war es nicht so einfach, in L.A. eine gute Tür zu finden. Das *Whisky A Go Go* oder der *Viper Room* kamen für ihn in Frage, daneben noch ein Dutzend weitere Lokalitäten, die alle einen weitaus besseren Ruf genossen als das *Rodeo Girls.* Was er allerdings nicht von der Hand weisen konnte, war, dass der Club sich im Moment einer enormen Beliebtheit erfreute. In den letzten Monaten war er zu einem Hot Spot der Hollywoodstars geworden und bot neben Live-Musik, auch eine verdammt gute Live-Strip-Show an.

Wenn Ken nicht der Chef des Ganzen gewesen wäre, hätte Chase nie über einen Wechsel nachgedacht. Ihm stieß jedoch sein Umgang mit den vornehmlich weiblichen Mitarbeitern auf. Hinzu kamen die Dinge, die sich hinter den Kulissen abspielten. Dabei ging es nicht einmal um die Prostituierten oder den Geldverleih, sondern vielmehr um die Drogen, die Ken in großem Stil im Club und der näheren Umgebung verkaufen ließ. Hier hörte für Chase der Spaß auf. Dieser Dreck hatte in seinem Leben bereits viel zu viel zerstört.

Sehr zu seinem Verdruss konnte er den Job so oder so nicht einfach wechseln. Mit den Sonderzahlungen, die er sich mit den Kämpfen sicherte, hatte er nicht nur seinen Porsche gekauft, sondern auch die Anzahlung für sein Apartment geleistet. Von einem normalen Gehalt als Türsteher würde er die Raten an die Bank nie und nimmer zahlen können. Ihm blieb vorerst also nichts anderes übrig, als, so oft es ging, die Augen zu zumachen.

»Hast du dir schon Gedanken zu neuen Tattoos gemacht?«, wollte er wissen, was Chase aufhorchen ließ.

»Ja«, antwortete er wahrheitsgemäß.

»Wieder bei Tai? Bereits einen Termin vereinbart?«

»Termin noch nicht, im Moment wird eine Vorlage erstellt und ja, ich gehe zu Tai. Sein Laden ist der beste in der ganzen Stadt«, entgegnete er und behielt Ken genau im Auge. Sein Mund verzog sich kurz zu einem wölfischen Grinsen, bevor er sich auf seinem Stuhl zurücklehnte und eine gespielt bedrückte Miene auflegte.

»Hach, Chase. Dumme Sache letzte Nacht. Hast mich ein hübsches Sümmchen gekostet. Normalerweise hätte dir Rufus heute Morgen einen Besuch abgestattet«, ging Ken endlich auf das über ihm schwebende Damoklesschwert ein. Er straffte sich und bohrte seinen starren Blick in Ken hinein. Etwas, von dem er wusste, dass es jeden, egal ob Mann oder Frau, nervös machte.

»Dann bin ich ja froh, dass heute ein so wundervoller Tag ist«, erwiderte er kühl. Er sah kurz zu Rufus, dessen bellendes Lachen durch den Raum dröhnte.

»Da kannst du wirklich froh sein, ja. Du kannst es allerdings auch, wie soll ich sagen, wiedergutmachen, indem du dich nützlich machst«, spielte Ken den Ball zurück, was Chase irritierte. Wollte er etwa, dass er sich mit Rufus gemeinsam um das Geldeintreiben kümmern sollte?

Ken war weithin als Kredithai bekannt, der an jeden noch so armen Schlucker riesige Summen zu exorbitant hohen Zinsen verlieh. Wer nicht zahlen konnte, bekam Besuch von Rufus, der stets einen bleibenden Eindruck in Form eines blutigen Dollarzeichens hinterließ und selten ohne den fälligen Geldbetrag zurückkehrte. Oder steckte etwas ganz anderes dahinter?

»Inwiefern?«, hakte er nach und wappnete sich.

»Ach, nichts weiter. Du bist ja demnächst öfters im *Tailors Ink*. Ich will nur, dass du Augen und Ohren offenhältst. Tucker geht dort ein und aus. Der alte Bastard und seine Gang sind mir schon seit längerem ein Dorn im Auge. Lass mich einfach wissen, wenn du mitbekommst, dass er was plant oder gemeinsam mit Tai etwas ausheckt.«

Aha, daher wehte also der Wind. Er sollte nebenan als Spitzel fungieren. Da er Tucker nicht persönlich kannte, ihn lediglich beim Betreten beziehungsweise Verlassen des Tattoo-Studios oder bei einigen seiner Kämpfe gesehen hatte, konnte er sich zu dem Chef der *L.A. Longhorns* keine Meinung bilden. Er wusste nicht, ob er ein Arsch vom Kaliber eines Ken Desmond war oder eher dem Team Good Guy, zu dem er Tai Tailor zählte, angehörte.

Was er jedoch mitbekommen hatte, war, dass die Biker-Gang ihr Geld hauptsächlich mit Schutzgeld und Nutten verdiente. Somit standen sie in direkter

Konkurrenz zu Ken, der seinen Pferdestall am Hollywood Boulevard anscheinend ausbauen wollte.

»Kann ich machen«, erwiderte Chase und sah keinen Grund, warum er die Details zu Geschäften, falls sie überhaupt in seiner Gegenwart offen besprochen wurden, vor Ken verheimlichen sollte. Unter dem Strich arbeiteten beide Seiten weitab des Gesetzes und machten ihr Geld auf illegale Weise. Ob er da nun eine Krähe an die andere verriet, spielte schlussendlich keine Rolle.

»Sehr schön! Dann sind wir uns ja einig. Ich habe auch bereits zwei weitere Kämpfe für dich. In vier Wochen trittst du gegen Yegor Smirnov an. Du kennst ihn bestimmt, wir haben uns seinen Fight gegen Connor Reid gemeinsam angesehen«, erklärte Ken und unterstützte seine Worte mit einer nonchalanten Handbewegung.

Chase stockte der Atem. Ihm lief ein eiskalter Schauder den Rücken herunter und er fühlte, wie seine Handflächen feucht wurden. Yegor Smirnov wurde nicht ohne Grund der Terminator genannt. Er sah der Killermaschine nicht nur verdammt ähnlich, sondern besaß auch den Hang dazu, seine Gegner im Käfig zu töten, was ihm schlussendlich seinen Ruf eingebracht hatte.

»Vier Wochen, ist okay«, entgegnete er, hatte an dieser Neuigkeit jedoch mächtig zu knabbern. Der Typ war eine verflucht harte Nuss.

»Aber«, setzte Ken an und ihm wurde erneut mulmig. »Vorher musst du noch gegen Boyd Caster ran. Am Mittwoch in zwei Wochen.« Kens Grinsen wirkte teuflisch und Chase wurde bewusst, welches Spiel er mit ihm spielen wollte. Dieser miese Bastard. Das war also seine Rache für seinen Ungehorsam. Er hatte geahnt, dass er ihn nicht so einfach davonkommen lassen würde.

»Ziemlich nah aufeinander«, warf er trocken ein, was Ken sehr amüsant zu finden schien, denn er lachte auf und beugte sich nach vorn über den Schreibtisch. Seine Gesichtszüge verhärteten sich und sein Blick wurde kalt und grausam.

»Die Kämpfe sind gesetzt«, entgegnete er eisig. »Es gibt kein Zurück. Du arbeitest für mich, also tust du auch, was ich von dir verlange. Ist das klar?«

Rufus räusperte sich und brachte sich damit in das perfide Spielchen mit ein. Chase ballte die Hände zu Fäusten, wusste allerdings, dass er es hier nicht lebend heraus schaffen würde, sollte er es auf einen Kampf ankommen lassen. Im Moment war er schlicht zu angeschlagen, um auch nur den Hauch einer Chance zu besitzen.

»Alles klar, Sir. Schon irgendwelche Vorgaben, wann ich sie jeweils zu Boden schicken soll?«, quetschte er mit gespielter Ruhe hervor, wobei er mühsam seine gleichgültige Miene beizubehalten versuchte.

»Wenn du mich so fragst, Boyd in Runde zwei, aber Yegor will ich erst in Runde drei im Staub liegen sehen. Unsere Gäste wünschen sich mal wieder einen richtigen Fight und den wollen wir ihnen doch liefern, nicht wahr, Chase?«

Er nickte lediglich, was Ken zu genügen schien, denn er lehnte sich in seinem Chefsessel zurück und drehte sich in Richtung Fernseher. Für Chase sollte das wohl bedeuten, dass dieses Gespräch beendet war und er gehen durfte.

Mit bleischweren Schritten stieg er die Treppe hinab. In seinem Kopf liefen die Gedanken Amok. So kurz nach einem Fight erneut in den Käfig zu steigen, war Wahnsinn, anschließend nur wenig später gegen einen noch schwereren Gegner anzutreten, der reinste Selbstmord.

Er wusste jedoch, dass es kein Entrinnen gab. Selbst, wenn er eine Verletzung vortäuschen würde, käme er nicht aus der Sache heraus, denn dann stünde mit Sicherheit Rufus vor seiner Tür. Er musste da also wohl oder übel durch und vor allem, alles daran setzen, zu gewinnen.

Chase überlegte, während er den de Mille Drive bis zur Schranke entlang fuhr, wie er sich am besten auf die kommenden Kämpfe vorbereiten könnte. Als er am Pförtnerhäuschen warten musste, sah er einen schwarzen Cadillac Towncar, der, nach dessen seitlicher Aufschrift zu urteilen, zum L.A.P.D. gehörte. Der Fahrer ließ die Scheibe herunter, um mit dem Wachposten zu sprechen, und Chase staunte nicht schlecht, den Chief of Police, den Leiter der Behörde höchstpersönlich, hinter dem Steuer zu sehen.

Im Vorbeifahren konnte er einen weiteren, sehr hochrangigen Mann auf dem Beifahrersitz ausmachen. Die bedrückte Miene des Erzbischofs von Los Angeles sprach Bände. Chase nahm an, dass die beiden hier sicherlich keinen Höflichkeitsbesuch zu absolvieren hatten. Was auch immer geschehen sein mochte, letzten Endes ging es ihn nichts an.

Kapitel 6

Fae

So sehr sie sich auch auf ihre Arbeit konzentrieren wollte, es gelang ihr nicht, da sie ständig diese klaren blauen Augen vor sich sah. Sie wurde von ihnen geradezu verfolgt. Das war jedoch nicht einmal das Schlimmste daran, sondern die Tatsache, dass ihr gesamter Körper jedes Mal von einer unbändigen Sehnsucht erfasst wurde.

Sehnsucht? Nach ihm? Nach Chase, dem beinahe zwei Meter großen Muskelmonster? Das durfte einfach nicht sein. Wieso ausgerechnet er? Es musste an ihrem sexuellen Notstand liegen. Ihr letzter Sex lag über neun Monate zurück. Andere hätten in der Zeit ein Kind zur Welt bringen können, sie bekam nicht einmal die Chance, schwanger zu werden.

Frustriert zerrte sie sich die Latex-Handschuhe von den Händen und warf sie mit Schwung in den Mülleimer. Ihr Kunde, ein Kerl namens Dean, wirkte reichlich mitgenommen, hielt allerdings brav still, während sie ihm die Fingerknöchel tätowiert hatte. Nun war alles versorgt und gut verpackt, damit kein Schmutz in die Wunden kommen konnte.

Sie kassierte ihn ab und bat ihn, sich zu melden, sollte das Tattoo ihm Probleme bereiten. Es kam nicht selten vor, dass Kunden bestimmte Farben nicht vertrugen und diese bei ihnen allergische Reaktionen hervorriefen. Sobald er zur Tür hinaus war, schnappte sie sich ihren Kaffeebecher und ging in den Pausenraum, um sich Nachschub zu organisieren.

Tai tauchte auf und streckte sich neben ihr.

»Was ein Tag. Wenigstens sind alle relativ pünktlich.«

»Ja, zum Glück«, pflichtete sie ihm bei und wartete nur darauf, dass er das Aufeinandertreffen mit Chase noch einmal thematisieren würde.

»Du kannst dich doch noch an Nate erinnern, oder?«, wollte er wissen, Fae wusste allerdings nicht, auf wen er anspielte und zuckte mit den Schultern. »Ach so, stimmt, an dem Tag warst du noch außer Gefecht und als die Leute vom *Ink Maniac* hier waren, war Nate nicht dabei.«

»He?«, fragte sie verwirrt nach.

»Er hat die Vorlage für das Tattoo von Craig Dancer erstellt, welches ich ihm für das Feature tätowiert habe.«

»Ah, ist er ebenfalls ein Tattoo-Artist?«, hakte sie nach, was Tai mit einem Nicken beantwortete.

»Ja. Ich habe mich schon länger mit dem Gedanken befasst, einen weiteren Tätowierer einzustellen und ihn gefragt, ob er Lust auf einen Probetag hätte. Er hat eben zugesagt und kommt am Samstag vorbei.« Fae hob den Daumen und segnete seine Entscheidung ab, was Tai mit einem Lächeln quittierte, welches seine in letzter Zeit recht nachdenklich und übermüdet wirkenden Gesichtszüge ein wenig aufhellte. Was auch immer ihn bedrückte, Tai sprach nicht darüber. Leider nahm er ihr durch sein Schweigen die Chance, ihm vielleicht helfen oder auch nur mittels Zuhören beistehen zu können.

»Ist eine gute Idee. Die Vorlage war echt krass und wenn er nur halb so gut tätowiert, wäre er ein echter Gewinn für uns«, erklärte sie freimütig und setzte sich auf die Couch, um kurz ihr Handy zu checken.

»Denke ich ebenfalls. Du hast dich mit Chase … ähm … das ist jetzt okay für dich?«, hakte er nach und sie konnte ihm ansehen, wie unsicher er sich dabei fühlte, sie danach zu fragen.

»Ist okay, solange du hier bist oder Morris. Allein mit ihm will ich auf keinen Fall sein«, erwiderte sie und spürte wieder diese Sehnsucht in sich aufwallen. Seine blauen Iriden tauchten vor ihrem inneren Auge auf. Tiefe Seen, kühl und rein. Sie sah zu dem Sessel, in dem er gesessen und den er mit seiner Statur gänzlich ausgefüllt hatte.

»Klar, einer von uns wird immer hier sein. Wir passen auf«, bekräftigte er, was sie nur bedingt aufatmen ließ. Sie nahm ihr Smartphone aus ihrer Handtasche und entsperrte es.

»Hast du eigentlich schon was von Trudy gehört? Sie wollte doch im Morgengrauen los und müsste mittlerweile in Monterey angekommen sein«, fragte sie nach, woraufhin Tai seine Augenbrauen nachdenklich zusammenschob.

»Hm, nein. Bisher nichts. Ich gebe ihr noch eine halbe Stunde, dann rufe ich sie an. Sie hat versprochen, sich zu melden«, murrte er und sah auf sein Handy. Im gleichen Moment kündigte das Läuten der kleinen Glocke an der Eingangstür Kundschaft an. »Bin wieder vorn«, sagte Tai und verließ den Pausenraum. Fae hoffte sehr, dass die fehlende Nachricht von Trudy nicht eine Panne mit dem Wagen, sondern der Wiedersehensfreude mit Naomi geschuldet war.

Tief durchatmend checkte sie die eingegangenen Anrufe. Einer kam von einer Nummer aus L.A., die sie nicht kannte, der andere von ihrer Schwester Jane, die ihr auf die Mailbox gesprochen hatte. Fae fiel siedend heiß ein, dass sie sich noch ein Flugticket für das verlängerte Wochenende im Juli kaufen wollte, um mit ihr den Unabhängigkeitstag zu feiern. Sie hörte die Nachricht ab und musste lachen, denn Jane beschwerte sich darüber, dass sie Fae in dem YouTube Video, welches auf dem Channel des *Ink Maniac* zu sehen war, nirgendwo entdecken konnte.

Etwas, worüber sie heilfroh war, schließlich hatte es sie nicht umsonst bis ans andere Ende des nordamerikanischen Kontinents verschlagen. Fae wollte abtauchen und es war ihr insofern geglückt, da nur noch Jane und ihre getrennt voneinander lebenden Eltern wussten, wo sie tatsächlich steckte.

Jane lebte schon seit vielen Jahren in Tucson, Arizona, während ihr Vater mit seiner neuen Familie nach Denver und ihre Mutter mit ihrem zweiten Mann nach Memphis gezogen waren. So lebte die Familie zerstreut und ohne jegliche verbliebene Wurzeln.

Fae überlegte, ob sie versuchen sollte, Jane per Videoanruf zu erreichen, schloss die App jedoch, als ihr die Narben wieder einfielen. Jane und Chase besaßen die gleichen Male. Er hatte sich geritzt und das sogar über einen längeren Zeitraum. Vierzig seien es, hatte er gesagt. Sie wusste nur zu gut, was hinter diesen Verletzungen stand. Innerer Druck, Hilflosigkeit, Leere, Ängste.

Für Jane war die Zeit an der Highschool ein Martyrium gewesen. War es Chase ähnlich ergangen? Wohl eher nicht. Schließlich war er ein wandelnder Baum und Jane im Gegensatz dazu ein schüchterner und introvertierter Mensch. Dies stellte damals ein gefundenes Fressen für eine Gruppe von Mädchen dar. Man mobbte sie massiv, drangsalierte und nötigte sie richtiggehend. Ihr Spint wurde aufgebrochen, ihre Schulsachen auf dem Gang verstreut, ihre Kleidung wurde gestohlen oder absichtlich schmutzig gemacht. Die Clique ging sogar so weit, ihr in der Schultoilette aufzulauern, um sie dort zu verprügeln.

Fae schauderte. Ihre zarte Schwester, die ihr so ähnlich sah, hatte schreckliche Dinge erdulden müssen und sich nicht getraut, ihren mitten in der Scheidung befindlichen Eltern davon zu erzählen. Auf der anderen

Seite hatten weder Vater noch Mutter es bemerkt. Beide waren so mit sich selbst und ihrem Rosenkrieg beschäftigt gewesen, dass ihre älteste Tochter im Schatten dessen beinahe zu Grunde gegangen wäre.

Für Fae war diese Zeit hart, doch für ihre drei Jahre ältere Schwester musste es um ein vielfaches härter gewesen sein. Sie konnte mit niemandem reden, keiner hörte ihr wirklich zu oder sah auch nur richtig hin. Dabei waren die Zeichen so offensichtlich, dass sie sogar Fae aufgefallen waren. Allerdings wusste sie nicht, was sie bedeuteten oder was gar der Grund dafür gewesen sein könnte, denn zu dem Zeitpunkt besuchte Fae noch die Junior High und spielte mit ihren Barbie-Puppen.

Dass ihre Eltern lieber in Egoismus badeten, statt sich um ihre Töchter zu kümmern, nahm Fae ihnen heute noch übel. Die Distanz erleichterte zudem den Bruch und so beschränkte sie den Kontakt, ohne jegliches schlechte Gewissen, auf die jährlichen Grüße zum Geburtstag und zu Weihnachten. Damit hatte sie ihre Schuldigkeit getan, denn ohne die Hilfe von Reverend Nash, der Zeuge eines der Angriffe wurde, wäre Jane womöglich daran zerbrochen.

Stockend atmete sie aus, versuchte, die dunklen Erinnerungen von sich zu schieben und zog den Block, auf dem sie angefangen hatte, für Chase eine Vorlage zu erstellen, zu sich. Sie besah sich ihren Entwurf und überlegte hin und her.

Stufen. Das war ihr erster Gedanke gewesen, als sie die akkurat in Zweier-Reihen nebeneinander verlaufenden Erhebungen gesehen hatte. Sie wollte sie als Fundament für ein dreidimensionales Bild einer Treppe verwenden, die zu einer Tür oder einem Portal auf seinem Oberarm führen könnte.

Auf seinem riesigen Bizeps wäre genug Platz für die Freiheitsstatue, wenn nicht sogar für das Lincoln Memorial. Allerdings passten weder das eine noch das andere zu seiner Persönlichkeit. Fae legte sehr großen Wert darauf, ihre Vorlage stets passend zu dem zukünftigen Träger des Tattoos zu erstellen. Es sollte ein Sinnbild, ein Spiegel seiner Seele sein. Ähnlich wie das Kirschblüten-Tattoo, das Morris über Jadas Narben tätowiert hatte, wollte sie Chase' Cover-up anlegen. Es sollte ihn heilen.

Erschrocken setzte sie sich auf. Woher war denn der Gedanke gekommen? Ihn *heilen*? Der Typ war ein wandelndes Monstrum und so, wie sein Gesicht ausgesehen hatte, ein Schläger, der sich nur zu gern prügelte. Es war immerhin nicht das erste Mal, dass sie ihn derart lädiert gesehen hatte.

Und nur, weil er behauptete, ihr nichts tun zu wollen, hieß das noch lange nicht, dass er auch ein netter Mensch war, dem sie blindlings vertrauen konnte. Seine Augen mochten wundervoll und seine Berührung sanft gewesen sein, dennoch entsprach er genau dem Typ Mann, von dem sie sich, so weit es nur ging, fernhalten musste. Typen wie Jasper.

Fae zuckte innerlich zusammen und erschrak vor sich selbst. Sie hatte es schon wieder getan, Chase mit ihrem Ex auf die gleiche Stufe gestellt und ihn lediglich auf Äußerlichkeiten reduziert. Seine Verletzung konnte er sich auch eingefangen haben, als er jemandem zu Hilfe gekommen oder einem Zweitjob nachgegangen war. Sie wusste fast nichts über ihn, erlaubte sich jedoch ein reichlich negatives Urteil, welches ihr absolut nicht zustand.

War sie wirklich so festgefahren in ihrem Kopf, dass sie jedem Mann gleich das absolut Schlimmste unterstellte, obwohl er sich ihr gegenüber keineswegs bösartig verhalten hatte und sie ihn nicht einmal richtig kannte? Seufzend schüttelte sie den Kopf und nahm sich vor, Chase eine Chance zu geben. Vor allem wollte sie nicht mehr so negativ von anderen Menschen denken. Es fühlte sich jedes Mal an, als würde sie sich selbst damit vergiften.

Gerade, als sie ihr Handy zurück in die Tasche stecken und wieder an die Arbeit gehen wollte, begann es zu klingeln. Es war erneut die Nummer aus L.A. und Fae überlegte, ob sie rangehen oder das Gespräch wegdrücken sollte. Ihre Neugier siegte.

»Hallo?«

»Oh, hey! Spreche ich mit Fae Gibson?«, hörte sie eine Frau am anderen Ende fragen.

»Bin dran. Wer ist da?«, wollte sie wissen und grübelte angestrengt, da ihr die Stimme irgendwie bekannt vorkam.

»Hier ist Kathy vom Fitnessstudio *JayJay*. Sie waren heute bei uns, wegen eines Selbstverteidigungskurses und haben sich auf unsere Warteliste setzen lassen.«

»Stimmt. Ist etwa ein Platz frei geworden?«, hakte sie nach und spürte, wie sie von einer undefinierbaren Unruhe erfasst wurde.

»Ja, jemand hat abgesagt. Wenn Sie Lust haben, kommen Sie am Freitagabend vorbei. Der Kurs beginnt um acht.«

»Wow! Sehr gerne. Damit habe ich echt nicht gerechnet. Ich bin dabei«, erwiderte sie und verabschiedete sich von Kathy. Zitternd legte sie ihr Smartphone auf den kleinen Tisch vor sich ab und schlang ihre Arme um ihren Bauch. Die Unruhe wurde stärker, mit ihr wuchsen allerdings auch die Freude und der Wunsch, ihr Leben wieder in den Griff zu bekommen. Es musste sein. Das war ihr Weg.

»Fae!«, hörte sie Tai rufen und schreckte hoch. Er hatte nicht sonderlich gut geklungen. Eilig lief sie nach vorn, um zu sehen, was los war, stockte jedoch in der Bewegung, als sie Morris und Jada im vorderen Bereich des Studios antraf. Beide schienen völlig durch den Wind zu sein. Morris war leichenblass, während Jada in Tränen aufgelöst in seinen Armen lag. Ihr Blick fiel auf Tai, der sich, dabei am ganzen Leib zitternd, mit einer Hand an einem der Stühle abstützte.

»Was? Ist etwas passiert?«, fragte sie atemlos nach und blickte panisch von einem zum anderen.

Morris räusperte sich und kämpfte sichtlich mit seinen Emotionen. »Es kam eben in den Nachrichten. Trudy hatte einen Unfall. Sie ist tot.«

Kapitel 7

Chase

Die Nachricht von Trudy Desmonds Tod hatte er noch immer nicht verdaut, als er seinen Wagen auf dem Parkplatz hinter dem Gebäude abstellte. Fae hatte ihn gebeten, zur gleichen Zeit wie am Vortag vorbei zu kommen, doch er bezweifelte sehr, dass sie im Moment seine Gegenwart als sonderlich tröstlich empfinden könnte.

Vielmehr befürchtete er, sie mit seinem Auftauchen erneut in Panik zu versetzen und haderte mit sich, überhaupt das Studio zu betreten. Chase wusste, dass Trudy zu der Crew des *Tailors Ink* und somit auch zu Fae eine äußerst innige und herzliche Beziehung gepflegt hatte. Sein Wunsch, ihr in dieser schweren Zeit beizustehen, siegte jedoch und so betrat er nur wenige Augenblicke später das Tattoo-Studio.

Wie erwartet blickte er in traurige Gesichter. Tai nickte ihm kurz zu, richtete dann aber seine geröteten Augen wieder fest auf den Bauch des Mannes vor sich und somit auf das im Entstehen begriffene Tattoo. Morris, der aussah, als wäre er durch einen Fleischwolf gedreht worden, küsste im Vorbeigehen eine reichlich verweint aussehende Brünette und humpelte auf Chase zu.

»Hey, Mann! Haben wir dich angefixt, was? Wer einmal anfängt, kommt von der Nadel nicht mehr los«, frotzelte er, wurde allerdings sofort wieder ernst. »Heute sind keine Termine mehr frei und die Nachtschichten fallen im Moment flach. Ich bin erst wieder nächste

Woche im Einsatz«, fügte er an und klopfte Chase auf die Schulter, um ihm anzudeuten, dass er gehen sollte.

»Tut mir echt leid, das mit Trudy. Sie war ein toller Mensch«, brummte Chase, was Morris gequält das Gesicht verziehen ließ.

»Danke. Ich kann es noch immer nicht fassen. Als ich es gestern Nachmittag in den Nachrichten auf L.A. Live gesehen habe, war das ein wahnsinniger Tiefschlag. Vorgestern haben wir noch bei ihr gefeiert, mit ihr gelacht. Das alles kam aus dem Nichts«, antwortete Morris und schniefte.

»Ich habe es heute Morgen in der Zeitung gelesen«, erwiderte er und schob seine Hände in die vorderen Taschen seiner Jeans. Er wusste nicht, was er tun oder sagen sollte. Worte konnten den Schmerz, den diese Menschen gerade empfinden mussten, in keiner Weise lindern. »Ist Fae da?«, fragte er vorsichtig nach, was Morris mit weit aufgerissenen Augen aufnahm.

»Nichts für ungut, Chase, doch Fae ist so durch den Wind, die lassen wir besser in Ruhe. Sie ist hinten und heult schon den ganzen Tag. Wir alle haben kaum geschlafen«, erklärte er, was Chase zusetzte, denn er wollte ihr beistehen, sie trösten.

Ihr so nah zu sein, sie aber dennoch nicht sehen zu können und vor allem mit dem Wissen, wie schlecht es ihr ging, machte ihn unruhig. Am liebsten hätte er Morris zur Seite geschoben und wäre ohne Rücksicht auf irgendwelche Proteste zu ihr marschiert. Da er jedoch weder die Gefühle von Tai und Morris, noch die von Fae verletzen wollte, setzte er zum Rückzug an.

Chase war bereits an der Tür, als der Bote des von ihm beauftragten Floristen hereinkam.

»Lieferung für Fae Gibson«, murmelte der Mann und sah sich beinahe ängstlich im Studio um. Tai seufzte laut,

Morris gab ein schwer nach einem Lachen klingendes Hüsteln von sich und die Brünette hinter dem Kassentresen lief eilig nach hinten. Als sie zurückkam, hatte sie Fae im Schlepptau, die am Durchgang stehen blieb und in die Runde blickte.

Ihre Augen waren vom Weinen ganz gerötet, ihre aschfahlen Wangen wirkten eingefallen und es schien ihm, als ob ein Windstoß ausreichen würde, um sie von den Füßen zu reißen. Seine zarte Fae trauerte sichtlich und es zerriss ihn innerlich, dass er ihr nicht beistehen konnte. Ein Wort von ihr würde genügen und er wäre an ihrer Seite, solange sie ihn dort haben wollte.

»Hat das nie ein Ende?«, fragte sie mit brüchiger Stimme, die ihm einen eisigen Schauder über den Körper jagte. Ihm fiel wieder ein, dass sie den Strauß, der ihr vorgestern zugestellt wurde, an Trudy verschenkt hatte. Sie maß den Blumen also tatsächlich keine größere Bedeutung bei. Dabei hatte es auf dem Hinterhof, als er sie beobachtete, wie sie die Blütenpracht im Kofferraum verstaut hatte, noch ganz anders auf ihn gewirkt.

»Morgen kommt die letzte Lieferung«, erwiderte der Bote und überreichte ihr den Strauß aus roten Rosen, pinkfarbenen Bouvardien und grünen Bartnelken. Auf der Homepage des Floristen war diese Kombination als Charme-Offensive deklariert worden, doch leider schien sie ihrem Namen keine Ehre zu machen, denn Fae nahm die Blumen kopfschüttelnd entgegen und würdigte sie keines Blickes.

Chase konnte es ihr nicht einmal verübeln, schließlich trauerte sie um eine liebe Freundin. Was sollte das Grünzeug da schon für eine Bedeutung haben? Es gab wichtigere Dinge, als ihn und seine heimlichen Gefühle. Er beschloss, den Strauß roter Rosen, der ihr morgen geliefert werden sollte, abzubestellen.

»Ich geh dann mal wieder«, nuschelte er und nickte ihr zu, doch bevor er sich abdrehen konnte, trat sie dichter an ihn heran.

»Und was ist mit deiner Vorlage? Ich habe die ganze Nacht dran gearbeitet«, maulte sie und blickte mit großen Augen zu ihm auf.

»Ähm«, setzte Chase verdutzt an. »Ich wollte nicht stören. Ich meine, die Sache mit Trudy geht euch allen sehr nahe, da will ich mich nicht aufdrängen.«

Fae sah zu Boden und schniefte, gleichzeitig griff sie an seinen Arm und zog ihn mit sich durch den vorderen Bereich des Studios, bis nach hinten in den Pausenraum. Als er durch die Tür trat, hörte er, wie Morris fragte: »Hab ich was verpasst?«, was Tai mit einem knappen »Ja«, beantwortete.

Im Pausenraum schob ihn Fae zum Sofa und ging zur Küchenzeile, wo sie etwas Wasser in die Spüle ließ und den Strauß hineinstellte. Chase beobachtete sie dabei und war froh, dass sie die Blumen nicht in den nächstbesten Mülleimer geworfen hatte. Er überlegte, ob er es wagen sollte, sie darauf anzusprechen und gab seinem Herzen einen Stoß.

»Hübsch«, fühlte er vor.

»Gott! Du nicht auch noch. Seit über einer Woche geht das nun bereits so. Jeden Tag zur selben Zeit taucht dieser Bote hier auf und bringt Blumen vorbei. Nie hängt eine Nachricht dran. Beim ersten dachte ich noch, oh schön. Ich liebe Blumen. Doch irgendwann macht man sich schon Gedanken, was für ein krankes Hirn dahinterstecken könnte. Okay, die meisten habe ich mit nach Hause genommen, einen …«, erklärte sie, geriet jedoch ins Stocken und kämpfte sichtlich mit ihren Tränen. »Einen habe ich Trudy geschenkt, weil ich nicht ohne irgendwas bei ihr auftauchen wollte. Sie fand sie genauso wundervoll wie ich«, brach es aus ihr hervor. Einem spontanen Impuls folgend sprang Chase auf, zog sie gegen seinen Körper und schlang seine Arme schützend um sie herum.

Fae wehrte sich nicht dagegen, sondern heulte auf, presste ihr Gesicht an seine Brust und krallte sich mit ihren Händen an seinem Jackett fest. Er ließ sie weinen, hielt und stützte sie, während sie ihrem Schmerz Ausdruck verlieh. Ihre heißen Tränen drangen dabei durch den Stoff seines Hemdes bis zu seiner Haut durch und brachten ihn zum Erschauern. Gleichzeitig hoffte er, dass diese Geste ihr Vertrauen in ihn stärken würde. Vielleicht war dies seine Chance, um ihr einen kleinen Schritt näher zu kommen.

Es dauerte eine geraume Weile, bis Fae sich wieder gefasst hatte und ganz zu seinem Verdruss von ihm abließ. Dennoch stützte er sie, bis sie an der Couch angekommen war und sich setzte. Sie wischte sich die Tränen von den Wangen und wühlte in ihrer Hosentasche herum, bis sie ein zerknautschtes Papiertaschentuch hervorholte. Chase zog eine Packung aus der Innentasche seines Jacketts und reichte sie ihr, was sie mit einem gehauchten »Dankeschön« annahm.

»Soll ich dir einen Kaffee einschenken?«, fragte er vorsichtig nach, doch Fae schüttelte mit dem Kopf.

»Hab noch. Willst du einen?«

»Nein«, erwiderte er und überlegte, was er sagen oder tun könnte, um sie vielleicht ein wenig auf andere Gedanken zu bringen.

»Oh verdammt! Ich hab dein Hemd total versaut«, rief sie plötzlich und deutete auf seine Brust, wo sowohl dunkle Schlieren ihrer Mascara, als auch beige-braune Flecken von ihrem Make-up deutlich zu erkennen waren.

»Nicht so schlimm. Ich habe eine gute Reinigung«, beschwichtigte er sie und versuchte sich an einem Lächeln. Sie atmete tief durch, tupfte mit dem Taschentuch unter ihren Augen entlang und seufzte.

»Zum Glück konnte ich mich ein wenig mit der Vorlage für dich ablenken, sonst wäre ich bestimmt schon längst durchgedreht«, gestand sie ihm, was er überrascht aufnahm.

»Du hast trotz allem daran gearbeitet?«, hakte er nach, was sie mit einem Nicken bestätigte. Fae öffnete den vor sich liegenden Block und zeigte ihm, was sie sich für seinen Arm angedacht hatte. Chase klappte die Kinnlade herunter. Er konnte gar nicht glauben, was er da vor sich sah. Eine lange Treppe, beidseitig von Wolken umgeben, die zu einem doppelflügeligen Portal führte, über dem eine goldene Sonne strahlte.

Eisige Finger griffen nach ihm. Die Treppe zur Himmelspforte, wie passend dieses Bild doch war. Er hatte schon einmal davor gestanden und wurde wieder zurückgeholt. Hatte sie entgegen seiner bisherigen Annahme die Narben, die unter dem Tattoo an der Innenseite seines Handgelenks verborgen lagen, entdeckt und sich nur nichts anmerken lassen?

»Wie bist du auf die Idee gekommen?«, fragte er tonlos nach und versuchte, seine zitternden Hände vor ihr zu verbergen.

»Keine Ahnung, es war eine spontane Eingebung. Ich sagte dir ja bereits, dass sie für mich wie Stufen aussehen, der Rest kam danach wie von selbst.« Sie griff an seinen linken Arm und zog ihn zu sich. »Ich würde es bis zu deinem Ellenbogen hochziehen und das Tor dann auf den Oberarm setzen. Was hältst du davon?«

Ihm fehlten die Worte, um das, was er dachte oder fühlte aussprechen zu können. Ihre Idee war einzigartig.

Er fand sie wundervoll und dennoch griff sie damit einen wichtigen Teil seines Lebens auf, von dem er gehofft hatte, ihn so gut es ging, verdrängen zu können. Dieses Tattoo würde ihn hingegen jeden Tag an seinen Selbstmordversuch erinnern und den Grund für die Äxte auf seinem Handgelenk nichtig machen.

»Es gefällt dir nicht«, deutete sie aus seinem Schweigen.

»Doch! Sehr sogar. Ich weiß nur nicht, ob es … muss es unbedingt eine Himmelspforte sein? Ich bin kein sonderlich religiöser Mensch, musst du wissen«, brachte er als Einwand hervor, was sie tatsächlich nachdenklich stimmte.

»Hm, es war auch nur der erste Entwurf. Das Thema Treppe gefällt dir aber, oder?«, ging sie zum Glück darauf ein und schien keinen Groll wegen seiner Zurückweisung ihrer Vorlage zu empfinden.

»Das ist okay, ja. Wobei, du weißt, ich wollte nur Striche. Die Mühe …«, warf er ein, was sie mit einem verächtlichen Schnauben bedachte.

»Vergiss es. Knast-Tattoos stechen wir hier nicht. Entweder was Vernünftiges oder du kannst dir ein anderes Studio suchen«, erwiderte sie brüsk und verschränkte die Arme vor der Brust.

»Okay, okay. Keine Striche«, versuchte er, sie zu beschwichtigen, woraufhin sie ihn mit ihren strahlend grünen Augen böse anfunkelte und schniefte.

»Na also. Geht doch. Ich lasse mir was einfallen.« Chase bemerkte ihr zufriedenes Lächeln und ihm wurde bewusst, dass sie gerade ihren Willen durchgesetzt und ihn knallhart um den Finger gewickelt hatte. Ein schönes Gefühl. »Damit du nicht jeden Tag hier antanzen musst, gib mir einfach deine Handynummer, dann schicke ich dir Bilder von meinen Entwürfen«, schlug sie vor, was er mit einem Schulterzucken bedachte, obwohl er nichts dagegen hatte, ihr jeden Tag so nahe zu sein, wie in diesem Moment. Er sagte ihr die Ziffern an, die sie in ihr Smartphone tippte und fühlte sich gut bei dem Gedanken dran, dass sie ihn jederzeit erreichen könnte. Gleichzeitig dachte er angestrengt darüber nach, welches Motiv ihm persönlich gefallen würde.

»Hm, mir fällt da was ein«, setzte er an, als ihm eine Treppe in Erinnerung kam, die er mehr als nur imposant empfunden hatte. Zum Glück konnte er seinen Vorstoß noch rechtzeitig abbrechen, denn das reale Pendant befand sich in Trudy Desmonds Haus.

»Ja? Was?«, wollte Fae wissen und sah ihn fragend an, doch Chase schüttelte mit dem Kopf.

»Sorry, vergiss es. Denk dir was aus, dafür wirst du schließlich bezahlt«, stichelte er, was Fae mit weit aufgerissenen Augen und einem offenstehenden Mund aufnahm.

»Ey!«, rief sie und knuffte ihn gegen den Oberarm. Er hatte den Schlag kaum gespürt und musste sich ein Lachen verkneifen. Dabei fiel ihm ein, dass Kathy mit Fae für den kommenden Abend einen Termin im Studio vereinbart hatte und fragte sich, ob sie unter den gegebenen Umständen überhaupt auftauchen würde. Sie direkt danach fragen konnte er nicht, da er das Treffen heimlich eingefädelt hatte und sein Plan damit unweigerlich auffliegen würde. Er musste wohl oder übel warten. Und egal, wie ungeduldig er in diesem Fall auch sein mochte, diese Probe war das Leichteste an der ganzen Sache.

Kapitel 8

Fae

Sie hatte sich durch den Tag gehangelt, von Kaffee zu Kaffee, wie ein Zombie. Die Nacht war die zweitschlimmste ihres Lebens. Allein in ihrem Bett kamen all die Dinge hoch, die auf ihr lasteten. Es war nicht der Albtraum, in dem Jasper über sie herfiel, sondern die Erinnerungen an Trudys Lachen und ihre liebevollen Umarmungen.

Diese lebenslustige Frau war ohne Vorwarnung aus ihrer Mitte gerissen worden. Keine lange Krankheit, stattdessen ein plötzlicher Tod, der sie alle fassungslos zurückließ. Fae war Chase insgeheim sogar dankbar, dass er sie gehalten und weinen gelassen hatte. Keine noch so gutgemeinten Worte hätten ihr aus diesem tiefen Tal der Tränen herausgeholfen, seine starken Arme und der Rückhalt, den er ihr damit bot, jedoch schon.

Tai schien es mit sich allein ausmachen zu wollen und war noch einsilbiger als sonst. Morris und Jada hielten einander, da war kein Platz für Fae. Umso leichter war es ihr gefallen, sich bei Chase anzulehnen, mit ihm zu sprechen und darüber obendrein ihre Angst vor dem, was er ausstrahlte, zu vergessen. Obwohl sie ihn beim besten Willen nicht noch näher an sich heranlassen wollte, für den Moment war er ihr Fels gewesen, der aus dem Nichts heraus aufragte und es zuließ, dass sie sich an ihm festklammern konnte.

Ihre Schicht war vorbei und ihr Handy zeigte schon den ganzen Tag den Termin für den Selbstverteidigungskurs im *JayJay* an. Sollte sie das wirklich tun? Im Grunde stand ihr nicht der Sinn danach, vorgetäuschte Angriffe abzuwehren und lautes Kampfgeschrei anzustimmen. Sie wollte sich eher auf ihrer Couch zusammenrollen und irgendeinen von Trudys alten Filmen ansehen, die momentan auf jedem Sender zu laufen schienen.

Hollywood trauerte um eine seiner glanzvollsten Ikonen. Fae hingegen weinte um eine gute Freundin, die ihr Leben lang für ihre Träume gekämpft und sie erreicht hatte. Seitdem sie den Job als Tätowiererin begonnen hatte, spielte diese unglaublich willensstarke Frau eine Rolle in ihrem Leben. Fae hatte sie sich zum Vorbild genommen und es genossen, mit ihr über das alte Hollywood zu sprechen. Aber die Zeiten, in denen ein Schauspieler auch als Künstler wahrgenommen wurde, waren schon lange vorbei. Heute zählte nur noch, was ein Film einspielte, der Rest wurde als brotlos bezeichnet und müde belächelt.

Sie grübelte noch immer, als sie ihre Wohnung um zwanzig vor Acht betrat und die Einkäufe im Kühlschrank verstaute. Ihr Finger schwebte über dem Knopf an der Kaffeemaschine, während sie hin und her überlegte, ob sie ihre Ängste noch ein wenig länger ignorieren könnte oder ob sie nicht endlich den Arsch hochbekommen sollte, um sich ihnen zu stellen. Dabei fragte sie sich, was Trudy getan hätte.

»Kindchen, wenn ich ein ruhiges Leben gewollt hätte, dann wäre ich in Jamestown, Missouri geblieben und hätte Jake Billings von der Tankstelle geheiratet. Ich wäre brav jeden Sonntag in die Kirche gegangen, hätte Kuchen gebacken und fünf Kinder großgezogen. Doch stattdessen bin ich in einem Greyhound Bus, mit fünfzig Dollar in der Tasche, nach L.A. gefahren und habe es angepackt«, hörte sie Trudys Stimme in ihrem Kopf sagen. Es war eines dieser Gespräche gewesen, die Fae innerlich sehr berührt hatten und dessen Bedeutung ihr erst jetzt so richtig bewusst wurde.

Sie musste es anpacken. In Windeseile schlüpfte sie in eng anliegende Leggins und Top, zog ihre Sportschuhe an und flog förmlich zu ihrem alten Chevy, den sie vor dem Haus geparkt hatte. Der Stellplatz würde nachher wahrscheinlich von jemand anderem besetzt sein, doch im Moment war ihr das egal.

Keine fünf Minuten später betrat sie das *JayJay*. Am Empfang saß diesmal ein junger Mann, der ihr freundlich entgegenlächelte.

»Hey«, begrüßte er sie.

»Hey, ich wollte zu dem Selbstverteidigungskurs, wo muss ich da hin?«, fragte sie ihn, was ihn augenscheinlich sehr irritierte, da er die Stirn in Falten zog und Fae anschaute, als hätte sie Tentakeln im Gesicht.

»Der findet immer Dienstags statt und ist, soweit ich weiß, ausgebucht.«

»Oh! Aber Kathy hatte mich angerufen, jemand wäre abgesprungen. Sie meinte zudem, dass ich Freitag um acht Uhr abends vorbeikommen soll«, erwiderte sie und überlegte krampfhaft, ob sie sich nicht vielleicht verhört haben könnte.

»Nein, also …«, setzte er an, wurde jedoch von der heraneilenden Kathy unterbrochen.

»Hey, Fae. Da sind Sie ja. Der Kurs findet oben statt. Raum vier. Sie gehen einfach die Treppe da am anderen Ende des Trainingsbereichs hinauf, dann links, an den Umkleiden vorbei, ganz hinten. Der Kursleiter ist schon da«, ratterte sie hastig herunter und deutete Fae den Weg.

»Aber?«, versuchte ihr Kollege, der noch immer verwirrt zu sein schien, einzuwenden, doch Kathy boxte ihn in die Seite, was ihn erschrocken zurückweichen ließ.

»Ey, du musst ja nicht gleich grob werden«, maulte er, sich die malträtierte Stelle reibend, während Fae ihre Tasche schulterte und allen Mut zusammenraffte, um sich ihren Weg durch einen Raum voller muskelbepackter, schwitzender Männer zu bahnen.

Es musste sein. Sie wollte endlich ihr Leben wieder in den Griff bekommen und nicht weiter von ihren Ängsten beherrscht werden. Die Erinnerung an Jaspers brutale Schläge durfte sie nicht länger blockieren und wenn Trudy sie eines gelehrt hatte, dann war es, den Kopf hochzuhalten und die Schultern gerade. Nur, wer für sich selbst einstand, konnte am Ende siegen.

Fae ging auf direktem Weg durch den Trainingsbereich. Der Geruch von Schweiß, gemischt mit Metall von den Geräten und Gummi von den Matten, stach in ihrer Nase. Einige Kerle blickten zu ihr, andere trainierten einfach weiter. Als sie am Fuß der Stahltreppe angekommen war, atmete sie tief durch. Das Schlimmste hatte sie überstanden.

Sobald sie die Stufen erklommen hatte, lief sie, wie angewiesen, den Flur entlang. Sie betrat die Damenumkleide und wunderte sich, dass niemand sonst darin war. Vielleicht hatte der Kurs schon begonnen und alle anderen waren bereits nebenan. Also tat sie es ab und schloss ihre Tasche, samt ihrer Wertsachen, in einen der offenstehenden Spinde.

Sich den Schlüssel um das Handgelenk bindend, ging sie auf den Kursraum, auf dessen Tür eine große Vier aufgemalt war, zu. Mit heftig klopfendem Herzen drückte sie sie auf und trat ein. Noch bevor die Tür hinter ihr zufiel, stockte sie in der Bewegung, denn der riesige Raum lag im Halbdunkel und war vollkommen leer. Sie konnte niemanden sehen, außer sich selbst in der Spiegelfläche an der Frontseite.

Verwundert öffnete sie die Tür. Das war ganz eindeutig eine große Vier. Erneut kam es ihr so vor, als würde irgendetwas falsch laufen. Erst der Typ, der nichts von diesem Kurs wusste, und nun keine Teilnehmer? Was ging hier vor sich?

»Du bist spät dran«, hörte sie eine tiefe Stimme und zuckte erschrocken zusammen. Panisch suchte sie den Raum nach der Quelle ab, aber erst, als sich Chase aus dem Schatten löste, konnte sie ihn ausmachen.

»Was soll der Scheiß?! Ich denke, hier soll ein Selbstverteidigungskurs stattfinden?!«, fragte sie schnippisch und wollte sich bereits abdrehen, um zu verschwinden, doch Chase hielt sie auf.

»Warte! Das tut er auch.«

»Ach ja? Und wo sind die anderen Teilnehmer?«, hakte sie nach und deutete auf den leeren Raum.

»Ein Teilnehmer, ein Kursleiter. Mehr braucht es nicht. Wenn du dich gegen mich wehren kannst, dann kannst du dich auch gegen jeden Vollpfosten auf der Straße durchsetzen, der dir was tun will«, entgegnete er und baute sich mit vor der breiten Brust verschränkten Armen auf. Chase hielt sein Kinn oben und blickte an seiner Nase entlang zu ihr nach unten.

In Fae brodelte es. Am liebsten hätte sie diesem Idioten vors Schienbein getreten. Was fiel ihm ein, sie unter Vortäuschung falscher Tatsachen hierher zu locken? Und diese Kathy, die ihm ganz offensichtlich dabei geholfen hatte, würde ebenfalls ihr Fett wegkriegen.

»Fass mich nicht an!«, biss sie hervor.

»Hatte ich nicht vor«, antwortete er kühl.

»Auf den Scheiß habe ich keinen Bock! Ich bin weg«, giftete sie und wollte die Tür aufreißen, doch leider war Chase um Längen schneller, als sie gedacht hatte und drückte sie mit seiner riesigen flachen Hand vor ihrer Nase zu. Aufgebracht schoss sie zu ihm herum.

»Lass mich raus!«

»Nein!«

»Das Tattoo kannst du vergessen, du Arsch! Lass mich raus!«, schrie sie, was Chase allerdings nicht im Mindesten zu beeindrucken schien. In Fae tobte ein Wirbelsturm. Ihre Panik übernahm die Führung, Angst wucherte in ihr, sodass sich ihr Blick wie in einem Tunnel einzig auf die Tür richtete. »Du lässt mich auf der Stelle hier raus«, befahl sie ihm, doch Chase wich keinen Millimeter von seinem Posten.

»Sonst was?«, brummte er und in ihren Ohren nahm der tiefe Ton einen gehässigen Zug an. Sie war gefangen. Er ließ sie nicht gehen.

»Sonst schreie ich um Hilfe«, spie sie ihm entgegen und ballte ihre Hände zu Fäusten.

»Kursraum vier zeichnet sich zum einen durch seine hervorragende Schallisolierung, aber auch, durch seine abgelegene Lage am Ende des Gebäudes aus. Und da keiner der anderen Räume Freitagabends genutzt wird, sind wir hier oben ganz allein.«

»Du Schwein! Du hast das alles von langer Hand geplant«, keuchte sie und wich vor ihm zurück. Das Herz schlug ihr bis in den Hals hinauf. Panik lähmte sie. Er würde ihr wehtun. Ihr Schmerzen zufügen. Mit seinen Bärenpranken könnte er ihr mit einer einzigen Ohrfeige den Kopf von den Schultern fegen. Sie war hier gefangen und ihm hilflos ausgeliefert. Eines war ihr jedoch bewusst, sie würde nicht kampflos aufgeben, auch wenn ihre Angst jeden ihrer Gedanken blockierte.

»Das erste, was sich jede Frau verinnerlichen sollte, die sich gegen etwas wehren möchte, was sie nicht will, sei es eine verbale Nötigung, körperliche Gewalt oder gar ein sexueller Angriff, ist das Wort Nein! Es ist wichtig und viele unterschätzen die Kraft, die darin mitschwingt. Es hat eine klare Definition. Nein heißt Nein!«, erklärte Chase und drang mit seiner eindringlichen Stimme durch den wabernden Nebel in ihrem Kopf.

»Nein! Jetzt lass mich gehen«, zischte sie und griff an die Tür, um sie aufzureißen, doch Chase drückte sie weiter mit seiner Hand zu.

»Das war lahm. Da muss schon einiges mehr kommen. Und du darfst hier erst in fünfzig Minuten raus«, erwiderte er und nun war sie sich sicher, dass er sich über sie lustig machte.

»Ach ja? Was hast du in der Zwischenzeit mit mir vor? Mich vergewaltigen?« Seine dichten Augenbrauen wanderten ein Stockwerk höher und sein sonst so stoischer Gesichtsausdruck wirkte tatsächlich überrascht. »Nur weil du mich mal im Arm halten durftest, als ich eine starke Schulter brauchte, heißt das nicht, dass ich was von dir will, du Hornochse!«

»Das sind viel zu viele Worte. Wir waren bei Nein.« Seine Antwort irritierte Fae, da er nicht auf ihre Attacke einging, sondern weiter auf der verbalen Gegenwehr bestand.

»Nein«, presste sie hervor und verengte die Augenlider zu Schlitzen.

»Hm, interessiert mich nicht. Zu lasch«, erwiderte er und zuckte mit den Schultern.

»Nein«, probierte sie es erneut und lauter, doch für Chase schien es nicht auszureichen.

»Mimimimi«, machte er und beugte sich zu ihr hinunter. Dabei formte er mit seinen Lippen einen Kussmund und gab Küsschengeräusche von sich.

»Nein!«, blaffte Fae und stampfte diesmal sogar mit dem Fuß auf.

»Oh, soll ich dich küssen, ja?«, frotzelte er und versuchte, mit seiner freien Hand nach ihr zu greifen. Angst wallte in ihr auf, sie wich aus und blieb außerhalb seiner Reichweite stehen.

»Nein!«, rief sie. Ihr Brustkorb hob und senkte sich unter ihren heftigen Atemzügen. In der eingetretenen Stille konnte sie ihren Herzschlag überdeutlich in ihren Ohren pochen hören.

»Jetzt kommen wir der Sache schon näher«, brummte Chase, dessen schiefes Grinsen einen teuflischen Zug annahm.

»Nein! Nein! Nein!«, schrie sie ihm entgegen, trat auf ihn zu und schlug ihm mit der Faust gegen die breite Brust. Was dieser dämliche Kerl jedoch nicht tat, war, zur Seite zu gehen. Stattdessen baute er sich vor ihr auf, stemmte die Hände in die Hüften und lachte.

»Ist das alles?«, rief er und sah herausfordernd zu ihr herab.

»Nein!«, brüllte Fae aus voller Kehle.

»Ich kann dich nicht hören!«

»Nein!«, schrie sie so laut, dass es in ihren eigenen Ohren klingelte. Ihr Hals brannte bereits, was wollte er noch?

»Sehr gut. Und genau das ist der erste Schritt, um sich jemanden vom Hals zu halten. Keine Scheu, setze deine mächtige Waffe ein. Ein Nein, derart ins Gesicht des Gegners gebrüllt, wirkt verdammt abschreckend und, da ziemlich unerwartet kommend, auch verwirrend. Das verschafft dir Zeit und durch die Lautstärke kannst du auf dich und deine Situation aufmerksam machen«, erklärte er ihr mit strengem Tonfall und deutete in Richtung der Matten. »Und nun geht der spaßige Teil des Kurses los.«

»Was?«, keuchte sie und wich einen weiteren Schritt zurück.

»Du darfst mich jetzt schlagen, treten und von mir aus auch kratzen und beißen.« Fae wusste im ersten Moment nicht, was sie davon halten sollte und beäugte ihn argwöhnisch, als er sich von der Tür entfernte und zu dem Stapel mit den Matten ging. Vorsichtig schob sie sich zu dem nun freien Ausgang und wartete, bis Chase ihr vollständig den Rücken zudrehte. Das war ihre Chance. Sie riss die Tür auf und stolperte auf den Gang hinaus.

Krachend fiel sie hinter ihr ins Schloss, während Fae die ersten beiden Schritte tat, um von diesem verdammten Kursraum, aber vor allem von Chase wegzukommen. Nach dem dritten blieb sie jedoch stehen. Ihre Angst wich und eine seltsame Klarheit übernahm die Regie in ihrem Kopf. Was tat sie hier? Nein! Das war ihre Chance und die Kraft, die sie durch ihre eigene Stimme gefunden hatte, machte ihr Mut.

Fae drehte sich auf dem Absatz um, marschierte schnurstracks in den Kursraum zurück und baute sich vor Chase auf, der neben der auf dem Boden liegenden Matte scheinbar auf sie gewartet haben musste.

»Nur zur Info, ich trage ein Suspensorium. Den Spaß, meine Eier zu zerquetschen, gönne ich dir nämlich nicht.«

»Schade«, erwiderte sie und streckte ihm die Zunge heraus. Er schien es amüsant zu finden, denn sein bäriges Lachen hallte von den kahlen Wänden wider.

»Wichtig ist, dass du die Schwachpunkte deines Gegners kennst und durch Übung auch die im Falle eines Angriffs aufkommende Panik zurückdrängen kannst. Das Nein haben wir eben geübt. Ich will es hören. Immer, und zwar in genau der gleichen Intensität. Brüll dir die Seele aus dem Leib«, forderte er und trat auf die Matte.

»Wenn ich das mache, bin ich morgen heiser«, wandte sie ein.

»Und?«

»Und könnte mich dann nicht wehren«, erwiderte sie höhnisch, was er mit einem fiesen Grinsen bedachte.

»Das musst du nicht. Weder morgen noch am Sonntag. Du wirst nämlich, wenn ich mit dir fertig bin, dermaßen Muskelkater haben, dass du es kaum aus dem Bett schaffen wirst«, prophezeite er ihr, was Fae erneut zurückweichen ließ.

»Arsch«, giftete sie, was er mit einer wegwerfenden Handbewegung abtat.

»Man hat mich schon Schlimmeres genannt. Jetzt komm her und zeig mir mal, wie gut du treten kannst, kleine Fae«, forderte er sie heraus.

»Kleine Fae?!«

»Mimimi«, frotzelte er und machte wieder diese widerlichen Geräusche.

»Argh!«, rief sie und stürzte sich auf ihn. Fae hämmerte ihre Fäuste gegen seine Brust, trat auf seine Füße und rammte ihm ihre Schulter gegen den Bauch. Doch dieser Felsbrocken stand einfach nur da und ließ alles über sich ergehen, ohne auch nur mit der Wimper zu zucken.

Nach Atem ringend ging sie auf Abstand und sah dabei zu, wie Chase gähnte.

»Ach wie süß.«

»Mistkerl!«

»Püppchen«, schoss er zurück, was Fae zu einer weiteren Angriffswelle nutzte, die genauso wenig von Erfolg gekrönt war.

»Ich bin kein Püppchen«, keuchte sie, doch Chase schien es nicht zu interessieren. Er lief um sie herum und bevor sie sich versah, hatte er einen Arm um ihren Oberkörper geschlungen und presste sie damit gegen seine Brust.

»Nein!«, versuchte sie zu brüllen, aber die Panik übernahm die Oberhand und es kam ihr lediglich als leises Fiepen über die Lippen. Ihre Gegenwehr war im Keim erstickt. Wie paralysiert hing sie in seinem Klammergriff, zitterte und wartete darauf, was als Nächstes geschehen würde.

Nichts passierte. Chase ließ langsam von ihr ab, doch ihre Angst machte Faes Muskeln unbrauchbar, sodass sie in sich zusammensackte und auf den Knien landete. Wimmernd schlang sie ihre Arme um ihren Körper, krümmte sich und hoffte, dass die Attacke schnell abebben würde.

»Wer war das, Fae? Wer hat dir das angetan?«, hörte sie ihn leise murmeln. Chase hockte neben ihr, berührte sie allerdings nicht. Dennoch wollte sie nicht, dass er sie dabei beobachtete, wie sie seelisch und körperlich am Boden lag.

»Geh weg«, wimmerte sie, was der Holzklotz nicht zu verstehen schien, denn er blieb weiter an ihrer Seite.

»Ist es wegen Rufus? Sag mir, ob er es war und ich breche ihm jeden verdammten Knochen einzeln, bevor ich seine dreckige Visage samt seinem Schädel zerquetsche«, knurrte er und sie konnte hören, wie er seine Fingerknöchel knacken ließ, um seine Worte zu unterstützen.

»Nein, er hat nur versucht, mich zu begrapschen. Das … das andere ist schon viel länger her und du kannst ihm nichts tun, er ist im Knast«, erwiderte sie.

»Wann kommt er raus?« Seine Frage ließ sie nachdenken. Vor zwei Jahren war Jasper wegen Einbruchs und Drogenbesitz zu fünfzehn Jahren verurteilt worden.

»Wenn er nicht nach der Hälfte Bewährung bekommt, sitzt er noch dreizehn Jahre ein«, brachte sie hervor und schaffte es, sich mit den Ellenbogen aufzustützen. Langsam bugsierte sie sich hoch, war aber noch weit davon entfernt, aufzustehen.

Aus dem Nichts tauchte plötzlich eine riesige Hand vor ihr auf, schwebte körperlos und schien auf etwas zu warten. Chase sagte kein Wort, bot ihr lediglich still seine Hilfe an. Zögerlich legte sie ihre Finger hinein und schloss ihre Augen, während er sie nach oben zog.

Sobald Fae wieder auf ihren eigenen Beinen stand, ebbte ihre Panikattacke allmählich ab. Trotzdem fühlte sie sich nicht stark genug, um fortzufahren. Das war alles zu viel für sie.

»Wenn dich ein Angreifer von hinten packt, ist es am besten, wenn du laut schreist und dich nicht einfach ergibst, sondern deine freien Hände und Füße einsetzt. Ein Arm von ihm liegt um deinen Körper, damit bietet er dir Fläche, die du nutzen kannst. Kratze, gebrauche deine Fingernägel. Schlag nach hinten gegen seinen Kopf oder tritt mit den Fersen gegen seine Knie. Je heftiger du dich wehrst und je lauter du schreist, desto eher lässt er von dir ab«, erklärte Chase und baute sich vor ihr auf.

»Willst du es noch einmal versuchen?«, fragte sie zögerlich, aber er schüttelte mit dem Kopf.

»Besser nicht. Beim nächsten Mal, heute würde es dich nur weiter in Panik versetzen. Stattdessen zeige ich dir jetzt, wie du einen frontalen Angriff mit einem Messer abwehren kannst.« Fae horchte auf. Nicht etwa wegen seines Vorschlags, sondern aufgrund seiner

Planänderung. Sein gespielter Überfall mochte ihr heftig zugesetzt haben, doch Jasper hatte sie genau auf diese Weise überwältigt und schließlich halbtot geprügelt. Sie musste darüber hinweg kommen.

»Wir probieren das noch mal«, entschied sie, was Chase irritierte, denn er sah sie verwundert an. »Guck nicht so. Greif mich an«, beharrte sie, woraufhin er mit den Schultern zuckte und hinter Fae trat. Sie wappnete sich innerlich und dann geschah es. Er schlang erneut einen Arm um ihren Körper, presste sie gegen seine stählernen Muskeln und sorgte dafür, dass sich ihr Kopf abschaltete und die Panik die Oberhand zu gewinnen drohte.

Diesmal wollte Fae jedoch nicht so schnell klein bei geben.

»Nein!«, schrie sie aus voller Kehle, grub die Fingernägel ihrer linken Hand in seinen Unterarm und schlug mit der rechten nach hinten. Schmerz durchzuckte sie, als ihre Faust gegen seinen harten Betonschädel knallte, doch sie hörte nicht auf. Immer wieder boxte sie, trat ihn gegen die Beine, wand sich in seinem Griff und schrie so laut, dass ihre Stimmbänder langsam rau wurden.

Es dauerte eine gefühlte Ewigkeit, bis Chase von ihr abließ und sie zurück auf den Boden stellte. Sein besorgter Blick huschte über ihr Gesicht und Fae spürte die Intensität des Ausdrucks in seinen blauen Augen bis in ihre Zehenspitzen hinein prickeln.

»Sehr gut! Genau so ist es richtig«, lobte er, was Fae mit gemischten Gefühlen aufnahm. Sie atmete stoßweise ein und aus, dabei versuchte sie, den Sturm aus Angst, der sich mit ihrer plötzlich aufwallenden Libido vereinen wollte, zum Erliegen zu bringen.

»Du hast mich absichtlich losgelassen und nicht, weil ich mich befreien konnte«, murrte sie keuchend und rieb sich über die Fingerknöchel, die mit seinem Schädel Bekanntschaft geschlossen hatten.

»Aber auch nur, weil ich dich nicht loslassen wollte. Jemand, der einen Angriff plant, rechnet mit der Ohnmacht des Opfers, doch nicht mit dessen heftiger Gegenwehr. In fast allen Fällen, in denen sich das vermeintlich schwache Opfer wehrt, bricht der Täter ab und verschwindet. Widerstand ist eine Demonstration von Stärke, mit der man finstere Pläne durchkreuzt«, erläuterte er, was Fae einleuchtete. »Außerdem müsste da schon was anderes als ein kleiner Schmetterling um die Ecke kommen, um mich zu Fall zu bringen«, scherzte er, was Fae dazu bewog, ihm gegen die massiven Bauchmuskeln zu knuffen.

»Ich bin doch kein Schmetterling«, erwiderte sie und kämpfte mit einem Lächeln, was sich auf ihren Mund zwängen wollte. Chase zog eine Augenbraue nach oben und musterte sie eingehend.

»Ach nein? Du bist bunt, schillernd, flatterst herum. Wie nennt man das sonst?«, fragte er grinsend und zwinkerte ihr zu. Fae nahm es mit einem Augenrollen auf und drehte ihm lieber wieder den Rücken zu. Sein schiefes Grinsen gefiel ihr viel zu sehr und wenn sie noch länger in seine blauen Augen sah, würde zu Hause auf den Selbstverteidigungskurs ein Selbstbefriedigungskurs folgen.

Kapitel 9

Chase

Das heiße Duschwasser floss wohltuend über seine brennenden Muskeln. Obwohl Faes Faustschläge nichts im Vergleich zu denen von Ivan gewesen waren, spürte er sie dennoch überdeutlich. Vor allem jene, die auf seinem sowieso schon lädierten Gesicht oder an seinen Flanken landen konnten.

Der Bereich bis hinauf unter seine Achseln war mittlerweile nicht mehr nur rot, sondern tiefblau. Dabei hatte er die meisten von Ivans Tritten sogar mit den Armen abblocken können. Waren alle durchgekommen, würde er wahrscheinlich nicht mehr hier stehen, stattdessen läge irgendwo in den Hills unter Dreck verscharrt.

Mit beiden Händen stützte er sich an der Wand ab, hatte seine Stirn an die kühlen Fliesen gelehnt und versuchte, den in ihm wütenden Sturm wieder unter Kontrolle zu bringen. Fae so nahe zu sein, sie zu berühren und ihren süßen Duft ständig in der Nase zu haben, hatte ihm alles abverlangt.

So gut es ging, hatte er sich damit abgelenkt, ihr einige der Grundzüge von Selbstverteidigung im Alltag beizubringen. Zum Glück war sie eine gelehrige Schülerin und nicht allzu aufmerksam, was den körperlichen Zustand ihres Lehrers anbelangte. Nicht nur einmal zuckte er vor Schmerzen zusammen und beinahe genauso oft musste er gegen eine aufkommende Erektion ankämpfen.

Um seinen Schwanz im Griff zu behalten, wandte er sein neu gewonnenes Wissen an. Sie war überfallen worden. Allein diese Tatsache fokussierte ihn dermaßen, dass sein Blut den unteren Regionen seines Körpers fernblieb und stattdessen die Rädchen in seinem Kopf schneller ratterten.

Wer war es gewesen und wann? Wenigstens war das Schwein dafür verurteilt worden und saß im Knast. Die Sache mit Rufus hatte er nicht vergessen und wollte das zu gegebener Zeit noch mit ihm klären. Sollte er Fae jedoch ein weiteres Mal zu nahe kommen, so nahm er sich vor, dass man Rufus' Überreste nur noch mittels DNA-Abgleich würde identifizieren können.

Chase stellte das Wasser ab und griff nach seinem Handtuch. Sich abtrocknend ging er durch den leeren Umkleideraum zu seinem Spind. Die schmatzenden Geräusche seiner Flip Flops waren alles, was er hören konnte. Alles um ihn herum war still und er fragte sich, ob Fae, die in die Damen-Umkleide abgebogen war, bereits gegangen sein könnte.

Er wickelte sich das Handtuch um die Hüften und löste das Band des Schlüssels von seinem Handgelenk. Die Metalltür gab ein ächzendes Quietschen von sich, als er sie öffnete. Die Umkleiden unten waren neueren Datums, doch er zog sich meistens hier oben um, da er sich auf diese Weise vor neugierigen Blicken schützen konnte. So, wie er nach den Kämpfen aussah, wäre es irgendwann auch dem hohlsten Bodybuilder aufgefallen und hätte ihn in Erklärungsnöte gebracht.

Er nahm die Tube Heparin-Salbe und drückte eine ordentliche Menge auf seine Hand, um sich damit einzureiben. Das Zeug kühlte seine Blessuren, würde sie allerdings nicht rechtzeitig vor dem nächsten Kampf in Wohlgefallen auflösen. Somit bot er seinem kommenden Gegner die beste Angriffsfläche überhaupt und Chase wusste, dass Boyd dies gnadenlos ausnutzen würde.

Wenigstens hatte ihm der Fight gegen Ivan satte fünfzigtausend in Cash eingebracht, was ihm darüber hinweg half, sich jetzt kaum mehr rühren zu können.

Chase war im Begriff seine Sporttasche aus dem Spind zu nehmen, um sich anzuziehen, als er plötzlich einen Schrei hörte. Er stockte in der Bewegung.

»Fae«, kam es ihm keuchend über die Lippen und im nächsten Moment war er auch schon zur Tür hinaus gerannt. Das Pendant zur Damen-Umkleide knallte gegen die Wand, als er sie aufstieß. Schlitternd kam er vor Fae, die auf der einfachen, mitten im Raum stehenden Holzbank saß, zum Stehen und sah sich hektisch um.

»Was ist passiert? Wo ist der Bastard?«, bellte er, doch Fae wimmerte bloß und hatte ihre Hände in den Haaren vergraben. Ihre Bürste lag neben ihr. Sie musste gerade aus der Dusche gekommen sein, denn sie hatte sich, genauso wie er, lediglich ein Handtuch um ihren Körper gewickelt. »Fae, sag mir wo das Schwein hin ist?«, drang er auf sie ein und hockte sich breitbeinig vor ihr hin.

»Meine Scheißhaare!«, heulte sie und er stellte erleichtert fest, dass der Übeltäter nur ihr kleiner Finger war, der sich wieder einmal in einer ihrer Dreadlocks verfangen hatte. Sofort legte sich in ihm der Schalter von Beschützen auf Fürsorge und er strich ihr beruhigend über die nackten Arme.

»Halt still, ich ziehe ihn raus«, raunte er und glitt mit seiner großen Hand vorsichtig über ihre viel kleinere.

»Dafür müsstest du ihn erstmal reinstecken«, hörte er sie kichern und blickte ihr irritiert ins Gesicht. Fae lachte so heftig, dass ihr gesamter Körper bebte und Chase wusste nicht einmal, warum. Angestrengt überlegte er, bis der Groschen fiel. Scham brannte auf seinen Wangen.

»So habe ich das nicht gemeint«, nuschelte er und versuchte, sich darauf zu konzentrieren ihren Finger zu befreien. Er durfte jetzt keinesfalls an Sex mit ihr denken. Das kleine Handtuch um seine Hüften bot ihm keinen Schutz und würde ihn ziemlich schnell verraten.

»Sicher?«, hakte sie nach und in seinen Ohren klang dieses eine Wort schon beinahe nach einer Herausforderung.

»Hmm«, grollte er, spürte jedoch in dem Moment, als er ihren Finger befreit hatte, wie ihre andere Hand an einer Stelle seines Körpers auftauchte, an der er sie zwar gern gespürt, unter diesen Umständen aber nicht erwartet hätte.

»Fae …«, setzte er atemlos an und sah an sich herunter. Das Handtuch teilte sich genau zwischen seinen gespreizten Beinen und gewährte ihr damit einen direkten Blick auf seinen Schwanz. Erschrocken starrte er in ihre grünen Augen, die im wahrsten Sinne des Wortes Funken sprühten. Ihr Mund war leicht geöffnet, sie atmete schwer und ihre Zungenspitze glitt über ihre Unterlippe.

Jede ihrer massierenden Bewegungen, schaltete eine weitere Region in seinem Kopf ab. Nur in dem einen Teil, der davon geträumt hatte, so von ihr berührt zu werden, brannten sämtliche Lampen taghell.

Chase erhob sich langsam, was Fae nicht davon abhielt, seinen mittlerweile voll aufgestellten Schwanz weiter mit fester Hand zu wichsen. Ein Stöhnen entwich seiner Kehle, während sie den Stoff von seinem Körper entfernte und kühle Luft auf seine erhitzte Haut traf. Fae sah zu ihm nach oben, rutschte auf der Bank etwas nach vorn und leckte sich die Lippen.

Sein Atem stockte. Er riss seine Augenlider auf und sah ihr zu, wie sie ihren Mund ganz weit öffnete. Ihre Zungenspitze tauchte auf, glitt leicht über seine Eichel und umspielte sie. Ein Beben durchfuhr ihn. Allein, ihr dabei zuzusehen, wie sie ihn verwöhnte, stellte seine Standfestigkeit bereits auf eine verdammt harte Probe.

Sein letzter Sex, den er mit einer damals noch im Club arbeitenden Tänzerin gehabt hatte, war Monate her und egal, wie oft er von Faes Berührungen geträumt und sich währenddessen selbst befriedigt hatte, das Original überwältigte ihn vollends.

Das alles war mehr, als er je für möglich gehalten hätte. Ihr nahe zu sein, war wundervoll, doch der Moment, in dem sich ihre Lippen um seinen Schaft schlossen, würde auf ewig in seinem Gedächtnis bleiben. Fae begann zu saugen, drückte mit ihrer Zunge gegen seine Eichel und legte den Kopf in den Nacken, was den Effekt sogar noch verstärkte.

Alles was Chase noch von sich geben konnte, waren undefinierbare Laute. Ein Grollen und Knurren, gefolgt von Stöhnen und ab und an gesellte sich ihr Name dazu. Dabei platzierte er eine Hand vorsichtig an ihren Hinterkopf, um ihr durch sanften Druck zu zeigen, wie er es am liebsten mochte.

Fae war so gierig, dass er mit sich kämpfen musste, um nicht schon nach kurzer Zeit in ihrem Mund zu kommen. So schwer es ihm auch fiel, unterbrach er sie und zog sie stattdessen auf die Füße. Während er sich auf die Bank setzte, löste Fae das Handtuch von ihrem Körper und stieg völlig nackt auf seinen Schoß. Sie legte beide Hände an seine Wangen und für einen Moment sahen sie einander in die Augen. Stille umspülte sie, doch Fae durchbrach sie, indem sie sich mit einem hungrigen Laut über seine Lippen hermachte.

Chase ließ es zu, öffnete seinen Mund und hieß ihre vorwitzige Zunge willkommen. Der Kuss wurde rasch intensiver, Fae rieb sich an ihm, griff in sein Haar und forderte ihn dadurch heraus. Wollte sie tatsächlich noch mehr? Die Fae, die er in diesen Sekunden erlebte, hatte nichts gemeinsam mit der verängstigten Frau, die er bislang kennengelernt hatte. Mit der letzten ihm verbliebenen Unze an Achtsamkeit legte er seine Hände leicht an ihren Po, der sich in seinen Handflächen wie zwei knackige Äpfel anfühlte. Er dirigierte sie höher, bis ihre glühende Mitte direkt über seinem heftig pulsierenden Schwanz angelangt war.

Durch eine Abwärtsbewegung glitt er längs zwischen ihre gespreizten Beine und Fae begann damit, ihre Pussy daran zu reiben. Chase stockte der Atem. Sollten sie wirklich schon derart weit gehen?.

»Fae …«, setzte er an, wusste allerdings nicht mehr, was er überhaupt sagen wollte und zog sie stattdessen so nah an seinen Körper, dass ihre prallen kleine Brüste gegen seine harten Muskeln gepresst wurden. Der darauf folgende Kuss brachte ihn an den Rand des Wahnsinns. Fae kroch förmlich in ihn hinein, drang unter seine Haut und veränderte ihn. Und als sie ihre Lippen von seinen löste, glaubte er, in ihren Augen erkennen zu können, dass es ihr ebenso erging.

»Fick mich, Chase«, keuchte sie ihm ins Ohr, was ihn verharren und in der Bewegung stocken ließ. Sein Kopf war jedoch zu blutleer, um einen vernünftigen Gedanken fassen zu können.

»Kondom?«, brachte er abgehakt japsend hervor und wunderte sich im nächsten Moment, warum Fae von ihm abließ und nach ihrer Tasche griff. Wild warf sie alles heraus, bis sie schließlich ihr Portemonnaie fand und ein Folienpäckchen daraus hervorzog.

Sie stand von seinen Beinen auf, deutete ihm mit einer Handbewegung an, sich auf die Bank zu legen und rollte ihm im nächsten Augenblick das Latex über. Alles geschah so rasch, dass er kaum mitbekam, wie sie auf ihn kletterte und sich über seinem Schaft positionierte, nach ihm griff und sich langsam darauf niederließ.

Ein lautes Stöhnen entwich seiner Kehle, als sein Schwanz in ihre glühende Enge eintauchte. Sie schien jeden Muskel in ihrer Pussy anzuspannen und trieb ihn rasant mit jeder ihrer gleichzeitig kreisenden Auf- und Ab-Bewegungen auf die Klippe zu. Das war zu viel, es ging zu schnell. Chase versuchte, ihr eine Hand an die Hüfte zu legen, doch Fae fing sie ein und verschränkte ihre Finger mit seinen. Mit seiner anderen Hand verfuhr sie ähnlich, stützte sich darauf und ritt ihn, als würde ihr Leben davon abhängen.

Faes stramme Brüste wippten bei jeder Bewegung und Chase hätte nur zu gern an den steil aufragenden Spitzen gesaugt oder an ihren lustvollen Lippen gehangen. Leider war weder das eine, noch das andere für ihn zu erreichen und selbst seine Versuche, sie mit ruckartigen Bewegungen seines Beckens aus dem Takt zu bringen, funktionierten nicht.

Also genoss er den sich bietenden Ausblick, vor allem auf die Tattoos, die sie sich auf ihren Bauch hatte stechen lassen. Wild verschnörkelte Ranken mit blutbenetzten Dornen und Blüten wuchsen aus Ketten hervor. Am oberen Ende, unterhalb ihrer Brüste, bildete sich aus den Schnörkeln jeweils eine weibliche Gestalt, die die Hände nach oben reckte, als hoffte sie, jemand würde kommen, um ihr aus der Dunkelheit herauszuhelfen. Diese Bilder passten so gar nicht zu der lachenden, lebhaften Frau, die ihn gerade wie einen ungezähmten Hengst zuritt.

Es dauerte nicht lange und er bemerkte, wie Fae schwerer atmete, sah, dass sie den Kopf in den Nacken legte, bevor sie laut stöhnte. Sie musste ganz nah am Höhepunkt sein, also ließ er selbst die Zügel los und stieß, so fest er konnte, von unten in sie hinein. Der spitze

Schrei, den sie ausstieß, gellte in seinen Ohren, doch als ihr Orgasmus über Fae hinwegrollte, hatte es niemals einen schöneren Anblick für Chase gegeben.

Leider konnte er ihn nicht allzu lange genießen, denn kaum das die Kontraktionen in ihrem Unterleib aufgehört hatten, brach sein Höhepunkt über Chase herein. In drei kräftigen Schüben entlud er sich und zuckte dabei so heftig, dass er Fae gegen seine Brust zog, um sie vor dem Herunterfallen zu bewahren.

Chase legte beide Arme um ihren zarten Körper und konnte ihren heißen Atem auf seiner verschwitzten Haut spüren. Es kam ihm vor, als wäre es ein warmer Wind, der ihn weit über den Wolken fliegen ließ.

Niemals zuvor hatte sich etwas so verdammt gut und so unglaublich richtig angefühlt. Alles in seinem Leben war bisher von Kälte, Härte und Dunkelheit bestimmt worden. Erst, seit er sie das erste Mal gesehen hatte, wusste Chase, dass es abseits all dessen auch noch ein klein wenig Glück für ihn geben könnte. Ein Lichtblick, der in den vergangenen Minuten zu einer wahren Supernova angewachsen war.

Liebevoll streichelte er ihr über den Rücken, küsste zärtlich ihre Schläfe und vergrub seine Nase in ihrem Haar, das so wundervoll nach Limetten und Sonne duftete. Dabei fragte er sich, ob sie wohl mit ihm gemeinsam duschen würde und ob sich in ihrem Portemonnaie noch ein weiteres Kondom befand. Es würde nur einer kurzen Verschnaufpause bedürfen, dann wäre er wieder einsatzbereit und könnte mit ihr noch einmal die unteren Regionen ihrer beider Körper trainieren.

Fae hob den Kopf und Chase spitzte bereits die Lippen in Erwartung ihres Kusses, doch leider drückte sie sich nach oben und glitt langsam von ihm herunter.

Trotz seiner Verwirrung stützte er sie, bis sie sicher neben ihm stand. Sie sah ihn nicht an, sondern sammelte stattdessen ihre Sachen ein, schlüpfte in ihre Klamotten und machte auf ihn ganz den Anschein, als würde sie es lieber vorziehen, so schnell wie möglich zu verschwinden.

»Habe ich was falsch gemacht?«, fragte er halblaut, was Fae zusammenzucken ließ. Ohne jede Reaktion oder auch nur ein einziges Wort, schulterte sie ihre Tasche und rannte förmlich zur Tür hinaus. Chase starrte auf den Punkt, wo sie eben noch gestanden hatte. Es gab nur einen Moment in seinem Leben, der mit diesem hier vergleichbar war und eine ähnliche Leere breitete sich in ihm aus.

Sein Blick glitt unweigerlich auf sein Handgelenk. Er fühlte die Narben und kratzte mit dem Fingernagel über die Tinte. Sie gab ihr Geheimnis jedoch nicht preis, doch das leichte Brennen, was er erzeugt hatte, linderte zumindest für den Augenblick die klaffende Wunde, die in ihm aufgerissen worden war.

Kapitel 10

Fae

Nicht mehr lange, dann würde die Trauerfeier für Trudy mit anschließender Beisetzung auf dem Hollywood Forever Cemetery beginnen. Die Stimmung im Studio war genauso bedrückt, wie Fae sich seit ihrem verhängnisvollen Aufeinandertreffen mit Chase fühlte. Obwohl bedrückt es nicht einmal annähernd traf, eher mies oder unsagbar Scheiße. Was musste er jetzt nur von ihr denken? Sie war buchstäblich über ihn hergefallen, hatte ihn besprungen und sich danach wie der letzte Wichser verpisst.

Beim bloßen Gedanken an seinen Gesichtsausdruck wurde ihr speiübel. Chase hatte sie angesehen, als würde seine komplette Welt in sich zusammenbrechen. Dabei wusste Fae nicht einmal selbst, warum sie so panisch davongerannt war. Der Sex war unglaublich gut gewesen und das Nachglühen in seinen Armen so schön, dass sie sich nicht erinnern konnte, jemals einen solchen Moment purer Glückseligkeit erlebt zu haben.

Trotzdem hatte ihr dieses Gefühl Angst eingeflößt. Ganz zu schweigen davon, dass sie es ausgerechnet mit Chase kennenlernen musste. Einem riesigen Klotz, der dennoch so zärtlich und liebevoll mit ihr umging, als wäre sie eine zerbrechliche Kostbarkeit.

Und da waren noch seine vielen blauen Flecken gewesen. Überall an seinen Seiten, aber ebenfalls an seiner Brust und den Beinen schimmerten sie in feinsten Lila- und Dunkelblautönen. Fae fühlte sich schuldig, denn während seiner Lektionen hatte sie heftig auf ihn eingeschlagen und auch getreten. Ging das alles auf ihr

Konto? Hatte sie ihm Schmerzen zugefügt und es nicht einmal gemerkt?

Am liebsten hätte sich Fae die Haare gerauft, sie ließ es allerdings bleiben, da sie ein neuerliches Verhaken ihres kleinen Fingers vermeiden wollte. Außerdem nahm sie an, dass sich das dumme Ding mit Chase gegen sie verschworen hatte und er wahrscheinlich irgendwo hinter einer Ecke wartete, um ihr zur Hilfe eilen zu können.

»Ist da draußen irgendwas?«, fragte Tai, der neben sie an die Schaufensterfront trat und ihrem Blick zu folgen schien.

»Nein, nichts. Ich will nur meine Ruhe«, motzte sie ihn an, was er mit einem Augenrollen bedachte und verschwand. Dummerweise konnte man sie nicht einfach ihren Gedanken nachhängen lassen und so war Morris der nächste, der ihre schlechte Laune abbekam.

Gerade, als sie ihn erfolgreich vergrault hatte, fuhr ein weißer AMG Mercedes vor, den Fae nur zu gut einordnen konnte. Der Wagen gehörte niemand Geringerem als Ken Desmond, der wenige Sekunden später das Fahrzeug verließ. An der Beifahrerseite stieg eine ziemlich bleiche Cassy aus, die Ken, sobald er um das Auto herumgelaufen war, lachend gegen seine Seite drückte.

Tai musste die Ankunft seines Erzfeindes mitbekommen haben, denn er tauchte wieder neben Fae auf. Seine gesamte Körperhaltung hatte sich jedoch verändert. Er wirkte angespannt, beinahe schon angriffslustig.

»In tiefer Trauer, dass ich nicht lache«, murmelte er und bezog sich damit wohl auf den Wortlaut der Traueranzeige in der L.A. Times. Fae konnte gut nachvollziehen, was er meinte, denn Ken machte auf sie nicht den Eindruck, als würde er seiner toten Mutter auch nur eine Träne nachweinen. »Wenn ich jemals herausfinden sollte, dass dieser Scheißhaufen bei dem Unfall seine Finger mit im Spiel gehabt hat, bringe ich ihn eigenhändig um.«

»Es war Bremsversagen«, schaltete sich Morris ein, doch wie Tai, wollte auch Fae nicht so recht daran glauben.

»Der Wagen war erst vor einem Monat in der Inspektion und es ist ein gottverdammter Benz. Die Dinger hören nicht mal eben auf, zu funktionieren. Wenn die Deutschen eines können, dann Autos bauen«, knurrte er und bohrte seinen hasserfüllten Blick in Ken hinein.

Tais Mutmaßung klang dennoch etwas weit hergeholt, was sie jedoch nicht davon abhielt, ebenfalls die Hände zu Fäusten zu ballen. Darüber hinaus hatte sie nicht übel Lust, diesen Mistkerl mit ihnen Bekanntschaft schließen zu lassen. Erst recht, nachdem er mit ausladenden Bewegungen auf das Gebäude und damit auch auf das *Tailors Ink* deutete. Wenn es um ihre Familie ging, verstand Fae keinen Spaß. Jeder Einzelne der Crew war ihr ans Herz gewachsen und sie würde sie bis aufs Blut verteidigen.

Zum Glück verschwanden die beiden im Club, was Fae durchatmen und Tai sich wieder abwenden ließ. Er stapfte mit langen Schritten in Richtung Durchgang und trampelte kurz darauf die Treppe hinauf in den ersten Stock. Statt seiner trat Jada neben Fae und legte ihr einen Arm um die Schultern.

»Wir sind alle ziemlich angespannt. Das wird heute nicht einfach. Ich kannte sie zwar noch nicht sehr lange, aber sie hatte sich vom ersten Moment an einen Platz in meinem Herzen gesichert. Sie war ein so wundervoller Mensch«, sagte Jada mit trauriger Stimme und lehnte ihren Kopf bei Fae an.

»Sie fehlt mir«, brachte sie schluchzend hervor und schlang ihre Arme um Jadas Mitte. Sie weinten gemeinsam um ihre tote Freundin und hielten einander fest. Doch Fae spürte, dass da noch mehr aus ihr heraus wollte. Sie hatte niemanden zum Reden, keine beste Freundin, nur ihre Schwester. Jane wollte sie jedoch nicht von Chase erzählen und erst recht nicht von ihrem miesen Verhalten ihm gegenüber.

Jada stand Fae in dieser Beziehung näher und sie hatte das Gefühl, sich ihr öffnen zu können. Trotzdem war dies nicht der richtige Augenblick, um über eine solche Sache zu sprechen, also vergrub sie ihr Gefühlschaos tief in sich und kramte in ihrer Hosentasche lieber nach einem Päckchen Taschentücher für sich und Jada.

»Tai? Wir müssen dann langsam los«, hörte sie Morris rufen und wappnete sich innerlich für die kommenden Stunden. Für sie war es schon nicht einfach, daher konnte sie gut nachempfinden, wie schrecklich sich Tai in diesem Moment fühlen musste. Trudy war der einzige Mensch gewesen, der ihm beigestanden hatte, als es sonst niemand tun wollte. Sie liebte ihn wie ihren eigenen Sohn, wenn nicht sogar mehr.

Er kam zurück nach unten, zog sich das schwarze Jackett über und rückte den Knoten seiner Krawatte zurecht. Trudy hatte sich wohl bereits vor einiger Zeit über ihr Ableben und ihre Trauerfeier Gedanken gemacht, denn sie hinterließ genaue Anweisungen. Zum einen hatte sie Tai, neben Morris und Ken sowie drei anderen Männern, die Fae nicht kannte, zu ihren Sargträgern bestimmt.

Morris war zwar noch nicht wieder völlig fit, wollte es aber trotzdem durchziehen. Eine Tatsache, die Tai nicht sonderlich gefiel, der er jedoch nichts entgegenzusetzen hatte.

Fae nahm ihre Handtasche und folgte den anderen zu Tais Minivan. Marcia, Tais kleine Nichte, hatte er bei einer Tagesmutter untergebracht. Für sie wäre der ganze Trubel zu viel und Fae wusste, dass sie den Drogentod ihres Vaters noch immer nicht verdaut hatte. Sie empfand es daher als richtig, das Mädchen aus dieser Sache heraus zu halten.

Mit jedem Meter, den sie dem Friedhof näher kamen, legte ihr Herzschlag an Geschwindigkeit zu. Fae hatte panische Angst, auf Chase zu treffen. Sie wusste einfach nicht, wie sie reagieren oder was sie sagen sollte. Aus Furcht, ihm über den Weg zu laufen, hatte sie sich in den letzten beiden Tagen in ihrer Wohnung verbarrikadiert.

Erst, als sie sich zum Studio aufmachte, war ihr klar geworden, wie dumm sie sich verhalten hatte, da er überhaupt nicht wusste, wo sie wohnte. Trotzdem rebellierte ihr Magen und das wenige, was sie zum Frühstück gegessen hatte, drängte sich mit aller Macht nach oben. Zu allem Überfluss wurde im Radio auch noch ein Song von *Sound of Ice* gespielt. Die eingängige Stimme von Nathan zu hören, ließ eine Gänsehaut über ihren Körper laufen. Sie liebte die Musik der Band, doch waren die Erinnerungen an die Zeit, die sie mit den Jungs verbracht hatte, zu schmerzlich, sodass sie am liebsten den Sender gewechselt hätte. Leider saß sie hinten und Tai würde ihre Bitte sicherlich mit einem erhobenen Mittelfinger beantworten.

Fae versuchte, sich abzulenken und dachte unweigerlich an Chase. Ihr brannte es auf der Zunge, Jada zu fragen, ob er in den letzten beiden Tagen im Tattoo-Studio aufgetaucht war. Allerdings nahm sie an, dass einer aus der Crew ihn ihr gegenüber erwähnt hätte, wäre das der Fall gewesen.

»Jada? Du kannst deinem Vater sagen, dass er einen neuen Assi braucht. Ich habe Nate eingestellt«, teilte Tai unvermittelt mit, was Jada, die bis dato traurig aus dem Fenster gesehen hatte, mit weit aufgerissenen Augen und reichlich geschocktem Gesichtsausdruck aufnahm.

»Mein Dad wird dich hassen«, erwiderte sie. »Endlich hat er mal jemanden gefunden, der nicht bloß Selfies mit den Stars schießen will, sondern Ahnung von guter Musik und vor allem von Instrumenten hat, da spannst du ihm den Typen aus. Du bist ab sofort auf der schwarzen Liste von *Capitol Records*.«

»Kann ich mit leben«, entgegnete Tai. »Ist ja schließlich nicht mein Problem, wenn der Typ ein verdammt guter Tätowierer ist und ich ihm mehr zahle als den Hungerlohn, den er bei *CR* bekommt.«

»Wann fängt er an?«, warf Fae ein, denn durch ihre freiwillige Isolation war ihr der Probetag von diesem Nate entgangen.

»Donnerstag«, antwortete er ganz zu ihrer Überraschung.

»Na, da zahlst du ihm definitiv mehr als nur einen Hungerlohn, dass er so schnell seine Zelte abbricht«, maulte Jada und knuffte Tai von hinten gegen die Schulter. »Das kostet dich mindestens ein Six-Pack Budweiser, wenn nicht sogar eine Flasche Bourbon.«

»Dann fängt er ja am gleichen Tag an wie ich vor zwei Jahren«, stellte Fae fest.

»Echt?«, hakte Morris nach. »Du bist schon so lange bei uns?«

»Seit dem fünfzehnten Juni«, präzisierte sie.

»Der schlimmste Tag in unserem Leben«, feixte Morris, was Tai ein gehässiges Lachen entlockte. Er wurde jedoch sofort wieder ernst, da er den Wagen durch das Tor des Friedhofs lenkte. Sobald er geparkt hatte, stiegen sie aus und richteten ihre Kleidung. Fae war es schwergefallen, in ihrem Kleiderschrank etwas dem Anlass Entsprechendes zu finden. Sie hoffte inständig, dass niemand bemerken würde, wie durchsichtig die schwarze Spitzenbluse war, die sie unter dem von Jadas Mutter geliehenen gleichfarbigen Sakko trug.

Sie wartete mit Jada in der Kirche, während sich Morris und Tai mit dem Geistlichen trafen, um die weiteren Einzelheiten zu besprechen. Nach einigen Minuten kam Cassy, gemeinsam mit ihrer jüngeren Schwester Tamara herein. Während Tamara genervt wirkte und nach vorn zur ersten Reihe stapfte, schien Cassy von ihrer Trauer ziemlich mitgenommen zu sein. Für einen kurzen Moment blieb sie auf dem Mittelgang stehen, bekreuzigte sich und sah hinauf zum Altar, vor dem riesige Blumenkränze und ein großes Bild von Trudy standen.

Ihr Schluchzen hallte durch die Stille, bevor sie langsam nach vorne ging. Als sie bei Fae angekommen war, hielt sie an.

»Darf ich …«, fragte sie und deutete auf die Bank. Fae und Jada rutschten etwas zur Seite, sodass sich Cassy neben sie setzen konnte. »Sie fehlt mir so sehr«, flüsterte sie unter Tränen.

»Uns auch«, erwiderte Jada und griff über Faes Schoß hinweg nach Cassys Hand. Sie nahm an, dass die beiden sich, da sie öfters auf Marcia aufpassten, auf diese Weise näher kennengelernt haben mussten. Die blonde Tänzerin war an sich auch ganz in Ordnung, nur ihr Männergeschmack ließ massiv zu wünschen übrig.

Fae überlegte krampfhaft, was sie sagen sollte. Ihr fiel jedoch nichts ein, also starrte sie nach vorn zu den Kränzen und Gebinden aus Lilien, Gladiolen und Rosen. Das Weiß und Zartrosa wirkte frisch und rein. Der süße

Duft der Blüten wehte zu ihnen herüber, als eine ältere Frau, die anscheinend zu der Firma gehörte, die mit der Beerdigung beauftragt war, eine Tür hinter dem Altar öffnete. Das Sonnenlicht, was durch die Öffnung hereinfiel, tauchte die Blüten in ein geradezu magisches Licht, was Faes Blick gefangen nahm.

Nach einer Weile kam es ihr so vor, als würde eine kleine Elfe über den Blumen tanzen, bis ihr bewusst wurde, dass sich ein Schmetterling zu ihnen in die Kirche verirrt haben musste. Aus dem Nichts heraus dachte sie an Chase. Er hatte sie als Schmetterling bezeichnet. Gut, sie war mit all ihren Tattoos tatsächlich ziemlich bunt, doch was das flatterhafte anbelangte, lag er völlig falsch.

Schwere Schritte halten durch den hohen Raum und rissen Fae aus ihren Gedanken. Sie spähte über ihre Schulter und sah, dass Tai und Morris sich zu ihnen gesellten. Tais Gesichtsausdruck sprach Bände. Er musste heftig mit Ken aneinandergeraten sein, denn er wirkte verärgert und stand mit Sicherheit kurz vor einer Explosion. Morris erweckte hingegen ganz den Eindruck, als habe er in den vergangenen Minuten den Ringrichter spielen müssen, um Tai davon abzuhalten, Ken einen frühen Tod zu bescheren.

»Cassandra«, brachte er gepresst klingend hervor, kaum, dass er neben ihr angekommen war. Sie sprang auf und sah sich hektisch um, beruhigte sich jedoch wieder, sobald sie sicher sein konnte, dass Ken nicht bei ihnen war.

»Tai, es tut mir so leid«, hauchte sie, was er mit einem Nicken aufnahm, ehe er nach ihren Händen griff, die sie vor ihrem Bauch gefaltet hatte.

»Mir tut es ebenfalls leid. Sie hat dich sehr gern gehabt«, murmelte er und Fae konnte sehen, wie schwer es ihm fiel, sie nicht in seine Arme zu ziehen. Cassy schluchzte leise, löste ihre Hände aus seinen und wischte sich die Tränen mit einem Taschentuch fort.

»Ich wünschte, ich hätte ihre Stärke und ihren Willen, die Dinge anzupacken und nicht nur von ihnen zu träumen«, erwiderte sie und verwirrte Fae damit. Schließlich lebte Cassy den Hollywood-Traum, den wahrscheinlich jede zweite Frau auf der Welt hatte. Sie war zwar keine erfolgreiche Schauspielerin geworden, wohnte aber trotzdem in einer riesigen Villa, tanzte Center Stage in einem angesagten Club und war mit einem stinkreichen Kerl liiert, der sie mit teuren Klamotten und Schmuck versorgte. Welche Wünsche sollte sie da noch besitzen, die nicht schon längst erfüllt waren?

Tai wollte etwas erwidern, doch jemand öffnete das Portal am Eingang und das Stimmengewirr der hereindrängenden Trauergäste hielt ihn offenbar davon ab. Er ließ ihre Hände los und Cassy ging, den Kopf dabei gesenkt haltend, zur Tür, wahrscheinlich, um mit Ken gemeinsam die Ankommenden zu begrüßen. Fae erhob sich, damit Morris neben Jada sitzen konnte. Tai nahm den Platz am Gang.

Die Kirche füllte sich rasch. Fae erkannte einige weltberühmte Schauspieler, Regisseure und sogar den ein oder anderen Musiker. Wenn sie die zahlreichen trauernden Menschen sah, dann wurde es wirklich offensichtlich, dass die gesamte Branche um einen ihrer schillerndsten Stars weinte. Trudy war eine der letzten gewesen, die über Jahrzehnte Erfolg gehabt hatte und somit trugen sie mit ihr ein weiteres Stück des alten Hollywood zu Grabe.

Sobald es in der Kirche etwas ruhiger wurde, blickte sie sich um. In einer Bank ganz am Ende konnte sie ihn entdecken. Sein kantiger Kopf mit dem hellblonden

Bürstenhaarschnitt ragte aus der ihn umgebenden Menge heraus. Chase schien sie jedoch nicht bemerkt zu haben und Fae hoffte, dass es so bleiben würde. Sie wusste, dass sie diese Sache schleunigst aus der Welt schaffen musste, doch hier und heute war definitiv nicht der richtige Zeitpunkt dafür.

Die Trauerreden rührten nicht nur Fae zu Tränen. Auch Morris schniefte mehr als einmal neben ihr, während Tai stoisch nach vorne auf den weißen Sarg starrte, der zu Beginn aus der Krypta nach oben gefahren worden war. Sie dachte an Trudy und all die Gespräche, die sie mit ihr geführt hatte. Sogar noch, als sie mit Jada und den anderen Trauergästen über den Friedhof zur Grabstelle ging, waren ihre Gedanken allein bei ihr.

Die riesige Menschenmasse begab sich zu den auf dem Grün und zwischen den umliegenden Gräbern stehenden Stühlen. Tai und Ken hatten Trudys letzten Weg mit ihrem Sarg auf ihren Schultern angeführt und setzten den kunstvoll gearbeiteten Kasten gemeinsam mit den übrigen Trägern auf einer Seilkonstruktion ab, mit der er später ins Grab hinabgesenkt werden würde.

Fae und Jada hielten einander an den Händen, während der Bischof von Los Angeles höchstpersönlich den letzten Segen sprach. Gleichzeitig wurde der Sarg, auf den Cassy noch eilig ein Kissen mit weißen Rosen legte, hinabgelassen. Stille trat ein und ein Geiger stimmte eine vor Trauer überfließende Melodie an, die Fae die Tränen in die Augen trieb. Sie blickte hinab zu Trudy und verabschiedete sich stumm von ihr.

Erde landete auf dem Rosenkissen. Fae stockte der Atem, da diese Geste die Endlichkeit aller Dinge bekundete. Ihr Herz wog schwer, aber es geriet ins Stolpern, als sich zwischen den Rosenblüten etwas bewegte. Erschrocken sah sie einem bunt schillernden

Schmetterling dabei zu, wie er seine zarten Flügel flatternd von Erde befreite und aus dem Grab hinauf in den wolkenlosen Himmel flog.

Das gleiche Blau. Fae atmete stockend aus und blickte sich suchend um. Alle wirkten in ihrer Trauer gefangen und so nahm sie an, dass keiner außer ihr den Schmetterling bemerkt zu haben schien. Doch darum ging es ihr nicht. Sie suchte nach dem Pendant des Himmels. Da sie ihn nicht sofort entdecken konnte, glaubte sie bereits, dass er schon gegangen sein könnte.

Dann fand sie ihn. Chase stand etwas abseits, im Schatten eines Ahornbaumes. Er trug seine verspiegelte Sonnenbrille und sein schwarzer Anzug machte den Eindruck, als wäre er an seinen muskulösen Körper gegossen worden. In diesem Outfit hätte er ohne weiteres Aliens jagen können.

Chase verzog keine Miene, also hoffte sie, dass er sie nicht gesehen hatte. Vielleicht ließ er sich auch nur nichts anmerken. So oder so war sie es ihm schuldig, ihren überstürzten Aufbruch zu erklären. Er hatte sich ihr gegenüber stets korrekt verhalten und, wenn sie an das heimlich eingefädelte Selbstverteidigungstraining dachte, es immer gut mit ihr gemeint.

Die Panik ging allein von ihr aus. Ein Grund mehr, dass sie ihr Leben endlich in den Griff bekommen musste. Wie sie das und zudem den Schlamassel mit Chase angehen sollte, wusste sie jedoch nicht. Urplötzlich bekam sie Bauchweh bei dem Gedanken, er könnte sie zurückweisen.

Das war doch absurd! Noch vor einigen Tagen wollte sie nicht einmal im gleichen Raum mit ihm sein und nur, weil er sie anlächelte und zärtlich berührte, machte das noch keinen liebenswürdigen Menschen aus ihm.

Vielleicht verstellte er sich bloß, wie Jasper es getan hatte oder versuchte lediglich, sie flachzulegen. Egal, es war müßig, darüber nachzudenken. Chase fiel zwar durch sein Äußeres und seine Ausstrahlung exakt in ihr Beuteschema, aber gleichzeitig war es genau das, was sie zurückschrecken ließ. Fae hatte sich viel zu oft die Finger an dieser Art von Männern verbrannt und auf die richtig harte Tour lernen müssen, sich zukünftig von ihnen fernzuhalten.

Während sie den Friedhof verließen, verlor sie ihn aus dem Blick und sah ihn erst wieder, als er sie mit seinem Porsche auf dem Santa Monica Boulevard überholte. Kurz vor der nächsten Ampel wechselte er auf ihre Spur und kam vor ihnen zum Stehen. Dem Grollen seines Auspuffs wohnte etwas Martialisches inne. Faes Augen sogen sich an seinen Rückleuchten fest.

»Wo ich ihn gerade sehe, Chase kam gestern im Studio vorbei und fragte nach dir«, sagte Tai und versetzte ihr damit einen heftigen Tiefschlag, an dem sie immer noch zu knabbern hatte, als er den Wagen zehn Minuten darauf vor dem *Tailors Ink* einparkte. Sie war sogar so in Gedanken, dass sie sich kaum an der kleinen Gedenkrunde, die sie im Studio abhielten, beteiligte.

Der Shot brannte in ihrer Kehle, lichtete jedoch nicht den Nebel in ihrem Kopf und so fand sie sich keine Stunde später auf ihrer Couch wieder, wo sie zusammengerollt auf der Seite lag und ins Nichts starrte.

Ein Klopfen an der Tür schreckte sie auf. Sie wollte es ignorieren, doch als sie Jada von draußen rufen hörte, raffte sie sich auf, um ihr zu öffnen.

»Hey, ich bin auf dem Weg zur Tagesmutter, um Marcia einzusammeln und habe noch etwas Zeit, da dachte ich … ach was, du sahst vorhin so traurig aus, das mit Trudy scheint dir sehr nahe zu gehen«, legte Jada los und zog Fae mit sich zum Sofa. Seufzend sackte sie neben ihr in sich zusammen.

»Hmm, aber das ist es nicht allein. Ich hab echt Mist gebaut«, setzte sie an und suchte nach den richtigen Worten, um Jada von ihrem Ausrutscher mit Chase zu berichten.

»Oh? Was ist passiert, Süße?«, wollte sie wissen und griff nach ihrer Hand.

»Chase. Chase ist passiert.«

»Ähm? *Der* Chase? Türsteher, so breit wie eine Tür, knapp zwei Meter groß, meinst du den Chase?«

»Genau der.«

Jada blieb vor Überraschung der Mund offenstehen. »Er kam doch neulich wegen eines Tattoos vorbei.«

»So ist es, aber da ist zwischenzeitlich noch so einiges mehr geschehen.«

Jada riss die Augen weit auf. »Ihr habt gepoppt?!«, stieß sie mit schriller Stimme aus.

»Ja.«

»So richtig?«

»Oh ja. Richtig, richtig«, jammerte Fae.

»Und? War er gut? Ich meine, so ein Riesenkerl hat doch bestimmt …«, bohrte sie weiter und griff Faes Hand fester.

»Jada!«, rief Fae empört, seufzte dann jedoch und nickte. »Verdammt gut sogar. Wobei es mehr von mir ausging«, setzte sie an und erzählte ihr, wie genau es zu dem *Unfall* in der Umkleidekabine gekommen war.

Sobald sie geendet hatte, blickte sie die nachdenklich wirkende Jada hilfesuchend an.

»Wo ist nun das Problem? Du hast ihn zwar nicht gerade ladylike klargemacht, aber so, wie es klingt, hat er sich auch nicht unbedingt mit Händen und Füßen dagegen gewehrt, oder?«, merkte diese an.

Fae schüttelte mit dem Kopf und stöhnte. »Das Problem besteht ganz einfach darin, dass ich mich danach angezogen und verpisst habe«, gestand sie ihr. Erneut stand Jada die Überraschung ins Gesicht geschrieben. »Jetzt weiß ich nicht, was ich tun soll.«

»Wieso? Willst du denn was von ihm? So beziehungsmäßig?«, fragte sie, was Fae zusammenzucken ließ.

»Nein! Auf gar keinen Fall! Niemals!«, rief Fae aufgebracht, spürte jedoch gleichzeitig, dass ihr Herzschlag rasant zulegte. »Nein, ganz sicher nicht. Trotzdem muss ich das mit ihm klären. Ich weiß bloß nicht, wie.«

Jada seufzte und machte eine nachdenkliche Miene. »Tai meinte vorhin, er wäre im Studio gewesen und wollte mit dir reden. Vielleicht machst du dir zu viele Gedanken und es war für ihn auch nur ein bisschen Spaß zweier Erwachsener«, versuchte Jada, sie zu beruhigen. »Hast du seine Handynummer? Dann schick ihm doch einfach eine unverfängliche Nachricht. Frag ihn irgendwas wegen der Vorlage, die du für ihn erstellst, einen besseren Grund als sein Tattoo fällt mir spontan nicht ein.«

Der Vorschlag gefiel Fae, denn über das Smartphone müsste sie ihm zumindest nicht direkt in die Augen sehen und die Zeichnung wäre ein gutes Mittel, um seine Stimmung abzuchecken.

»Okay, das mache ich«, erwiderte sie und atmete tief durch. Ihr Entschluss stand fest.

Es gab bei der Sache nur ein Problem, sie wusste noch immer nicht, was für eine Vorlage sie ihm zeichnen sollte.

Kapitel 11

Chase

Sonntagabends war nie wirklich viel los, doch dieser schien besonders langweilig zu werden. Kaum Buchungen für den VIP-Bereich, nur wenige reservierte Tische. Wenn der Club halbvoll werden würde, wäre es ein Wunder. Chase lehnte sich nach hinten gegen den Türrahmen und unterdrückte ein Gähnen.

Seine Stimmung war schwermütig und er fühlte einen inneren Druck, der sich langsam, aber stetig aufbaute. Er wusste, was dahintersteckte und versuchte, seinen Kopf auszuschalten. Dummerweise gelang es ihm nicht.

Ständig kreisten seine Gedanken um die Beerdigung, die am frühen Nachmittag stattgefunden hatte. Das ganze Gerede über Tod und Trauer, Wiederauferstehung und Leben steckte ihm in den Knochen. Warum er überhaupt daran teilgenommen hatte, war ihm auch jetzt noch nicht klar. Schließlich kannte er Trudy Desmond kaum, hatte wenn es hoch kam, drei Worte mit ihr gewechselt.

Dennoch nahm er die Einladung von Ken an, die er gegenüber seinen Mitarbeitern ausgesprochen hatte. Der wahre Grund für seine Teilnahme hieß Fae Gibson. Chase wusste, dass sie dort sein würde und ihr ging, im Gegensatz zu ihm, der Tod dieser Hollywood-Legende sehr nahe.

Fae. Was war nur passiert? Wieso war sie weggelaufen, nachdem sie mit ihm geschlafen hatte? Ständig grübelte er über diesen verrückten Abend nach, konnte kaum mehr schlafen. Die Unwissenheit zermürbte ihn dermaßen, dass er es sogar fertiggebracht hatte, ihr nachzulaufen und am Sonntag im Studio vorbeizuschauen.

Leider oder vielleicht auch zum Glück war sie nicht da gewesen. Es hatte ihn schon genug Kraft gekostet, überhaupt durch die Tür zu gehen, eine Zurückweisung wäre für ihn nur schwer zu verkraften gewesen. Dennoch, sie auf der Beerdigung zu sehen, ihr so nahe zu sein und sich gleichzeitig zu fühlen, als würde er sie vom Rande der Galaxie aus beobachten, fraß ihn innerlich auf.

Dan und Rick hielten wie jeden Abend neben ihm die Stellung. Für ihn war es jedes Mal eine Überraschung, wie sie es schafften, dass ihnen der Stoff ihrer Jacketts nicht wegen ihrer aufgeblähten Muskeln vom Körper platzte. Zwar war er, was das Training anbelangte, ebenfalls kein Kind von Traurigkeit, doch auf diese zwei traf das Klischee, dass der IQ schrumpfte, wenn die Muskelmasse anwuchs, zu einhundert Prozent zu. Sie waren beide nicht sonderlich hell im Oberstübchen. Zur Abschreckung, aber auch für die Ruhe im Club, wirkte ihre Ausstrahlung jedoch wahre Wunder.

Eine schwarze Hummer-Stretchlimousine fuhr vor, aus deren Innenraum lautes Gelächter und Partymusik an seine Ohren drang. Das Klemmbrett verriet ihm, dass es sich dabei um einen Schauspieler samt Entourage handeln musste, der hier die Premiere seines neuen Films feiern wollte.

Mit einem Kopfnicken gab er Rick das Zeichen, die Tür zur Fahrgastzelle zu öffnen, um die Neuankömmlinge in Empfang zu nehmen. Dean Pratt stieg aus, zog eine kichernde Blondine hinter sich her und ging, ohne Chase näher zu registrieren, an ihm vorbei. Der Rest des Gefolges marschierte ebenfalls direkt in den Club. Chase zählte durch und hakte sie auf seiner Liste ab, mehr musste er nicht tun.

Sobald die Limousine abgefahren war, kehrte wieder Ruhe ein. Gleichzeitig kratzten und bissen sich in ihm Dinge einen Weg an die Oberfläche, die er bis zum vergangenen Freitag längst für begraben gehalten hatte.

Angestrengt massierte er seine Nasenwurzel und hätte sich das Brüllen seines Vaters am liebsten aus dem Schädel gepresst.

»Du bist ein Weichei! Ein Verlierer! Du bist ein Nichts!«, hallte die Lieblingstirade seines alten Herrn durch seinen Kopf. Ein Echo aus der Finsternis.

Chase überlegte, ob er reingehen und eine Kopfschmerztablette nehmen sollte, doch bevor er den Gedanken in die Tat umsetzen konnte, vibrierte sein Handy in der Hosentasche. Er zog es hervor und sah, dass er eine Nachricht von einer unbekannten Nummer erhalten hatte. Es irritierte ihn, da es nur sehr wenige Menschen gab, denen er seine privaten Telefonnummern weitergegeben hatte. Umso überraschter war er, als er feststellte, dass die Nachricht von Fae stammte.

Mit zitternden Fingern öffnete er sie.

Hey Chase! Habe gehört, du warst bei Tai. Hatte zwei Tage frei. Arbeite an deinem Tattoo. Schicke dir gleich ein paar Vorschläge. Bin ziemlich down wegen Trudy, so kann ich mich ein wenig ablenken.

Sag mir, was du davon hältst.

Fae

Sein Herz hämmerte ihm bis in den Hals hinauf. Stockend atmete er aus, nur um erneut hastig Luft in seine Lungen zu saugen.

»Was ist denn mit dir los?«, wollte Dan wissen.

»Nichts! Kümmere dich um deinen eigenen Scheiß«, knurrte Chase, was Dan die Augen verdrehen ließ. Keiner der beiden Flachpfeifen traute er auch nur einen Millimeter über den Weg, geschweige denn, dass er ihnen auch nur einen Hauch über sein Privatleben erzählen würde. Sie hätten mit Sicherheit nichts Besseres zu tun, als damit direkt zu Rufus rennen.

Chase rang mit sich, ob er ihr darauf antworten oder es nicht doch lieber ignorieren sollte. Fae besaß die Mittel, ihn mit einem Fingerschnippen in die tiefste Hölle zu stoßen. Als sie am vergangenen Freitag ohne ein Wort abgehauen war, hatte es ihn über eine Stunde gekostet, sich davon abzuhalten, eine Dummheit zu begehen. Das Drahtseil unter ihm schwankte verdächtig, wann immer es um sie ging und eines wusste er genau, wenn er herunterfiel, würden sämtliche Bemühungen der letzten zehn Jahre mit einem Wimpernschlag zunichtegemacht werden.

Gerade, als er auf antworten drücken wollte, trudelte eine weitere Nachricht von ihr ein. Es war jedoch lediglich ein Bild von einer Zeichnung. Er vergrößerte es und besah sich die Treppe genauer. Es war eine alte Steintreppe, sie wirkte antik und brüchig. Am oberen Ende hatte sie erneut ein Portal gezeichnet, welches einer mit Eisen beschlagenen Holztür aus einem Mittelalterfilm ähnelte.

Missmutig verzog er das Gesicht. Die Skizze war ihr richtig gut gelungen, nur traf dieses Motiv überhaupt nicht seinen Geschmack. Er drückte auf antworten.

Hey Fae! Cooles Bild. Sieht gut aus, nur mit diesem Portal kann ich mich nicht anfreunden. Sorry. Wollte nur checken, ob du das Training gut überstanden hast oder ob dich der Muskelkater umbringt. Die Trauerfeier war sehr ergreifend.
CU, Chase

Während die Nachricht gesendet wurde, hielt er den Atem an. Sobald sie durch war, schloss er die Augen und ärgerte sich, dass er nicht mehr geschrieben oder andere Worte gewählt hatte. Tief durchatmend schob er das Telefon in seine Hosentasche zurück und blickte die Straße entlang, auf der noch recht lebhafter Verkehr herrschte.

Er hatte nicht wirklich mit einer Antwort gerechnet, daher irritierte es ihn, dass sein Handy bereits nach kurzer Zeit erneut vibrierte.

Schade! Vielleicht gefällt dir das hier besser? Die Zeremonie war schön, hätte ihr gefallen. Sie fehlt mir. Muskelkater war mörderisch, konnte mich am Samstag kaum bewegen. Heiser war ich auch. Jetzt geht es wieder. Was ist mit dir? Alles okay? War ich das mit deinen blauen Flecken?

Dass sie den Freitagabend ansprach, verwandelte seinen Magen in einen Lavastein. Gleichzeitig lief ihm ein eiskalter Schauer über den Rücken. Was ihm jedoch wirkliches Kopfzerbrechen bereitete, war ihre Frage nach seinen Blessuren. Natürlich war sie daran nicht schuld, den wahren Grund konnte er ihr allerdings nicht offenbaren.

Armes Mimimi, wenn er schon wieder abgeklungen ist, war ich wohl noch nicht hart genug. Bei mir ist alles gut. Die blauen Flecken stammen von dem gleichen Problem, was auch für mein hübsches Gesicht verantwortlich ist. Mach dir keine Gedanken, Unkraut vergeht nicht.

Er drückte auf Senden und bereute es augenblicklich, denn als er den ersten Satz noch einmal überflog, erkannte er dessen Doppeldeutigkeit. Hektisch versuchte er, die Nachricht zu löschen, aber leider hatte sie diese bereits geöffnet.

Chase stand kurz davor, zu hyperventilieren und starrte panisch auf sein Display. Natürlich wollte er mehr von ihr, viel mehr sogar, doch er bezweifelte stark, dass sie auch nur ansatzweise ebenso empfand. In Gedanken formte er schon die Worte für eine weitere Nachricht, mit der er versuchen wollte, die vorangegangene zu relativieren, als eine neue von Fae einging.

Mist, das zweite Bild geht nicht durch. Ich probiere es gleich noch mal. Und bevor du meckerst, es gibt keine Striche! Einfache Gleichung: Striche = anderes Studio oder Fae = geiles Tattoo.

Sie hatte ein Emoji mit herausgestreckter Zunge dahinter gesetzt, der ihn sehr an ihr verführerisches Zungenspiel erinnerte. Dies bewirkte jedoch, dass sich unterhalb seiner Gürtellinie etwas zu regen begann, was es ihm zusätzlich erschwerte, einen klaren Gedanken zu fassen.

Zumindest den, der ihm spontan einfiel, verwarf er sofort wieder. Die sexuelle Anspielung in *wenn, dann müsste es Fae = geiles Luder lauten* war sogar für ihn mehr als nur offensichtlich. Wenigstens war sie nicht auf seine Nachricht eingegangen, womöglich, weil sie das Thema nicht weiterverfolgen und stattdessen lieber bei den beruflichen Dingen bleiben wollte.

Davon hast du eine schöne Auswahl, haben mir gefallen. Warte ungeduldig.

Das war gut und er hoffte, sie würde den Bezug auf die wilden Verzierungen, die er auf ihrem Bauch entdeckt hatte, daraus herleiten können. Für ihn stand außer Frage, dass sie ihre eigenen Ideen widerspiegelten und von ihr entworfen worden waren. Ihr Stil war unverkennbar.

Die nächste Nachricht traf ein. Es war das angekündigte Bild. Ganz zu seiner Überraschung zeigte es ein Motiv, welches er ebenfalls bereits im Sinn gehabt hatte. Die Showtreppe in Trudys Haus hatte Fae in all ihrer Glorie verdammt gut getroffen, nur leider wurde ihm mehr und mehr bewusst, dass dieses Motiv im Allgemeinen überhaupt nicht seinem Geschmack entsprach. Die Zeichnungen waren alle hervorragend, aber er konnte sie sich nicht auf seinem Arm, als Cover-up für seine Narben vorstellen. Es war zum Haare raufen.

Und???

Sie schien sehr ungeduldig zu warten, doch Chase wusste nicht, wie er seine Gedanken in Worte fassen sollte. Plötzlich fiel ihm sein Gespräch mit Morris wieder ein, als dieser ihm die Äxte über die Schnitte an seinen Pulsadern tätowiert hatte.

Ich weiß nicht. Nein. Sorry. Lass uns einfach nochmal drüber reden. Vielleicht wäre ein anderes Motiv besser? Das Tattoo soll die Narben nicht bloß verdecken, sondern auch irgendwie verwandeln. Mein altes Ich in den Hintergrund treten lassen. Die Treppe vom ersten Bild fand ich aber cool.

Kaum das er Senden gedrückt hatte, erhielt er eine neue Nachricht.

Wie? Noch nicht hart genug? Nimmst du mich nächstes Mal härter ran?

Ihm fiel beinahe das Handy aus der Hand. Hatte sie das eben wirklich geschrieben? Verdammt! Jetzt ging sie doch auf seine Doppeldeutigkeit ein und dabei hatte er gehofft, sie würde sie übergehen.

Ähm, ich meinte das Training,

tippte er hastig und hielt die Luft an.

Ich auch. Wann ist der nächste Termin?

Chase wusste, dass Kursraum vier die nächsten Abende besetzt sein würde und bis zum kommenden Freitag wollte er nicht warten. Er überlegte krampfhaft, wo sie ungestört trainieren könnten, bis ihn ein Geistesblitz ereilte.

Morgen früher Abend, meine Wohnung.

Sein Vorschlag brannte sich in seine Netzhaut, während er wartend auf das Display starrte. Nicht, dass Fae das mit seinem Apartment falsch verstand.

Hm, ich lasse mir deinen Tattoowunsch nochmal durch den Kopf gehen. Mir fällt was ein, versprochen. Morgen Abend kann ich nicht, bin bis Mitternacht im Studio. Mittwochabend?

Sie hatte tatsächlich zugesagt. Chase atmete tief durch. Ihr Gegenvorschlag klang sogar noch viel besser, denn mittwochs hatte das *Rodeo Girls* Ruhetag.

Passt für mich.

Sein Herz drohte, aus seiner Brust hervorzubrechen. Was passierte hier gerade? Sie würde Mittwoch zu ihm kommen.

Aber da darf ich nicht laut schreien, oder?

Sein erster Gedanke war, dass er sie nicht daran hindern würde. Dann fielen ihm jedoch seine Nachbarn ein, die es mit Sicherheit weniger witzig fänden, wenn jemand in seiner Wohnung lauthals um Hilfe rufen würde.

Ähm, besser nicht. Sonst alarmiert noch irgendjemand die Cops. Problem?

Vielleicht überlegte sie es sich jetzt doch noch anders?

Nein! Bringe dann weitere Vorlagen mit. Das wäre doch gelacht, du bekommst schon noch dein FST!

Irritiert runzelte er die Stirn.

Was bitte ist ein FST?

Chase ging, während er auf Antwort wartete, sämtliche ihm spontan einfallenden Möglichkeiten durch, keine davon klang auch nur ansatzweise plausibel.

Faes Special Tattoo! Und jetzt lass mich weiterarbeiten! CU

Ein Lachen quoll aus seiner Kehle. Es kam ihm vor, als wären die drei vergangenen Tage, in denen er sich das Hirn zermartert hatte, wieso sie so einfach abgehauen war, nicht mehr existent. Fae hatte sich mit ihm verabredet und egal, ob es in den Nachrichten um ihr

Selbstverteidigungstraining ging oder nicht, sie würde in seine Wohnung kommen, um mit ihm allein zu sein. Das war seine Chance.

Eines war ihm allerdings bewusst, sie durfte nicht den Eindruck gewinnen, dass er die Romantikkeule auspacken könnte. Sie wollte trainieren und so würde er sich auch verhalten. Wenn sie jedoch erneut bei ihm Hand anlegen würde, wäre er die letzte Person auf Erden, die sich ihr verweigerte. Womöglich ergab sich sogar ein Moment, in dem er sie auf das Geschehene ansprechen könnte. In jedem Fall drehte er schon jetzt fast durch und der Gedanke daran, dass er noch zwei volle Tage darauf warten musste, sie wiederzusehen, grillte beinahe sein Gehirn.

Sobald er seine Schicht beendet hatte, raste er nach Hause, besah sich seine Wohnung, die einen vorzeigbaren Eindruck machte und erstellte eine Checkliste, was er alles noch vor ihrem Eintreffen zu erledigen hatte. Als Allererstes wollte er am nächsten Morgen das Bett frisch beziehen, Staub saugen, die Küche und das Bad putzen. Einkäufe notierte er ebenfalls. Kochen würde er nicht, das könnte sie als Date-Versuch wahrnehmen und im schlimmsten Fall abhauen.

»Nur nicht verschrecken«, murmelte er vor sich hin und erschrak, als er die Abrechnung des Floristen ganz oben auf dem Stapel seiner geöffneten Post entdeckte. Rasch faltete er sie zusammen und legte alles in die oberste Schublade seines Schreibtischs. Chase atmete erleichtert durch, denn er konnte nur schlecht einschätzen, wie genau Fae seine floralen Liebesbekundungen werten würde.

In Gedanken sah er sie wieder vor sich, wie sie an den großen Blüten gerochen hatte und zuckte erschrocken zusammen, als sein Handy zu vibrieren begann. Es war halb drei morgens und Fae überraschenderweise noch immer wach.

Sorry, hoffe, ich habe dich jetzt nicht geweckt.
Hatte noch ein paar Ideen.

Leise lachend besah er sich die neuen Bilder. Allesamt waren sie verdammt gut, doch das gewisse Etwas fehlte. Dieser eine Punkt, der es herausragend und für ihn persönlich passend machte.

Bin gerade erst nach Hause gekommen. Du hast echt ein Megatalent.

Er traute sich schon gar nicht mehr, ihr zu schreiben, dass nichts wirklich seinen Geschmack traf. Einige der Tattoos hatten Ketten, die er toll fand, doch wie sie angelegt waren, gefiel ihm nicht. Bei einem anderen stach für ihn die brüchige und ausgetreten wirkende Treppe hervor, leider nicht der Rest. Es war zum verrückt werden.

Nichts dabei?

Seufzend tippte er die Antwort.

Leider nein. Lass uns Mittwoch drüber reden. Schlaf gut. CU

Fae schien es zu wurmen, da sie für ihn noch kein Motiv gefunden hatte und Chase fühlte sich langsam reichlich mies, weil er all ihre tollen Entwürfe ablehnen musste. Am liebsten hätte er sich jedes davon stechen lassen, doch im Endeffekt waren sie nicht das, was er als

Abschluss und Neubeginn für sich persönlich werten konnte.

Fae sandte ihm noch einen Gute-Nacht-Gruß, der Chase erneut zum Lächeln brachte. Nach ihrem plötzlichen Abgang und der Trauerfeier hatte er schon beinahe alle Hoffnung verloren geglaubt, ihr jemals wieder näher zu kommen. Der Tag hatte jedoch eine extreme Wendung hingelegt und er ging mit einem verdammt guten Gefühl zu Bett.

Den Dienstag verbrachte er damit, den ersten Teil seiner Checkliste abzuarbeiten. Zwischendurch schrieb er sich immer neue Nachrichten mit Fae, die ihm zwar keine weiteren Vorlagen schickte, ihn aber trotzdem in ein lockeres Gespräch verwickelte. Es endete erst, als sie ins Studio fahren musste, wo er sie, nachdem er seinen Porsche auf dem Parkplatz hinter dem Gebäude geparkt hatte, vor der Tür in Begleitung von Tucker antraf.

Ihm fiel wieder ein, dass Ken von ihm verlangt hatte, Tucker auszuspionieren. Da er diesem Mistkerl jedoch nicht behilflich sein wollte, versuchte er, die beiden lediglich im Vorbeigehen grüßend, eilig aus der Gefahrenzone zu kommen. Dummerweise schien Fae das gar nicht so toll zu finden. Zumindest las sich ihre kurz darauf eintreffende Nachricht so, als wäre sie ziemlich angesäuert.

Hey! Das nenne ich mal undankbare Kundschaft! Ich schlage mir die Nächte um die Ohren und dann werde ich nicht mal richtig begrüßt?

Chase glaubte, seinen Augen nicht trauen zu können. Auf halbem Weg durch den Club blieb er stehen und lehnte sich locker auf einen der Stehtische, die in der Nähe der Bar platziert waren.

Wollte nicht stören, dachte, du berätst gerade Tucker.

Er las ihre Nachricht noch einmal und war der Meinung, zwischen den Zeilen ein kleines Schmollen herauslesen zu können.

Pfft, der hat sowieso kaum mehr ein freies Plätzchen und wenn, dann dürfen nur Tai oder Morris Hand an ihn legen. Nein, der hat mich nur zugetextet. Wird eine lange Nacht heute.

Chase blickte auf die Uhr und seufzte.

Definitiv. Bist du heute Nacht allein drüben?

Sorge stieg in ihm auf. Zwar war Morris wieder da, doch Chase glaubte nicht, dass er schon Vollzeit arbeiten konnte.

Morris ist bis zehn Uhr hier, den Rest mache ich alleine.

Seine Befürchtung hatte sich bestätigt und sofort brodelte es in ihm. Das war gefährlich.

Ich habe ein Auge auf deine Tür.

Das würde zwar bedeuten, dass er zwei volle Stunden nicht von seinem Posten würde weggehen können, doch für Fae tat er das gerne.

Musst du nicht. Tucker hat zwei Männer abgestellt, die lungern draußen rum und vertreiben sämtliche Kundschaft. Werde also nur dumm rumsitzen.

Dann hatten diese Biker wenigstens ihr Gutes, grollte er, nahm sich jedoch vor, den Eingang des *Tailors Ink* trotzdem nicht aus den Augen zu lassen. Selbstverteidigungstraining hin oder her, wenn Fae etwas zustoßen würde, hätte es für ihn fatale Folgen.

Außerdem bin ich schon groß.

Chase lachte auf und weckte damit die Aufmerksamkeit einiger Tänzerinnen, die auf der Bühne ihre Show probten und ihm verwunderte Blicke zuwarfen. Es war so einfach, mit Fae zu scherzen, als hätte sie nie Angst vor ihm gehabt oder wäre ihm zu keinem Zeitpunkt feindselig gegenübergestanden. Mit ihr zu schreiben bedeutete auch für ihn, auf eine gewisse Art loszulassen, seine inneren Barrieren abzusenken und sich auf die Leichtigkeit, welche sie umgab, einzulassen. Es fühlte sich verdammt gut an.

Du ragst kaum über eine Tischkante hinaus. Groß ist was anderes. CU

Er ahnte, dass ihr diese Anspielung auf ihre Körpergröße nicht sonderlich gefallen würde, hoffte allerdings darauf, dass es sie dazu verleiten könnte, es ihm in irgendeiner Form heimzahlen zu wollen. Das sollte sie nur versuchen, er hatte Mittel und Wege, den kleinen Wirbelwind ganz schnell wieder einzufangen.

Chase wartete ungeduldig auf ihre Antwort und überlegte bereits, was er erwidern könnte, als er ein Geräusch nahe hinter sich hörte.

»Hat dir Ivan zu heftig gegen den Kopf getreten oder warum grinst du so dämlich?«, ranzte ihn Rufus von der Seite an und versuchte, einen Blick auf das Display zu erhaschen. Er drehte sein Handy jedoch geistesgegenwärtig herum und ließ es in seiner Hosentasche verschwinden. Zu oft hatte man ihn in der Schule um seine Habseligkeiten gebracht, sodass er genau wusste, wie er derlei Dingen vorbeugen konnte.

»Wenn du Stress willst, dann lass uns raus auf den Hinterhof gehen und wir klären die Sache ein für alle Mal«, knurrte er und baute sich vor Rufus auf. Dabei bohrte er seinen Blick in den Mann hinein. Etwas von dem ihm klar war, dass es sein Gegenüber stets nervös machte und häufig auch in die Flucht schlug. Die Zeiten, in denen er sich von solchen Möchtegern-Gangstern hatte schikanieren lassen, waren lange vorbei. Während der Highschool wusste er nicht damit umzugehen, heute verspürte er keine Angst mehr. Erst recht nicht vor Rufus.

Kens Schatten schnaubte verächtlich und ging, Chase dabei absichtlich anrempelnd, zur Bar. Chase war bewusst, dass der Tag der Abrechnung irgendwann kommen würde. Dann wäre dieses miese Schwein fällig. Bis dahin wollte er allerdings seine Zeit nicht damit vergeuden, sich auszumalen, wie er diesem Kerl die Knochen brechen würde, sondern dachte viel lieber darüber nach, was er am morgigen Abend mit Fae anstellen könnte.

Kapitel 12

Fae

Die Nachrichten mit Chase wurden immer wilder. Fae war bewusst, dass es schon lange nicht mehr um Tattoos oder irgendein Training ging. Ihren Vorschlag für ein Treffen, für den sie sich im ersten Moment am liebsten geohrfeigt hätte, sah sie mittlerweile als Chance an. Nicht, um ihm näher zu kommen, sondern um einige Dinge klarzustellen.

Trotzdem konnte sie ihr Handy nicht in der Tasche lassen. Chase war witzig, neckte sie und es fühlte sich gut an, mit ihm zu scherzen. Er brachte sie zum Lächeln. So sehr, dass ihre Wangenmuskulatur schon schmerzte.

Selbst Morris und der zumeist stoisch vor sich hinarbeitende Tai hatten es bereits bemerkt. Jada ebenso, denn sie zwinkerte ihr gelegentlich zu und grinste sie wissend an. Dabei hatte sie, was Chase betraf, keinerlei Hintergedanken. Obwohl, das eine oder andere Mal erwischte sie sich, wie sie an ihn und vor allem an den Sex mit ihm dachte.

Doch eine Wiederholung kam überhaupt nicht in Frage, versuchte sie, sich einzureden. Ihr Hauptargument lag klar auf der Hand, er entsprach zu sehr dem Typus Mann, von dem sie die Finger lassen wollte und sie würde ihre eigenen Grenzen dahingehend respektieren. Allerdings glomm in ihrem Hinterkopf eine Idee auf. Müsste sie ihn trotzdem von der Bettkante stoßen, wenn er sich ihr quasi freiwillig anbot? Das wäre glatte Verschwendung! Vor allem, weil der Sex so verdammt gut gewesen war.

Fae überlegte hin und her, brachte es sogar über sich, in einem stillen Moment mit Jada über die Situation zu sprechen. Diese schien schon damit gerechnet zu haben und machte Fae einen Vorschlag, den sie mehr als nur interessant fand. Eine Freundschaft mit gewissen Vorzügen. Würde Chase dazu Ja sagen?

Sie war partout nicht in der Lage, ihn einzuschätzen, vor allem nicht, weil sie nicht beurteilen konnte, ob sein entsetzter Gesichtsausdruck vom Freitagabend wegen ihres raschen Abgangs oder, was ein gigantisches Problem darstellte, von etwaig vorhandenen Gefühlen herrührte.

Sie tendierte eher zu Letzterem und wollte, wenn überhaupt, dieses Thema nur mit äußerster Vorsicht anschneiden. Selbst nach über drei Jahren waren ihre Erinnerungen an das letzte Aufeinandertreffen mit einer männlichen Faust noch sehr lebhaft. Ihr Sinn nach körperlichem Einsatz sollte im besten Fall ohne irgendwelche Blessuren vonstattengehen und schreien wollte sie nur, weil er sie von Höhepunkt zu Höhepunkt trieb.

Der Abend kam und mit ihm einige schräge Typen, die zum Glück völlig stressfrei und mit frischer Tinte unter der Haut abgezogen waren, bevor Morris Feierabend machte. Er bot ihr zwar an, zu bleiben, doch Fae wusste, dass sie die zwei Stunden locker herumbekommen würde. Dennoch zog sich ihr Magen zusammen, sobald es im Studio stiller und die Gedanken in ihrem Kopf lauter wurden.

Jede Gestalt, die sie auf der anderen Seite der Schaufenster ausmachen konnte, ließ sie die Luft anhalten. Vor der Tür rief ein Typ nach seinen Freunden auf der gegenüberliegenden Straßenseite und ihr Herzschlag setzte beinahe aus. Die beiden Biker konnte sie neben ihren Maschinen auf dem Bordstein sitzen sehen, was durchaus beruhigend wirkte, ihr trotzdem wenig Mut machte.

Fae versuchte, sich abzulenken, öffnete den Block und zeichnete eine weitere Vorlage für Chase. Es war zum Mäusemelken. Wieso fiel es ihr so schwer, etwas Passendes für ihn zu kreieren? Normalerweise schüttelte sie sich alles aus dem Handgelenk, bei ihm spielte allerdings weitaus mehr als nur der äußere Schein hinein. Chase war wie eine Zwiebel, Schicht über Schicht über Schicht.

Ein groß gewachsener Kerl, mit massiven Muskeln, dem Aussehen eines Berufsboxers und der sanften Ruhe eines schlafenden Riesen. Fae bezweifelte nicht, dass er, wenn es nötig werden würde, wie ein wilder Stier agieren könnte. Doch da war noch viel mehr. Er wirkte brutal und konnte gleichzeitig so fürsorglich und zärtlich sein. In seinen oftmals kalt wirkenden Augen lag, wann immer er sie ansah, Verletzlichkeit. Zudem besaß er einen besonderen Witz und Charme, der in seinen Nachrichten mitschwang und ihr seit letzter Nacht ein Lächeln aufs Gesicht zementierte, das sie von sich gar nicht kannte.

Kein Mann hatte sie jemals so durcheinandergebracht. Sie seufzte, legte den Block beiseite und ging zur Tür. Die beiden Biker blickten über ihre Schultern, als sie nach draußen auf den Gehweg trat. Fae nickte ihnen zu und sah sich um. Vor der Tür des Clubs war einiges los. Eine Schlange hatte sich gebildet, in der kleine Grüppchen von jungen Männern zusammenstanden.

Sie musste nicht lange nach Chase suchen, denn im Licht der über dem Eingang angebrachten Lampe konnte sie ihn sofort ausmachen. Zudem überragte er sie alle und Fae musste feststellen, dass er in seinem dunkelgrauen Anzug verdammt gut aussah.

»Heute kein Einlass mehr. Wir sind voll«, wehte der Wind seine Stimme zu ihr. Es folgten einige aufgebrachte Rufe, ein Typ brachte es sogar fertig, sich an ihm vorbeidrängen zu wollen, doch Chase machte kurzen Prozess. Er schnappte sich den Kerl, drehte ihm den Arm auf den Rücken und schob ihn gegen die Wand. Keine zwei Sekunden später wimmerte er und gab jegliche Gegenwehr auf. Chase ließ von ihm ab und machte eine Handbewegung, die dem Mann eindeutig zu verstehen gab, dass er jetzt besser verschwinden sollte.

Die Schlange löste sich teilweise auf, aber ein paar Männer blieben hartnäckig stehen. Chase bezog erneut vor der Tür Posten und sah die Straße entlang, bis er sie erblickte. War das etwa ein Lächeln, was sie da auf seinem sonst so ernsten Gesicht entdeckt hatte? Fae war sich auf die Distanz hin nicht sicher, bemerkte jedoch, wie ihr Herz plötzlich schneller zu schlagen begann. Mit einem kurzen Winken grüßte sie ihn, drehte sich ab und ging wieder zurück ins Studio.

Was war denn jetzt los? Sie schüttelte sich. Herzklopfen? Wegen eines Mannes? Niemals! Bestimmt steckte ihr der lange Arbeitstag in den Knochen oder sie hatte sich, was natürlich echt mies wäre, eine Erkältung eingefangen.

Egal, was dahintersteckte, sie zeichnete weiter, zerknüllte allerdings jeden der Entwürfe und fing neu an. Nichts passte, alles wirkte falsch. Vielleicht war auch ein spezieller Stil von Nöten. Dotwork oder ein Sketch. Gleichgültig was, bevor sie nicht etwas mehr über ihn erfahren und ihn besser kennengelernt hatte, würde sie nie in der Lage sein, das perfekte Tattoo für ihn zu entwerfen.

Fae verließ das Studio pünktlich um Mitternacht durch die Kellertür. Die einzige Lichtquelle auf dem sonst gänzlich unbeleuchteten Hinterhof hing über dem Lieferanteneingang des Clubs. Sie sah sich um und zuckte zusammen, als sie eine Gestalt entdeckte. Bei genauerem Hinsehen erkannte sie Chase, der kurz die Hand hob. Sie winkte ihm zu und verspürte erneut dieses komische Gefühl in ihrer Magengegend, während sie ihren Chevy bestieg.

Ein Schwall Wärme durchflutete ihren Bauch und setzte ein Kribbeln frei, was sie extrem überraschte. Woher kam das nur? Es musste definitiv eine Krankheit sein. Vielleicht eine Magenverstimmung? Der Thunfisch auf ihrem Sandwich, was sie sich zum Abendessen gegönnt hatte, roch nicht mehr ganz so gut. Sie schob es von sich und gab Gas, denn nach der letzten, recht kurzen Nacht, rief ihr Bett mittlerweile ziemlich lautstark nach ihr.

Noch bevor sie zu Hause angekommen war, hatte ihr Chase eine neue Nachricht mit einem Gute-Nacht-Gruß geschickt. Sie antwortete ihm, nachdem sie das Licht ausgemacht hatte, und schlief mit einem Lächeln auf den Lippen ein. Genau das gleiche Lächeln zupfte auch am nächsten Morgen an ihren Mundwinkeln.

Hinzu kam, dass sich das Gefühl in ihrer Magengegend, je später es wurde, stetig verschlimmerte und sich bisweilen krampfartig bemerkbar machte, wenn eine neue Nachricht von ihm eintraf.

Als er ihr seine Adresse schickte, bekam sie obendrein weiche Knie, denn er wohnte lediglich fünf Blocks von ihr entfernt. Der Rest des Nachmittags verlief zum Glück recht ruhig, da sich die Kunden bei ihr die Klinke in die Hand gaben. Erst, als sie sich verabschiedete und später als gewollt das *TI* verließ, wuchs es wieder an und steigerte sich so sehr, dass sie, sobald sie vor seinem Haus stand, glaubte, sich übergeben zu müssen.

Das war nicht gut. Vielleicht wäre es sogar besser, wenn sie das Training absagen oder auf Freitag verschieben würde. Der Gedanke, ganz allein mit ihm in seiner Wohnung zu sein, gefiel ihr von Anfang an nicht sonderlich. Doch bis eben war er viel zu sehr von all den anderen Dingen überlagert worden, die ihr seit Tagen durch den Kopf rasten. Von den Kunden im Studio mal abgesehen, war sie das letzte Mal, als sie mit einem solchen Typen allein war, danach im Krankenhaus gelandet.

Obwohl? Fae stockte in der Bewegung, ihr Finger schwebte vor dem Klingelknopf. Vergangenen Freitag hatte sie es nicht nur geschafft, ein Fitnessstudio mit vielen übermäßig trainierten Herren zu betreten, sie hatte auch beinahe eineinhalb Stunden allein mit Chase in diesem Kursraum zugebracht.

Sie sah ihn wieder vor sich stehen, die riesigen Hände in die schmalen Hüften gestemmt, wie er sich nach vorn beugte und mit einem gehässigen Grinsen auf dem Gesicht: »Mimimi«, zu ihr sagte. Und was hatte er ihr geschrieben? Sie würde kaum über eine Tischkante hinausragen? Pah! Diesem zu groß geratenen Knallfrosch würde sie es zeigen. Nicht umsonst brachte er ihr Selbstverteidigung bei und legte ihr damit Waffen in die Hände, die sie auch durchaus gegen ihn einsetzen könnte, um ihm all seine kleinen fiesen Nadelstiche heimzuzahlen.

Sie straffte sich, klingelte und fand sich keine zwei Minuten später mit heftig klopfendem Herzen in einem loftähnlichen Apartment wieder, dessen Wohnbereich mindestens doppelt so groß war wie ihre abgerockte Bude. Chase, der ein graues Shirt und eine schwarze Sweathose trug, tapste barfuß neben ihr her, bis sie ehrfürchtig innehielt, um sich alles genau ansehen zu können.

»Wow! Sehr nett«, attestierte sie beeindruckt. Die gesamte Wohnung bestand fast nur aus einem einzigen riesigen Raum. Zu ihrer Rechten, neben einer wahren Phalanx aus bodentiefen Fenstern, befand sich eine stylische Küchenzeile, vor der eine separate Kochinsel angelegt war. Auf der dem Zimmer zugewandten Seite gab es als Sitzgelegenheit mehrere Barhocker. Alles war in weichen Cremefarben gehalten, auch die großzügige Couch und der darunter liegende Teppich. An den grauen, unverputzten Wänden hingen ein paar großformatige Fotografien von Stahlkonstruktionen. Auf einigen waren wuchtige Ketten zuerkennen, die zu einem wilden Knäuel geballt waren.

Im Kontrast dazu standen die aus gebürstetem Stahl gebaute Treppe und die ebenfalls stählern wirkenden Beine seines Esstischs. Sie war begeistert und schämte sich ein kleinwenig für ihre, im Gegensatz zu dieser absolut kontrollierten Umgebung chaotisch anmutenden Bleibe. Eines war klar, sie würde Chase nie mit in ihre Wohnung nehmen, denn dann müsste sie Angst haben, dass er schreiend davonlaufen könnte.

»Wirklich wow! Ich bin ein wenig sprachlos«, murmelte sie.

»Danke«, erwiderte er leise und Fae konnte an seinen Ohren eine verräterische Röte wahrnehmen. Er war ganz eindeutig verlegen und sie zu beeindruckt, um mehr von sich zu geben. Stille machte sich breit und dehnte sich aus, bis Fae den Mut fasste und sich räusperte.

»Ähm, ich ziehe die Schuhe besser aus, sonst mache ich noch etwas schmutzig«, schlug sie vor und streifte ihre ausgetretenen Cons von den Füßen. Chase schienen ihre

Worte aus seiner Starre gerissen zu haben, denn er rieb seinen Nacken und blies die Wangen auf.

»Möchtest du etwas trinken?«, bot er ihr an, was sie mit einem Nicken annahm. »Wasser? Kaffee? Tee?«

»Kaffee, mit einem Schuss Milch.«

Mit langen Schritten ging er zur Küchenzeile und startete seine Espressomaschine, mit der er ihr mittels eines Knopfdrucks einen nahezu perfekten Cappuccino zubereitete. Sie folgte ihm und sah interessiert dabei zu.

»Borgst du mir die aus? Für zwei, drei Jahre?«, fragte sie und nippte an ihrem Kaffee.

Chase lachte auf, schüttelte jedoch den Kopf und stützte sich nach hinten auf der Arbeitsfläche auf. Der Stoff des Shirts spannte sich dabei über seiner breiten Brust. Ihr stockte der Atem.

»Keine Chance.«

Fae sah ihn mitleidserheischend an, schob sogar ihre Unterlippe nach vorn und klimperte mit ihren Wimpern.

»Ohh, will die kleine Fae den großen, bösen Chase um den Finger wickeln, ja?«, feixte er und tätschelte ihren Kopf. Ihre Antwort traf in Form ihrer Faust gegen seinen Bauch, was jedoch keinerlei Wirkung erzielte. Im Gegenteil, er lachte nur noch lauter.

»Unter dem Shirt liegt blanker Stahl, da muss schon ein wenig mehr kommen als so ein winziger Krümel wie du«, erklärte er ihr, was Fae mit den Augen rollen ließ.

»Pfft, zum Superman fehlt bei dir aber noch so einiges«, maulte sie und ging an ihm vorbei in den Wohnbereich. An den näherkommenden Schritten konnte sie hören, dass er ihr folgte. Fae drehte sich zu ihm um und suchte seinen Blick. »Willst du die Möbel noch ein bisschen zur Seite schieben?«, fragte sie, was er mit einer hochgezogenen Augenbraue beantwortete.

»Hier ist genügend Platz. Doch bevor wir beginnen, wollte ich kurz noch etwas mit dir besprechen«, stellte er, dabei tief durchatmend, den Elefanten mitten in den Raum. Fae schluckte angespannt. Sie hatte gehofft, das Thema könnte ohne großes Scheinwerferlicht auftauchen und besprochen werden, leider schien Chase da anderer Meinung zu sein.

»Okay, gut. Also, ich weiß, mein Abgang am Freitag war absolut nicht in Ordnung«, ratterte sie los. »Ich muss mich zudem bei dir entschuldigen, dass ich dich so, ähm, begrapscht und fast schon genötigt habe. Sowas mache ich sonst wirklich nicht und ich habe echt keine Ahnung, wie das passiert ist. Und dann, war mein erster Impuls: O mein Gott, was hast du getan?! Bloß weg hier!«

Das Gesicht von Chase nahm eine unnatürlich rote Farbe an und er blickte reichlich beschämt zu Boden.

»Entschuldige, ich hätte mich klarer ausdrücken müssen. Ich wollte mit dir über das Training sprechen und, ähm, was wir wie noch einmal üben sollten, bevor wir auf ein anderes Thema eingehen«, murmelte er, was in Fae den Wunsch weckte, am liebsten im Boden zu versinken.

»Oh«, brachte sie halblaut hervor und presste die Augenlider zusammen, in der Hoffnung, es könnte sie unsichtbar machen.

»Aber, also, was die von dir angesprochene Sache betrifft, da muss dir nichts leidtun. Es war, wie soll ich es sagen? Zwei Erwachsene hatten Spaß.« Sein Mund schnappte zu und in seinem Blick lag eine Hilflosigkeit, die ihr klar zu verstehen gab, dass er sich mit diesem Thema nicht sehr wohlfühlte.

»Ich will nur nicht, dass du denkst, ich würde knallhart Hand an jeden Mann legen. Im Grunde war ich völlig ausgehungert und …«, versuchte sie sich an einer

Erklärung, konnte sich zum Glück jedoch noch stoppen. Ausgehungert? Sie hatte ihm eben tatsächlich gesagt, dass sie es nötig gehabt hatte?

Chase hüstelte verlegen. »Ich dachte eher: Cool, endlich mal eine Frau die weiß, was sie will und es sich nimmt. Gibt Schlimmeres, als von einer heißen Rothaarigen bestiegen zu werden«, nuschelte er und blickte zu Boden. Seine Hände hatte er so tief in den Hosentaschen vergraben, dass der Stoff nach unten gezogen wurde. In dem dadurch entstandenen Spalt zwischen Bund und dem Saum seines Shirts lugte ein kleiner Teil seines unteren Waschbrettbauches hervor.

Heiße Rothaarige? Meinte er damit etwa sie? Einige Sekunden verstrichen, in denen sie krampfhaft überlegte, was sie darauf erwidern sollte, bis ihr schließlich eine Eingebung kam. Chase arbeitete in einem Strip-Club, natürlich hatte er jede Menge lockerer Affären mit den Tänzerinnen, anders konnte sie sich seine Einstellung dazu nicht erklären.

»Ich dachte nur, dass du dich vielleicht etwas überrumpelt gefühlt haben könntest und wollte die Sache klären, bevor es zu Missverständnissen kommt.«

»Finde ich gut. Alles cool. Ich meine, wir sind beide erwachsen, da kann sowas schon mal passieren«, erwiderte er und drehte sich ab. »Kommen wir nun zum Grund deines Hierseins. Selbstverteidigung.«

Kann ja mal passieren? Fae starrte auf seinen Rücken, als würde daraus jeden Moment ein zweites Paar Arme herauswachsen. Egal, wie hochrot sein Kopf mittlerweile war, er schien definitiv sehr locker damit umzugehen. Was wäre, wenn sie ihn einfach fragen würde? Nein! Fae schreckte vor ihren eigenen Gedanken zurück. Sie würde ihn auf gar keinen Fall fragen, ob er Lust hätte, mit ihr eine lose Freunde-mit-gewissen-Vorzügen-Affäre anzufangen.

»Ähm, ja genau, Selbstverteidigung«, ging sie auf seine Worte ein und folgte ihm in die Mitte des Raumes. »Für mich war soweit alles gut verständlich, bis auf die Messerabwehr, die können wir gerne noch einmal üben.«

Chase nickte und baute sich vor ihr auf. »Ich versuche, dich mit dem Messer zu attackieren, du schlägst meinen Arm zur Seite. Denk daran, dass du in Höhe des Unterarms treffen musst, um die Verletzungsgefahr für dich so gering wie möglich zu halten«, erklärte er und positionierte sich.

Fae versuchte es einige Male vergeblich, bis sie sich auf ihn konzentrierte, ruhiger wurde und ihre eigene Position festigte. Ihr Selbstbewusstsein schien zu wachsen, wann immer ihr eine Übung gelang. Sein Lob baute sie dazu enorm auf, da er es ihr wirklich nicht einfach machte. Außerdem spielten sie die Angriffe so real wie nur möglich nach, was für Fae ein zusätzliches Maß an Stress bedeutete.

»Du wirst immer besser. Zuck nur nicht zurück, hau drauf, ich halte das aus. Wenn du dort draußen angegriffen wirst, solltest du deine Kräfte einschätzen können. Je fester, desto besser, also nur keine Scheu«, drang er auf sie ein, was Fae tief durchatmend umsetzte.

Sie bemerkte das eine oder andere Mal, dass sie einen Wirkungstreffer gelandet haben musste, denn Chase verzog das Gesicht und schnaufte geräuschvoll durch.

»Sehr gut! Zum Abschluss üben wir noch einmal den Angriff von hinten«, gab er nach einer Weile vor und Fae blicke irritiert auf ihr Handy. Es war, wie sie überrascht registrierte, bereits kurz vor zehn Uhr. Die Zeit war wie im Flug vergangen.

»Okay, dann mal los!«, rief sie, ging in Position und wartete auf seinen Angriff. Sekunden verstrichen, in denen nichts geschah. Lediglich ihr Rücken wärmte sich, wie sie verwundert feststellte, auf. Sie hob den Blick und sah ihre Reflexion im Fenster. Chase stand keinen halben Meter hinter ihr, hatte die Augen geschlossen und schien tief ein und aus zu atmen.

Ihr erster Impuls war es, ihn zu fragen, ob mit ihm alles in Ordnung sei. Dann erkannte sie jedoch, dass er lächelte und drehte sich halb zu ihm um. Das erste Wort, was ihr zu dem Ausdruck in seinem Gesicht einfiel, war *glücklich*. Der sonst so kontrollierte Mann wirkte auf sie, als habe er seine Schutzmauern heruntergelassen und würde diesen Moment, warum auch immer, einfach genießen, weil er ihn als schön empfand.

Fae drehte sich wieder um, ging ein klein wenig nach hinten und lehnte sich bei ihm an. Binnen eines Augenblicks wurde sie von seiner Körperwärme umhüllt und konnte seinen heißen Atem auf ihrem vom Training leicht verschwitzten Hals spüren. Eine Gänsehaut kroch ihr über den Rücken, gefolgt von einem Schauer, der durch ihren Körper zu laufen schien.

Sie legte ihren Kopf an seiner Brust an, sah nach oben und blickte direkt in das tiefe Blau seiner Augen. Es nahm sie gefangen, genauso wie seine Arme, die er um ihren Oberkörper schlang. In ihr wurde alles ruhig, sie verspürte weder Angst, noch wurde sie von den Geistern ihrer Vergangenheit gequält. Sollte sie sich wehren? Wozu? Es fühlte sich viel zu gut und viel zu richtig an.

»Es sollte doch ein Überraschungsangriff werden«, brummte er, ohne den Blickkontakt auch nur für eine Millisekunde zu unterbrechen.

»Stimmt. Ist mir gelungen«, brachte sie schwer atmend hervor, drehte sich in seinen Armen und legte ihre Hände auf seine breite Brust. Unter dem weichen Baumwollstoff des Shirts konnte sie seine harten Muskeln, aber ebenfalls den kraftvollen Schlag seines Herzens spüren.

»Du bist ein wahrhaft übermächtiger Gegner«, raunte er und beugte sich nach vorn. Eine seiner Hände glitt über ihren Rücken zu ihrem Po hinab, die andere an ihrem Arm hinauf. »Du riechst so gut.«

Chase veränderte seinen Stand, indem er sich breitbeinig aufstellte. Dies bewirkte, dass er ihrem Gesicht mit seinem viel näher kommen konnte. Gleichzeitig fing er ihre Hand mit seiner ein, schob sie sich in den Nacken und hob Fae, als würde sie keinerlei Gewicht besitzen, auf seine Hüfte.

Ein erstickter Schrei entwich ihrer Kehle, doch sie verstummte sofort wieder, da er, den Überraschungsmoment ausnutzend, ihre Lippen mit seinen bedeckte. Der Kuss raubte ihr jeden klaren Gedanken. Seine warme Haut, sein fester Griff an ihrem Po und das wilde Spiel seiner Zunge überwältigten sie. Ohne sich dessen bewusst zu sein, zerrte sie an seinem Shirt. Erst, als sie ein Reißen vernahm, bemerkte sie, was sie tat.

Der Kragen seines Shirts war eingerissen. Chase lachte heiser auf, knurrte und legte Fae auf der Couch ab.

»Ich merke schon, mein Training zeigt Wirkung. Noch ein paar solcher Treffen und du reißt mir die Klamotten mit einem Blick vom Leib«, brachte er rau hervor, zog sich den Stoff über den Kopf und warf ihn achtlos von sich. Fae stockte der Atem. Über ihr türmte sich ein wahrer Berg an Muskeln auf. Beim bloßen Anblick seines wie aus Marmor gemeißelten Oberkörpers entfachte sich zwischen ihren Schenkeln eine Feuersbrunst.

Ihre Finger glitten über die sich unter seiner warmen, ebenmäßigen Haut abzeichnenden Stränge. Sie leckte sich über ihre Lippen und kämpfte mit sich. Der Drang, seine breite Brust nicht nur mit ihren Fingerspitzen, sondern auch mit ihrem Mund zu erkunden, wurde stetig größer. Faes Finger strichen bis zu seinem Bauchnabel hinab. Je weiter südwärts sie kam, desto lauter wurde das tiefe Grollen, das aus seiner Brust zu kommen schien. Doch als sie mit ihrer Hand der Spur dunkelblonder Haare zum Bund seiner Sweatpants folgen wollte, fing er sie ein.

»So hungrig?«, fragte er mit einem schiefen Grinsen auf dem Gesicht und beugte sich zu ihr nach unten, um ihr einen Kuss auf die Lippen zu drücken. Es war lediglich ein kleiner Schmatzer, aber es genügte, um in ihr ein Verlangen nach mehr zu entfachen. Am liebsten hätte sie sich ihm an den Hals geworfen und ihn, wie in der Umkleide, gnadenlos bestiegen. Fae schreckte zusammen. Wirklich? Hatte sie es so nötig? Schon wieder? Was machte der Kerl nur mit ihr?

Sie hatte es problemlos über Monate ohne Sex ausgehalten, doch sobald sie Chase nahe kam, spielte nicht nur ihr Körper, sondern auch ihr Kopf völlig verrückt. Ihm schien die Nähe zu ihr ebenfalls zuzusetzen, was die Beule in seiner Hose verriet. Zudem atmete er schwer und auf seiner Stirn konnte sie Schweißperlen erkennen.

»Ist dir ebenso heiß wie mir?«, wollte sie wissen, was er mit einem Nicken beantwortete. Ohne Vorwarnung oder sie auch nur um Erlaubnis zu fragen, schob er ihr Shirt hoch, beugte sich nach unten und küsste über ihren Bauch. Fae stöhnte auf. Seine Lippen zogen eine brennende Spur um ihren Nabel herum. Das Prickeln, welches er mit seinen Bartstoppeln auslöste, konnte sie bis in ihre Zehenspitzen wahrnehmen.

Das war zu viel! Fae glaubte, innerlich zu verglühen. Wie konnte ausgerechnet er derartige Empfindungen in ihr wecken? Sie hatte es sich verboten, jemals wieder bei einem solchen Mann schwach zu werden, und nun wollte sie nichts sehnlicher, als mit diesem Muskelberg zu verschmelzen.

Seine Zunge tanzte über ihren Bauch, hinauf zu ihren Brüsten, die er, indem er seine Finger unter die Bügel schob und die Schalen nach oben streifte, vom BH befreite. Ihre Brustwarzen zogen sich erwartungsvoll zusammen. Ein leises Wimmern entwich ihrer Kehle, was sich in ein wohliges Stöhnen wandelte, sobald er an einer der sich ihm entgegenreckenden Spitzen zu saugen begann.

Fae klammerte sich an seinen breiten Schultern fest und hätte ihre Hände nur zu gern in seinem Haar vergraben, leider war es viel zu kurz und bot daher nur wenig Angriffsfläche. Während er sich der linken Brust widmete, rollte er den Nippel der rechten zwischen Daumen und Zeigefinger. Blitze schossen durch Faes Körper, die sie dazu brachten, sich unter ihm aufzubäumen. Ihr wurde schwindelig. Alles in ihr schrie danach, ihn zu spüren und von ihm ausgefüllt zu werden.

Ihr Schoß pochte so heftig, dass sie kurz davor stand, die Kontrolle zu verlieren. Dummerweise schien Chase nicht zu bemerken, wie sehr sie ihn wollte, denn er ließ sich Zeit. Gemächlich wanderte sein Mund zur anderen Brust, die er genüsslich quälte. Behäbig tupfte er anschließend heiße Küsse auf ihren Bauch, ließ dabei seinen Blick darüber gleiten, als ob er sich jede Pore ihrer Haut ansehen wollte, und kam schließlich nach einer gefühlten Ewigkeit am Bund ihrer Jeans an.

Fae stockte der Atem, sobald er den obersten Knopf geöffnet hatte. Am liebsten hätte sie frustriert aufgestöhnt und seine Hände abgeschüttelt, um sich die Hose schnell selbst auszuziehen. Wie konnte er nur dermaßen langsam agieren? Was stimmte nicht mit ihm? Sie wollte mit ihm vögeln und nicht vorher halbtotgestreichelt werden.

Dumm war nur, dass mit jedem Millimeter, den Chase näher an die vor Hitze beinahe glühend heiße Mitte herankam, ihr Körper von immer wohligeren Schauern überflutet wurde. Ein Gefühl, welches Fae so noch nie erlebt hatte. Derlei Zärtlichkeiten war sie nicht gewöhnt und es fiel ihr schwer, sich ihnen zu ergeben.

Dennoch verharrte sie, wollte ihn nicht erneut einfach für ihre Befriedigung benutzen, sondern gönnte ihm, aber ebenso sich selbst dieses ausführliche Vorspiel. So schwierig es für sie auch war, sie schloss ihre Augen, atmete tief und ergab sich der Lust, die Chase in ihr wachrief.

Seine Zungenspitze zog die Linie ihres Hosenbundes nach, glitt in den Spalt, den der Reißverschluss beim Öffnen bildete, und folgte ihm hinab, bis zum Saum ihres Slips. Fae beobachtete ihn mit halb geschlossenen Lidern, zog ihre Unterlippe zwischen ihre Zähne und unterdrückte ein lautes Stöhnen, als er endlich ihre Hose über ihre Hüften und die Beine hinab streifte.

Nur noch mit ihrem Slip, dem beiseitegeschobenen BH und dem hochgeschobenen Shirt lag sie vor ihm. Ihre Beine waren geöffnet und Fae streckte ihm einladend ihre Arme entgegen. Chase schien sie jedoch nicht zu bemerken. Sein Blick klebte an ihrem Bauch, während er sich immer wieder über die halbgeöffneten Lippen leckte.

»Du bist unglaublich schön«, murmelte er so leise, dass Fae ihn kaum verstehen konnte. Im ersten

Augenblick wollte sie ihre Beine schließen und BH sowie Shirt zurück in Position bringen, doch der Ausdruck in seinen Augen war so voller Leidenschaft, dass ihr wahre Funken entgegensprühten. Sein massiver Brustkorb dehnte sich bei jedem seiner tiefen Atemzüge, als er vor ihr kniete und sie betrachtete.

Fae wusste nicht, wie sie mit seinem Kompliment, aber vor allem mit der ungewohnten Zärtlichkeit umgehen sollte. Für einen winzigen Moment glomm der Gedanke auf, ihn von sich zu stoßen und wegzulaufen. Da war allerdings etwas in seinem Blick, was sie verharren ließ. Sie konnte es nicht genau deuten, spürte jedoch tief in sich drinnen, dass es ein großer Fehler wäre, sich von Chase und den Dingen, die er in ihr weckte, abzuwenden.

Bisher war sie für die Männer lediglich heiß, sexy, scharf oder geil gewesen. Chase fand sie hingegen hübsch, tastete ihren Körper förmlich mit seinen Augen ab und gab ihr das Gefühl, etwas ganz Besonderes zu sein. Wertvoll, kostbar und schön.

So wild und hemmungslos ihr Sex in der Umkleidekabine auch gewesen sein mochte, er wurde allein durch das sanfte Herantasten, Betrachten und Liebkosen weit in den Schatten gestellt. So sehr, dass Fae sogar Angst bekam, etwas falsch zu machen und Chase damit vor den Kopf zu stoßen. Sie wollte ihn küssen und ihn auf, aber vor allem wieder tief in sich spüren.

Vorsichtig legte sie eine Hand an seinen Unterarm und weckte dadurch seine Aufmerksamkeit. Ihre Blicke verhakten sich, doch er machte keine Anstalten, seine Beobachterposition aufzugeben. Er verharrte weiter zwischen ihren geöffneten Schenkeln kniend und schien den ihm gebotenen Anblick zu genießen. Die Beule in seiner Hose hatte zwischenzeitlich eine besorgniserregende Größe angenommen und Fae befürchtete, dass sein Schwanz Schaden nehmen könnte, falls das Monster nicht schnellstmöglich in die Freiheit entlassen werden würde.

Erst, als Fae etwas fester zugriff und dabei ihre Fingernägel in seine straffen Muskelstränge grub, erwachte der Riese über ihr zu neuem Leben. Sie hoffte so sehr auf einen weiteren dieser atemberaubenden Küsse, doch Chase tauchte stattdessen ab und rutschte von der Couch.

Mit zwei Fingern zog er ihr langsam das Höschen aus und gab ein tiefes Grollen von sich, sobald sie ihre Beine wieder gespreizt hatte. Sein intensiver Blick, der einzig ihrer Mitte galt, genügte, um Fae die Sinne zu rauben. Als sie dann auch noch seinen heißen Atem auf der Innenseite ihrer Oberschenkel spürte, stöhnte sie lustvoll auf und schloss ihre Augen.

Chase ließ sich jedoch weiterhin nicht aus der Ruhe bringen, denn anstatt sich über ihre pulsierende Klit herzumachen, legte er seine Hände an ihre Knöchel, hob ihr linkes Bein an und presste nur Sekunden später seine Lippen darauf. Niemals zuvor hatte ein Mann sich die Zeit genommen, ihren Körper auf diese Weise zu erkunden. Mit sanften Küssen bewegte er sich nach oben, bis zu ihrem Knie und wiederholte seine Folter an ihrem rechten Bein. Seine Hände schickten weitere Schauer über ihren Körper, bis zu dem Punkt, an dem Fae glaubte, den Verstand zu verlieren.

Chase küsste eine brennende Spur bis zu ihrem Venushügel, verharrte dort für einen Moment, bis Fae kurz davor stand, ihn anzubetteln, endlich weiterzumachen. Dann geschah es. Er legte sich ihre Beine über die Schultern und nach einer endlos erscheinenden, wundervoll süßen Qual presste er seinen Mund auf ihre Spalte und begann, an ihrer Klit zu saugen.

Fae schrie und bäumte sich auf. Er leckte fest über ihren Lustknoten und bohrte seine Zunge in ihre Mitte hinein. Durch das intensive Vorspiel mit ihm war sie bereits jetzt so überreizt, Blitze durchzuckten ihren Körper und Fae spürte, dass ihr Höhepunkt mit der Wucht eines Tornados auf sie zuraste. Es gab kein Entkommen mehr, keine Zuflucht, nur dieses unfassbar schöne Gefühl, welches sämtliche Dämme in ihr zum Bersten brachte.

Mit wild schlagendem Herzen ergab sie sich. Es fehlte nicht mehr viel, nur noch wenige Sekunden, dann würde die Erlösung über sie kommen. Allerdings schien Chase es mit aller Macht auf die Spitze treiben zu wollen und schob ihr, nur noch zwei Herzschläge vom Orgasmus entfernt, einen Finger in die Pussy.

Krampfend, wild zuckend und vor allem laut schreiend, zerbarst Fae in Millionen winzige Teilchen. Ihr Höhepunkt war so heftig, dass ihr schwindelig wurde und sie verzweifelt Halt suchte. Erst, als sie seine Arme zu fassen bekam, gelang es ihr, wieder eine Konstante zu finden, auf die sie ihre Sinne fixieren konnte.

Langsam schwebte sie zurück in ihren Körper, es dauerte jedoch eine ganze Weile, bis Fae wieder in der Lage war, einen klaren Gedanken zu fassen. Währenddessen blickte sie in Chase‘ Gesicht und sah ihn lächeln. Zärtlich berührte sie seine Wange, hoffte, ihn damit zu sich locken zu können, aber er verharrte weiter vor ihr kniend und leckte sich stattdessen genüsslich die Lippen.

Seine Hand, mit deren Zeigefinger er sie soeben hinaus ins All katapultiert hatte, ruhte auf ihrem Bauch, sodass sie ihre eigene Feuchtigkeit spüren konnte. Chase beugte sich nach unten und machte ganz den Anschein, als würde er sie ein weiteres Mal ins Nirwana lecken wollen. Fae wollte sich nur zu gern ergeben, vorher fing sie jedoch seine Hand ein, führte sie zu ihrem Mund und sog seinen Zeigefinger zwischen ihre Lippen.

Ein tiefes Knurren entwich seiner Kehle. Seine Augen glühten förmlich vor Lust, doch er kam nicht zu ihr nach oben auf die Couch, sondern begann erneut, sie zu verwöhnen.

Zungenschlag um Zungenschlag prasselte auf ihre arme Klit, während Fae kräftig an seinem Finger saugte. Sie wollte in ihm die Erinnerung daran wecken, was sie mit ihrem Mund so alles mit ihm anstellen konnte. Ihr Ansinnen schien von Erfolg gekrönt zu sein, denn er legte sich noch mehr ins Zeug, bis Fae sich völlig ergab und ein weiteres Mal hinaus ins All geschossen wurde.

Kapitel 13

Chase

Zwei Jahre hatte er auf diesen Moment gewartet. Zwei Jahre, in denen er sich zigfach ausgemalt hatte, wie er Fae für sich gewinnen und vor allem, wie er sie bei sich behalten könnte. Eines war ihm dabei stets klar gewesen, der Sex musste so gut sein, dass sie sich allein deshalb für ihn entscheiden würde. Kein Mann sollte sie jemals wieder berühren, ohne dass sie währenddessen an die Dinge denken musste, zu denen allein er im Stande gewesen war.

Sein Vorhaben nun endlich in die Tat umzusetzen, verlangte ihm jedoch alles ab. Er war lediglich einen Wimpernschlag davon entfernt, über sie herzufallen und all seine Bemühungen, die Zärtlichkeiten und Liebkosungen zunichte zu machen. Aber er blieb standhaft. Das hier sollte unvergesslich werden und kein schneller Fick.

Er durfte sich also nicht dem Rausch ergeben, in den ihr Körper ihn versetzte. Faes weiche Haut wirkte wie eine Droge auf ihn und er hätte am liebsten jeden Millimeter berührt und geküsst. Das musste er allerdings auf ein anderes Mal verschieben, denn langsam aber sicher machte ihm sein Kreislauf zu schaffen. Zudem stand sein Schwanz kurz davor zu platzen und schmerzte so sehr, dass er Angst bekam, einen bleibenden Schaden davon zu tragen, sollte er ihn nicht schleunigst zum Einsatz bringen.

»Halt dich fest«, raunte er neben ihrem Ohr, doch Fae, die noch immer von ihrem zweiten Höhepunkt durchgeschüttelt wurde, schien es nicht mitbekommen zu haben. Kurzerhand zog er sie gegen seine Brust, hob sie hoch und trug ihren zuckenden Leib die Treppe hinauf zu seinem Bett. Dort legte er sie ab, holte eine Packung mit Kondomen hervor und war im Begriff, sich seiner Hose zu entledigen, als er bemerkte, wie Fae sich zur Kante schob.

Sie setzte sich auf. Ihre nackten Füße baumelten einige Zentimeter über dem eichenen Dielenboden, während sie ihre Hände nach ihm ausstreckte. Er folgte ihrer wortlosen Bitte, ließ zu, dass sie ihm die Sweatpants samt Boxershorts herunterzog und stöhnte erleichtert auf, als sein Schwanz endlich aus seinem Gefängnis befreit wurde.

Gleichzeitig wurde er jedoch von einer zarten Hand umschlossen, die den ganzen Mann damit näher zum Bett dirigierte. Chase wusste nicht, wie ihm geschah. Mit dem Umstand, dass Fae bestimmend zugriff, hatte er bereits Bekanntschaft gemacht, doch diesmal handelte sie nicht impulsiv oder gar gierig, sondern ebenso liebevoll und sanft wie er. Beinahe schon vorsichtig umspielte ihre Zungenspitze seine Eichel. Ihre Lippen stülpten sich nur ein klein wenig darüber und saugten kurz daran, bevor sie von ihm abließ und sich, Shirt und BH ausziehend, nach hinten aufs Bett legte.

Chase versuchte, sich zu konzentrieren und vor allem, seine Hände zu kontrollieren, denn das in diesem Moment winzig erscheinende Folienpäckchen aufzureißen, sodass der Inhalt unbeschadet bleiben würde, hing davon ab. Es gelang ihm beim dritten Anlauf. Rasch rollte er das Latex über, kniete sich zwischen Faes weit gespreizte Beine und stützte sich nach vorn auf eine Hand auf.

Vor lauter Anspannung zuckten seine Muskeln im Arm, doch Chase biss die Zähne zusammen und dirigierte sich vor ihren Eingang, bevor er sich zu Fae hinabbeugte, um sie zu küssen. Erneut prallten ihre Münder aufeinander und ihre Zungen glitten übereinander. Ihr Geschmack war so überwältigend, dass ihm die Worte fehlten, um ihn überhaupt beschreiben zu können.

Einer Sache war er sich jedoch vollkommen bewusst, die Fae, die hier in der Realität vor ihm lag, war unfassbar viel mehr, als er es sich jemals erträumt hatte. Für einen kurzen Moment waberte der Gedanke durch seinen Kopf, warum er nicht schon viel früher einen Versuch bei ihr gestartet hatte. Doch die Antwort war so klar wie bitter, er hatte nicht den Mut gehabt.

Vor zwei Jahren war er noch ein muskelbepackter Idiot gewesen, der gerade erst seine Therapie beendet und einen neuen Weg beschritten hatte. Heute stand er mit beiden Beinen auf dem Boden der Tatsachen und wusste genau, was er wollte. Fae.

Ihr Wimmern riss ihn aus seinen Erinnerungen. Er sah ihr in die halbgeöffneten Augen und hörte ihr Stöhnen, sobald er die Spitze seines Schafts gegen ihren Eingang presste. Einen tiefen Atemzug in seine Lungen pumpend, drückte er sein Becken vor und drang gleichzeitig in sie ein.

Ihre Enge empfing ihn und zerrte an seiner Beherrschung. Als sie ihn am vergangenen Freitag in der Umkleide bestiegen hatte, war er so sehr damit beschäftigt gewesen, die Tatsache zu verarbeiten, was die Frau seiner Träume mit ihm tat, dass er davon kaum etwas mitbekommen hatte. Nun jedoch katapultierte ihn ihr Körper in ungeahnte Höhen.

Chase wusste, dass er langsam machen musste, um nicht wie ein Teenager nach zwei Stößen abzuspritzen. Er wollte, dass das hier für sie beide unvergesslich wurde.

Es sollte kein Quickie, kein wildes Rumgefummel, sondern ein Akt voller Gefühl und Sinnlichkeit sein.

Mit den Ellenbogen stützte er sich neben ihrem Körper auf, um sie so wenig wie möglich mit seinem Gewicht zu belasten. Gleichzeitig schob er sein Becken nach vorne, um tiefer in sie eindringen zu können. Fae löste den Kuss, drehte den Kopf etwas seitlich weg und stöhnte lustvoll auf. Das war Musik in seinen Ohren.

So langsam wie er konnte, zog er sich aus ihr zurück, nur um sein Becken erneut nach vorn zu schieben. Die Empfindungen waren unbeschreiblich und lösten ein massives Prickeln in seinen Hoden aus. Es fehlte wirklich nicht mehr viel und er würde sich nicht länger zurückhalten können.

Schweiß lief über seine Stirn, er fühlte sich benebelt und gleichzeitig völlig high. Vor allem, als Fae sich unter ihm aufbäumte und ihren Oberkörper gegen seine Brust presste. Sie legte ihre Arme um seinen Nacken, klammerte sich an ihm fest und wölbte ihm ihr Becken entgegen.

»Bitte! Bitte, hör auf, mich zu quälen«, jammerte sie neben seinem Ohr, doch Chase konnte den Rhythmus nicht ändern. Würde er auch nur eine Spur schneller oder wenn nicht sogar härter zustoßen, würde ihm die Kontrolle entgleiten.

»Schh! Genieße es«, raunte er ihr zu, was Fae frustriert wimmern ließ. Erneut drängte sie ihm ihr Becken entgegen, schlang ihre Beine um seine Hüften und knuffte ihre Fersen gegen seinen Po.

Das war zu viel. Chase schob eine Hand unter ihren Kopf, hielt sie fest und küsste sie, während er das Tempo langsam anzog. Immer schneller und tiefer stieß er in sie hinein. Der Druck in seinem Unterleib wuchs bedrohlich an, bis er endlich losließ und sich mit Fae gemeinsam in die Tiefe stürzte. Gepresst stöhnte er seinen Höhepunkt heraus, unterbrach den Kuss jedoch nicht und legte seine Arme ganz eng um sie, sobald sie aufgehört hatte, zu zucken.

Die Kontraktionen in ihrer Pussy waren mörderisch und drückten seinen Schaft so fest zusammen, dass er glaubte, sich nie wieder von ihr trennen zu können. Wobei das nicht wirklich schlimm sein würde, denn er wollte Fae mit Leib und Seele. Er würde ihr sein Herz schenken, wenn sie es haben wollte.

Es dauerte einige Minuten, bis Chase wieder einigermaßen klar denken konnte. Fae schien es ganz ähnlich zu gehen, denn noch lange nach ihrem Höhepunkt, wurde sie davon durchgeschüttelt und klammerte sich an ihn. Liebevoll zog er sie gegen seine Brust, sobald er sich zur Seite gerollt und das Kondom von seinem Penis entfernt hatte.

So hatte er sich nach dem Sex noch nie gefühlt. Sein Kopf war vollkommen leer. Faes warmer Atem floss über seinen Brustkorb, während er mit den Fingerspitzen über ihren Rücken glitt. Ein paar ihrer Haarsträhnen kitzelten an seiner Nase, doch Chase konnte und wollte sich nicht bewegen, denn damit hätte er diese unglaubliche Glückseligkeit womöglich zerstört.

»Was hast du nur mit mir gemacht?«, hörte er sie flüstern und hob seinen Kopf ein bisschen an, um ihr ins Gesicht sehen zu können. Erneut durchlief ein Zucken ihren Körper und Fae entwich ein leises Japsen.

»Ist dir kalt?«, hakte er besorgt nach und versuchte, die Decke über ihre Körper zu ziehen, um sie einzuhüllen.

»Nein, ich habe das Gefühl, noch immer zu kommen.« Ihre Antwort schockierte ihn etwas. »Mein gesamter Körper fühlt sich an, als wärst du in mir und wir noch lange nicht fertig. Es ist unbeschreiblich.«

Vorsichtig schob er eine Hand unter ihren Po, drückte Fae nach oben, bis sie komplett auf seinem Oberkörper lag und lehnte sein Kinn gegen ihren Scheitel. Eng umschlungen lagen sie da und Fae machte, ganz zu seiner Freude, keine Anstalten, erneut das Weite zu suchen.

»Gib mir einen Moment, dann fülle ich die Leere wieder«, raunte er gegen ihr Haar, was sie mit einem halblauten Seufzen aufnahm.

»Ja, gib mir mehr davon«, flüsterte sie gegen seine Brust. Chase versuchte, sich zu sammeln, spürte jedoch, dass ihm der lange Tag in den Knochen steckte und die Müdigkeit ohne Gnade die Oberhand gewann.

Er kämpfte sie zurück, hob seinen Kopf an, um Fae zu küssen, stellte dabei allerdings fest, dass sie bereits eingeschlafen war. Leise lachend schloss er seine Lider und fühlte sich wie ein Gott, denn die Frau die er liebte, lag in seinen Armen.

Am nächsten Morgen wurde er von lautem Vogelgezwitscher geweckt. Mit einer Hand schirmte er seine Augen gegen das grelle Sonnenlicht ab, mit der anderen griff er nach seinem Handy, um den Wecker abzustellen. Sobald wieder Ruhe eingekehrt war, tastete er neben sich, fand Fae jedoch nicht im Bett.

Traurig ließ er sich zurück auf das Kissen sinken und checkte seine Nachrichten, ob sie ihm vielleicht geschrieben hatte. Nichts. Sie hatte sich einfach so davongestohlen. Was hatte er nur falsch gemacht? Der Sex war unglaublich intensiv gewesen. Er hatte sich Mühe gegeben, sie gestreichelt, liebkost und mehrfach zum Höhepunkt gebracht. Trotzdem war sie ohne ein Wort verschwunden.

Missmutig rieb er sich mit der flachen Hand über das Gesicht und den Nacken. War das für sie bloß ein Spiel?

Empfand sie wirklich gar nichts für ihn? Am liebsten hätte er sich das dumpfe Pochen, welches diese Fragen in seinem Kopf auslöste, aus dem Hirn gequetscht.

Chase griff nach der Bettdecke, um aufzustehen, als er die Toilettenspülung und kurz darauf den Wasserhahn am Waschbecken hörte. Er stellte sich schlafend und wartete drauf, dass Fae wieder auftauchen würde. Angestrengt blinzelte er, doch zum Glück dauerte es nicht lange, bis sich die Tür des Badezimmers öffnete und Fae, die sich bereits ihr Top übergezogen hatte, auf Zehenspitzen ins Schlafzimmer tapste.

Im ersten Moment befürchtete er, sie würde zur Treppe und hinab ins Wohnzimmer gehen, um sich doch noch davonzustehlen, stattdessen kam sie zum Bett und schlüpfte zurück unter die Decke. Mit einem leisen Seufzen kuschelte sie sich an seine Seite, legte ein Bein über seinen Bauch und eine Hand auf seine Brust, direkt über sein wild pochendes Herz.

Wenn das ein Traum sein sollte, wollte er nie wieder daraus erwachen. Sämtliche seiner Wünsche, die er in den letzten beiden Jahren gehabt hatte, seit er sie zum ersten Mal vor dem *Tailors Ink* sah, waren in Erfüllung gegangen, na ja, zumindest fast alle.

Zärtlich hauchte sie ihm einen Kuss neben sein Kinn und bettete ihren Kopf an seine Schulter. Langsam schob er eine Hand über ihre und drückte ihren Körper gleichzeitig noch näher gegen seine Seite.

»Hab ich dich geweckt?«, flüsterte sie und spähte zu ihm nach oben. Chase gab ein Brummen von sich und schüttelte leicht mit dem Kopf. »Gut. War das eben dein Wecker?«

»Hm, normalerweise gehe ich jetzt Joggen«, erwiderte er und blinzelte, um sie sehen zu können. Fae lächelte und schien glücklich zu sein.

»So sportlich. Ich würde viel lieber weiter so liegen bleiben. Kaffee wäre auch nicht schlecht, aber dafür müssten wir aufstehen, also nein. Kein Kaffee«, nuschelte sie gegen seine Brust und platzierte kleine Küsse darauf, bis sie ihren Kopf wieder in seiner Armbeuge ablegte.

»Für das nächste Mal könnte ich die Kaffeemaschine vorher hier oben aufstellen. Dann ginge beides«, schlug er vor, was Fae mit einem leisen Lachen bedachte.

»Verdammt gute Idee, Mr. Türsteher«, neckte sie ihn.

»Hmm, dafür bin ich bekannt«, erwiderte er und grinste sie an.

»Dass du Türsteher bist?«, feixte sie und zwickte Chase in die Seite. Das konnte er sich definitiv nicht bieten lassen. Dieser freche Wirbelwind würde ihn kennenlernen. Ohne Vorwarnung schnappte er sich seinen kleinen Happen, hob sie auf seinen Bauch, legte die Hände an ihre Hüften und drückte die Arme durch, bis sie über ihm schwebte.

Fae protestierte und lachte gleichzeitig, während sie wild mit den Armen ruderte. Doch sobald er sie wieder herunter ließ, setzte sie sich auf und zwickte ihn erneut.

»Hey! Aufhören!«, versuchte er, ihr halbherzig Einhalt zu gebieten, genoss es aber viel zu sehr, von ihr geneckt und geärgert zu werden. Ihre Augen sprühten dabei Funken und ihr Lachen schallte durch den Raum, was sein Herz von ganz allein schneller schlagen ließ.

Also ergab er sich ihr, legte die Arme seitlich ab und erlaubte ihr stattdessen ihre kleinen Kniffe. Damit schien Fae jedoch nicht einverstanden zu sein. Sie ging vom Zwicken in leichtes Kratzen über und mit jeder Bewegung ihrer Hände, mit denen sie über seine Brust fuhr, setzte sie mehr und mehr ihre Fingernägel ein.

Wohlige Schauer rannen durch seinen Körper und wenn dieses Biest so weitermachte, würde sie rasch auf dem Rücken liegen und um Gnade betteln.

»Fae«, grollte er halblaut, um sie zu warnen, und öffnete ein Auge. In ihrem Gesicht lag die pure Verschlagenheit. Sie nahm ihn überhaupt nicht ernst. An dieser Tatsache musste er dringend etwas ändern.

Chase zuckte heftig mit seinem Becken, drückte den Rücken durch und hob Fae damit an. Ein Quietschen entwich ihr, während er sich mit ihr gemeinsam herumdrehte und sie unter sich begrub. Schnell hatte er ihre Hände eingefangen und dirigierte sie sanft nach oben, bis ihre kleinen Fäuste über ihrem Kopf lagen.

»Hey!«, versuchte sie, zu protestieren, doch Chase erstickte ihre weiteren Worte, indem er ihre Lippen mit seinen versiegelte. Lustvoll schob er seine Zunge in ihren Mund, kostete ihren süßen Geschmack und spürte, wie die Erregung von seinem Körper Besitz ergriff.

Fae erging es offenbar ganz ähnlich. Sie stöhnte und wand sich unter ihm. Er hielt sie nicht fest, streichelte stattdessen ihre Handgelenke und drückte seine Daumen gegen ihre Handinnenflächen. Der Rausch der letzten Nacht erfasste ihn erneut und brachte sein Blut zum Kochen.

Sein Schwanz hatte sich bereits zu seiner vollen Größe aufgestellt und wartete ungeduldig auf seinen Einsatz. Doch auch diesmal wollte er nichts überstürzen, sondern diesen Akt lustvoll genießen. Fae schien der gleichen Meinung zu sein, denn sie ergab sich ihm und ließ es zu, dass er sie von Kopf bis Fuß küsste und verwöhnte.

Erst, als er wieder bei ihrem Gesicht angelangt war, fischte er ein Kondom aus der Packung, rollte es über und schob sich langsam in ihre glühend heiße Mitte. Faes Stöhnen war Musik in seinen Ohren. Sie klammerte sich wie eine Ertrinkende an einen Felsen und kam ihm bei jedem Vorstoß entgegen.

Sein Höhepunkt baute sich rasch auf, prickelte bereits in seinen Hoden und es verlangte ihm alles ab, nicht vorzeitig abzuspritzen. Sie stand im Mittelpunkt und erst, wenn Fae die Klippe erreicht hatte, würde er springen.

Gezielt kreiste er mit seinem Becken, variierte die Intensität der Stöße und griff sogar zwischen ihre verschwitzten Leiber, um ihre Perle sanft mit dem Daumen zu stimulieren. Dies schien für Fae der Punkt zu sein, an dem sie sich endgültig fallen ließ.

Laut stöhnend und dabei immer wieder seinen Namen murmelnd, kam sie zum Orgasmus. Chase ließ ebenfalls los, pumpte mehrmals hart in sie hinein und folgte ihr ins Nirwana.

»Fae! O Gott, Fae«, presste er hervor und brach halb auf ihr zusammen. Sternchen zerplatzten hinter seinen geschlossenen Lidern und ihm wurde bewusst, dass er hoffnungslos verloren war.

Entgegen seinen üblichen Gewohnheiten ließ er das Joggen ausfallen und duschte stattdessen gemeinsam mit Fae, die erst am späten Nachmittag im Studio sein musste. Sie fuhren bei ihrer Wohnung vorbei, wo sie sich umzog, um danach mit ihm in das nur wenige Blocks entfernte *Coffee Bean* zu gehen. Der morgendliche Berufsverkehr hatte sich bereits beruhigt und so genossen sie, die Nasen der Sonne entgegenreckend, ein kleines Frühstück.

Fae hatte sich ein weites und reichlich schlabbriges Shirt übergezogen, was einen offenen Blick auf einige ihrer Tattoos gewährte. Dazu noch die knappen Hot Pants, die ihr sowieso jede Menge Blicke, vornehmlich von Männern, einbrachte. Ihm war vor allem Letzteres nicht egal, doch sobald er seinen Arm um ihre Schultern gelegt hatte, wuchs sein Selbstbewusstsein massiv an.

Diese Frau gehörte zu ihm und in seinen Augen war sie bildschön, intelligent und unglaublich sexy. Er mochte jedes ihrer wilden Tattoos, die Dreadlocks und ihre unkomplizierte Art. Wer wollte schon ein Püppchen in Designerpumps, wenn er eine richtige Frau, die abgewetzte Cons trug und zu jedem Spaß bereit war, haben konnte?

Chase grinste versonnen vor sich hin, während er die vorbeifahrenden Autos auf dem Sunset Boulevard beobachtete.

»Deine Blessuren verheilen gut«, hörte er sie sagen und versuchte, sich nicht anmerken zu lassen, dass ihm dieses Thema ganz und gar nicht schmeckte

»Ja. Das war auch alles halb so wild«, erwiderte er und hoffte, dass sie es dabei bewenden lassen würde. Er wollte nicht über das Kämpfen sprechen. Nicht mit ihr. Diese Welt, diese dunkle Seite, die ihn zusammenhielt und jedes Mal aufs Neue mit Schmerzen reinigte, war nichts für sie. Wo Fae war, da war es hell, fröhlich, laut, voller Sonne und Wärme.

»Zeigt ihr die Typen eigentlich an, wenn sie dermaßen durchdrehen und handgreiflich werden?«, wollte sie wissen und irritierte Chase damit. Er blickte verwundert zu ihr und überlegte, was sie meinen könnte. »Na ja, wenn einer wie gestern herumpöbelt oder, wie im Falle deiner blauen Flecken, auch richtig prügelt«, erklärte sie, was Chase erleichtert aufatmen ließ. Sie nahm allem Anschein nach an, dass die Male von einer Schlägerei mit einem dieser sabbernden Arschlöcher, die den Club besuchen wollten und nicht eingelassen wurden, stammten.

»Nein, nur bei Waffen. Die meisten benehmen sich, nur ab und an spinnt mal einer rum. Vornehmlich die, die schon vorher in einem anderen Laden waren und dort ordentlich getankt haben. Wir sind ja nicht nur dafür da, die Gäste zu selektieren, sondern auch, um die Tänzerinnen zu schützen. Besser, so ein volltrunkener Depp probiert es bei mir, als dass er sich Cassy, Judy oder eine der anderen krallt. Oft hilft ein Nackengriff, manchmal muss es ein wenig mehr sein. Am Ende sind sie zumeist alle soweit runtergekühlt, dass sie von allein verschwinden.«

»Und was, wenn nicht?«, hörte er sie leise keuchen und konnte Angst in ihren Augen sehen, als sich ihre Blicke trafen. Er griff nach ihrer Hand, die sich unnatürlich kalt und klamm anfühlte, und wollte sie sich aufs Bein und seine große Hand darüber legen. Das ging allerdings nicht, da ihr kleiner Finger sich nicht streckte. Verwundert strich er darüber, zeichnete die Linien ihres darauf befindlichen Tattoos nach und spürte auf der zarten Haut etwas, was ihm merkwürdig bekannt vorkam. Bevor er sich jedoch sicher sein konnte, entzog sie ihm ihre Hand und versteckte sie unter ihrem Arm.

Chase atmete tief durch. »Dann werden wir etwas deutlicher. Wie gesagt, taucht einer mit einer Knarre oder einem Messer auf, holen wir die Cops. Sonst regeln wir das selbst.«

Seine Erklärung schien ihr nicht wirklich zuzusagen, denn Fae schürzte die Lippen und verzog das Gesicht. »Ich mag keine prügelnden Männer«, erwiderte sie, wobei Chase ein leichtes Zittern in ihrer Stimme wahrnahm. »Besoffene noch weniger.«

»Sie strahlen Gewalt aus. Ja. Das mag ich ebenfalls nicht. Deshalb regele ich sowas lieber mit Worten und trinke auch keinen Alkohol. Für manche mag das schräg anmuten, doch ich verzichte gern auf diesen Rausch. Dieses Zeug hat … es hat mir bereits zu viel genommen«, ging er darauf ein und konnte zusehen, wie Fae die Augen vor Überraschung weit aufriss.

»Du trinkst absolut gar keinen Alk?«, hakte sie nach, woraufhin er den Kopf schüttelte.

»Nicht einen Tropfen, genauso wenig, wie ich irgendwelche Drogen konsumiere. Habe nie damit angefangen. Nicht mal als Teenager. Da war ich sowieso total uncool und, na ja, wer will schon mit einem Loser abhängen«, gestand er ihr, was Fae auflachen ließ.

»Echt? Das ist wohl ein Scherz, was? Ich meine, schau dich mal an. Du warst doch bestimmt der Star des Football Teams an der Highschool«, mutmaßte sie. Diesmal war es jedoch Chase, der auflachte.

»Nein, absolut nicht. Bis vor zehn Jahren war ich nur groß und schlaksig. An mir war nichts dran, keine Muskeln, nichts. Dann begann ich zu trainieren und erst dadurch wurde das hier aus mir.«

»Wow!«, rief sie überrascht und musterte ihn eingehend. »Da musst du wirklich jede Menge Eisen gefressen haben.« Er nickte zustimmend, da es stimmte, aber nicht nur. Vor allem zu Beginn hatte er schnelle Erfolge erzielen wollen und zu einigen nicht ganz so legalen Mitteln gegriffen. Die Anabolika halfen, als er jedoch einen Bericht über die massiven Nebenwirkungen im Fernsehen sah, hatte er sie sofort entsorgt und seither nie wieder angerührt.

»Ich bin jeden Tag im Studio, gehe Joggen und versuche, mich vernünftig zu ernähren.«

»Okay, also Burger sind wohl eher nicht auf deinem Speiseplan zu finden«, murmelte sie, was Chase zum Lachen brachte.

»Ähm, oh doch, nur nicht die ekligen Fast Food Dinger, sondern die selbstgegrillten. Dann mag ich Steaks, richtig scharfes Chili, Hähnchen in allen

Variationen«, zählte er auf. »Dazu Nudeln, ich liebe Süßkartoffelauflauf und zu was ich niemals und unter keinen Umständen nein sagen würde, sind gesalzene Karamellbonbons. Dafür lasse ich alles stehen und liegen.« Fae starrte ihn ungläubig an.

»Ich dachte, bei so viel Gesundheit und Training bist du eher auf dem Öko-Trip oder nur mit so komischen Shakes und Smoothies beschäftigt«, setzte sie an und klang dabei genauso perplex, wie sie aussah.

»Gemüse esse ich schon, aber von Salat allein wird ein Mann wie ich nicht satt. Ich brauche Fleisch«, knurrte er und bleckte die Zähne, um es ihr zu verdeutlichen. Fae schüttelte fassungslos ihren Kopf und begann zu kichern.

Die gelöste Stimmung zwischen ihnen verleitete Chase dazu, erneut einen Arm um sie zu legen und sie samt Stuhl näher heranzuziehen. Fae protestierte nicht, lehnte sich stattdessen bei ihm an und seufzte genießerisch, nachdem sie an ihrem Kaffee genippt hatte.

»So gefällt mir das.«

»Mir auch«, gestand Chase und hoffte, dass sie erkannte, wie gerne er Zeit mit ihr verbrachte. Inständig wünschte er sich, in Zukunft noch viele solcher Vormittage mit ihr verbringen zu können.

»Jetzt muss mir nur noch eine zündende Idee für dein Tattoo kommen, dann würde sich das Ganze hier wenigstens lohnen.«

Hatte sie das gerade wirklich gesagt? Saß sie nur deswegen hier mit ihm?

»Du wolltest gestern eigentlich einige Vorlagen mitbringen«, fühlte er vor und spürte, wie sich in ihm eine starre Kälte ausbreitete.

»Wollte ich, doch alles, was ich erstellt habe, ist Mist. Ich dachte mir, ich lerne dich etwas näher kennen, blicke ein wenig hinter die Maske des toughen Türstehers.«

Kälter als ihre Worte hätte ein Eimer Wasser, den man ihm über den Kopf goss, nicht sein können. Eben noch wähnte er sich auf dem besten Wege hin zu einer Beziehung mit Fae und fand sich urplötzlich am anderen Ende des Spielfelds wieder.

Krampfhaft versuchte er, das Chaos, welches ihre Worte in ihm ausgelöst hatten, zu ordnen. Sein Herz hämmerte wild in seiner Brust und nur mit Mühe unterdrückte er den Impuls, von ihr abzurücken. Doch dann geschah etwas, das ihn völlig aus der Bahn warf. Fae schob eine Hand über seine und drückte sie sanft.

»Ich möchte, dass es perfekt für dich ist. Diese Narben haben eine Geschichte. Schmerz, Angst, Hilflosigkeit. Ich weiß, dass du viel erlebt haben musst und dieses Tattoo soll diese Veränderung, die du durchgemacht hast, auch ausdrücken«, erklärte sie und beruhigte damit den in ihm tosenden Sturm.

Ungläubig musterte er sie, konnte in ihrem Gesicht allerdings keine Falschheit oder Lüge erkennen. Sie lächelte sogar und zwinkerte ihm zu, als wäre sie sich der Tragweite ihrer zuvor geäußerten Worte überhaupt nicht bewusst gewesen.

»Vielleicht sollten wir uns noch ein wenig näher kennenlernen?«, brachte er halblaut hervor und hätte sich am liebsten dafür geohrfeigt. Wie dumm er doch war. Sie könnte ihm mit einem Fingerschnippen das Herz aus der Brust reißen und er bot es ihr noch auf einem Silbertablett an.

»Das ist eine verdammt gute Idee. Wie wäre es Freitag, im Studio? Du trainierst mit mir, damit ich den ganzen schrägen Typen, die mir was Böses wollen, die Stirn bieten kann und ich versuche weiter, etwas Passendes für dich zu kreieren? Was hältst du davon?«, schlug sie vor und schenkte ihm ein strahlendes und erwartungsfrohes Lächeln.

»Das klingt nach einem Plan«, erwiderte er und schluckte den dicken Kloß, der sich vor Erleichterung in seiner Kehle gebildet hatte, herunter.

Kapitel 14

Fae

Wieso hatte sie ausgerechnet an seiner Seite so verdammt gut schlafen können? Keine Albträume, kein Jasper, kein wild zerwühltes Bett, weil sie im Schlaf davonrannte oder sich gegen seinen feigen Angriff wehrte. So gut wie an diesem Morgen hatte sie sich schon seit einer Ewigkeit nicht mehr gefühlt.

Fröhlich pfeifend steuerte Fae auf den Hintereingang des Studios zu. Zwar hatte sie mit Chase nicht über diese Freunde-Plus-Sache gesprochen, doch der unfassbar tolle Sex und der wunderschöne Morgen machten ihr Mut. Er schien völlig entspannt mit ihr umzugehen und gab zum Glück keinerlei schräge Liebesbekundungen von sich.

Bei diesem Gedanken kam sie aus dem Tritt. Nach kurzem Überlegen stellte sie fest, dass in den vergangenen Tagen keine weiteren Blumenlieferungen eingetroffen waren. Hatte ihr heimlicher Verehrer etwa aufgegeben oder war ihm schlicht das Geld ausgegangen, um weiterhin solch opulente Sträuße beim besten Floristen von Hollywood zu ordern? Woran auch immer es liegen mochte, sie atmete erleichtert auf und betrat den Keller des Studios.

Krachend fiel die schwere Metalltür hinter ihr ins Schloss und schreckte Marcia, die gemeinsam mit Jada am Klavier saß, auf.

»Hey Prinzessin!«, begrüßte sie Tais kleine Nichte und gab ihr im Vorbeigehen einen Kuss auf den Scheitel. Jada zog sie in eine halbe Umarmung und zwinkerte ihr zu.

»Wie wars?«, wollte sie wissen, was Fae ihr mit einem breiten Grinsen beantwortete.

»So gut?«, hakte Jada nach und Fae nickte.

»Verdammt! Ich wusste es. Und, ist er einverstanden?« Fae ließ die Schultern hängen und seufzte.

»Keine Ahnung, war mit anderen Dingen beschäftigt«, erwiderte sie kryptisch und deutete mit einem Kopfnicken in Marcias Richtung. Vor der Achtjährigen wollte sie ganz gewiss nicht über den wilden Sex mit Chase sprechen.

»Wir reden nachher, dann bekomme ich aber sämtliche Einzelheiten«, verlangte Jada, was Fae ihr mit einem erhobenen Daumen bestätigte. »Morris und Tai sind mit Nate oben im ersten Stock und warten auf dich«, rief sie ihr noch zu, als Fae schon auf halbem Wege die Treppe erklommen hatte. Sie ging direkt weiter, die nächsten Stufen hinauf, bis sie vor dem großen Aufenthaltsraum angelangt war.

Schwungvoll öffnete sie die Tür und befand sich bereits mitten im Raum, als sich die drei Männer zu ihr umdrehten. Ein Schlag in die Magengrube hätte sie nicht härter treffen können. Zwischen Tai und Morris stand niemand Geringeres als Nathan Lavoie, der frühere Sänger der Rockband *Sound of Ice* und bester Kumpel ihres Ex-Freundes Jasper.

Von einer Sekunde zur nächsten wurde Fae zurück nach Chicago katapultiert, sah sich hinter der Bühne neben Jasper, der für seine Freunde als Roadie gearbeitet hatte und mit denen er gemeinsam auf Tour gegangen war. Sie konnte den Geruch des Bieres riechen und das Kreischen der Weiber im Publikum in ihren Ohren klingeln hören.

Sie bemerkte sofort, dass Nathan im Gegensatz zu früher weitaus hagerer wirkte, geradezu schmal. Wie damals zog er den Kopf ein, machte sich klein und versuchte, unsichtbar zu sein, dabei wusste Fae nur zu gut, dass Nathan eine echte Rampensau war und bei den Groupies nie etwas anbrennen ließ. Sein sandbraunes Haar trug er länger, ein paar Strähnen fielen ihm ins Gesicht, was ihm ein jungenhaftes Aussehen verlieh.

Auf seinem Unterarm war, neben einigen anderen verdammt guten Tattoos, auch der Schriftzug und das Logo der Band zu sehen.

»Dora?«, krächzte er und starrte sie aus weit aufgerissenen Augen heraus an. Fae überlegte, ob sie türmen, ihn und auch Tai und Morris einfach hinter sich lassen könnte. Wie um alles in der Welt kam der Typ hier her und was noch viel wichtiger war, wusste Jasper, wo sie sich aufhielt?

»Ihr kennt euch?«, fragte Tai irritiert nach und blickte von einem zum anderen. Morris kam zu ihr, schob sie näher an Nathan heran und baute sich neben ihr auf.

»Fae ist unsere Dotwork und Flowerpower Queen«, verkündete Morris, was Fae in diesem Moment nicht wirklich interessierte. Panik kreiste durch ihre Blutbahn. Die nackte Angst kroch ihren Körper hinauf.

»Habt ihr hier in L.A. schon miteinander gearbeitet?«, erkundigte sich Tai. Fae konnte ihm jedoch nicht antworten. Ihre Zunge klebte ihr am Gaumen fest. Mit allem hatte sie gerechnet, aber ganz bestimmt nicht, einer Person aus ihrem früheren Leben gegenüber zu stehen. Nathans grüne Augen fixierten sie, sein Gesichtsausdruck wurde verschlossen und abweisend.

»Ähm nein, wir kennen uns bloß flüchtig aus Chicago«, murmelte er, wandte sich ab und vergrub eine Hand in der vorderen Tasche seiner zerschlissenen Jeans, während er sich mit Daumen und Zeigefinger der anderen die Nasenwurzel massierte. Mit einem Mal wirkte er nachdenklich und reservierter, als es damals der Fall war. Schon immer ging Nathan nur aus sich heraus, wenn er sich auf der Bühne befand oder mit seinen Bandkollegen sowie Jasper die Nacht zum Tag gemacht hatte.

»Ah, okay! Dann habt ihr euch bestimmt viel zu erzählen. Fae, weise Nate doch kurz hier oben in alles ein, anschließend kommt runter und wir übernehmen den Rest«, schlug Tai ganz zu ihrem Verdruss vor, klopfte erst Nathan, danach ihr auf die Schulter und verschwand mit Morris im Schlepptau nur wenige Sekunden später aus dem Aufenthaltsraum.

Wie gelähmt stand sie da und starrte ihn an, während ihr Herz bis in ihren Hals hinauf schlug.

»Ich … ist ziemlich lang her«, brachte er halblaut hervor, wandte sich ihr jedoch nicht zu, sondern blickte auf einen Punkt irgendwo draußen vor dem Fenster.

»Ja«, erwiderte sie und räusperte sich, um ihre Stimme wiederzufinden. »Seit wann bist du in L.A.?«

Nate hustete, fuhr sich mit einer Hand durch die Haare und atmete hörbar tief durch. »Seit einer ganzen Weile. Du?«, stellte er die Gegenfrage, bei der Fae sich ein verächtliches Schnauben verkneifen musste. So eng, wie er mit Jasper befreundet war, müsste er es doch eigentlich sehr genau wissen. Vor allem sollte er sich auch über den Grund im Klaren sein.

»Ebenfalls. Woher kannst du tätowieren?«, hakte sie nach und musterte jede seiner Bewegungen aufmerksam. Nathan schien sich unwohl zu fühlen. Früher, wenn sie mit dem Tourbus unterwegs gewesen waren, hatte er oft gezeichnet. Das Album-Cover ihres Debüts hatte er selbst entworfen.

»Hab es in Salt Lake City gelernt.« Fae nickte, nicht, weil sie es anerkannte, sondern aus reiner Höflichkeit. »Ist das Feature für das *Ink Maniac* mittlerweile fertig oder kommen die noch mal vorbei?«

Überrascht legte sie die Stirn in Falten. Hatte er etwa deswegen hier angefangen? Ging es ihm darum, ein Stückchen Ruhm abzubekommen, um vielleicht ein Comeback oder eine Solo-Nummer zu starten? *Sound of Ice* hatte zwar einige Hits, doch ihnen war ziemlich schnell die Luft ausgegangen, vor allem, weil sie sich lieber um Sex und Drugs, statt Rock N‘ Roll kümmerten.

»Soweit ich weiß, kommen sie demnächst wieder vorbei.« Seine Augenbrauen schossen nach oben und er rieb sich mit der flachen Hand über das Gesicht.

»Mich betrifft es ja zum Glück nicht. Hoffe, Tai lässt mich aus der Sache raus, ich will nicht, dass der ganze Scheiß von Chicago hier breitgetreten wird«, nuschelte er und zuckte unschlüssig mit den Schultern.

»Keine Ahnung, musst du mit ihm klären«, entgegnete sie kühl und wollte sich abwenden, um ihm die auf diesem Stockwerk befindlichen Räume zu zeigen, als sie hörte, wie Nathan sich räusperte.

»Hast du noch Kontakt zu … ich meine, ist Jasper ebenfalls hier?«, wollte er wissen und Fae schreckte bei der bloßen Erwähnung ihres Ex zusammen. Ihr Magen verwandelte sich in einen Eisklumpen.

»Nein«, erwiderte sie barsch. »Du?« Nathans Augen wurden groß. Er schüttelte mit dem Kopf und schien aufzuatmen, sobald er sich wieder dem Fenster zuwandte.

»Ich habe zu niemand mehr Kontakt, nur zu meiner Mutter. So soll es auch bleiben, Feodora.« In seiner dunklen Stimme lag ein gewisser Nachdruck.

»Der Meinung bin ich übrigens ebenfalls, Nathan. L.A. ist meine neue Heimat. Die Feodora, die du kanntest, gibt es nicht mehr.« Ihre Worte bewirkten, dass er sie eindringlich ansah und nach einigen Sekunden anerkennend nickte.

»Stimmt, du hast dich schon rein äußerlich sehr verändert. Gut siehst du aus«, erwiderte er und brachte sie mit seinem Kompliment ein wenig aus dem Konzept. Nathan war immer eher still gewesen, doch wenn es darum ging, eine Frau aufzureißen, konnte er zu einem wahren Casanova mutieren.

»Wie du meinst«, überging sie seine Bemerkung und baute sich vor ihm auf. »Nur, damit eines klar ist, das *Tailors Ink* ist sauber. Wir haben hier mit Drogen nichts am Hut. Solltest du hier also irgendeine Scheiße …«, zischte sie und bohrte ihren Zeigefinger in seine Brust. Nathan starrte sie entsetzt an und hob beide Hände, als ob er sich ihr ergeben würde.

»Alles cool. Ich bin seit über drei Jahren clean«, keuchte er und schob seine dichten Augenbrauen zusammen. Auf Fae wirkte es, als würde er Schmerzen erdulden oder sich an etwas sehr Einschneidendes erinnern.

»Wehe, wenn nicht. Tai schmeißt dich in hohem Bogen raus, sollte er auch nur den Hauch eines Verdachts haben, du würdest irgendwas einwerfen«, fauchte sie und warf ihm einen giftigen Blick zu.

»Es gibt Dinge im Leben, die verändern den Blickwinkel drastisch«, gab er kryptisch von sich und schlug die Augen nieder. Für einen Moment glaubte Fae, einen Schatten auf seinem Gesicht zu sehen, doch er war bereits wieder verschwunden, bevor sie sich sicher sein konnte. »Ich gebe dir mein Wort, keine Drogen. Ich brauche den Job. Erzählst du mir, was dich hierher verschlagen hat?«

Fae hielt den Atem an. »Ganz sicher nicht. Jetzt komm, ich habe nicht ewig Zeit. Mein erster Kunde taucht in ein paar Minuten auf«, herrschte sie ihn an, drehte sich auf dem Absatz um und riss die Tür auf.

Nathan folgte ihr schweigend in das gegenüberliegende Zimmer. Neben einem bequemen Liegestuhl mit seitlich angebrachten Armauflagen, stand auch eine lange, gepolsterte Liege, dazu eine spanische Wand, hinter der sich die Kunden ausziehen konnten. Mit einigen knappen Sätzen erläuterte sie ihm, wo er Handschuhe, Tätowierutensilien und alles andere finden konnte, bevor sie ihn nach nebenan, in einen weiteren Raum beorderte.

Auch hier erklärte sie die Details, sprach nebenbei Hygienemaßnahmen an und wies ihn in die Handhabung des Zeichentisches ein, den Nathan mit großen Augen bewunderte.

»Ich arbeite lieber am Computer oder zeichne per Hand, aber Tai liebt diese Tische. Er hockt oft stundenlang hier. Naja, zumindest früher, vor dem Feature und dem Massenansturm«, schloss sie ihre Ausführungen und seufzte.

»Einiges los, was?«

»Frag besser nicht. Das grenzt schon an Akkordarbeit. Ich hoffe, dein Rücken ist fit und deine Schultermuskulatur entspannt, du wirst heute Abend jeden Knochen einzeln spüren können«, prophezeite sie ihm, was er mit einem entsetzten Gesichtsausdruck aufnahm.

»Krass! Echt so heftig?«, hakte er nach. Fae nickte und rang sich ein zögerliches Lächeln ab. »Okay, dann ist die gute Bezahlung wenigstens gerechtfertigt«, fügte er schnaufend an und bewegte seinen Kopf hin und her, als ob er sich noch einmal locker machen wollte, ehe er an den Start ging. Das hatte er früher vor den Konzerten auch stets getan und es weckte in ihr Gedanken an die Zeit, bevor alles im Drogendunst unterging.

Die Jungs von *Sound of Ice* waren ein eingeschworenes Team, das sich schon in der Grundschule kennenlernte.

Nathan, Lyle und Quentin, Freunde fürs Leben, Brüder im Geiste. Sie hatte schöne Erinnerungen an die Zeit mit ihnen, leider jedoch folgten mit Auflösung der Band auch die schlimmsten, vor allem in Kombination mit Jasper.

Fae war bereits auf halbem Weg zur Tür, als Nathan sie aufhielt.

»Noch eine Sekunde, bitte.« Sie blieb an Ort und Stelle stehen und blickte über ihre Schulter zu ihm. Er hatte seine Hände in seine Seiten gestemmt, hielt den Kopf leicht gesenkt und wirkte bis in die Haarspitzen angespannt.

»Was gibt's?«, fragte sie und runzelte ihre Stirn, da sie geglaubt hatte, ihm deutlich genug klargemacht zu haben, dass sie mit ihm nicht über ihre gemeinsame Zeit in Chicago sprechen wollte.

»Ich … Fae, ich brauche den Job. Bei *Capitol Records* hab ich gerade ausreichend verdient, um mich über Wasser halten zu können. Das Wenige, was uns damals, nachdem das Label die Band rausgeworfen hat, geblieben war, hatte ich … egal, es ist alles weg. Ich werde mich echt reinknien und mir den Arsch aufreißen für das Studio. Tai gibt mir hier eine Chance, die mir verdammt guttut. Bill, ähm, du kennst Jadas Vater, oder?«, erklärte er ihr und blickte nervös zu ihr.

Fae nickte steif und wartete gespannt, worauf er eigentlich hinaus wollte. Wenn er den Job brauchte, um seine Miete zu zahlen, dann stand er ihr in nichts nach. Sollte es jedoch in gewisse andere Kanäle fließen, würde sie höchstpersönlich dafür sorgen, dass er gefeuert werden würde.

»Die Nähe zur Musik hat mir immer viel bedeutet. Sie war stets ein wichtiger Teil von mir, meinem Leben, meiner Persönlichkeit. Damals hatte ich sie verloren. Den Spaß, den sie mir brachte. Ich will sie einfach nur wieder in mir spüren, die Melodien im Kopf haben. Der Job bei ihm hat mich aufgerichtet, doch das Business und all die Erinnerungen, all das macht mich so krank. Wenn ich zeichne oder tätowiere, dann kehrt die Freude zu mir zurück. Es geht hier also nicht allein um die Kohle, sondern auch … diese Chance könnte mich heilen, verstehst du?«

Fae wusste nicht, was sie darauf erwidern sollte. Er atmete tief durch, strich mit einer Hand durch sein Haar und verwuschelte es damit nur noch mehr.

»Ich werde alles geben für das Studio«, gab er an, bevor sie den Mund öffnen konnte. »Ich weiß nicht, was zwischen dir und Jasper passiert ist, kann mir aber denken, dass er es richtig versaut hat.« Das war zwar die Untertreibung des Jahrhunderts, doch Fae sah sich nicht in der Verfassung, ihn über die tatsächlichen Vorkommnisse aufzuklären. Sogar jetzt steckte ihr der Schock, jemandem aus ihrem alten Leben aus dem Nichts heraus gegenüber zu stehen, noch in den Knochen.

»Ich nehme dich beim Wort«, erwiderte sie und hasste das leichte Krächzen in ihrer Stimme, welches die Erinnerungsfetzen hervorriefen, die mit der Erwähnung dieses schwarzen Schattens einhergingen.

»Das kannst du.«

»Warum bist du, obwohl es dir bei *CR* so gefallen hat, dermaßen schnell auf diesen Zug aufgesprungen?«, erkundigte sie sich. Den Grund, warum sie das wissen wollte, wusste sie nicht. Seine Worte waren eindringlich gewesen und ja, sie konnte sie durchaus nachvollziehen, dennoch war ein winziger Restzweifel geblieben.

»Weil ich keine Lust auf Rampenlicht habe. Wir waren zwar nur mehr oder weniger Eintagsfliegen, was unsere Charterfolge angeht, doch der ein oder andere Musiker kennt unsere Songs noch immer. Ich wurde von Craig

Dancer sogar gefragt, ob ich nicht bei seinem neuen Album …«, brachte er gequält hervor, schnaufte und raufte sich erneut das Haar. »Ich kann das nicht und ich will das nicht. Vor allem, wenn es ausschließlich darum geht, mich zurück in den Fokus der Öffentlichkeit zu zerren, um sich mit mir zu profilieren.«

Fae konnte sich nur zu gut an den Alt-Rocker erinnern, der im Zuge des *Ink Maniac* Features seine Hilfe angeboten hatte, um als Stargast zu fungieren. Er hatte es einzig und allein für die eigene Promotion nutzen wollen. Etwas an Nates Worten wunderte sie allerdings.

»Die Vorlage für sein Tattoo stammte doch von dir, wenn ich mich recht erinnere«, warf sie ein was er mit einem Seufzer bedachte und die Schultern fallen ließ.

»Aber nur, weil dieser Typ in alles seine Nase reinstecken muss. Ich habe meinen Block mit den Entwürfen herumliegen lassen. Craig hatte natürlich nichts Besseres zu tun, als ihn sich zu krallen. Zum Glück wollte er den Ruhm dann lieber für sich allein einstreichen und hat darauf verzichtet, mich mit zu den Dreharbeiten zu schleifen«, erwiderte er und verzog dabei sein Gesicht, als würde er über etwas Ekliges sprechen. Fae zweifelte nicht an seiner Version und hielt es Nathan zu Gute, dass er nicht beim Feature aufgetaucht war und, wie er zuvor bereits angemerkt hatte, den Leuten vom *IM* auch weiterhin aus dem Weg gehen wollte.

»Ist okay, Nathan«, sagte sie und schenkte ihm ein halbes Lächeln. Für ein ganzes hallte der Schock über das plötzliche Aufeinandertreffen noch zu deutlich in ihr nach.

»Nate. Keiner hier nennt mich Nathan und irgendwie bin ich froh darüber. Bleib bei Nate, passt auch besser zu mir«, bot er ihr an, was sie mit einem Nicken bedachte, sich vom Türrahmen abstieß und in Richtung Gang deutete.

»Von mir aus. Dann bei mir bitte Fae«, erwiderte sie, während sie gemeinsam zur Treppe gingen. Nate lachte leise.

»Fae, hu? Ein Naturgeist, Elfe? Okay, kann ich mir bei deinem doch recht, ähm, krassen Aussehen zusammenreimen. Komm ich mit klar.«

»Solltest du, denn das bin ich. Bis vor Kurzem hatte ich eine Rockabilly Phase, die Hot Pants und Tops sind die Überbleibsel davon. Die Dreads sind noch ziemlich neu«, erklärte sie, die Stufen hinabgehend.

»So richtig mit Peep Toes und knallrotem Lippenstift?«, hakte er nach, was sie mit einem breiten Grinsen bedachte. »Wow! Okay.«

»Hier unten wurdest du schon …«, setzte sie an, wurde jedoch von einem Scheppern unterbrochen. Eilig lief Fae mit Nate an ihrer Seite den Gang entlang in den vorderen Studiobereich, nur um vor lauter Schock neben dem Kassentresen wie angewurzelt stehen zu bleiben. In der Eingangstür, deren große Scheibe in Scherben auf dem Boden verteilt lag, standen Ken Desmond und seine bessere Hälfte, Rufus Mathers. Beim Anblick dieses miesen Dreckskerls drehte sich ihr der Magen um, erst recht, als sie sah, wie gehässig er sie angrinste.

Tai baute sich vor Ken auf, Morris bezog direkt neben ihm Stellung. Innerhalb von Sekunden wurde die Luft im Studio so dick, dass man sie hätte schneiden können. Jeder hielt den Atem an, sogar Nate. Ihr Herz hämmerte so heftig, dass sie glaubte, es würde sich aus ihrer Brust herauswühlen wollen.

Fae fühlte eine Hand an ihrem Arm, bemerkte, wie Nate sie langsam hinter sich drückte und wollte protestieren, doch ihre Stimme versagte und so blieb ihr nichts weiter, als sich zu fügen.

»Am Ende dieses Monats bist du hier raus. Deine Kündigung«, knurrte Ken und griente Tai dabei höhnisch an, während er ihm einen Umschlag vor die Füße warf.

»Du kannst den Vertrag, den ich mit Trudy geschlossen habe, nicht einseitig kündigen«, wandte Tai ein. Er stand da wie ein Fels in der Brandung, die Arme vor der Brust verschränkt und schien vollkommen in sich zu ruhen. Fae bewunderte ihn dafür, da sie selbst vor Angst zu zittern begonnen hatte. Für einen Moment überlegte sie, Chase anzurufen, ihn darum zu bitten, schnell vorbeizukommen, um ihr beizustehen. Die Erkenntnis, dass er sich wohl kaum gegen seinen eigenen Boss stellen würde, traf sie wie ein Tritt gegen die Brust.

Chase arbeitete für dieses widerliche Schwein, nahm Geld von ihm, ließ sich von ihm herumkommandieren. Dabei fragte sie sich, ob er, sollte Ken es von ihm verlangen, hier auftauchen und Stunk machen würde? Trotz seines Aussehens und den Blessuren, die er an seinem Körper hatte, bezweifelte Fae, dass Chase ein Mensch war, der andere quälte. Er war kein Schläger, sondern kontrolliert und eher ein schlafender Riese. Dennoch ließ er sich von Ken bezahlen, verkaufte sich und somit auch seine Seele an den Teufel.

»Was ich kann oder nicht kann, geht dich einen Dreck an, Tailor. Du verpisst dich aus diesem Gebäude, sonst schauen Rufus und seine Männer hier jeden gottverdammten Tag vorbei, ist das angekommen?«, blaffte Ken und baute sich vor Tai auf. Beide sahen sich direkt in die Augen, versuchten, einander nieder zu starren.

»Tucker wird sich freuen, das zu hören. Du glaubst gar nicht, wie lange er bereits scharf darauf ist, das *Rodeo Girls* zu übernehmen. All die heißen Bräute über seinen Schoß tanzen zu lassen. Es wird ihm eine Freude sein, dir zu zeigen, was er davon hält, wenn man seine Freunde bedroht«, erwiderte Tai. Er bewegte nicht einen Muskel, nichts. Auch Morris, dessen abweisende Körperhaltung der von Tai in nichts nachstand, zuckte nicht einmal.

»Der alte Bastard soll ruhig kommen. Ich habe Freunde, deren Schlagkraft um einiges höher ist. Du dagegen bist nur eine winzige Made, ein Parasit, nichts weiter. Ich gebe dir zwei Wochen, dann bist du hier raus oder dein tolles Studio bekommt Besuch«, spie er Tai entgegen und brach den Blickkontakt mit ihrem Boss ab, nur um seine Augen auf Fae zu richten.

»Vor allem nachts soll es hier ganz besonders nett sein. Nicht wahr, Bitch?« Das war der Moment, in dem sich mehrere Dinge gleichzeitig ereigneten. Zuerst packte Tai Ken am Kragen seines Jacketts und hämmerte ihm die Stirn ins Gesicht, wonach ihm das Blut aus der Nase schoss. Rufus wollte eingreifen, machte allerdings Bekanntschaft mit Morris' Faust. Zudem sprang Nate nach vorn, direkt zwischen die Kontrahenten, griff Ken am Kragen und bugsierte den reichlich überrascht wirkenden Aggressor durch die Tür nach draußen. Rufus schickte den noch immer etwas angeschlagenen Morris mit einem gezielten rechten Haken gegen die linke Seite auf die Knie. Er warf einen letzten, überaus gehässigen Blick in die Runde und folgte Ken, der sich die Nase hielt und Blut auf den Gehsteig spuckte.

»Wichser! Dich mach ich fertig!«, versuchte Ken zu brüllen, was seinen Mund allerdings eher als nasales Krächzen verließ.

»Mein Anwalt wird sich sehr gerne damit befassen«, rief ihm Tai hinterher, zog sein Handy aus der Hosentasche und hatte keine zwei Sekunden später

Tucker am Ohr. Er erklärte ihm in knappen Worten, was vorgefallen war und tigerte dabei angespannt über den mit zerbrochenem Glas bedeckten Boden.

Sobald er das Telefonat beendet hatte, drehte er sich um und kam auf sie zu. Fae machte ihm Platz, damit er an ihr vorbeigehen konnte, um in den hinteren Teil des Studios gelangen zu können. Zitternd lehnte sie sich an die Wand, hörte nichts außer ihrem eigenen Blut durch ihren Körper rauschen. Panik bemächtigte sich ihrer, sie fühlte, wie ihre Knie weich wurden und sank nach unten, bis sie auf dem kalten Fußboden saß.

Morris stieg über sie hinweg, eilte nach hinten zur Kellertür und riss diese auf. Es dauerte nicht lange, da tauchte er mit einer reichlich verschreckt wirkenden Jada und einer mit großen Augen um sich blickenden Marcia wieder auf. Sie gingen direkt nach oben, wo sie kurz darauf eine Tür klappen hören konnte.

Nate stand in der offenen Eingangstür und schien zu beobachten, was sich außerhalb ihres Sichtfeldes tat.

»Lungert er da draußen rum?«, hörte sie Tai neben sich sagen und zuckte zusammen, da sie ihn zuvor nicht bemerkt hatte. Nate nickte knapp.

»Steht neben einem weißen Mercedes und tupft sich das Näschen.«

»Verdammter Mist! Die ganze Tür hat er zerlegt. Wenn es nur das Glas gewesen wäre, hätten wir bis morgen alles mit Sperrholz zunageln können. So müssen wir eine komplett neue ordern. Das kann Tage dauern«, grollte Tai und besah sich den Schaden eingehend.

Fae spürte, wie ihr Magen sich umdrehte. Bei dem Gedanken daran, dass jederzeit einer von Ken's Schlägern hier auftauchen könnte, wurde ihr speiübel.

»Versicherung?«, hakte Nate nach, was Tai tief durchatmen ließ.

»Ja, aber sie setzen uns wegen so einer Scheiße die Raten hoch oder fordern eine Anzeige bei den Cops. Keine Chance. Diese Bastarde will ich hier nicht sehen. Die gehen viel zu gern selbst rüber und lassen sich ihre Stangen polieren, von denen steigt Ken keiner auf die Füße. Ich versuche, einen Handwerker zu bekommen, der das reparieren kann«, grollte Tai und tippte auf seinem Handy herum. Fae fühlte sich, als würde sie alles aus großer Entfernung beobachten. Sie konnte kaum mehr atmen, geschweige denn aufstehen.

Die Schreie der Männer, der Gewaltausbruch, der Geruch von Blut. Alles setzte ihr zu, trieb sie an den Rand ihres Verstandes. Die Vergangenheit schien sie eingeholt zu haben. Es kam ihr sogar so vor, als könnte sie *ihn* riechen, was sie würgen ließ. Während Fae die Lider zukniff, probierte sie, mit langen, tiefen Atemzügen wieder die Kontrolle über ihren Körper zu erlangen, was ihr nach einer gefühlten Ewigkeit auch gelang.

Als sie ihre Augen aufschlug, bemerkte sie, dass Nate sich zu ihr heruntergebeugt hatte und sie mit sorgenvoller Miene musterte.

»Du bist okay?«, erkundigte er sich, was sie mit einem Nicken beantworten wollte. Sie konnte die Bewegung allerdings nicht vollständig ausführen, da ihr Frühstück, was sie mit Chase gemeinsam eingenommen hatte, mit aller Macht wieder hervorkommen wollte.

Sie bedeckte ihren Mund mit ihren zitternden Fingern und kämpfte die Rebellion ihres Magens nieder. Es kostete sie viel Kraft, doch die Erinnerungen an die Stunden, die sie mit Chase verbracht und wie sie mit ihm den Tag begonnen hatte, halfen ihr, das lähmende Gefühl der Angst zurückzudrängen.

Auf eine gewisse Weise waren die Momente mit ihm zu ihrem Lichtblick in all der erdrückenden Finsternis geworden, von der sie glaubte, ihr nie entrinnen zu können.

Kapitel 15

Chase

Was um alles in der Welt war mit der Tür des Studios passiert? Chase wartete mit zuckendem Gasfuß an der Ampel und starrte auf die riesige Sperrholzplatte, die den Eingang zum *Tailors Ink* bedeckte. Am liebsten wäre er, ohne auf Grün zu warten, abgebogen und auf den Bürgersteig gefahren, nur um schneller zu ihr zu kommen. Was ihn jedoch weit mehr umtrieb und seine Anspannung nach oben katapultierte, war die Frage, wer dieser Typ war, der direkt hinter dem großen Schaufenster neben Fae stand. Er hatte ihn noch nie zuvor gesehen und die Art, wie er sich zu Fae herunterlehnte, gefiel ihm ganz und gar nicht.

In jedem Fall war er kein Kunde. Er trug ein Paar der im Studio benutzten schwarzen Latexhandschuhe, welches Chase trotz der leichten Spiegelung in der Scheibe sehr gut erkennen konnte, da der Typ seine Griffel an Faes Schulter gelegt hatte. Mit quietschenden Reifen fuhr er an, sobald das Signal der Ampelanlage umsprang, lenkte seinen Porsche auf den Parkplatz hinter dem Gebäude und hatte die Fahrertür bereits aufgerissen, noch bevor der Motor ein letztes Grollen von sich gab.

Der Weg um die Immobilie herum erschien ihm endlos, während sein Herz in seiner Brust beinahe zersprang. Was war geschehen? Hatte jemand einzubrechen versucht? Ein Überfall? Warum hatte der Kerl seine Pfoten an ihr dran? Schnaubend stieß er die provisorische Tür auf, bugsierte sich hindurch und hatte dabei Mühe, sich davon abzuhalten, nach Fae zu rufen.

Er wollte sie sehen, sie in seine Arme nehmen, wissen, dass es ihr gutging und sie einfach nur spüren.

Sobald er im Inneren war, richteten sich sämtliche Augen auf ihn. Tais Blick verfinsterte sich, Morris schnaufte, wollte sich aufrichten, zuckte jedoch zusammen und schüttelte den Kopf, doch das war Chase alles egal. Sein Fokus lag auf Fae, die von dem unbekannten Typen mehr und mehr verdeckt wurde. Er schien sie förmlich hinter sich schieben zu wollen. Ein ganz böser Fehler.

»Hey, Chase. Du gehst besser«, hörte er Tai mit reichlich angespannt klingendem Tonfall sagen.

»Fae, ist alles okay?«, stellte er die Frage, die für ihn die einzig wichtige war. Sein Blut rauschte in seinen Ohren, während er versuchte, ihr Gesicht auszumachen. Der Kerl vor ihr bewegte sich seitlich, verdeckte sie gänzlich und legte einen Arm nach hinten, womit er sie an der Hüfte berührte. Chase bohrte seinen Blick in seinen Kontrahenten, der ihm nicht lange standhalten konnte.

»Chase, Mann!«, rief Morris genervt und tauchte neben ihm auf. »Was soll der Scheiß?«

»Fae«, sagte er etwas leiser und hoffte, dass sie das Flehen hören konnte, was er zu ihr ausgesandt hatte. Er wollte weder Tai noch Morris Ärger machen, den Typen, der sich dummerweise zwischen sie und ihn gestellt hatte, würde er jedoch zu Kleinholz verarbeiten. Diesem Schönling mit seinem Out-of-Bed Look, der tiefsitzenden Jeans und dem alten, verwaschenen Shirt stünde eine gebrochene Nase sicher sehr gut. Ein Treffer würde genügen.

»Nate, jetzt lass das doch mal!«, protestierte Fae und drückte sich an dem Kerl vorbei. Zwei Schritte, dann hatte sie Chase erreicht. Oder war er es, der sich bewegt hatte?

»Fae«, brachte er keuchend hervor, öffnete seine Arme und spürte ein Feuerwerk in sich explodieren, während sie sich an ihm festhielt, um bei ihm Schutz zu suchen. Augenblicklich umhüllte er sie, legte beide Arme um sie und sog ihren Duft tief in sich auf. Sein Herz trommelte heftig, aber sobald die Anspannung etwas abflachte, wurde er ruhiger und konnte auch mehr von seiner Umgebung aufnehmen. »Was war los?«, fragte er an Tai gewandt, der ihn mit einem tödlichen Blick bedachte.

»Dreimal darfst du raten und wenn ich du wäre, würde ich mich auf der Stelle verpissen. Tucker und seine Jungs tauchen hier gleich auf und dann wäre es besser, du stehst ihnen nicht im Weg«, knurrte er, woraufhin sich Chase versteifte. Nicht wegen der Biker, mit denen er persönlich kein Problem hatte, Tucker jedoch würde seine Freunde schützen und wenn Ken tatsächlich für die Tür verantwortlich war, würde es ihm egal sein, wie Chase zu ihm stand. In diesem Moment jedenfalls befand er sich auf der falschen Seite des Gebäudes.

Er beugte sich zu Fae herunter, hob ihr Kinn mit zwei Fingern an und brachte sie dazu, ihm in die Augen zu sehen.

»Soll ich dich nach Hause fahren?«, bot er ihr an, doch sie schüttelte den Kopf und schloss ihre Lider, bevor sie ihr Gesicht wieder gegen seine Brust drückte.

In ihren Augen konnte er Panik erkennen. Sie zitterte und ihre Atmung ging unregelmäßig. Trotzdem fühlte es sich so verdammt gut an, sie zu halten, auch wenn er sich sehr zusammenreißen musste, um nicht sofort zu Ken zu gehen, um ihn zu Kleinholz zu verarbeiten, weil er Fae Angst gemacht hatte.

»Was genau ist passiert?«, fragte er an Tai gewandt, der mit den Augen rollte und seine Arme entknotete, um seine Hände in die Hüften zu stemmen.

»Ken spielte sich als neuer Besitzer auf, hat uns gekündigt. Pfft! Komm Chase, Tucker wird nicht zimperlich sein, falls er dich hier erwischt.« Tais Blick lag lange auf Fae, bevor er sich abwandte und zur Tür ging, um sie zu öffnen. Er wartete auf Chase, der sich nur schwer von ihr lösen konnte. Es brauchte ein hohes Maß an Selbstbeherrschung, sie nicht unter den Arm zu klemmen und mitzunehmen.

»Hör zu, wenn irgendwas ist, gleichgültig was, ruf mich an. Okay? Egal was. Ich habe mit Ken nichts gemein. Er ist mein Boss ja, aber ich arbeite an der Tür, bin keiner seiner Schläger und erst recht nicht sein Schoßhund. Wenn es sein muss, schmeiße ich den Job sofort und stehe hier, um …«, erklärte er, ihr Gesicht dabei in den Händen haltend.

»Chase, sie kommen«, warnte Tai, dessen Stimme vom aufziehenden Donnern der Bikes nahezu übertönt wurde. Er richtete sich auf und sah diesen Nate sehr eindringlich an. Der Ausdruck in seiner Miene sollte dem Kerl ohne Umschweife klarmachen, dass er zukünftig seine Pfoten besser bei sich behalten sollte.

»Mach ich«, murmelte Fae. Er beugte sich ein letztes Mal zu ihr, küsste ihre Stirn und löste sich schweren Herzens von ihr. Von der Tür aus blickte er zurück, sah sie mitten im Studio stehen. Sie wirkte so zart, zerbrechlich und einsam. Vor allem Letzteres berührte ihn zutiefst. Er wollte sie halten, sie beschützen und nie wieder loslassen, doch es war besser, zu gehen. Tucker würde ihn in diesem Moment nicht in seinem Revier dulden und mit einer ganzen Biker-Gang könnte er es nie und nimmer aufnehmen.

Trotzdem lief er nicht davon. Mit gemessenen Schritten, ohne Hast, ging er am Schaufenster des Tattoo-Studios und an der mit Werbung für die Shows des *Rodeo Girls* beklebten Hausfassade vorbei, bis er schließlich vor dem Eingang des Clubs stoppte. Normalerweise nahm er die Pose des Türstehers erst nach Öffnung des Strip-Clubs ein, diesmal schien sie ihm allerdings auch bei Tageslicht passend.

Mit verschränkten Armen lehnte er sich seitlich an und sah dabei zu, wie mindestens dreißig Biker ihre Harleys in den umliegenden Parkbuchten, aber teilweise auch auf dem Gehsteig abstellten. Sobald das Dröhnen verstummte, stiegen sie ab. Tucker konnte er augenblicklich ausmachen und ebenso, dass ihm der alternde Präsident der *L.A. Longhorns* einen bitterbösen Blick zuwarf. Chase ahnte, dass das Studio ab sofort unter sehr strenger Bewachung stehen würde. Dummerweise bedeuteten Biker jedoch auch immer Stress an seiner eigenen Tür.

Schnaufend betrat er den Club. Im diffusen Licht, welches tagsüber die Räumlichkeiten erhellte, konnte er niemanden sehen oder hören, also ging er direkt ins Büro. Wäre er früher gekommen, hätte Kens Überfall auf das Studio ein massives Problem für Chase dargestellt. Er brauchte den Job und vor allem die Kämpfe, zumindest solange, bis er eine andere Tür oder etwas Vergleichbares gefunden hatte. Bis dahin würde er wohl oder übel, selbst wenn es ihn mächtig wurmte, über Kens durchgeknallte Aktionen hinwegsehen müssen. Wäre er hingegen dabei gewesen, hätte er klar Stellung bezogen und mit Kens Arsch den Boden aufgewischt.

Missmutig klopfte er an die Bürotür und hörte Rufus antworten. Sobald er eingetreten war, sah er Ken an seinem Schreibtisch sitzen. Er presste einen blutigen

Lappen gegen seine Nase und hatte den Kopf in den Nacken gelegt.

»Wird aber auch Zeit«, blaffte Rufus, was Chase mit einem Schulterzucken bedachte.

»Gab es Stress?«, fragte er und musste sich ein Grinsen verkneifen, während sein Boss vor Schmerzen fluchte.

»Das kann man wohl sagen. Tai versucht, uns zu ficken. Es ist überfällig, dass wir diese Zecke loswerden. Dummerweise hat er einen Wachhund namens Tucker«, grollte Rufus und reichte gleichzeitig ein frisches Tuch an Ken weiter.

»Nicht nur ihn. Draußen fuhr gerade ein ganzes Rudel Wachhunde vor«, berichtete Chase und hatte Mühe, seine Stimme nicht triumphierend klingen zu lassen. Weshalb hatte man ihn hierher beordert? »Gibt es etwas wegen heute Abend oder der Kämpfe?«

»Nein. Du hast doch gute Kontakte nach nebenan. Geh rüber und nutze sie. Wir wollen wissen, was Tai und Tucker gemeinsam aushecken und vor allem, warum dieser alte Bastard diesen Parasiten dermaßen schützt«, wies ihn Rufus an, was Chase grollend aufnahm. Deshalb hatte Ken keine Einwände gehabt, dass er sich dort tätowieren lassen wollte. Klar, hatte er ihm schon vorher den Auftrag gegeben, Tucker auszuspionieren, jetzt allerdings ging die Sache in eine ganz andere Richtung.

Mit einem knappen Nicken signalisierte er seine Zustimmung, hob innerlich aber den Mittelfinger und dachte lediglich *Fickt euch!*

»Beweg deinen Arsch rüber, mach dich endlich mal nützlich und check die Lage«, befahl ihm Rufus, was Chase auflachen ließ.

»Tucker ist mit mindestens der Hälfte seiner Leute hier vorgefahren, da werde ich sicherlich nicht so dämlich sein und mich als Zielscheibe präsentieren. Du willst wissen, was los ist, dann lass mich die Sache so regeln, wie ich es für richtig halte«, erwiderte er kühl und wandte sich zur Tür.

»Hiergeblieben«, hörte er Ken nuscheln und drehte sich halb zu ihm um. Ken fixierte ihn mit seinem kalten Blick, tupfte an seiner Nase herum und räusperte sich geräuschvoll. »Du willst es auf deine Weise handhaben, fein. Du hast Zeit bis zum Kampf.« Seine Worte perlten eisig durch Chase‘ Adern, als ihm bewusst wurde, dass noch viel mehr an den Informationen hing als sein Job als Türsteher. Erneut nickte er und verließ das Büro ohne ein weiteres Wort. Er hatte genau verstanden, auf welchem Drahtseil er ab sofort balancieren musste und eines war klar, er wollte definitiv nicht herunterfallen.

Bis zu seinem Arbeitsbeginn blieben ihm noch fünf Stunden, die er keinesfalls hier im Club abhängen wollte und so begab er sich zur Hintertür, über die er auf den Parkplatz kam. Auf dem Weg dahin, durchquerte er die kleine Küche und quetschte sich an Regalen vorbei, um an die Metalltür gelangen zu können.

Normalerweise vermied er diesen Ausgang, nahm ihn lediglich, um ein Auge auf Fae werfen zu können, wenn sie ihre Schicht beendete und sich allein auf dem dunklen Parkplatz befand. Von Fluchtweg konnte man hier zudem kaum sprechen, da er völlig zugestellt war, mit allem, was eigentlich in ein vernünftiges Lager hineingehört hätte. In diesem Moment fiel ihm auf, dass das *Tailors Ink*, im Gegensatz zum Club, einen riesigen Keller hatte. Während hier die hinteren Räume nur wenig Stauflächen boten, geschweige denn ein darunter befindliches Stockwerk, hatte man drüben mehr als genug davon.

Irgendwann hatte er einmal mitbekommen, dass das Gebäude aufgeteilt worden war. Somit besaß Tai die eindeutig bessere Hälfte, was wohl mit ein Grund sein musste, warum er Ken, aber vor allem die Entscheidung seiner eigenen Mutter, so dermaßen gegen den Strich ging.

Besäße der Club die Räumlichkeiten, die zum Studio gehörten, hätten die Tänzerinnen weitaus größere und komfortablere Umkleiden, die Bars könnten besser bestückt werden und vor allem wäre es möglich, alles viel umfangreicher zu planen. Das *Rodeo Girls* war angesagt und es ging oft heiß her. Doch wenn ihnen das Bier ausging, weil die wenigen Fässer, die sie lagern konnten, aufgebraucht waren, blieb ihnen nichts anderes übrig, als frühzeitig zu schließen, bevor die Gäste ihren Unmut am Mobiliar auslassen konnten.

Chase bezweifelte jedoch, dass es Ken allein wichtig war, den Club zu vergrößern und besser führen zu können. Es musste einen anderen Grund geben, einen, für den Ken sogar bereit war, einen Krieg anzuzetteln und sich mit einer knallharten Biker-Gang anzulegen. Sowas tat man nicht mal eben so und schon gar nicht wegen eines Kellers. Es musste also defintiv mehr dahinterstecken.

Sobald er im Wagen saß, tippte er eine kurze Nachricht an Fae.

Alles okay? Geht es dir gut?

Beim bloßen Gedanken daran, dass sie jetzt in diesem Moment mit einer Horde Biker im Studio nahezu eingesperrt war, standen ihm die Nackenhaare zu Berge. Zum Glück ließ ihre Antwort nicht lange auf sich warten.

Wo bist du?

Er atmete tief durch.

Hinterhof. Wollte gerade in mein Apartment fahren.

Mit dem Zeigefinger drückte er den Startknopf seines Motors und spürte, wie dessen Kraft durch das Metall zog, während er auf ihre Antwort wartete, die ihn gleichermaßen antrieb, wie die dreihundertvierundfünfzig PS seines Macan.

Kannst du mich mitnehmen?

Zum Glück wusste Fae nicht, was sie nur mit diesen Worten bei ihm anrichten konnte. Er würde sie überall hin mitnehmen, bis zum Ende der Welt, wenn sie es wünschte. Als er sie vor zwei Jahren das erste Mal gesehen hatte, wusste er, dass diese Frau sein Schicksal war.

Chase blickte auf und sah ihren alten, klapprigen Chevy keine zehn Meter entfernt von ihm stehen. Hatte sie Angst, allein auf den Hinterhof zu gehen oder gab es einen anderen Grund dafür, dass sie ihn um eine Mitfahrgelegenheit bat?

Gerne, soll ich dich vorne abholen?

Seine Nachricht war noch nicht richtig durch, da erschien bereits ihre Antwort.

Ausfahrt.

Mit quietschenden Reifen fuhr er an und bremste kurz vor dem Bürgersteig ab. Fae hatte ihre Arme um ihren Körper geschlungen, wirkte gehetzt und nahezu panisch, während sie am Wagen vorbeilief. Bevor er auch nur daran denken konnte, sich abzuschnallen und ihr beim Einsteigen behilflich zu sein, saß sie bereits neben ihm.

»Gib Gas! Bring mich hier weg«, keuchte sie und zitterte dabei wie Espenlaub. Chase tat es und binnen Sekunden waren sie auf dem Sunset Boulevard, wo er sich das erste Mal erlaubte, zu ihr zu blicken.

Fae war kreidebleich, hatte ihre Hände zwischen ihre Schenkel geschoben und machte einen völlig verkrampften Eindruck. Sie presste ihre Lippen aufeinander, als ob sie alles daran setzen musste, ihren Mageninhalt nicht auf dem Armaturenbrett zu verteilen.

»Es waren zu viele, nicht wahr?«, fragte er vorsichtig nach, was sie mit einem abgehackt wirkenden Nicken beantwortete. Ihre Augen quollen beinahe aus den Höhlen, so sehr kämpfte sie mit sich und Chase hätte sie nur zu gern in seine Arme genommen. Ihm war jedoch bewusst, dass sie in diesem Moment ganz gewiss keinen körperlichen Kontakt wünschte, sondern viel lieber etwas Raum und vor allem Ruhe brauchte.

»Ich bring dich in deine Wohnung, okay?«, bot er an, was sie mit einem Kopfschütteln verneinte.

»Ähm, dann lieber zu einer Freundin?« Wieder das Kopfschütteln. Chase gingen die Ideen aus, denn er bezweifelte sehr, dass sie es gut finden würde, wenn er sie mit in sein Apartment nahm.

»Grauman's«, würgte sie, gefolgt von einem massiven Zittern hervor. Auch wenn es ihm reichlich komisch vorkam, dass er sie zu einem Kino fahren sollte, folgte er ihrem Wunsch und bog bei der nächstbesten Gelegenheit in Richtung des Hollywood Boulevards ab.

Sobald er eingeparkt hatte, sprang Fae aus dem Wagen, blieb aber daneben stehen und schien auf ihn zu warten. Chase stieg aus, umrundete das Fahrzeug und beobachtete sie unschlüssig. Fae hatte ihre Hände in die Hüften gestemmt und reckte das Gesicht gen Himmel. Sie atmete mehrmals tief durch, was den Anschein erweckte, als habe sie gerade einen Marathon absolviert.

»Geht es?«, fühlte er vor, was sie dazu brachte, ihn anzusehen.

»Ich brauche nur einen Moment«, erwiderte sie und sog erneut Luft in ihre Lungen, als würde sie aus großer Tiefe an die Wasseroberfläche auftauchen. Chase lehnte sich an seinen Wagen an, gab ihr Zeit und vor allem den so dringend benötigten Freiraum. Er konnte sich nur zu gut vorstellen, dass die letzten Stunden für Fae ein Albtraum gewesen sein mussten.

Erst Kens Auftritt, den sich Chase allein anhand der eingetretenen Tür des Studios gut ausmalen konnte und danach war sie noch mit dermaßen vielen Männern auf engstem Raum nahezu eingeschlossen gewesen. Dass sie überhaupt noch in der Lage war, aufrecht zu stehen und nicht zusammengekauert in einer Ecke saß, wunderte ihn.

Was auch immer ihr angetan worden war, es hatte sie zutiefst geprägt. Chase ballte seine Hände in den Hosentaschen zu Fäusten. Sollte er jemals die Gelegenheit dazu bekommen, dieses Schwein in die Finger zu kriegen, würde er ihm sehr deutlich zeigen, was er von ihm hielt. Der Bastard hatte verdammtes Glück, dass er im Knast saß, denn sonst hätte er sich auf die Suche nach ihm begeben.

»Willst du dir einen Film ansehen?«, fragte er, sich noch immer darüber wundernd, warum er sie ausgerechnet zu diesem speziellen Kino hatte bringen sollen. Fae schüttelte zuerst mit dem Kopf, deutete dann allerdings doch auf den Eingang des in Form einer chinesischen Pagode erbauten Filmpalastes.

Mit den Schultern zuckend setzte er sich in Bewegung und ging neben ihr, die Hände dabei zu ihrem und seinem eigenen Schutz weiter in den Hosentaschen vergraben, auf den Eingangsbereich zu. Er würde sie nie wieder loslassen können, wenn er sie jetzt berührte, also wahrte er Distanz und drängte sich ihr nicht auf.

Fae steuerte jedoch nicht auf die Schlange vor der Kasse zu, an der man Führungen in dem für große Filmpremieren genutzten Kino buchen konnte, sondern betrat den Vorhof, dessen Boden mit unzähligen Betonplatten ausgelegt war. Jede einzelne von ihnen war mit Hand- und Fußabdrücken sowie Signaturen von großen Hollywood-Stars versehen. Ihm fielen Namen wie Hugh Jackman, Clark Gable oder Marilyn Monroe auf und ihm wurde bewusst, dass er hier auf einem der größten Schätze der Stadt stand.

Obwohl er in L.A. aufgewachsen war, hatte ihn sein Weg nie hierher geführt. Für ihn war dieser Ort lediglich etwas für Touristen oder Filmfans, da er weder das eine, noch das andere war, war er nie auf die Idee gekommen, hier vorbeizuschauen. Dennoch hatte dieser Ort eine verwirrend magische Ausstrahlung, denn mit jedem Namen, den er las, poppten in seinem Kopf Filmszenen und damit verbundene Erinnerungen auf.

Als Kind hatte er Disneyfilme geliebt, als Heranwachsender mit seinem Laserschwert gegen Storm Troopers gekämpft und sich, sobald er mit dem Trainieren angefangen und die ersten MMA-Erfahrungen gesammelt hatte, an Bruce Lee‘s Todeskralle probiert. Hollywood war, auch, wenn er es nie so recht wahrgenommen hatte, ein Teil von ihm, was ihn nun auf eine gewisse Art und Weise mit Stolz erfüllte.

Tief durchatmend sah er zu Fae, die vor einer der weiter hinten ausgelegten Betonplatten kniete und eine Hand auf den Abdruck legte. Langsam ging er zu ihr und versuchte, die Signatur zu entziffern. Er hatte erwartet, dass Fae ihre Hand auf die von Trudy Desmond gelegt hätte, stattdessen stand dort der Name Jane Baxter, der ihm überhaupt nicht geläufig war.

»Kanntest du sie?«, hakte er verdutzt nach, was Fae dazu brachte, zu ihm aufzublicken. Sie schüttelte den Kopf.

»Nein, aber meine Schwester und ich wurden nach ihr benannt. Jane, so heißt meine Schwester, hieß mit bürgerlichem Namen Feodora Forde und meine Mutter ist seit einer Ewigkeit ein großer Fan von ihr. Irgendwie … keine Ahnung … mein Name ist verdammt selten. Manchmal komme ich hierher, weiß, dass sie ebenfalls Feodora heißt, und fühle mich ihr ein Stück weit nahe«, erklärte sie und verzog das Gesicht. »Gott! Das klingt wirklich total durchgeknallt.«

Chase musste sich ein Lachen verkneifen, reichte ihr seine Hand und half ihr auf. Fae seufzte, während sie sich umsah, und trat näher an ihn heran. Einige Touristen machten Fotos von den Platten, knieten sich daneben oder setzten sich mit wilden Posen in Szene. Auch das war Hollywood.

»Lass uns gehen. Mir ist es hier zu voll«, murmelte sie und griff nach seinem Unterarm. Chase befreite seine Hand aus der Hosentasche, sobald sie die ersten Schritte nebeneinander zurückgelegt hatten. Wie von selbst fuhren ihre Finger über den Stoff seines Jacketts hinab, bis sie sich mit seinen verflochten. Das Gefühl, was sich rasend schnell durch seinen Arm bis in seine Brust hinein ausbreitete, sprengte beinahe sein Herz.

Sein Blick legte sich auf ihre verbundenen Hände, glitt allerdings weiter, als ein Name, der ihm sehr viel bedeutete, auf dem Boden auftauchte. Christopher Reeve. Auch wenn die *Superman*-Filme zu seiner Highschool-Zeit schon eher als lahme Klassiker galten, hatte Chase sie verschlungen und geliebt. Sie halfen ihm auf gewisse Weise, vor den Schlägen seines Vaters und dem Mobbing seiner Mitschüler zu fliehen. Erst, als es nicht mehr genügte, sich vorzustellen, stählern zu sein, hatte er damit begonnen, sich zu ritzen.

Die Narben auf seinem Arm begannen zu prickeln und Chase musste kräftig gegen den sich in seiner Kehle bildenden Kloß anschlucken.

»Christopher Reeve, wow. Der war verdammt gut als *Superman.* Meine Schwester Jane wollte immer Lois Lane sein.« Faes Stimme übertönte den in ihm tobenden seelischen Sturm und besänftigte ihn weitaus schneller, als es ihm normalerweise möglich war.

»Bist du ebenfalls ein Fan?« Chase nickte und biss die Zähne so heftig aufeinander, dass es in seinem Kiefer knirschte.

»Wohin darf ich dich bringen?«, brachte er krächzend hervor und hoffte darauf, auch den Rest des Tages, bis er wieder zurück zum Club fahren musste, mit ihr verbringen zu können. Sie beruhigte ihn. Allein, sie neben sich zu wissen und sie berühren zu können, half ihm, die Dunkelheit aus seinem Kopf fernzuhalten.

»Hm, wie wäre es, wenn du mich dahin fährst, wohin du normalerweise gehst, wenn du dich erden oder zur Ruhe kommen musst«, schlug sie vor, was Chase überrascht aufnahm. Sein erster Gedanke war das *JayJay*, wo er zumeist jede freie Minute verbrachte. Während des Trainings konnte er herrlich abschalten, sich fokussieren und all seinen Frust am Sandsack loswerden.

Doch das war nicht der Ort, wo er hinging, um sich zu erden. Wenn es darum ging, sein inneres Gleichgewicht zurückzuerlangen, gab es für ihn nur einen Platz und es war ihm eine wahre Freude, Fae dorthin zu bringen.

»Klingt nach einem Plan«, erwiderte er grinsend und zog sie mit sich zum Parkplatz.

Kapitel 16

Fae

So wundervoll und entspannt, wie der Tag für sie begonnen hatte, so sehr war er zu einem Albtraum mutiert. Erst das Aufeinandertreffen mit Nate, dann Kens Auftritt und danach noch das Einfallen einer ganzen Horde muskelbepackter und äußerst brutal wirkender Biker. Fae wollte einfach nur noch weg. Egal, wohin, Hauptsache, es lagen jede Menge Meilen zwischen ihr und all den Triggern, die sie von einer Panikattacke zur nächsten katapultierten.

Chase. Es war wieder dieser riesige Klotz, der sie auffing und ihr dabei half, Luft zu bekommen. Wie schaffte er das nur? Warum war ausgerechnet er dazu in der Lage, ihr Ruhe zu schenken und sie fühlen zu lassen? Denn genau das tat er. Wenn sie in seiner Nähe war, spürte Fae die Sonne, den Wind und auch ihren eigenen Herzschlag. Es kam ihr so vor, als wäre sie die letzten Jahre, seitdem sie Chicago den Rücken gekehrt hatte, vollkommen taub und teilweise sogar abgestorben gewesen. Erst, nachdem Chase ihr nahe gekommen war, füllte sich ihr Körper wieder mit Leben.

»Wo fahren wir hin?«, wollte sie wissen, während er den Wagen über den Santa Monica Boulevard entlang durch Beverly Hills steuerte. Chase blickte zu ihr und grinste breit.

»Lass dich überraschen«, erwiderte er und erweckte nicht den Anschein, ihr verraten zu wollen, wohin die Reise führte. Da sie jedoch in Richtung Westen fuhren, nahm sie an, dass er sie zum Pier und damit auch an den Stand bringen wollte. Sie mochte den Pazifik, hatte allerdings nicht angenommen, dass es Chase dorthin ziehen würde.

Wo auch immer sie letztendlich ankommen würde, es ging dabei um ihn und sein Tattoo. Wenn es das Meer war, würde sie die dort gesammelten Ideen für einen neuen Entwurf nutzen, sollte es ein anderer Ort sein, dann eben diese. Mittlerweile hatte sie sich längst von einer Treppe mit einem darauf befindlichen Portal verabschiedet. Fae war bewusst geworden, dass es sich bei diesem Motiv um ihr Wunschtattoo gehandelt hatte und nicht wirklich die Persönlichkeit und den inneren Wandel von Chase wiedergab.

Seufzend lehnte sie sich auf dem weichen Alcantara-Ledersitz zurück und genoss die Fahrt. Die laufende Musik konnte das Grollen des Motors nur bedingt übertonen, doch die Mischung zog ihre Gedanken mit sich und ebenso alles, was sie belastete. Noch vor wenigen Stunden hatte sie überlegt, L.A. überstürzt zu verlassen, jetzt fühlte sie sich hingegen wohl und auf eine gewisse Weise, als wäre sie endlich in dieser Stadt angekommen.

Das stete Klackern des Blinkers riss sie aus ihren Überlegungen. Fae sah sich um, als Chase auf den Parkplatz eines größeren, mit mehreren eingeschossigen Gebäuden bebauten Grundstücks fuhr. Auf einem Schild konnte sie *Bergamot Station* lesen und wunderte sich, warum er sie zu einem Bahnhof brachte.

»Da wären wir«, verkündete er und zwinkerte ihr zu, während er den Gurt löste und sein Handy aus dem QI-Fach der Mittelkonsole herauszog. Er stieg aus und reichte ihr seine Hand, um ihr beim Verlassen des Porsches zu helfen. Fae blickte sich verwundert um, da der Ort ihr einige Rätsel aufgab. Das Hauptgebäude wirkte wie ein alter Bahnhof, doch alles andere, insbesondere die verrückt anmutenden Beton- und Stahlgebilde, aber vor allem die zu großen Pflanzentöpfen umfunktionierten Autos, verwirrte sie. Wo um alles in der Welt hatte er sie hingebracht?

Chase führte sie über den Parkplatz zum Hauptgebäude und hielt ihr die Tür auf. Sobald sie einen Fuß hineingesetzt hatte, wusste sie, was es mit alledem auf sich hatte. *Bergamot Station* war eine riesige Kunstgalerie. Er nahm ihre Hand und betrat mit ihr gemeinsam einen großzügigen, menschenleeren Ausstellungsraum, in dessen Zentrum ein meterhohes, wellenförmiges Gebilde aus glattpoliertem Stahl stand. Fasziniert begutachtete sie es, wurde jedoch von herannahenden Schritten aufgeschreckt.

»Channing, schön, dich zu sehen«, rief eine Frau und Fae wunderte sich im ersten Moment, wen sie damit meinen könnte, bis Chase sich ihr zuwandte. Die Dame, die kaum älter als Fae war, hielt direkt auf ihn zu. Ihre dunklen Haare hatte sie zu einem kunstvollen Knoten hochgesteckt und trug ein perfekt sitzendes Businesskostüm mit dazu passenden halbhohen Pumps. Die natürliche Eleganz der Galeristin ließ Fae schrumpfen. Sie besaß nichts, was auch nur annähernd stil- oder gar geschmackvoll war. Im Gegensatz zu ihr kam sie sich in ihren Hot Pants und der alten Strickjacke wie ein Störfaktor vor, der die durchdachte Atmosphäre des Raumes mit seiner Anwesenheit vollkommen ruinierte.

»Beth«, brummte Chase, sobald die Dame bei ihm angekommen war und gab ihr zu allem Überfluss auch noch einen Kuss auf die Wange. Das teenagerhafte Gekicher der Frau wirkte auf Fae gekünstelt, was ihr aber weitaus mehr missfiel, war der Blick, mit dem sie Chase völlig ungeniert abcheckte. Innerlich fauchend schob sie sich neben ihn und schlängelte einen Arm um seine Hüfte.

Fae wusste nicht, warum sie das tat, es fühlte sich allerdings verdammt gut an. Vor allem, nachdem Chase sie mit einem Lächeln bedachte und seinerseits einen Arm um ihre Schultern legte.

»Beth, das ist Feodora Gibson«, stellte er sie vor, woraufhin sich der Fokus der Frau auf sie richtete und Fae dabei zusehen konnte, wie ihr Blick über ihre sichtbaren Tattoos hinweg an ihr entlangglitt.

»Freut mich sehr. Beth Hallmark. Willkommen in der Frank Lloyd Gallery«, trällerte sie und reichte Fae die Hand, ohne ihr in die Augen zu sehen. Solche Leute mochte Fae nur zu gern. Oberflächlich und vollkommen von sich überzeugt. Sie hätte am liebsten genervt geseufzt, verkniff es sich jedoch, da dieser Ort wichtig für Chase war.

Ohne weiter auf Fae zu achten, verwickelte Beth Chase in ein Gespräch, zeigte ihm die neuesten Ausstellungsstücke und flirtete ganz offen mit ihm. Es ärgerte Fae, doch in ihrem Kopf formierte sich eine weitaus dunklere Wolke. Zum Glück beließ er seinen Arm auf ihren Schultern, zog sie mit sich, während Fae ihren eigenen Gedanken nachhing und gar nicht mitbekam, was um sie herum geschah.

Einzig der Körperkontakt zu Chase war von Bedeutung. Chase, der eigentlich Channing hieß, was Fae aus einem unerfindlichen Grund heraus mächtig nervte, weil er es ihr, warum auch immer, nicht von allein gesagt hatte. Was war so schlimm daran? Channing war ein wundervoller Name, kraftvoll, etwas Besonderes. Je länger sie darüber nachdachte, desto weiter fühlte sie sich von ihm entfernt. Er stand zwar direkt neben ihr, dennoch kannte sie ihn nicht wirklich.

Außer, dass er als Türsteher arbeitete, im *JayJay* trainierte und Narben besaß, die von einer furchtbaren Zeit in seinem Leben berichteten, war es nicht viel. Wer war dieser Mann, der sie auf magische Weise beruhigen und erden konnte? Wo kam er her, was trieb ihn an? Fragen über Fragen türmten sich in ihrem Kopf auf, bis es hinter ihren Schläfen zu pochen begann.

»Ist alles okay?«, vernahm sie seine Stimme und blickte in sein besorgt wirkendes Gesicht.

»Hm, nur ein wenig Kopfweh. Ich gehe mal raus, an die frische Luft«, erwiderte sie und versuchte, sich von ihm zu lösen, was er jedoch nicht zuließ. Er beugte sich sogar zu ihr nach unten, bis seine Lippen direkt neben ihrem Ohr waren.

»Dann lass uns verschwinden. Ich denke, du hast einen guten Eindruck davon erhalten können, warum ich des Öfteren hierher komme«, murmelte er und drückte ihre Schulter, auf der seine Hand lag. Erschrocken riss sie die Augen auf, als ihr bewusst wurde, wie egoistisch sie sich benommen hatte. Diese Galerie hatten sie gemeinsam aufgesucht, weil sie einen wichtigen Ort für Chase darstellte.

Fae schüttelte den Kopf. »Nein, lass uns … Beth, macht es Ihnen etwas aus, uns allein zu lassen?« Sie konnte sehen, dass es der Frau auf jeden Fall etwas ausmachte, doch sie nickte süßlich lächelnd und verschwand, nachdem sie Chase die Hand gegeben hatte. Fae klopfte sich derweil innerlich selbst auf die Schulter, da sie es geschafft hatte, dass ihre Stimme fest geklungen und ihre Unsicherheit damit nicht verraten hatte.

»Ich dachte, du hast Kopfschmerzen«, hakte Chase nach, was Fae mit einer abwinkenden Handbewegung bedachte.

»Ja, aber das ist nicht wichtig, sondern nur, was dich an diesem Ort fasziniert. Ist es die Kunst? Die Atmosphäre?«, bohrte sie, was ihn den Blick hinauf zu den Stahlstreben unter der Decke richten ließ.

»Es ist irgendwie alles hier. Die Ruhe, die tagsüber herrscht. Am Wochenende oder bei speziellen Events ist hier die Hölle los. Unter der Woche, wenn es nur sehr wenige Leute hierher verschlägt, verbringe ich mehrere Stunden damit, von Bild zu Bild oder von Fotografie zu Fotografie zu gehen. Ich nehme alles in mich auf, lasse meinen Gedanken freien Lauf«, erklärte er ihr und wirkte mit jeder Silbe enthusiastischer. Fae konnte dabei zusehen, wie er sich ihr öffnete, und freute sich darüber.

»Channing, und wie weiter?« Ein breites Lächeln formierte sich auf seinem Gesicht, was ein helles Strahlen in seine blauen Augen zauberte.

»Samuels. Channing Parker Samuels, um genau zu sein.«

»Und warum Chase?«, hakte sie nach, was ihn tief durchatmen und seinen Blick auf eine der an der Wand hängenden Fotografien richten ließ.

»Ich fühlte mich früher oft wie ein gehetzter Hase, dem die Jäger auf den Fersen waren. Nirgendwo, konnte ich Ruhe finden, mich nirgends verstecken. Zu Hause machte mir mein Dad das Leben zur Hölle und in der Schule die anderen Kids. Nur in meinem Kopf, da war ich frei und konnte die Ketten sprengen, die mir meine Umwelt anlegte. Na ja, zumindest meistens.« Er verzog das Gesicht, als ob ihn die finsteren Dinge seiner Jugend heimsuchten, atmete nach wenigen Augenblicken tief durch und blickte ihr wieder in die Augen.

»Als ich all das hinter mir lassen konnte, wollte ich den Spieß einfach umdrehen. Nicht mehr der Gejagte, sondern der Jäger sein. Ein Chaser. Jemand, der sein Ziel klar im Blick hat, fokussiert ist und es letztendlich auch erreicht.«

Fae musterte ihn eingehend, ließ seine Worte auf sich wirken und nickte schließlich zustimmend. Der Name passte perfekt. Ein Lächeln stahl sich auf ihre Lippen, während sie gemeinsam an einer Reihe schwarz/weiß-Fotografien vorbeischlenderten. Vor dem Motiv, welches zu Beginn des Gesprächs seinen Blick eingefangen hatte, blieben sie stehen.

»Hast du das nicht in deinem Apartment hängen?«, fragte Fae, da ihr das Bild mit der zusammengeballten Kette merkwürdig bekannt vorkam.

»Einen Abzug davon, ja. Nummer dreiundzwanzig von insgesamt fünfzig, die der Künstler anbietet«, erwiderte er und zog sie gegen seine stahlharten Muskeln. Auf seinem Gesicht zeigte sich erneut dieses strahlende Lächeln und Fae glaubte, daran erkennen zu können, wie sehr es ihm gefiel, dass sie sich an sein Exemplar erinnern konnte.

Chase beugte sich zu ihr nach unten, küsste sie zärtlich und rieb seine Nase an ihrer. Für einen Moment schien die Zeit stillzustehen. Wärme breitete sich in ihr aus, während ihr Herz stetig schneller schlug. Als Chase seine Augen öffnete und sie in dem tiefen Blau versank, legte es sogar noch an Geschwindigkeit zu. Ihr stockte der Atem und der Boden machte den Eindruck, sich unter ihren Füßen zu bewegen, sodass sie ihre andere Hand haltsuchend auf seinem Brustkorb platzierte.

»Chase«, flüsterte sie und spürte unter ihren Fingerspitzen, wie seine Brust vibrierte, als er ein kräftiges Brummen von sich gab. Seine Muskeln schienen sich weiter anzuspannen und pressten sie buchstäblich gegen seinen Körper. Noch vor wenigen Tagen hätte sie diese Form der Nähe wahnsinnig gemacht. Doch jetzt, hier in diesem Moment, fühlte es sich so verdammt gut und richtig an, dass sie sich nichts Schöneres vorstellen konnte, als in seinen Armen zu liegen.

Der Klingelton ihres Handys riss sie von ihrer Wohlfühlwolke herunter, bis sie Tais Stimme vernahm, die sie gänzlich auf den Boden der Tatsachen zurückholte.

»Du kannst zurückkommen. Beeil dich bitte«, murrte er und Fae wollte bereits wieder auflegen, als Chase dazwischenfunkte.

»Kann ich Tai kurz sprechen?«, bat er und Fae reichte ihr Handy, nachdem sie Tai darüber informiert hatte, an ihn weiter.

»Hey, sorry, aber ich müsste mit dir und Tucker reden. Nur wir drei, ein Sechs-Augen Gespräch. Keine Gang, kein Bullshit«, hörte sie ihn sagen, sobald er ihr Telefon am Ohr hatte. Fae ahnte, dass es sich dabei um Ken und die Kündigung des Pachtvertrages drehte.

»Nein, nicht im Studio. Das fällt auf. Irgendwo … Ja, klingt gut. Wann? Alles klar. Bis dann.« Er beendete das Telefonat, rieb das Display an seiner Jeans ab und gab es Fae zurück.

»Will ich wissen, worum es ging?«, fragte sie nach, weil die Neugier sie schier umbrachte. Chase musterte sie und schien währenddessen zu überlegen, ob er mit ihr darüber offen sprechen konnte, deutete dann aber mit dem Kinn in Richtung Ausgang, statt ihr zu antworten. Was sollte das? Wovor wollte er sie schützen? Sie befand sich mittendrin in der ganzen Scheiße, schließlich war das *Tailors Ink* der Ort, wo ihr Herz schlug und sie die meiste Zeit des Tages verbrachte. Morris, Tai, Marica und Jada waren ihre Familie.

Fae musste sich schwer zusammenreißen, um ihn nicht wegen seines Machogehabes vors Schienbein zu treten. Stattdessen ließ sie sich mürrisch neben ihm auf dem Beifahrersitz nieder. Chase startete den Wagen jedoch nicht, sondern beugte sich zu ihr. Den Ellenbogen dabei auf der Mittelkonsole aufgestützt, kratzte er sich mit dem Daumennagel am Kinn und verzog nachdenklich das Gesicht.

»Ich weiß nicht, was Ken genau vorhat, doch irgendwas plant er. Er will, dass ich meine Kontakte zu euch ausnutze, um herauszufinden, warum Tucker und Tai zusammenhalten. Wieso die *L.A. Longhorns* so offen Partei beziehen«, gestand er ihr, was Fae auffahren ließ.

»Was?!«, rief sie schrill und starrte ihn fassungslos an. »War das alles hier nur Scheiß?«

»Nein! Fae! War es nicht«, erwiderte er ruhig und hob beide Hände, in einer besänftigenden Geste. »Deshalb will ich ja mit den zweien allein reden, um ihnen zu sagen, was los ist. Mich interessiert nicht, was Ken will. Ich bin nicht seine Marionette und erst recht nicht sein Laufbursche. Mein Job ist es, an der Tür für Ruhe zu sorgen, mehr nicht.«

Ihr Blut rauschte dermaßen heftig durch ihre Adern, dass es einige Zeit brauchte, bis sie seine Worte überhaupt aufgenommen hatte. Dennoch wurde ihr übel und am liebsten hätte sie die Wagentür aufgerissen und wäre davongelaufen. Chase sah sie an, als würde er genau das erwarten. Um ihm anzudeuten, dass sie nicht wegrennen würde, schnallte sie sich an. Sie konnte hören, wie er erleichtert ausatmete und per Knopfdruck das PS-Monster startete.

»Ich hätte dir das nicht sagen dürfen. Es ist …«, setzte er halblaut an und raufte sich das Haar.

»Doch!«, schnitt sie ihm aufgebracht das Wort ab. »Es geht hier um meine Familie, meine Freunde, die ich liebe. Ken ist ein dämliches Arschloch, nichts weiter.«

»Da gebe ich dir vollkommen Recht.«

»Gut!«

Er lachte leise, was sie mit einem giftigen Blick in seine Richtung und einem Knuff gegen seinen Oberarm bedachte. Chase schien es nicht einmal gespürt zu haben, denn sein Lachen wurde lauter und er griff, ohne Rücksicht auf ihren Protest zu nehmen, nach ihrer Hand, um seine Finger mit ihren zu verschränken.

»Baby, Ken kann machen, was er will, sobald ich eine neue Tür gefunden habe, trete ich dem Wichser in den Arsch. Dann bin ich weg vom *Rodeo Girls*.«

»Versprochen?«, forderte sie ein, woraufhin er nickte und ihr tief in die Augen sah. »Versprochen.«

Sie nahm sich vor, ihm die Hölle heiß zu machen, sollte er sich nicht daran halten. Gleichzeitig verspürte sie das Bedürfnis, sich in seine Arme zu flüchten und bei ihm Schutz zu suchen. Er sollte alles wieder gut machen. Das Gefühl der Hilflosigkeit trieb ihr die Tränen in die Augen. Als die erste über ihre Wange floss, erschrak sie über sich selbst und wischte sie hastig fort.

Was sollte das? Sie hatte sich die letzten drei Jahre auf sich allein verlassen können und ihr Schicksal, nachdem sie es Jasper hatte entreißen können, endlich wieder selbst in die Hände genommen. Wieso sollte sie es nun willentlich in die Hände eines anderen legen und demjenigen blindes Vertrauen entgegenbringen? War sie wirklich bereit dazu, sich zu öffnen und ihn nahe genug an sich heranzulassen, dass erneut die Gefahr bestehen könnte, nicht nur körperlich, sondern auch seelisch verletzt zu werden?

Doch Chase war nicht nur irgendjemand. Vor allem in der Art des Zusammenseins mit ihr unterschied er sich gänzlich von Jasper. Im Kontrast zu ihrem vom Drogenmissbrauch völlig kaputten Ex wirkte Chase eher wie ihr Felsen, der mit Ruhe und Geduld an ihren Ängsten rüttelte, ohne ihre Grundfesten dabei zu beschädigen. Ein sanfter Riese, der sie emporhob und auf Händen tragen konnte, ihr beistand, wenn sie ihn brauchte. Ihr Herz wärmte sich auf, glühte in ihrer Brust. Wie hatte er das nur geschafft?

Während sie aus dem Seitenfenster starrte und dabei versuchte, ihre Gedanken zu ordnen, stolperte sie über etwas, das er erwähnt hatte. Sein prügelnder Vater. Ein eisiger Schauder lief über ihren Körper. Dieser große, muskelbepackte Kerl war von seinem eigenen Dad geschlagen worden?

Sie drückte seine Finger, die noch immer mit ihren verwoben waren und dachte darüber nach, was sie noch alles über ihn erfahren hatte. Gleichzeitig formierte sich ein ganz neues Bild von dem kantigen Mann, der sie so sicher durch den frühabendlichen Verkehr von Beverly Hills, rüber nach Los Feliz chauffierte. Die Narben an seinen Armen waren Zeugnis von Hilflosigkeit und Angst, bleibende Erinnerungen an die Dinge, die ihm widerfahren waren und vor allem noch immer an das Gestern ketteten.

Stahl.

»Mochtest du *Superman*? Wegen Christopher Reeve, meine ich«, schoss es aus ihrem Mund, bevor sie sich der Worte überhaupt bewusst geworden war. Chase blickte sie irritiert an, nickte jedoch nach einer Weile.

»Sehr sogar. *Superman* war für mich stets der Inbegriff der Unantastbarkeit. Niemand vermochte es, ihn zu biegen, zu brechen oder gar zu verletzen«, erwiderte er und Fae konnte hören, dass seine Stimme leicht belegt klang.

Sie sah wieder aus der Seitenscheibe und zu den am Straßenrand aufgereihten Palmen. Um sich abzulenken, probierte sie, sie zu zählen, kam aber durcheinander und gab es auf. Dennoch riefen die langen, schlanken Baumstämme, deren Struktur aussah, als wären sie von unten bis oben mit festen Eisenbändern eingebunden, etwas in ihr wach. In ihrem Kopf formten sie sich zu Narben um, die sich akkurat nebeneinander auf dem Unterarm des Mannes befanden, der ihre Hand hielt.

Je näher sie dem Studio kamen, desto prägnanter wurde das Bild. Als sie sich von Chase mit einem langen, intensiven Kuss verabschiedete, wusste sie ganz genau, welches Motiv für eben diesen Arm einzig in Frage kam.

Kapitel 17

Chase

Die Dunkelheit senkte sich langsam über die Lagerhalle neben dem Los Angeles River. Normalerweise kam er nie an diesen Ort, wenn nicht ein Kampf stattfand, da er sein anderes, normales Leben von diesem hier abzugrenzen versuchte. Daher wunderte es ihn, dass Tai den Vorschlag gemacht hatte, sich ausgerechnet hier zu treffen. Schließlich war er nie bei einem seiner Fights gewesen, zumindest hatte er ihn hier nie zuvor gesehen.

Der Käfig wirkte wie ein Monument der Einsamkeit, welches aus dem Dreck am Boden herausragte. In wenigen Tagen würde er hier gegen Boyd Caster antreten und die Anspannung, die mit einem anstehenden Kampf einherging, machte sich in ihm bereits bemerkbar. Chase wusste, dass er sein Training zu sehr hatte schleifen lassen.

Seine Blessuren, die ihm sein letzter Kontrahent beigefügt hatte, waren zwar noch nicht gänzlich abgeklungen, dennoch hätte er sich, auch im Hinblick auf den kurz darauf folgenden Fight gegen Yegor, besser vorbereiten müssen. Aber statt sich wegen seiner Gegner Gedanken zu machen, dachte er eher darüber nach, wie er Fae die neuerlichen Verletzungen erklären sollte. Vor ihr verbergen würde er sie schließlich nicht können.

Von draußen konnte er den Motor eines Wagens näherkommen hören. Innerlich spannte er sich an und lauschte, ob nicht vielleicht doch noch Motorräder zu vernehmen waren. Er wollte nur reden und nicht als Punchingball für eine Biker-Gang herhalten. Nachdem zwei Autotüren klappten, war es für einen Moment still, dann folgten Schritte.

Die Metalltür am Eingang wurde geöffnet und Tucker betrat, gefolgt von Tai die Lagerhalle. Beide kamen auf ihn zu, wirkten angespannt und sahen sich sehr aufmerksam um.

»Chase«, begrüßte ihn Tai und reckte ihm das Kinn entgegen. Chase erwiderte die Geste und wandte sich an Tucker, dessen Augen jeden Winkel der Halle einzeln begutachteten.

»Was willst du?«, knurrte er schließlich und baute sich ihm gegenüber auf.

»Reden, mehr nicht«, antwortete Chase wahrheitsgemäß und blickte von einem zum anderen.

»Dann schieß los, ich habe nicht ewig Zeit.«

Chase atmete tief durch und erzählte ihnen in kurzen Sätzen, was Ken von ihm verlangt hatte. Bei beiden Männern sorgte es für ein heftiges Stirnrunzeln, bevor sie einen knappen Blick wechselten und tief durchatmeten.

»Ich will nicht wissen, was euch zwei verbindet. Das geht mich nichts an. Was mich allerdings etwas angeht, ist Fae und für sie bist du Familie. Also beziehe ich klar Partei«, bekräftigte Chase, was ihm einen schiefen Seitenblick von Tucker einbrachte, der, sobald er sich seiner Aufmerksamkeit vergewissert hatte, über seine Schulter hin zum Käfig sah.

»Und das soll der Grund für dieses Treffen sein?«, hakte Tucker belustigt nach und sah ihn verwundert an.

»Ähm, ja. Ich wollte euch bloß darüber informieren, was Ken plant und dass ich euch nicht in die Quere komme, sondern eindeutig auf eurer Seite bin«, entgegnete er und hoffte, dass die Message damit angekommen war. Tucker hob eine Augenbraue und schnaubte, während Tai lediglich mit den Schultern zuckte.

»Das hättest du auch Fae oder mir vorhin am Telefon sagen können. Wozu die Geheimniskrämerei?«, stellte Tai die Frage, die Tucker anscheinend ebenfalls beschäftigte, denn er trat dichter an Chase heran.

»Also, raus mit der Sprache. Was willst du?«

»Ich sagte es bereits, nichts. Aber ich biete euch meine Hilfe an«, erklärte er sich erneut.

»Und weshalb sollten wir dir glauben? Mir bist du zum Beispiel weder etwas schuldig, noch stehst du den *Longhorns* nahe. Zumindest bislang nicht«, knurrte Tucker und maß ihn abschätzend, bevor sich ein breites Grinsen auf seine verwitterten Züge legte. »Boyd, welche Runde?«

Chase wurde heiß und kalt zugleich, denn er wusste genau, worauf Tucker anspielte. Er warf Tai, der offenbar keine Ahnung hatte, worum es überhaupt ging, hastig einen Blick zu.

»Du hast Glück, normalerweise sagt er mir das nie soweit im Voraus. Boyd in Runde zwei, Yegor in der dritten«, erwiderte er, was Tucker sehr zu gefallen schien. Chase nahm an, dass es sich einzig um eine Frage seine Loyalität betreffend handelte und wartete auf seine Reaktion.

»Yegor in der dritten Runde?«, hakte der Biker nach und sah ihn geschockt an. »Wie willst du drei verdammte Runden gegen den Terminator durchstehen? Der killt dich schon nach zwei Minuten«, grollte er, wurde jedoch von Tai unterbrochen.

»Scheiße! Wärt ihr so gütig, mir zu erklären, worüber ihr überhaupt sprecht? Was soll das, Tuck?«, rief er aus. Tucker lachte leise, sah von Chase zum Käfig und wieder zu Tai.

»Junge, du solltest ab und an mal die Augen aufmachen, dann wird dir bestimmt klar werden, worum es hier geht.« Im ersten Moment verzog Tai verärgert das Gesicht, sah sich dann allerdings um und mit jeder verstreichenden Sekunde schien ihm bewusster zu werden, worauf Tucker anspielte. Zumindest glaubte Chase, es an seiner Miene ablesen zu können.

»Illegale Fights? Hast du deshalb diesen Ort hier vorgeschlagen?«

Tucker grinste ihn wissend an. »Bingo!«

»Du kämpfst für Ken?«, richtete er die Frage an Chase, der es mit einem knappen Nicken bestätigte. »Damit macht er also seine ganze Kohle und ich dachte immer, er saugt es lediglich aus Trudys Taschen.«

»Nicht nur, du vergisst die Nutten und …«, warf Tucker ein, verstummte jedoch und schnalzte mit der Zunge, statt seinen Satz zu vollenden.

»Was denn noch?«, fragte Tai ihn barsch.

»Im Club wird mit Pillen und Marihuana gedealt«, klinkte sich Chase ein. »Koks auch, wenn er es an den Ukrainern vorbei nach Los Feliz reinschmuggeln kann. Ist nicht so einfach, sie haben ihre Leute überall und er traut niemandem außer Rufus.«

»Ken hat noch viel mehr Dreck am Stecken, glaub mir, Junge. Und was Rufus anbelangt, der Tag wird kommen, an dem ich ihm mit seinen verfickten Messern ein neues Gesicht schnitzen werde. Dieser Bastard wird bluten, und zwar ordentlich«, verkündete Tucker und spuckte angewidert aus.

Chase musterte ihn aufgrund der Nachdrücklichkeit in seiner Stimme und ahnte, dass etwas Gravierendes vorgefallen sein musste, damit der Chef der *L.A. Longhorns* überhaupt einen Gedanken an diese Kakerlake verschwendete. Vor allem, das er auf Rufus' Liebe zu

Messern zu sprechen kam, ließ bei ihm sämtliche Alarmglocken schrillen.

»Kommen wir zurück auf den Grund unseres Treffens. Du willst in unserem Team mitspielen? Dann beweise es«, richtete sich Tucker wieder an Chase, der ihn verwundert ansah.

»Ich habe dir eben gesagt, in welchen Runden die Kämpfe enden sollen, was willst du noch?«, blaffte er schroff und verschränkte die Arme vor der Brust. Was sollte die Scheiße?

»Das war nett vor dir, doch ist für uns im Moment uninteressant. Es gibt da aber etwas, das du uns besorgen kannst«, setzte Tucker an und warf Tai einen eindringlichen Blick zu. »Der Unfallbericht müsste mittlerweile bei deinem feinen Boss eingegangen sein. Normalerweise kommt er zusammen mit dem Totenschein, damit die Hinterbliebenen alles Weitere mit der Versicherung klären können. Ich würde nur zu gerne einen Blick hineinwerfen.«

Erneut schnalzte er mit der Zunge und kratzte sich, dadurch seine theatralische Pause begleitend, an der Wange. »Beschaff uns den Bericht inklusive aller Namen der Gutachter, danach werden wir weitersehen.« Das war wahrlich eine Forderung, die es in sich hatte. Chase überlegte, ob es überhaupt eine Möglichkeit gab, an dieses Schriftstück heranzukommen. Im ersten Moment wollte er abwinken, doch dann dachte er an Fae.

Ken würde nicht aufhören, die Crew des *TI* zu terrorisieren, bis sie das Feld geräumt hätten. Das konnte und wollte er nicht zulassen.

»Ich werde ihn besorgen. Nicht heute, ich brauche Zeit und muss erstmal herausfinden, wo er ihn aufbewahrt«, schlug er vor, was beide mit erhobenen

Daumen bedachten. »Ich melde mich, sobald ich ihn habe.«

Als Chase wenig später in seinem Wagen saß, um zurück in den Club zu fahren, liefen seine Gedanken Amok. Er hatte sich aus der ganzen Sache heraushalten wollen und steckte einzig wegen Fae jetzt bis zum Hals mit drin. Doch wenn nicht für sie, für wen sollte er dann kämpfen? Sie war es wert und wer wäre er, wenn er vor einem richtigen Fight zurückschrecken würde?

Zum Glück verlief der Abend, trotz der zehn Biker, die vor dem Tattoo-Studio Stellung bezogen hatten, ruhig. Der Club war voll, die Schlange vor der Tür endlos, sodass die Zeit wie im Flug verging. Pünktlich um Mitternacht machte er Pause, quetschte sich durch die Küche, um auf die hintere Seite des Gebäudes zu gelangen, und sah dabei zu, wie Fae, nachdem sie ihm zugewunken hatte, ihren alten Chevy bestieg. Kurz darauf brauste sie vom Hof und nahm sein Herz mit sich fort.

Der nächste Tag raste ebenso an ihm vorbei und er war froh, als er Fae vor Acht das *JayJay* betreten sah. Am oberen Ende der Treppe wartete er auf sie und zog sie ohne Umschweife in seine Arme, sobald sie bei ihm angekommen war.

Sie trainierten gemeinsam, wobei er sie immer wieder auffordern musste, härter zu treten und zu schlagen.

»Ich will dich nicht verletzen!«, nörgelte sie und warf ihm einen biestigen Blick nach dem anderen zu.

»Tust du nicht«, wiegelte er ab, fühlte sich jedoch wegen ihrer Besorgnis, ihm weh zu tun geschmeichelt.

Grinsend und mit schlackernden Armen ging er auf sie zu, beugte sich nach unten und wollte ihr einen Kuss abluchsen. Trotz ihres verkniffenen Gesichtsausdrucks ließ sie ihn näher kommen und Chase wähnte sich bereits am Ziel, denn sie legte ihre Hand auf seine Brust. Während er seine Lippen auf ihre presste, kniff sie plötzlich zu. Ob sie es geplant hatte oder nicht, in jedem Fall hatte sie einen Volltreffer gelandet. Schmerz, der ihm die Tränen in die Augen trieb, pulsierte durch seine malträtierte Brustwarze.

»Au! Verdammt! Wofür war das?«, quälte er hervor.

»Du bist nicht der Stählerne, auch wenn du es gerne sein würdest«, zischte sie ihm zu und bohrte ihren Zeigefinger in seinen Brustkorb. »Ich mag gegen dich zwar nur eine Fliege sein, trotzdem windest du dich jetzt. Außerdem hast du meine Frage von vorhin noch nicht beantwortet, sondern lavierst dich immer wieder raus.«

»Mache ich doch überhaupt nicht«, grollte er und musste zugeben, dass sich dieses kleine Biest nicht ablenken ließ. Gleich nach ihrer Ankunft hatte sie erfahren wollen, wie das Treffen mit Tucker und Tai am Vorabend gelaufen war. Um sie zu schützen, wollte Chase ihr jedoch nichts sagen, was Fae wiederum auf die Palme, aber vor allem zu äußerst unsportlichem Verhalten trieb.

»Dann raus mit der Sprache«, forderte sie und bezog, mit vor der Brust verschränkten Armen, einige Meter von ihm entfernt Stellung. Die Distanz weckte seinen Jagdinstinkt, vor allem, weil sie ihn mit ihren grünen Augen giftig anfunkelte.

»Baby«, brachte er mit extra tief klingender Stimme hervor und versuchte, ihr mit gesenktem Kopf und gespitzten Lippen näher zu kommen. Ihre Lider verengten sich nur noch weiter, bis sie wirklich nur noch Schlitze waren, durch die sie ihm tödliche Dolche entgegenwarf.

»Geh weg!«, protestierte sie, sobald er sie mit seinen Armen eingefangen hatte.

»Definitiv nicht«, erwiderte er und ging in die Knie, damit sie sich mehr auf Augenhöhe begegnen konnten.

»Ich will doch nur wissen, was los ist. Ich mache mir Sorgen«, maulte sie. In seiner Brust formierte sich eine warme Blase, die sein Herz einschloss, aber er brauchte Gewissheit.

»Nur um Tai und die anderen oder vielleicht auch ein klein wenig um mich?« Ihre Augen weiteren sich vor Überraschung und im ersten Moment glaubte er, Schock in ihnen lesen zu können, dann legte sie ihm jedoch eine Hand auf die Wange und der Ausdruck in ihrem Antlitz wurde sanft.

»Hmm, ein klein wenig auch um dich«, murmelte sie und verbarg ihre Emotionen vor ihm, indem sie die Arme um seine Mitte schlang und ihr Gesicht an seiner Brust versteckte. Die Blase explodierte und die wohlige Hitze breitete sich in seinem ganzen Körper aus. Ein unbeschreiblich schönes Gefühl, das er nie wieder missen wollte.

»Tucker und Tai wollen einen Blick in den Unfallbericht werfen. Ich soll ihn beschaffen.« Er war sich der Tragweite seiner Offenbarung bewusst und schluckte die Angst, Fae könnte sich in die Sache einmischen und damit in Gefahr bringen, herunter.

»Aber …«, setzte sie an, doch sein Zeigefinger, den er ihr auf die Lippen legte, brachte sie zum Schweigen.

»Kein Aber, Baby. Die beiden scheinen die Vermutung zu haben, dass Ken etwas mit dem Tod seiner Mutter zu tun hat. Ich habe zugesagt, dass ich es versuche und das werde ich auch. Allerdings muss ich erst einmal rausfinden, wo er die Akte aufbewahrt.«

»Hast du vielleicht einen Ansatzpunkt?«, hakte sie nach, was er mit einem Schulterzucken beantwortete.

»Es ist nicht so, dass Ken mit derlei Dingen hausieren geht. Mein Job ist vor der Tür, was dahinter stattfindet, bekomme ich nur sehr selten mit«, erwiderte er und überlegte krampfhaft, wie er zumindest an Informationen gelangen könnte.

»Das ist Mist.«

»Du sagst es. Also, was ist jetzt mit Training? Wir sind hier noch nicht fertig!«, tönte er und fing sich einen Knuff ein.

»Du wechselst schon wieder das Thema!«, fauchte sie, was Chase resigniert schnaufen ließ.

»Es bringt doch nichts, wenn wir uns beide den Kopf zerbrechen. Es wird sich eine Chance ergeben, da bin ich mir sicher.« Damit zeigte sie sich besänftigt, legte ihre Arme um seinen Nacken und ließ es zu, dass er sie auf seine Hüfte hob.

»Eigentlich haben wir bereits genug trainiert, oder? Wie wäre es, wenn wir zum gemütlichen Teil des Abends übergehen?«, raunte sie an seinen Lippen und setzte ihm einen feurig heißen Kuss darauf, der in ihm die Lust auf einen völlig anderen Sport entfachte.

»Hm, nur zu gern, leider wartet die Tür auf mich. In einer halben Stunde macht der Club auf«, erwiderte er schweren Herzens. Fae schien dies nicht zu gefallen, denn sie schlang ihre Beine um seine Mitte und ihre Arme ganz fest um seinen Nacken. Wie ein Klammeraffe hing sie an ihm, während Chase gegen einen aufkommenden Lachanfall ankämpfen musste.

»Du willst mich nicht gehen lassen?«

»Nein«, murrte sie.

»Okay, Vorschlag zur Güte. Wie wäre es, wenn ich nachher noch bei dir vorbeikomme?« Ihre Arme lockerten sich, bis sie ihm in die Augen sehen konnte.

»Du willst in meine Wohnung kommen? Sag mir doch einfach Bescheid, wenn du Feierabend hast, dann mache ich mich auf den Weg zu dir«, entgegnete sie.

»Auf gar keinen Fall. Du wirst um vier Uhr morgens nicht aufstehen und zu mir fahren«, wandte er mit Nachdruck ein und blickte ihr eindringlich in die weit aufgerissenen Augen.

»Vier Uhr?«, keuchte sie. »Wow, nein, definitiv nicht. Gut, dann komm bei mir vorbei, nur ob ich dir die Tür aufmache, weiß ich noch nicht.«

»Ich kann auch erst morgen zum Frühstück vorbeischauen. Was hältst du davon?« Fae verzog das Gesicht. Sie wirkte unschlüssig und schien die Möglichkeiten gegeneinander abzuwägen.

»Nein, ich werde dich reinlassen, versprochen«, stellte sie klar und Chase freute sich bereits darauf, sie in ihrem Reich besuchen zu dürfen.

Kapitel 18

Fae

Chase hatte nicht nur in der Nacht von Freitag auf Samstag, sondern auch in der darauffolgenden bei ihr geschlafen. Es war ungewohnt für sie, jemanden so nahe an sich herankommen zu lassen, doch es fühlte sich gut an, ihn in ihrem schmalen Bett neben sich zu wissen. Wann immer sie an sein gelegentlich auftretendes Schnarchen, aber vor allem an seine zärtlichen Versuche, sie zu wecken, dachte, musste sie grinsen.

»Gott, sie seufzt schon wieder. Muss Liebe schön sein«, frotzelte Morris und musste sich ducken, da Fae einen ihrer Stifte nach ihm warf. Er hatte sie mit seiner dämlichen Bemerkung völlig aus dem Konzept gebracht, worüber sie sich am liebsten die Haare gerauft hätte, ließ es allerdings wegen der Dreads bleiben. Missmutig streckte sie ihm die Zunge heraus und machte sich erneut an die Arbeit.

Normalerweise nutzte sie nie die Zeichentische, doch für diese ganz besondere Vorlage, die ihr seit dem Besuch der Galerie im Kopf herumschwirrte, brauchte sie eine große Fläche. Sie wollte jedes noch so kleine Detail sauber zu Papier bringen und nicht nur grob vorzeichnen. Zum Glück stand ein weiterer Tisch unten im vorderen Bereich des Studios, denn so konnte sie sich in jeder freien Minute dransetzen und weiterarbeiten.

»Morgen kommt Pixie mit dem Kamerateam rein«, verkündete Tai und ließ sich ächzend auf einem der Stühle nieder.

»Bleibt es dabei, dass ich das Telefon übernehme, während Jada von Morris tätowiert wird?«, hakte Nate nach, was Tai mit einem erhobenen Daumen bedachte.

»Alles cool, du hast mit dem Feature nichts am Hut und willst nicht vor die Kamera. Kein Ding.«

Fae warf ihm einen verärgerten Blick zu. Ihr hatte er keine Wahl gelassen und sie konnte sich nur durch konsequentes In-Luft-Auflösen vor der ganzen Sache drücken.

»Wir müssen gleich los«, merkte Morris an und gähnte. Er hatte die letzten Spätschichten mit ihr gemeinsam absolviert und verkündete immer wieder, dass er den Testamentsvollstrecker für die Terminvorgabe am liebsten massakrieren wollte.

»Sei kein Baby, Morris«, nörgelte Fae und machte das Licht am Zeichentisch aus. »Ich weiß auch nicht, was ich dort soll, aber Trudy hat es so bestimmt, also werden wir uns ihren letzten Willen anhören. Eventuell hat sie uns ja was hinterlassen? Ihren Oscar oder womöglich einen ihrer Golden Globes?«, unkte sie, glaubte jedoch selbst nicht daran.

Sie hatte Chase vorgeschlagen, bei Ken in der Zeit der Testamentsvollstreckung einzubrechen, da er dann sicher sein konnte, nicht gestört zu werden. Seinem Einwand, dass nur Bewohner oder zuvor angemeldete Gäste das Gelände am de Mille Drive betreten durften, konnte sie indes nichts entgegenstellen. Es war zum verrückt werden.

Während der Fahrt zu Trudys Anwalt überlegte sie, ob es vielleicht eine gute Idee sein könnte, Tai die Sache auszureden. Sie traute Ken zwar so einiges zu, doch seine eigene Mutter umzubringen, war schon ziemlich starker Tobak. Allerdings wusste sie nur zu gut, dass Tai sich wie ein Terrier in etwas verbeißen konnte, wenn er erst einmal Fährte aufgenommen hatte. Ihn dann davon abzubringen, war gänzlich unmöglich.

Die Räumlichkeiten der in West Hollywood residierenden Kanzlei schüchterten Fae richtiggehend ein. Alles um sie herum schrie ihr entgegen, dass hier nur reiche Menschen erwünscht wären und es sich bei ihr lediglich um ein kleines Würmchen handelte, welches normalerweise am Eingang von den Schuhsohlen der Klienten gekratzt wurde.

Missmutig folgte sie Tai und Morris in einen Konferenzraum, in dem Ken gemeinsam mit seiner Partnerin Cassandra bereits wartete. Auf seiner noch immer geschwollenen Nase prangte ein breites Pflaster. Sie nahm wahr, dass er seine Hände zu Fäusten geballt hatte und Tai mit einem bösartigen Blick bedachte.

»Sehr schön, dann sind wir ja komplett. Setzen Sie sich, setzen Sie sich«, begrüßte sie Richard Connelly und deutete auf die noch freien Stühle. Sobald sie der Aufforderung gefolgt waren, legte er auch schon los. Zu Beginn las er die formellen Punkte von einem Blatt Papier ab, danach entfaltete er das Testament.

Fae überlegte währenddessen, wie sie die Schattierungen um das Tattoo, welches sie für Chase entwarf, besser zur Geltung bringen könnte, und driftete immer weiter ab.

»Was?!«, brüllte Ken und riss sie damit aus ihren Überlegungen. Jeder im Raum blickte ihn entsetzt an, während Cassandra versuchte, ihn am Arm zurück auf seinen Platz zu ziehen. »Das fechte ich an! Darauf können Sie sich verlassen!«, blaffte er und wedelte mit seinem Zeigefinger vor der Nase des Anwalts herum.

»Das können Sie gerne versuchen, Mr. Desmond. Allerdings nicht jetzt, ich bin nämlich noch nicht fertig«, erwiderte Mr. Connelly kühl. Fae wechselte einen Blick mit einem äußerst geschockt wirkenden Morris. Was um alles in der Welt war eben passiert?

»Also, ich wiederhole noch einmal. Das Haus im de Mille Drive vererbe ich an Marcia Tailor, welches bis zur Vollendung ihres einundzwanzigsten Lebensjahres von ihrem Vormund, Mr. Dustin Tailor verwaltet wird. Des Weiteren geht die bereits von Mr. Dustin Tailor für das darin befindliche Tattoo-Studio gepachtete Gebäudehälfte in seinen Besitz über«, las der Anwalt weiter vor.

»Du dreckige Made!«, brüllte Ken und warf sich über den Tisch hinweg auf Tai. Der darauffolgende Tumult führte dazu, dass Fae von ihrem Stuhl floh und sich gegen die Wand presste. Am liebsten wäre sie davongerannt.

Tai und Ken wälzten sich am Boden, Morris versuchte, die beiden zu trennen, und Cassandra schrie laut, dass Ken sich wieder beruhigen sollte. In Fae mischten sich Panik und Angst zu einer zähen Masse. Ihr Körper streikte, keinen Muskel konnte sie bewegen und sie bemühte sich verzweifelt, an das zu denken, was Chase ihr ständig einbläute.

Schrei!

Sie tat es.

Der gellende Ton, der sich aus ihrer Kehle löste, brachte den Tumult zum Erliegen. Jeder, einschließlich Ken, starrte sie an.

»Danke, Ms. Gibson«, wandte sich der Anwalt an sie, der als einziger seelenruhig am Kopfende des Tisches sitzengeblieben war. Während Ken sich auf die Füße bugsierte und Tai seine Kleidung richtete, griff Mr. Connelly nach dem Telefonhörer.

»Nadine, schicken Sie bitte George zu uns in den Konferenzraum. Danke«, hörte sie ihn sagen und nahm, wie alle anderen auch, wieder am Konferenztisch Platz.

Stille kehrte ein, die vom Klappen der Tür unterbrochen wurde. Sie spähte kurz über ihre Schulter und erkannte einen Mann, mit dem selbst Chase nicht so leicht fertig geworden wäre.

Tief durchatmend versuchte Fae, sich zu sammeln. Sie konnte spüren, dass ihre Wangen vor lauter Scham, die sie wegen ihres Ausbruchs empfand, glühten, trotzdem fühlte sie sich seltsam befreit, als hätte der Schrei die Tore ihres inneren Gefängnisses förmlich aus den Angeln gesprengt.

Sie verschränkte ihre zitternden Finger in ihrem Schoß und konzentrierte sich darauf, wieder Herrin über ihr inneres Gleichgewicht zu werden.

»Als Nächstes vermache ich sämtlichen Diamant-Schmuck an Cassandra Leibovitz, da sie das einzig Gute ist, was mein missratener Sohn jemals gefunden, aber beim besten Willen nicht verdient hat.« Tai und Morris husteten, um ihr Lachen zu kaschieren. Fae blickte derweil in Kens feuerrotes Gesicht. Seine Mutter hatte ihm aus dem Grab heraus eine deftige Ohrfeige verpasst. »Den Smaragd-Schmuck gebe ich an Ms. Feodora Gibson, weil er so gut zu ihren wundervollen grünen Augen passt. Anmerkung von mir, die Liste der einzelnen Stücke sowie die dazugehörigen Fotos liegen mir vor«, erklärte Mr. Connelly und schockte Fae damit ein weiteres Mal. Trudy hatte ihr tatsächlich etwas vermacht? Ihr? Sie schaute zu Tai, der ihr aufmunternd zuzwinkerte und konnte kaum fassen, was sie soeben vernommen hatte.

Beschämt sah sie zu Boden, wo ihre Aufmerksamkeit von einem Glitzern eingefangen wurde. Neben ihren Füßen lag ein Schlüsselbund, der eindeutig weder Morris, noch Tai oder gar ihr gehörte. Konnte es möglich sein?

War er Ken etwa aus der Tasche gefallen, als er sich mit Tai geprügelt hatte?

Ihr Herzschlag lege rasant zu. Das war ihre Chance, Chase zu helfen, an diesen Bericht zu gelangen. Sie gab vor, etwas aus ihrer Handtasche hervorzukramen, hängte sie jedoch nicht zurück an die Stuhllehne, sondern stellte sie auf dem Fundstück ab, um es zu verdecken.

»Mr. Morris Copper vererbe ich meine drei Oldtimer. Leider sind es nur noch zwei, da Mrs. Desmond mit dem dritten verunfallte. Somit bleiben noch der 64er Ford Mustang und ein Mercedes 190 SL Baujahr 1955. Ähm, sie schrieb dazu: Damit er endlich mal einen vernünftigen fahrbaren Untersatz hat.« Fae und Tai lachten gleichzeitig auf, während Ken das Gesicht verzog und sie mit mordlustigen Blicken bedachte.

»Meinem Sohn Kenneth Desmond vermache ich hunderttausend Dollar. Diesen Betrag hatte er sich schon ohne mein Wissen von einem meiner Konten überwiesen, die Auszahlung ist deswegen nach Beleg bereits erfolgt. Sämtliche meiner Konten gehen nach meinem Ableben in den Besitz von Dustin Tailor über.« Die Schlussworte des Testaments wurden von Kens erneuter Schimpftirade übertönt, der sich, Cassandra am Arm packend, auf den Ausgang zubewegte.

»Ich mach euch alle fertig!«, brüllte er, riss die Tür auf und stürmte, die völlig verängstigt wirkende Cassandra mit sich schleifend, aus dem Konferenzraum. George folgte ihnen hinaus.

»Was für ein Auftritt«, brachte Tai hervor, blähte die Wangen auf und ließ die Luft langsam entweichen.

»Autos? Was will ich mit Autos?«, murrte Morris und verzog das Gesicht.

»Oldtimer, Morris«, wandte Tai ein. »Ich weiß, die sind auch nicht so dein Ding, daher nur zu deiner

Information, der 55er Mercedes ist locker zweihunderttausend Dollar wert. Mehr, wenn du ihn über eine Auktion verkaufen kannst.«

»Was?«, rief Morris und starrte Tai mit weit aufgerissenen Augen an. Fae erging es nicht anders. Sie konnte einfach nicht glauben, dass Trudy beinahe ihr gesamtes Vermögen an Tai, Morris und sie vermacht und ihren Sohn, bis auf den Schmuck für Cassandra, nahezu enterbt hatte.

»Ich nehme an, sie hat ihr Testament erst vor Kurzem geändert, oder?«, fragte Tai an Mr. Connelly gewandt, der das Ordnen seiner Unterlagen für einen Moment unterbrach, um ihn anzusehen.

»In der Tat suchte sie mich wenige Tage vor ihrem Unfall auf. Ihr waren Unregelmäßigkeiten aufgefallen, die ich prüfte. Nachdem ich ihr die entsprechenden Belege vorlegte, änderte sie ihren letzten Willen zu der gerade verlesenen Version.«

»Danke. Müssen wir noch etwas unterschreiben?«, hakte er nach, was der Anwalt mit einem Nicken bestätigte. Während Tai und Morris bereits aufgestanden waren, bückte sich Fae nach unten, griff sich den Schlüsselbund unter ihrer Tasche und beförderte ihn so unauffällig wie möglich hinein. Mit heftig pochendem Herzen stand sie auf und befürchtete, dass Ken den Verlust mittlerweile bemerkt haben und zurück in das Konferenzzimmer stürmen könnte.

Selbst, als sie im Auto saß und mit ihren beiden Kollegen wieder zum Tattoo-Studio fuhr, wusste sie nicht, wie sie mit ihrer Beute umgehen sollte. Erst, als sie sich im oberen Stockwerk in einen der dort befindlichen Räume zurückzog und Chase‘ Nummer wählte, fiel die Panik etwas von ihr ab.

»Hey! Bist du jetzt eine reiche Frau?«, scherzte er, was sie zum Lachen, aber auch zum Nachdenken brachte.

»Ähm, ja, irgendwie. Keine Ahnung. Der Schmuck, den ich erhalten habe, ähm, sein aktueller Schätzwert liegt bei dreihunderttausend Dollar«, erwiderte sie und fühlte erneut, wie der Boden unter ihr zu schwanken begann. Genauso wie zuvor in der Kanzlei, als sie sich die Fotos ihres in einem Bankschließfach ruhenden Erbes angesehen hatte.

»Das war ein Witz, oder?«, hakte Chase nach.

»Nein. Um ehrlich zu sein, hat jeder von uns etwas bekommen, sogar Cassandra. Nun ja, bis auf Ken. Der ging leer aus.« Am anderen Ende wurde es kurz still.

»Fuck!«, fluchte er. »Ich nehme an, er hat das nicht sonderlich gut aufgenommen.« Fae berichtete ihm, was während der Testamentsvollstreckung alles geschehen war, woraufhin er in schallendes Gelächter ausbrach.

»Was aber viel wichtiger ist. Er hat seinen Schlüsselbund verloren und es nicht bemerkt«, warf sie ein, was Chase verstummen ließ.

»Hast du ihn?«

»Jap!«, antwortete sie voller Stolz.

»Du bist der Wahnsinn, Baby!«, rief er, was Fae ein Grinsen aufs Gesicht zauberte. »Jetzt müssen wir nur noch einen Weg finden, wie ich ungehindert in die Private Area am de Mille Drive kommen kann.«

»Da habe ich auch schon eine Idee. Tai, beziehungsweise Marcia, hat das Haus dort geerbt, somit ist er der neue Besitzer und kann dich anmelden. Mr. Connelly, der Anwalt, wollte dem zuständigen Wachservice noch heute sämtliche Neuerungen mitteilen. Ken wird zwar nicht freiwillig ausziehen, aber bis dahin …«, erklärte sie ihm.

»Kann ich da rein, ohne, dass er davon Wind bekommt. Verdammt, du bist gut.«

»Danke. Du weißt, wie du dich bei mir erkenntlich zeigen kannst«, raunte sie ins Telefon, was Chase mit einem tiefen Knurren beantwortete.

»Oh Baby, du wirst mich anflehen aufzuhören, so sehr werde ich mich erkenntlich zeigen.«

»Hört sich vielversprechend an. Sehen wir uns heute Nacht?«, wollte sie wissen und konnte sich ihr Kichern kaum verkneifen.

»Bei dir oder bei mir?«

»Hm, deine Wohnung«, schlug sie vor, schließlich hatten sie ihr Bett in den vergangenen Nächten oft genug zerwühlt.

»Klingt nach einem Plan. Ich melde mich.« Sie verabschiedeten sich voneinander und Fae ging, sich wenigstens ein klein wenig erleichtert fühlend, zurück nach unten, um weiter an der Vorlage für Chase zu arbeiten.

Kapitel 19

Chase

Der Schlüssel wog beinahe eine halbe Tonne, zumindest kam es ihm so vor, während er bei Anbruch der Dunkelheit auf das Haus am de Mille Drive zuhielt. Sein Herz trommelte dermaßen heftig, dass es ihn an die Zeiten, in denen er nachts auf die herannahenden Schritte seines Vaters gelauscht hatte, erinnerte.

Stoßweise atmend wählte er einen unter den dutzenden, am Bund befindlichen Schlüsseln aus, bis ihm einer, von dem er glaubte, dass es der richtige sein könnte, auffiel. Innerlich ballte er die Hand zur Faust, denn er hatte ohne langes Herumprobieren direkt gepasst.

Von Fae wusste er, dass Ken gemeinsam mit Cassandra bereits im Club eingetroffen war. Auch Rufus hatte sie gesehen, was ihm noch viel besser gefiel. Die Eingangstür hinter sich schließend huschte er zur Treppe und wartete, ob ein Alarm losgehen würde. Nichts geschah. Trotzdem beeilte er sich, sprintete die Stufen hinauf und den Gang entlang, in dem er das letzte Mal, als er hier war, Tamara angetroffen hatte.

Er machte die kleine Schreibtischlampe an, zog die Schubladen nacheinander auf und ging die darin enthaltenen Unterlagen durch. In der untersten fand er mehrere uralte Gebäudepläne des Clubs und eine Karte der städtischen Abwasserkanäle. Wozu Ken die brauchte, war Chase in diesem Moment reichlich egal, denn in der ganz unten befindlichen Mappe entdeckte er endlich den Unfallbericht. Er atmete erleichtert auf, während er sein Handy zückte, um jede Seite einzeln abzufotografieren.

Sobald er fertig war, legte er alles wieder sorgfältig an seinen Platz und löschte das Licht.

Der Weg nach unten kam ihm endlos vor. Nach jedem Schritt vergewisserte er sich, dass auch wirklich alles ruhig blieb. An der Treppe angekommen, lauschte er und setzte den Fuß auf die oberste Stufe, als er eine Stimme heraufschallen hörte. Wer war das?

»Und dann brauche ich das nur da speichern, ja?«, sagte eine Frau. Sein Herz hämmerte ihm bis in den Hals hinauf. Wenn man ihn hier fand, wäre es Ken egal, ob ihm das Haus noch gehörte oder nicht, in diesem Fall wäre er tot.

»Das macht das Handy jetzt alles automatisch, genauso wie dein Laptop. Du müsstest nur dringend mal dein Passwort ändern, es ist schon drei Jahre alt«, antwortete eine männliche Stimme, die in seinen Ohren sehr nach einem Telefonat auf Lautsprecher klang.

»Ja, ja. Mache ich. Danke, Tito«, trällerte die Frau, von der Chase annahm, dass es sich um Tamara, Cassandras jüngere Schwester handeln musste. Irgendwo weiter hinten im Haus hatte sie anscheinend ein Licht angemacht. Der Schein erreichte den Eingangsbereich zwar nur sehr leicht, trotzdem war es genug, um ihn daran zu hindern, hinab zu gehen. Eine gefühlte halbe Stunde später, wurde es wieder ausgemacht und Chase konnte zudem das Klacken einer Tür hören.

Langsam, jederzeit auf eine neuerliche Überraschung gefasst, ging er nach unten, gelangte zur Tür und atmete, sobald er im Wagen saß, erleichtert auf. Ohne noch lange zu warten, schickte er sämtliche Bilder an Fae, die sie an Tai weiterleiten wollte. Damit hatte er seine Aufgabe erfüllt und die Anspannung fiel von ihm ab. Keiner der von ihm bestrittenen Kämpfe hatte ihm jemals dermaßen viel abverlangt.

Eine knappe halbe Stunde darauf parkte er sein Fahrzeug hinter dem Club und lief um das Gebäude herum am Studio, durch dessen Schaufenster er einen kurzen Blick auf Fae erhaschen konnte, vorbei zum Eingang. Rick und Dan warteten bereits auf ihn.

»Bist spät dran, der Boss ist stinksauer, sollst gleich in sein Büro kommen«, grunzte Rick, was Chase nicht wirklich interessierte. Auf dem Weg hinauf zu Ken bog er in die, einzig für den Boss vorbehaltene Toilette ab und wusch sich die Hände, als sein Augenmerk auf den Mülleimer fiel. Mit einem breiten Grinsen auf den Lippen beförderte er den Schlüsselbund hinein, zog sein Jackett zurecht und begab sich zu Ken.

»Wird auch langsam Zeit. Deine Schicht begann vor einer Stunde«, blaffte Rufus, sobald er die Tür hinter sich geschlossen hatte.

»Sorry, Boss. War am Trainieren und habe die Uhrzeit aus den Augen verloren. Kommt nicht wieder vor«, entschuldigte er sich, was Ken nicht wirklich zu interessieren schien.

»Bist du fit für den Kampf morgen?«, hakte er nach, was Chase mit einem Nicken bestätigte. Ihm wäre es zwar lieber gewesen, der Fight hätte erst in zwei oder drei Wochen stattgefunden, aber er würde Boyd Caster schon kleinkriegen.

»Das ist mein Mann. Sehr schön. Was Neues bezüglich unserer feinen Nachbarn herausgefunden?«, kam Ken ohne weitere Umschweife auf den wahren Grund, weswegen er Chase in sein Büro zitiert hatte, zu sprechen.

»Bisher nein, kein Herankommen. Tai redet nicht mit mir, und um ehrlich zu sein …«, setzte er zu einer Erklärung an, doch Rufus unterbrach ihn gehässig lachend.

»Fickst du die kleine Schlampe nicht gut genug?« Chase hörte die Worte und war im Begriff, seine Hände nach Rufus ausstrecken, als dieser eine Knarre zog und mit der Mündung direkt zwischen seine Augen zielte.

»Ein Schritt. Ein verfickter Schritt und ich blase dir dein winziges Spatzenhirn raus«, knurrte Rufus und bleckte seine gelben Zähne. Chase blieb nichts weiter übrig, als sich der Situation gegenüber geschlagen zu geben. Es nervte ihn dennoch tierisch, diesem miesen Schwein nicht den Rachen stopfen zu können.

»Ich will Ergebnisse, Chase. Hast du mich verstanden? Deadline ist Fightnight«, erklärte Ken und er konnte die Zweideutigkeit des Wortes *Deadline* genau erkennen. Mal ganz abgesehen von dem drohenden Unterton, der in Kens Stimme gelegen hatte. Er bezweifelte sogar, dass damit ein *sonst trete ich dir in den Arsch* gemeint war, es handelte sich wohl eher um ein *sonst bist du tot.*

»Klar und deutlich, Boss«, würgte er hervor, wandte sich ab und verließ, die Hände dabei in den Hosentaschen zu Fäusten geballt, das Büro.

Den gesamten Abend dachte er darüber nach, wie er diesen beiden Mistkerlen beikommen könnte. Inständig hoffte er, dass Tai in dem Bericht irgendeinen Hinweis, egal wie klein er auch sein mochte, finden würde, der auf eine Manipulation des Wagens deutete.

Sein einziger Lichtblick, der immer mal wieder durch den tosenden Sturm in seine Gedanken durchdrang, war Fae, die ihn in seinem Apartment erwarten würde. Das Wissen, der Frau seiner Träume endlich nähergekommen zu sein, wärmte sein Innerstes. Wenn er mit Fae zusammen war, fühlte er sich gut und er konnte die Vergangenheit vergessen.

Und zu ihr fuhr er, sobald er Feierabend machen konnte. Rasant lenkte er den Porsche durch die Straßen, um die endlos erscheinende Fahrt hinter sich zu bringen. Er wartete auch nicht auf den Fahrstuhl, sondern rannte die Treppen, dabei zwei, zum Teil sogar drei Stufen auf einmal nehmend, hinauf. Sein Herz trommelte voller Vorfreude, während er die Tür aufschloss und sie, auf der Couch sitzend, vorfand.

»Hey Baby«, begrüßte er sie, ging zu ihr und beugte sich zu ihr nach unten, um sie in seine Arme ziehen zu können. Der einzige Mensch auf der Welt, der ihm etwas bedeutete. Fae versteifte sich allerdings und entzog ihm ihr Gesicht.

»Was ist los?«, fragte er verwundert nach. Erst jetzt fiel ihm auf, dass sie eine richtige Abwehrhaltung ihm gegenüber eingenommen hatte. Sie hatte nicht nur ihre Arme verschränkt, sondern auch ihre Beine übereinandergeschlagen. Gleichzeitig warf sie ihm bitterböse Blicke zu, die er nicht deuten konnte.

»Das fragst du noch?«, zischte sie und deutete mit dem Kinn zum Couchtisch, auf dessen Glasplatte eine bunte Zeichnung ausgebreitet lag. Diese wurde jedoch zum Großteil von etwas verdeckt, was ihm das Herz in die Hose rutschen ließ. Er erkannte das Logo sofort. Es waren die Abrechnungen des Floristen für die Sträuße, die er ihr anonym hatte schicken lassen.

»Ich …«, setzte er an, doch sie unterbrach ihn mit einer unwirschen Handbewegung.

»Lass! Ich will es gar nicht wissen.« Chase war im Begriff, neben ihr auf die Knie zu gehen, um mit ihr auf Augenhöhe zu sprechen, als sie aufsprang und sich an ihm vorbeidrückte. »Weißt du, keine Ahnung was der ganze Scheiß mit den Blumen oder die schräge Aktion im Studio mit diesem Selbstverteidigungskurs sollte und was du überhaupt von mir willst! Aber ab sofort hältst du dich von mir fern, ist das klar? Das da«, sie deutete auf die Rechnungen, »ist total durchgeknallt.«

»Fae, nun warte doch mal«, rief er aus, kam wieder auf die Füße und wollte sie aufhalten.

»Fass mich nicht an!« Sie schlug seine Hände weg, was ihn zurückweichen ließ. »Mein Schlüssel?«

»Was?«, keuchte er, während sie darauf wartete, dass er ihr den Zweitschlüssel für ihre Wohnung in die Handinnenfläche legte.

»Feodora, bitte, jetzt lass es mich erklären«, versuchte er es abermals, sie drehte sich jedoch einfach um und stürmte, ohne einen Blick zurück aus seinem Apartment.

Chase fühlte sich, als hätte sein morgiger Gegner schon heute einen wichtigen Treffer gelandet. Schnaufend sackte er auf seiner Couch zusammen und hätte die Abrechnungen am liebsten zu Konfetti verarbeitet. Wieso hatte er sie nicht gleich weggeworfen? Grollend zerknüllte er die Seiten und feuerte sie durch den Raum. Was auf dem Couchtisch liegen blieb, war die Zeichnung.

Ungläubig starrte er auf die Vorlage, an der Fae anscheinend gearbeitet haben musste, bevor sie, warum auch immer, an seinen Schreibtisch gegangen war, wo er die vermaledeiten Rechnungen versteckt hatte. Ihm stockte der Atem, während er jedes noch so winzige Detail in sich aufnahm. Kettenglieder, die sich von links nach rechts spannten und in der Mitte aufbrachen. In eben jene Mitte war ein mit Stahl überzogener Unterarm eingelassen.

Eine Wandlung, eine Stärkung. Das alles war er. Der gefesselte Mann, der sich langsam von Erinnerungen befreite und zu einem Helden werden konnte. Ein verräterisches Brennen ließ ihn blinzeln. Dieses Tattoo war perfekt. Mit zitternden Fingern strich er über die

Skizze und wäre Fae am liebsten hinterhergerannt, um sie zurückzuholen. Chase wusste jedoch, dass er ihr etwas Zeit geben musste. Sie jetzt zu bedrängen, wäre noch ein weitaus größerer Fehler, als ihr seine Blumenaktion nicht zu gestehen.

Nach allem, was zwischen ihnen geschehen war, hätte er ihr schon längst die Wahrheit sagen und ihr offenbaren müssen, dass er dahinter steckte. Gerade wegen all den schlimmen Dingen, die ihr vermutlich widerfahren waren, wäre es besser gewesen, offen zu sein. Er hätte sich selbst am liebsten einen Tritt in den Arsch verpasst, weil ihm gar nicht in den Sinn gekommen war, dass ihr die anonymen Blumengrüße vielleicht auch Angst einjagten. Allein die Furcht vor der soeben erfahrenen Zurückweisung hatte ihn davon abgehalten, paradox war, dass er sie exakt mit diesem Verhalten erst heraufbeschworen hatte. Nun bereute er es zutiefst, während er die Scherben, aus denen sein Leben bestand, irreparabel auf dem harten Boden der Realität verstreut liegen sah.

Er quälte sich durch den Rest der Nacht und schlief erst ein, als es draußen bereits wieder hell wurde. Knapp drei Stunden später wurde er von seinem Wecker aus dem Schlaf gerissen, was für ihn einen verdammt miesen Start in einen Kampftag bedeutete.

Die Zeichnung lag noch immer auf dem Couchtisch und er betrachtete sie, während er seinen Kaffee trank. Chase konnte sich nicht an dem Bild sattsehen, hoffte allerdings vergeblich auf eine Nachricht oder gar einen Anruf von Fae. Nichts, es herrschte absolute Funkstille.

Frustriert stöhnend hob er die zerknüllte Rechnung auf und warf sie dorthin, wo sich sein ganzes Leben bereits befand, in den Müll. Fae hatte sich einfach von ihm abgewandt und ihm seine Gefühle vor die Füße geworfen. Dabei war doch alles so gut gelaufen. Chase raufte sich die Haare und überlegte hin und her, ob er ihre Signale vielleicht völlig falsch interpretiert haben könnte. War sie etwa doch nur an einer lockeren Sache interessiert gewesen?

Egal, wie sehr er es drehte und wendete, sie hatte ihm klar und deutlich gesagt, was sie von ihm hielt. Somit blieb ihm nur der Rückzug und, was ihm am meisten Schmerz bereitete, die Erinnerung an die Stunden, die er mit ihr hatte verbringen dürfen.

Um sich abzulenken und für die anstehende Nacht in der Lagerhalle vorzubereiten, begab sich Chase ins *JayJay*, absolvierte ein leichtes Training und fuhr danach in den Club. Am Vorabend hatte er, vor lauter Hektik, sein Jackett hinter der Bar liegenlassen. Er fand es und zwängte sich durch die Küche zurück zur Hintertür, da er Fae keinesfalls sehen wollte. Ihm blieb kaum mehr eine halbe Unze an Konzentration, ihr jetzt über den Weg zu laufen, würde auch die minimalste noch vorhandene Chance auf einen Sieg zunichtemachen.

Er öffnete die schwere Tür, trat hinaus und schloss hinter sich ab. Als er sich jedoch umdrehte, konnte er Faes Lachen über den Parkplatz hinweg zu ihm herüberwehen hören. Sie lief gemeinsam mit diesem Nate auf ihren Chevy zu. Chase verharrte und hoffte darauf, dass sie sich zu ihm umdrehen oder wenigstens seinen Wagen wahrnehmen würde. Nichts. Sie schien ihn nicht bemerkt zu haben.

Sein Herz setzte zu einem knallharten Sprint an, während seine Füße auf dem obersten Treppenabsatz festgeklebt waren. Wieso konnte sie so gut drauf sein? Er hatte kaum schlafen, geschweige denn sich auf irgendeine winzige Kleinigkeit fokussieren können.

Jede ihrer Bewegungen, die verdammt nach einem Flirt klingenden Worte und die Art, wie sie zu diesem Kerl nach oben blickte, ließen seine Eingeweide zu Eis erstarren. Nicht einmal ein Tag? Es waren noch keine vierundzwanzig Stunden vergangen, seit sie ihn von sich gestoßen hatte und schon stand der nächste Typ bei ihr auf der Matte. Wirklich?

Jede verstreichende Sekunde setzte ihm zu. Sie unterhielt sich blendend mit Nate, der sich irgendwann sogar seitlich an der Dachkante ihres Wagens abstützte und sich zu ihr nach unten beugte. War das etwa ein Kuss gewesen? Für Chase war es auf alle Fälle ein echter Tiefschlag, einer, der ihn zumindest aus seiner Starre löste.

Mit schweren Schritten lief er die drei Stufen hinab, bewegte sich mechanisch auf seinen Porsche zu und bestieg ihn ungelenk. Sein Puls konnte locker mit der Leerlauf-Drehzahl des Motors mithalten, dessen Grollen die beiden anscheinend aufgescheucht hatte. Im Vorbeifahren vermied er es, zu ihr zu sehen, blickte erst an der Ausfahrt in den Rückspiegel. Er konnte erkennen, dass ihre Hand auf der Brust des Kerls lag, während Fae in seine Richtung starrte. Als sie sich wieder *ihm* zuwandte, stieg Chase aufs Gas, den höchstwahrscheinlich folgenden Kuss wollte er sich dann doch lieber ersparen.

Sein Körper funktionierte, zumindest so gut, dass er es schaffen würde, in den Käfig zu steigen. Mit jeder verstreichenden Sekunde, die ihn dem Kampf näherbrachte, hoffte Chase darauf, dass der Adrenalinkick kommen würde. Aber dem war nicht so. Stattdessen hämmerte in seinem Kopf Kens Warnung. Sein Boss forderte Informationen über Tucker und Tai.

Frustriert zerdrückte er seine leere Wasserflasche und versuchte einen klaren Gedanken zu fassen. In seinem Kopf spukte allerdings nur Fae herum, wie nahe dieser Typ ihr gekommen war und wie er sich zu ihr gebeugt hatte. Wieso war es für sie so verdammt einfach? Zwei Jahre lang hatte er gewartet, sie bloß aus der Ferne beobachtet. War es ihr wirklich die ganze Zeit über nur um das Tattoo in Kombination mit lockerem Sex gegangen?

Fragen über Fragen türmten sich in seinem Kopf auf und verhinderten, dass er sich auf die weitaus wichtigeren Dinge konzentrierte. Erst, als die wackelige Tür des Trailers ruckartig aufgerissen wurde, schreckte er ins Hier und Jetzt zurück. Es war Ken, der, als Chase zuvor die Halle betreten hatte, mit dem Chef der ukrainischen Mafia, Artem Yarmolenko, in ein Gespräch vertieft gewesen war. Sein Boss warf lediglich einen Blick auf ihn, bevor er mit seinem Kinn in Richtung Käfig deutete und ihm damit zu verstehen gab, dass es losging.

Im ersten Moment verspürte er Erleichterung darüber, sich nicht von jetzt auf gleich irgendeine Story aus den Fingern saugen zu müssen. Sobald er jedoch den Trailer verlassen hatte, wurde ihm siedend heiß bewusst, dass er auf ein noch viel größeres Problem zusteuerte. Er war im Begriff, ohne nennenswerte Vorbereitung zu einem eiskalten Fighter in den Käfig zu steigen. Nicht einmal richtig warmgemacht hatte er sich.

Wie in Trance bewegte er sich durch die Menge. Ken lief neben ihm, wo sich Rufus befand, war ihm völlig egal. Die Rufe der zahlreich erschienenen Zuschauer drangen gedämpft an seine Ohren. Er erkannte Tucker, der mit einigen seiner Männer auf der anderen Seite des Käfigs stand und ihn mit einem finsteren Blick bedachte.

Boyd Caster wartete bereits auf ihn. In einem steten Rhythmus schlug der ihm in Größe und Körperbau ebenbürtige Gegner seine linke Faust in seine rechte Hand. Das Gesicht zu einer bösartigen Fratze verzogen, grinste er Chase an und lachte, sobald die niedrige Tür hinter ihm geschlossen wurde.

Chase fühlte gar nichts mehr. Er hatte Fae verloren, alles andere, sogar er selbst, war nebensächlich. Ohne sie gab es nichts mehr für ihn. Nur Schmerz.

Die Schläge und Tritte seines Kontrahenten prasselten nur so auf ihn ein. Zweite Runde. Zumindest bis dahin musste er kommen. Irgendwie.

»Pah! Was bist du für eine Pussy?«, verhöhnte ihn Boyd, als er ihn im Nacken gepackt hielt und mehrfach das Knie in den Unterbauch rammte. Normalerweise wäre er nie so nah an Chase herangekommen, weil er seinem jeweiligen Gegenüber nur zu gern Bekanntschaft mit seinen Fäusten, Knien oder Beinen machen ließ. Heute hatte er jedoch Mühe, überhaupt die Deckung hochzubekommen.

»Wehr dich!«, drang Kens Stimme zu ihm durch. Das wusste er selbst. Doch wozu? Der Schmerz tat ihm gut, denn er nahm ihm den Druck und betäubte seine Gedanken an Fae. Warum sollte er sich wehren, wenn er sich durch die eingesteckten Schläge besser fühlte?

Ein brutaler Tritt gegen die linke Seite ließ ihn keuchend auf ein Knie heruntersacken. Boyd war sofort über ihm und knallte Chase den Ellenbogen in den Nacken, um ihn endgültig auszuschalten. Das Letzte, was er hörte, war Rufus' schneidende Stimme, als er ihm entgegenspie: »Ich krall mir deine Schlampe, wenn du nicht bald zu kämpfen beginnst!« Danach schaltete sich sein Kopf ab.

Kapitel 20

Fae

Er war ihr so nah, flüsterte ihr irgendwas ins Ohr, was sie nicht hören wollte. Genervt schob sie ihn von sich. »Jetzt hör endlich auf. Bisher fand ich deine Sprüche ja noch ganz witzig, leider weißt du einfach nie, wann es genug ist«, meckerte sie, da Nate nicht locker lassen und sie unbedingt zu einem Barbesuch überreden wollte.

»Fae, bei einer schönen Frau wie dir tritt mein innerer Charmeur eben voll aufs Gas«, säuselte er, was sie mit einem Augenrollen bedachte. Warum konnte er ein *Nein* nicht akzeptieren? Sie hatte es ihm in den vergangenen zwei Stunden bereits mehrfach gesagt und überlegte, ob sie vielleicht etwas nachdrücklicher werden sollte.

Gerade, als er einen weiteren Versuch starten wollte, startete keine zehn Meter von ihr entfernt ein Wagen. Das dumpfe Grollen kannte sie nur zu gut und blickte entsetzt über ihr Autodach hinweg zu dem Porsche, den sie wegen Nates nervigem Gelaber nicht einmal wahrgenommen hatte.

Während sie dabei zusah, wie Chase an ihr vorbeifuhr, begann ihr Herz, wie wild zu klopfen. Was zur Hölle machte er hier? Es war Dienstag, der Club hatte Ruhetag und darüber hinaus war es mitten am Nachmittag. Sollte er nicht in seinem Scheißapartment sitzen und sich eine neue, noch dämlichere Aktion ausdenken?

Sie sah ihm nach, gleichzeitig bemerkte sie, dass Nate ihr noch mehr auf die Pelle rückte und versuchte, ihn mit einer Hand auf seiner Brust von sich zu schieben. Sobald Chase auf die Straße gebogen und außer Sicht war, atmete sie auf und bestieg ihren Chevy.

»Hör zu, nichts für ungut, aber ich habe echt kein Interesse und komm mir jetzt bloß nicht mit *wegen der alten Zeiten* oder so einem Müll«, herrschte sie ihn an, weil er den Versuch startete, sich ins Wageninnere zu lehnen, nachdem sie die Seitenscheibe heruntergelassen hatte.

»Wow! Okay, klare Ansage«, murrte er und hob die Hände in einer beschwichtigenden Geste. Fae schüttelte nur ungläubig mit dem Kopf, drehte den Zündschlüssel und verließ den Parkplatz. An arbeiten war heute definitiv nicht zu denken gewesen. Die vergangene Nacht steckte ihr noch in den Knochen. Nicht einmal zwei Stunden Schlaf waren ihr vergönnt gewesen, weil sie sich ständig hin und her gewälzt hatte.

Chase! Dieser riesengroße, muskelbepackte Vollidiot war es gewesen, der ihr diese verdammten Sträuße anonym hatte zukommen lassen. Nur, weil sie nichtsahnend in seiner Schreibtischschublade nach einem Spitzer für ihren Bleistift gesucht hatte, war sie ihm auf die Schliche gekommen. Ihr war das Logo des Floristen aufgefallen und als sie die Seiten entfaltet und überflogen hatte, war ihr heiß und kalt zugleich geworden. Die Erkenntnis hatte sie wie ein Hammerschlag getroffen und ihr den Boden unter den Füßen fortgezogen.

Tagelang hatte sie sich das Hirn zermartert, wer der Absender sein könnte und sogar schon Panik gehabt, Jasper könnte irgendwie dahinterstecken. Die Sträuße hatten ihr natürlich gefallen und die junge Frau in ihr wollte genau auf eine solch romantische Art und Weise erobert werden, doch die nagende Ungewissheit schmälerte die Freude ungemein.

Wieso nur hatte er das getan? Und nicht nur das! Er hatte zudem dieses komische Selbstverteidigungstraining organisiert und sie nur allein dadurch dazu gebracht, ihm zu vertrauen. Ganz abgesehen von dem Sex, der sich daraus ergeben hatte.

Dieser Mistkerl! Verärgert haute sie auf ihr Lenkrad und erschrak, denn sie hatte versehentlich die Hupe betätigt.

»Was denn? Es ist noch Rot!«, brüllte ihr der Mann, der im Wagen vor ihr an der Ampel stand, zu. Seufzend schlug sie die Hände vors Gesicht, fuhr mit ihnen in ihr Haar, bis sie plötzlich daran hängen blieb.

»Nein!«, jammerte sie und versuchte, den kleinen Finger, begleitet vom Hupen der hinter ihr wartenden Fahrzeuge - zwischenzeitlich war die Ampel auf Grün gesprungen - zu befreien. Trotz ihrer noch immer lahmgelegten linken Hand lenkte sie den Chevy die Straße entlang, bis sie eine freie Stelle zum Parken fand.

Tränen brannten in ihren Augen, während sie sich damit abmühte, den verdrehten Finger aus den Dreads zu ziehen. Sie brachen schließlich hervor, sobald es ihr gelungen war. Fae sackte in sich zusammen, weinte und ärgerte sich zugleich. Er hatte nicht einmal richtig versucht, ihr zu erklären, was es mit den Blumen auf sich gehabt hatte. Doch, eigentlich schon, nur wollte sie es nicht hören und vor allem wollte sie nicht wieder denselben Fehler begehen wie jenen, dessen Resultat sie soeben mühsam aus ihren Haaren hatte befreien müssen.

Heulend und dabei kaum in der Lage, die Fahrbahn erkennen zu können, fuhr sie nach Hause, stellte den Chevy ab und betrat wenig später, von heftigen Schluchzern geschüttelt, ihre Wohnung. Sie war nicht bloß wegen Chase völlig aufgewühlt, sondern vor allem wegen ihrer eigenen Gefühle, die sie nicht verstehen konnte. Die schmerzhaften Erinnerungen bissen und kratzten sich zusätzlich durch ihre Gedanken, sodass Fae glaubte, den Verstand zu verlieren.

Alles brach über ihr zusammen. Sie konnte Jaspers höhnisches Lachen hören, seinen Schatten am Fenster erkennen und seinen fauligen Atem riechen. Ihre linke Hand zuckte jedes Mal, wenn sie ihre Augen schloss, und in ihrem Kopf spielte sich der altbekannte Film mit ihr und Jasper in den Hauptrollen ab.

Sie sah sich dabei zu, wie er sie packte und durch ihr kleines Apartment bis hin zur Badezimmertür zerrte. Er hatte ihre Hand in den Spalt gelegt und sie mit kalter, schneidender Stimme bedroht, weil sie nicht das tun wollte, was er von ihr verlangte.

»Jetzt stell dich nicht so an, du dumme Schlampe. Fick ihn, einmal nur. Tue es für mich! Ich brauche das Zeug. Er will nur, dass du für ihn die Beine breitmachst«, hatte er ihr ins Gesicht gebrüllt, während er ihre Hand mit dem Türblatt zertrümmerte, indem er sie immer und immer wieder zuschlug.

Sie hatte ihm die Zwanzig Dollar, die sie für das Reinigen zweier riesiger Fischtanks in *Maxwells Pet Shop* erhalten hatte, geben wollen. Es genügte ihm jedoch nicht, sein Dealer forderte mehr Kohle oder eben diese kleine Gefälligkeit.

Doch Fae wollte nicht mit ihm zur Wohnung dieses schmierigen Typen fahren und versuchte stattdessen zu fliehen, was Jasper unterband und damit begann, sie wie ein Wahnsinniger gefügig zu prügeln. Eine gefühlte Ewigkeit schlug er auf sie ein, bis sie nahezu besinnungslos gewesen war, und bearbeitete zu guter Letzt ihre Hand mit der Tür, bevor er, von den herannahenden Sirenen der Polizei aufgeschreckt, von ihr abließ und verschwand.

Zu diesem Zeitpunkt war sie bereits jenseits von Schmerzen oder auch nur eines klaren Gedankens gewesen. Ihr Bewusstsein hatte sich in die hinterste Ecke ihres Körpers zurückgezogen, um diese Tortur überstehen zu können. Halbwegs zumindest, denn egal, was sie seit jenem Tag getan und wie weit sie davongelaufen war, in ihrem Kopf konnte sie ihm nicht entkommen.

Meth war Jaspers Untergang gewesen. Mit der Band hatte er, bevor der Durchbruch kam, gemeinsam getrunken, gekifft und hier und da eine Pille eingeworfen. Dann wurden sie berühmt und es kamen Koks, anschließend Heroin hinzu und nach dem Ende der ersten kleinen Tour hatte er begonnen, Meth zu rauchen.

Hilflos musste sie zusehen, wie er stetig weiter abrutschte, klammerte sich verzweifelt an die Liebe zu ihm und hoffte, er würde erkennen, wie sehr er nicht nur sich, sondern auch der Beziehung schadete. Sie hatte ihn angebettelt, die Finger von diesem Teufelszeug zu lassen, ihm sogar damit gedroht, ihn zu verlassen.

Dies schien ihn wachgerüttelt zu haben und für einen gewissen Zeitraum glaubte sie, dass er wieder alles im Griff bekommen würde. Bis zu jenem Tag, an dem sie ihn dabei erwischte, wie er sich diesen Chemiecocktail spritzte. Jasper hatte sie belogen und nur vorgetäuscht, die Finger vom Meth zu lassen. Stattdessen war er den heimlicheren Weg gegangen, der ihn in den freien Fall geschickt hatte. Fae konnte nichts tun, außer danebenstehen und zusehen, wie die Droge alles, was sie an ihm geliebt hatte, kaputt machte und verstümmelte.

Fae wusste zwar nicht, aus welchem Grund Nate aus Chicago abgehauen war und er erweckte auch nicht den Anschein, als wollte er es offen ansprechen. Das war seine Geschichte, ein riesiger Backpack, den er mit sich herumschleppte und der einiges an Gewicht zu besitzen schien. Zumindest war er ein verdammt guter Tätowierer. Doch seine Anwesenheit und die Art, wie er sie heute bedrängt hatte, brachte in ihr viele verborgene Erinnerungen zu Tage, die ihr nun, da sie emotional am Boden lag, massiv zusetzten.

Fae warf sich auf ihr Bett und vergrub ihr Gesicht in den Kissen. Einen Atemzug später wurde sie von einem neuerlichen Heulkrampf geschüttelt. Das verfluchte Ding roch nach Chase. Ihr gesamtes Bett verströmte seine maskuline Note. Im ersten Moment wollte sie aufspringen, die Laken und Bezüge wechseln, aber sie blieb liegen und zog sich stattdessen die Decke über den Kopf.

Obwohl sie es eigentlich gar nicht gewollt und eher auf eine lockere Geschichte gehofft hatte, spürte sie ganz deutlich, dass da mehr zwischen ihnen gewesen war. Wie winzige Knospen, die nach einem endlos erscheinenden Winter aufbrachen, regten sich Gefühle in ihr, die sie keinem Mann gegenüber jemals wieder hatte empfinden wollen. Jasper hatte nicht nur ihren Körper, sondern auch ihre Seele tief verletzt. Seine brutale Attacke hatte ihre offene, unbedarfte Einstellung völlig zerstört.

Und was tat Chase? Dieser riesige Klotz hatte eben jene verlorengeglaubte Lebenseinstellung mit seiner zärtlichen, fürsorglichen Art wieder hervorgeholt. Würde sie sich nicht wie eine zappelnde Fliege im Netz einer fetten Spinne vorkommen, wäre das alles durchaus kein Problem. Mit dem Wissen, dass er ihr allerdings schon seit längerem hinterherjagte, veränderte sich ihre Sicht auf ihn.

Die Narben auf seinem Arm machten deutlich, dass er Probleme hatte. Dass diese jedoch in eine solche Richtung gingen, ängstigte Fae. Vor allem, weil er noch den Schlüssel zu ihrer Wohnung besaß. Gut, den für sein Apartment hatte sie ebenfalls nach wie vor, aber das war ja etwas völlig anderes. Sie wollte schließlich nicht bei ihm einbrechen oder ihn gar zurückgewinnen.

Trotzdem roch er so verdammt gut. Sie drückte ihre Nase richtig gegen die Bettdecke und schnüffelte, bis sich ein sehnsuchtsvolles Ziehen in ihrer Brust bemerkbar machte. Ein Gefühl der Einsamkeit packte sie und trieb ihr erneut die Tränen in die Augen.

Erst, als ihr Handy zu klingeln begann, schaffte sie es, die Decke zurückzuschlagen und sich aus dem Chase-Geruchs-Kokon zu befreien. Für einen Moment hoffte sie, er würde am anderen Ende darauf warten, dass sie das Gespräch annahm, verzog allerdings enttäuscht ihr Gesicht, da der Name ihrer Schwester im Display aufleuchtete.

»Sis! Hey!«, trällerte sie und betete, dass Jane nicht heraushören konnte, in welch desolatem Zustand sie sich befand. »Wie geht es dir?«

»Heute ist ein sehr guter Tag, Dora. Und du? Wie läuft es im Studio?«, erkundigte sie sich und Fae konnte genau hören, dass es ihr wirklich gut zu gehen schien.

»Gut soweit«, quälte Fae hervor und war froh, dass Jane sofort weitersprach.

»Das freut mich. Ich hoffe, ich störe dich nicht gerade, ich wollte auch nur wissen, ob du uns wie versprochen am Independence Day besuchen kommst.« Oh oh! Fae verzog das Gesicht und kniff die Augen zusammen. Sie hatte es wegen Trudys Unfall und dem ganzen Chaos im Studio völlig vergessen.

»Deinem Schweigen entnehme ich, dass du …« Jane klang enttäuscht.

»Nein, nein! Ich habe nur im Moment so viel um die Ohren. Ich … ja, ich habe es nicht mehr auf dem Schirm gehabt. Es tut mir leid.« Sie musste schniefen und zupfte sich ein Taschentuch auf dem Spender neben ihrem Bett.

»Weinst du etwa?«, hakte ihre Schwester nach.

»Ach was, wie kommst du denn darauf?«, wiegelte Fae ab, doch Jane kannte sie zu gut, um nicht sofort zu merken, wenn sie zu schwindeln versuchte.

»Feodora, du kannst mir nichts vormachen. Ich höre genau, dass deine Stimme belegt klingt und du dir nebenbei die Nase abtupfst. Also! Raus mit der Sprache!«, forderte sie nachdrücklich, woraufhin Fae tief durchatmete und ihr von allem, was in den vergangenen Wochen, seit ihr der erste Blumenstrauß geliefert wurde, passiert war.

Fae war dankbar, dass Jane sie einfach nur reden ließ und lediglich ab und an eine kleine Nachfrage hatte. Auf diese Weise fiel es ihr leichter und sie konnte wirklich frei sprechen.

»Puh! Mit dir möchte ich tatsächlich nicht tauschen. Du hast ja kaum eine ruhige Minute, ständig ist irgendwas«, konstatierte sie, was Fae trocken auflachen ließ.

»Tja, man tut, was man kann«, erwiderte sie und zupfte am Bettlaken, wobei sie bemerkte, wie sehr sie ihren Felsen vermisste.

»Du magst ihn, nicht wahr?« Janes Frage schreckte Fae auf.

»Nein! Ich … ja, okay. Da ist etwas. Ich mag ihn, ich gebe es zu. Aber das gesamte Drumherum, die Blumen, das Training. Er …«, wandte sie ein, was ihre Schwester zum Lachen brachte.

»Ich kenne da jemanden, der jede noch so peinliche Aktion gebracht hat, um sich die Aufmerksamkeit eines Mannes zu sichern, auf den sie ihr Auge gerichtet hatte. Darf ich dich an dein Probetraining bei den Cheerleadern in der Highschool erinnern, weil du unbedingt mit Jonathan Dornan zusammenkommen wolltest? Oder an das samstägliche Autowaschen in Hot Pants, weil du den Nachbarsjungen, ich komme gerade nicht auf seinen Namen, scharfmachen wolltest?«

Fae wäre am liebsten im Boden versunken. Die Scham über ihre aus heutiger Sicht reichlich verzweifelt anmutenden Versuche brannte ihr auf den Wangen.

»Das kann man doch überhaupt nicht miteinander vergleichen«, maulte sie, was Jane nur noch lauter lachen ließ.

»Und wie man das kann, Sis. Sieh es ein. Du bist keinen Deut besser als er und du kannst es ihm nicht verübeln, dass er dich erobern wollte.«

»Von mir aus, trotzdem ist es total creepy, wenn man von einem Unbekannten ständig Blumen geschickt bekommt. Er hätte wenigstens eine Karte dazuschreiben können«, moserte sie, aber Jane bedachte das lediglich mit einem Kichern.

»Hm und du hättest sie mit Sicherheit behalten, nicht wahr? Du hast mir eben selbst gesagt, dass du ihm vorher aus dem Weg gegangen bist und ihm eher die kalte Schulter gezeigt hast, da er dich von seiner Statur her zu sehr an Jasper erinnert«, erwiderte sie, was Fae seufzen ließ. Die Erkenntnis, die in den Worten ihrer Schwester mitschwang, wog schwer, doch gleichzeitig kam ihr ein anderer Gedanke und sie überlegte kurz, ob sie dieses Thema offen ansprechen durfte. »Was ist? Bist du jetzt beleidigt, weil ich den Nagel auf den Kopf getroffen habe?«

»Ich … da ist noch etwas«, setzte Fae an, geriet jedoch ins Stocken, da sie nicht wusste, wie sie darauf zu sprechen kommen sollte, ohne ihrer Schwester damit zu nahe zu treten.

»Spuck es aus«, forderte Jane. Fae atmete mehrmals tief durch, suchte nach Worten und fand sie alle gänzlich unpassend. »Dora, egal was es ist, drucks nicht herum. Einfach und direkt ist es meistens sowieso am besten.«

»Er hat sich früher geritzt.« Es war heraus und am anderen Ende wurde es mucksmäuschenstill. Fae wartete angespannt, wie Jane auf ihre Offenbarung reagieren würde.

»Und dich schreckt das ab?«, hakte sie überraschenderweise nach.

»Was? Nein! Ich meinte nur, dass er …«, wand sie sich.

»Nachdem was du von ihm berichtet hast, klingt er weder emotional instabil noch depressiv. Habt ihr darüber geredet?«, ging Jane auf das Thema ein, welches einen nicht unwesentlichen Teil ihrer Teenagerzeit bestimmt hatte. Bisher hatte Fae es stets vermieden, mit ihr tiefergehende Gespräche über diesen Part ihrer Vergangenheit zu führen. Ihr innerer Respekt vor dem, was ihre Schwester durchgemacht hatte, war zu groß. Es handelte sich hier schließlich um keine Kleinigkeit.

»Ein wenig, er hat mir erzählt, dass er damals in der Highschool war. Sein Vater hat ihn verprügelt und in der Schule wurde er gemobbt«, berichtete Fae und spürte, wie sich ihr Herz zusammenzog.

»Ich gehe mal davon aus, dass er eine Therapie gemacht hat.«

»Kann sein, ich weiß es ehrlich gesagt nicht«, gab sie offen zu und fühlte sich schuldig, weil sie aus Angst, das Falsche zu fragen, ihm gegenüber das Thema eher übergangen hatte. Sie konnte sich sehr gut an den Moment erinnern, als er ihr seine Narben gezeigt und sie sich bemüht hatte, diese so cool wie möglich zu übergehen.

»Wie hast … wie hast du es geschafft?«, fragte sie vorsichtig nach. Sie wusste, dass Jane viele oft sehr lange

Gespräche mit Reverend Nash geführt hatte, der damals Zeuge einer der Angriffe der Mädchengang geworden war, die ihre Schwester als Opfer auserkoren hatte. Der junge Geistliche hatte sich sehr um sie gekümmert und ihr Halt zu geben versucht, als sie ihn am meisten brauchte.

»Jonathan war ein wichtiger Anker«, bestätigte Jane, was Fae bereits vermutet hatte. »Er hörte mir zu, baute keinen zusätzlichen Druck auf, sondern gab mir stattdessen das Gefühl, dass er jederzeit für mich da sein würde. War er auch. Ich verdanke ihm so viel. Es tat mir so gut, jemanden zu haben, der mich so nahm, wie ich war und mir zuhörte.«

Faes Schultern sackten nach unten.

»Es tut mir so leid. Ich hätte für dich da sein müssen«, brachte sie schniefend hervor.

»Halt! Stopp! Du warst zu dem Zeitpunkt dreizehn Jahre alt, Dora. Meine Probleme habe ich mit mir selbst auszumachen versucht, da ich niemanden damit belasten wollte, am wenigsten dich. Du hast genauso unter der Trennung unserer Eltern gelitten, wie ich. Außerdem, was bringt es dir, wenn du dir jetzt darüber den Kopf zerbrichst? Ja, es ist hart für mich. Manchmal sehe ich die Narben und denke, was habe ich mir damals nur angetan. Dann gibt es Momente, wo ich nur zu gern wieder zum Messer greifen und mich erneut ritzen möchte, weil mir alles zu viel wird und sich ein enormer Druck in mir aufbaut. Doch in diesem Fall rufe ich Jonathan an oder rede mit Jakob. Sie geben mir Halt.«

Es erleichterte Fae zwar, dass ihre Schwester in ein normales Leben zurückgefunden hatte, dennoch blieb ein nagendes Gefühl zurück. Sie überlegte, ob sie dazu in der Lage war, Chase einen solchen Halt zu bieten. In ihr kam der erschreckende Gedanke auf, dass er sich womöglich wegen ihres Abgangs in der vergangenen Nacht geritzt haben könnte.

»Du hast mir eben zugehört, oder?«, fragte Jane in einem reichlich biestigen Tonfall nach, der Fae aufhorchen ließ.

»Natürlich habe ich das. Ich überlege nur gerade, wie ich mit Chase umgehen soll. Ich meine, er hat das alles hinter sich und anscheinend Gefühle für mich«, versuchte sie, ihre Gedankengänge einigermaßen klar auszudrücken.

»Du denkst, er könnte Dummheiten machen?«

»Hmm, tue ich«, gestand sie.

»Also, um das herauszufinden, musst du mit ihm sprechen, aber vor allem solltest du endlich einmal lernen, richtig zuzuhören«, maulte Jane.

»Das habe ich doch! Ich weiß gar nicht, was du von mir willst!«, protestierte Fae und überlegte, warum ihre Schwester plötzlich so zickig reagierte. Es dauerte einen Moment, aber mit einem Mal fiel es ihr wie Schuppen von den Augen.

»Wer ist Jakob?«, hakte sie spitz nach.

»Hach, sie hat es gerafft. Tja, Schwesterlein, um an nähere Infos zu kommen, musst du deinen süßen kleinen Arsch schon nach Tucson bewegen. Dann stelle ich dir den Mann meiner Träume persönlich vor. Und nein, mehr werde ich dir am Telefon nicht verraten. Wir sehen uns am dritten Juli. Bis dahin!«, trällerte Jane und legte auf, ohne auf Faes Versuche, sie aufzuhalten, zu reagieren.

Angefressen feuerte sie das Handy auf ihr Kopfkissen und warf ihm den Blick zu, den Jane nun eigentlich verdient gehabt hätte. Vor Wut schnaubend ging sie zu ihrem Laptop, rief ein Reiseportal auf und suchte vergeblich nach einem Flug. Egal, zu welcher Uhrzeit oder welche Fluglinie, alles war entweder bereits ausgebucht oder dermaßen überteuert, dass sie es sich, ohne einen Privatkredit aufzunehmen, nie im Leben hätte leisten können.

Somit fiel der Kurztrip nach Tucson definitiv flach, denn mit ihrem alten und mittlerweile verdammt klapprigen Chevy schaffte sie es wahrscheinlich nicht einmal bis zur Stadtgrenze von Los Angeles. Schon jetzt rechnete sie jeden Tag damit, dass ihr die Rostlaube unterm Hintern wegsterben würde. Ein neues Auto könnte sie sich zu allem Überfluss auch nicht leisten.

Moment! Doch! Was war mit dem Schmuck, den sie von Trudy geerbt hatte? Wenn sie den gut verkaufen könnte, wären für sie womöglich sogar ein dekadenter Flug in der Businessklasse und ein neuer Wagen finanzierbar. Aber das war alles Zukunftsmusik und Fae bezweifelte, dass sie zeitnah einen Käufer für den Smaragdschmuck finden würde. Nein, sie musste sich etwas anderes einfallen lassen.

Missmutig ging sie ins Bad. Während sie sich die Hände wusch, fiel ihr Blick auf die Zahnbürste, die Chase benutzt hatte. Wieder machte sich das bedrückte Gefühl in ihr breit und mit ihm ebenfalls die Angst. Könnte sie ein Anker sein, wie Jonathan Nash es für ihre Schwester Jane gewesen war? Jemand, der zuhörte, beistand und wenn es sein musste, auch für den Partner einstand? War das nicht die Urdefinition von wahrer Freundschaft und der Nährboden für Liebe?

Sie hatte schon einmal versucht, einem Menschen beizustehen, hatte sich nicht abgewandt und alles getan, was in ihrer Macht stand, um ihn vor seiner Sucht zu schützen. Sie war kläglich gescheitert. Allerdings war Chase beim besten Willen nicht der gleiche Typ Mann wie Jasper. Äußerlich ähnelten sie sich vielleicht, in seinem Inneren war er aber vollkommen anders.

Mit ihren Fingerspitzen glitt sie über ihre Wange und imitierte seine Berührungen. Es kitzelte und fühlte sich in keiner Weise gleich an. Im Gegenteil, es ließ die Sehnsucht nach ihm nur noch weiter anwachsen. Nur zu gern hätte sie frustriert an ihren Haaren gezogen, ließ es jedoch bleiben und fasste stattdessen einen Entschluss. Die Sache mit Chase war noch nicht vorbei.

Kapitel 21

Fae

Es hatte satte vier Stunden gedauert, bis ihre Friseurin die fünf Dreadlocks wieder gelöst hatte. Sie hatte Glück gehabt, dass sie sich diese erst vor wenigen Wochen hatte machen lassen, denn sonst wäre die Prozedur des Entwirrens weitaus zeitaufwändiger gewesen.

Erleichtert atmete sie auf, fuhr immer wieder mit ihren Händen durch ihr, wegen des exzessiven Conditionergebrauchs, traumhaft weiches Haar und fühlte sich wie von einer Last befreit. So toll diese Dinger auch aussahen, für sie waren sie viel zu impraktikabel gewesen.

Notgedrungen würde sie ihre kupferrote Mähne erst einmal in Ruhe wachsen lassen müssen, bevor sie mit einer neuen, wahrscheinlich genauso verrückten Idee an ihre Friseurin herantreten wollte. Bis dahin wären ihre Haare einfach nur glatt und voller Frizz, falls der Wind einmal aus Richtung Ozean her wehte.

Worauf sie sich allerdings schon mächtig freute, war der Gesichtsausdruck, den Chase haben würde, wenn er sie ohne diese ausgefallene Pracht zu sehen bekam. Sie malte sich aus, dass ihm die Kinnlade herunterfallen oder er sie mit weit aufgerissenen Augen anstarren würde, wenn sie ihn morgen besuchen fuhr.

Sie parkte ihren Wagen hinter dem Studio und eilte über den dunklen Hof zur Kellertür. Obwohl ihre Lust auf Arbeit nahezu gen Null ging, musste sie Morris, der netterweise für sie am Nachmittag eingesprungen war, ablösen. Zudem steckte ihr die kurze Nacht nun wirklich in den Knochen, was ihr ein Gähnen entlockte, sobald sie die Kellertreppe hinauf stieg.

Sich streckend betrat sie den gut gefüllten vorderen Bereich des Studios. Sämtliche Stühle waren belegt. Sowohl Tai, als auch Morris und Nate waren in ihre Arbeit vertieft. Jada telefonierte und Marcia las ein Buch.

»Bin wieder da«, verkündete Fae und wartete auf eine Reaktion, doch keiner von ihnen hob auch nur den Blick. Toll! So hatte sie sich das nicht vorgestellt. Sie zuckte mit den Schultern, ging in den Aufenthaltsraum, um ihre Tasche abzustellen und erneut zurück nach vorn, wo sie den nächsten, bereits wartenden Kunden in Empfang nahm.

Erst, nachdem sie sich zu dem jungen Mann, der sie mit seinen großen Augen zu verschlingen drohte, gesetzt hatte, hob Tai den Kopf.

»Was? Fae?«, fragte er verwundert und blinzelte mehrmals.

»Hatte die Nase voll von den Dingern«, erklärte sie, zog sich die Latexhandschuhe über und begann damit, die zu tätowierende Stelle am Unterarm des Kunden vorzubereiten. Morris und Nate drückten ebenfalls ihr Wohlwollen über die neue, glatte Haarpracht aus. Jada beäugte sie kritisch, zeigte ihr anschließend jedoch mit einem erhobenen Daumen an, wie toll sie es fand.

Der Abend flog nur so an ihr vorbei, da sich Kunde an Kunde reihte und ihr kaum Zeit zum Grübeln blieb. Einzig in einer winzigen Pause hatte sie darüber nachgedacht, Chase eine Nachricht zu schicken, es dann aber doch nicht getan. Sie wollte ihn persönlich treffen und sich nicht feige hinter einem Display verstecken. Also nahm sie sich vor, am kommenden Morgen mit Croissants und Bagels bewaffnet an seiner Tür zu klingeln.

Kurz vor Mitternacht hatte sie gehofft, Feierabend machen zu können, aber leider schneite einer von Tais Kunden herein, der mit dem Verband, der ihm zum Schutz der frisch tätowierten Stelle angelegt worden war, nicht so richtig klarkam. Es dauerte eine Weile, bis sie ihm über die großflächige Arbeit einen neuen verpasst hatte, zudem zehrte an ihren Nerven, dass sie sich kaum mehr auf den Beinen halten konnte.

Sobald der Typ zur Tür hinaus war, sperrte sie ab, ließ das Rollgitter herunter und schleppte sich in den Keller. Auf dem Parkplatz herrschte gähnende Leere, allerdings war es auch stockfinster. Sie blickte sich hastig um, spürte, wie das Adrenalin in ihre Adern schoss, und ging eilig auf ihren Chevy zu. Erst, als sie sich auf den Fahrersitz geschoben und die Tür verriegelt hatte, atmete sie auf.

Sie war gerade vom Parkplatz runter, als ihr Handy zu klingeln begann. Irritiert zog sie es aus ihrer Handtasche. Im Display leuchtete der Name Chase. Fae nahm das Gespräch an.

»Hi!«, rief sie.

»Baby … Kannst du mich abholen? Ich weiß nicht, wen ich sonst anrufen soll«, hörte sie ihn mit einer nahezu gebrochen klingenden Stimme sagen.

»Chase? Was ist passiert? Wo bist du?«, drängte sie und spürte, wie ihr Herzschlag rasant an Tempo zulegte.

»Am Los Angeles River, ich schick dir die Adresse«, quälte er hörbar hervor. Angst kroch durch ihren Körper. Als sie dann auch noch sah, wo genau er sich befand, begann sie, zu zittern. Was tat er dort und warum um alles in der Welt sollte sie ihn abholen? War er etwa überfallen worden?

»Ich bin gleich da!«, erwiderte sie besorgt, wendete den Wagen, sobald es möglich war, und trat aufs Gas.

Soweit es die Geschwindigkeitsbeschränkung erlaubte, raste sie zu der angegebenen Adresse, ein altes Industriegebiet mit größtenteils leerstehenden Lagerhallen. Niemand, nicht einmal Obdachlose waren hier um diese Uhrzeit unterwegs. Im Vorbeifahren sah sie seinen Porsche auf dem Gelände einer alten Fabrik, von ihm fehlte allerdings jede Spur. Fae bog ein und parkte direkt neben dem schwarzen Sportboliden. Erst, nachdem sie ausgestiegen war, bemerkte sie, dass Chase auf dem Beifahrersitz seines Wagens saß.

Mit zitternden Händen riss sie seine Tür auf und kniete sich neben ihn. Sie wollte etwas sagen, es blieb ihr jedoch, sobald sie ihn sah, im Halse stecken. Seine rechte Gesichtshälfte war dunkelblau und massiv geschwollen, er blutete an der Augenbraue und am Mundwinkel, hielt sich die linke Seite und wirkte auf sie mehr tot als lebendig.

»Chase! O Gott! Chase! Was ist passiert!«, schrie sie panisch und hatte bereits ihr Smartphone in der Hand, um einen Krankenwagen anzurufen. Er hielt sie allerdings auf, nahm ihr das Gerät weg und schüttelte mit dem Kopf.

»Kein Krankenhaus. Bring mich in meine Wohnung«, presste er hervor.

»Chase, du brauchst einen Arzt!«, drängte sie, was er mit einem weiteren Kopfschütteln bedachte. »Verdammt! Du sturer Kerl!«, zischte sie, warf die Tür zu und rannte zurück zu ihrem Chevy. Eilig sammelte sie sämtliche Dinge ein, die für sie von Wert waren, schnappte ihre Handtasche und schloss den Wagen ab. Wahrscheinlich würde er so oder so geklaut werden, was ihr im Moment aber völlig egal war.

Sobald sie alles, inklusive sich selbst, in den Porsche verfrachtet hatte, versuchte sie, herauszufinden, wie man den Sitz nach vorne ziehen konnte. Die Pedale waren meilenweit von ihren Füßen entfernt.

»Da sind Tasten an der Seite. Die musst du drücken«, keuchte er, was ihr nicht wirklich half. Ihr war zum Schreien zumute und sie hatte nicht übel Lust, sich einfach über ihn hinweg zu setzen und trotz seines Widerstands den Notruf zu wählen.

Erst, nachdem sie ausgestiegen und sich die Tasten aus der Nähe angesehen hatte, war sie in der Lage, den Sitz soweit einzustellen, dass sie wenigstens vernünftig an Gas und Bremse herankommen konnte. Zum Glück war der Porsche, genauso wie ihr Chevy mit einem Automatikgetriebe ausgestattet, denn wenn sie jetzt noch eine für sie gänzlich ungewohnte Kupplung treten und gleichzeitig hätte schalten müssen, wäre sie durchgedreht.

Der Motor dröhnte lauter als sonst in ihren Ohren, während sie so langsam wie möglich vom Parkplatz fuhr. Bei jedem Schlagloch was sie nicht umfahren konnte, stöhnte Chase gequält auf. Fae litt mit ihm mit. Sein Anblick zerriss sie innerlich. Des Öfteren kamen sie an Schildern vorbei, die auf nahegelegene Hospitale hinwiesen und Fae überlegte, ihn einfach dorthin zu fahren. So wie er aussah, musste er Schmerzen haben, wenn nicht sogar innere Verletzungen.

Tränen stiegen ihr in die Augen, die sie mit aller Macht zurückkämpfte. Sie musste jetzt stark sein, Chase brauchte sie. Es half weder ihm noch ihr, wenn sie nun aufgab und zu einem heulenden Elend mutierte. Also griff sie das Lenkrad fester, steuerte das Auto stur geradeaus und grübelte angestrengt, wie sie ihn, sobald sie angekommen wären, vom Wagen hoch in sein Apartment verfrachten sollte.

Gut, in seinem Haus befand sich ein Aufzug, doch zuerst musste sie ihn aus dem niedrigen Porsche bis zur

Tür schaffen. Dabei bezweifelte sie, dass er in der Lage sein würde, die Distanz auf eigenen Beinen zu bewältigen. Chase hatte die Augen geschlossen, schien entweder zu schlafen oder ohnmächtig zu sein.

Fae fischte kurzerhand ihr Handy aus seinen Fingern, was ihn aufstöhnen ließ. Der Ton ärgerte und erleichterte sie zugleich. So wusste sie immerhin, dass er lediglich völlig apathisch neben ihr saß und nicht bereits das Zeitliche gesegnet hatte. Grollend wählte sie Nate's Nummer und war froh, dass er recht zügig ran ging.

»Hey, Süße. Doch noch Lust auf ein Bier?«, knurrte er, was wohl sexy klingen sollte, wofür Fae allerdings überhaupt keinen Nerv hatte.

»Nein, lass es. Bitte. Ich brauche deine Hilfe. Kannst du vorbeikommen? Und um es vorwegzunehmen, es hat nichts mit Sex zu tun«, erklärte sie barsch und war beruhigt, dass Nate schnell erkannte, dass etwas nicht in Ordnung zu sein schien.

»Bin schon unterwegs. Wohin genau?«, hakte er nach und sie konnte im Hintergrund eine Tür klappen hören. Anscheinend war er tatsächlich sofort aufgesprungen und machte sich auf den Weg. Sie gab ihm die Adresse von Chase durch und fühlte sich ein klein wenig besser. Zumindest diese Sorge war sie für den Moment los. Jetzt musste sie nur noch herausfinden, wer ihn derart zugerichtet hatte, damit sie demjenigen Tucker und dessen Biker auf den Hals hetzen konnte.

Nate wartete bereits vor der Haustür und kam mit langen Schritten auf den Wagen zu, während Fae das riesige Schiff einzuparken versuchte. Gemeinsam zogen und schoben sie Chase nach draußen, wo sich Nate einen seiner massiven Arme um die Schultern legte und ihn ächzend mit sich schleppte. Fae öffnete inzwischen die

Tür, rief den Fahrstuhl und schloss die Wohnung auf, sobald sie oben angekommen waren.

Keuchend ließ Nate Chase auf dessen Bett ab und drückte seinen Rücken durch, der dabei bedenklich knackte.

»Fuck, ich glaube, meine Bandscheiben sind hinüber. Wie viel wiegt der Kerl?«, jammerte er, doch Fae hatte dafür kein Ohr. Sie riss Chase das Shirt hoch, um zu sehen, ob er zusätzlich zu den Verletzungen im Gesicht auch andere Blessuren aufzuweisen hatte. Ihr gefror das Blut in den Adern, kaum, dass sie seinen Oberkörper und insbesondere seinen linken Rippenbogen sah.

»Fuck!«, fluchte Nate, der über ihr stand und Chase mit weit aufgerissenen Augen betrachtete. »Der muss dringend zu einem Arzt!«

»Das will er bloß nicht«, wandte sie ein, was Nate ungläubig mit dem Kopf schütteln ließ.

»Fae, das sieht nicht so aus, als wäre er bei einem netten Abendplausch unter Türsteherkollegen gewesen. Man hat ihn buchstäblich durch einen Fleischwolf gedreht«, bestätigte er das, was sie sich sowieso bereits gedacht hatte.

»Mag sein, er möchte aber trotzdem in kein Krankenhaus«, murrte sie und erhob sich. Auf dem Weg ins Bad hörte sie, wie Nate mit jemandem zu sprechen begann und erschrak. Rief er etwa gerade beim Notruf an? Sie ging zurück und wollte ihn zur Rede stellen, als er auch schon die Hand hob.

»Das war Tai. Er kümmert sich drum«, erklärte er und schob sein Handy wieder in die Hosentasche. Erleichtert atmete sie auf und verschwand im Bad, wo sie einige kleine Handtücher nass machte, um Chase damit das Blut vom Gesicht wischen zu können.

Keine halbe Stunde später klingelte es und Nate, der bis dahin unten im Wohnzimmer auf der Couch gesessen hatte, eilte zur Tür. Kurze Zeit darauf tauchte er, gefolgt von einem augenblicklich die Situation erfassenden Mann auf.

»Keine Namen«, sagte er lediglich und beugte sich direkt über Chase. Er war gut und gerne Mitte Fünfzig, hatte schütteres Haar und wirkte in seinem Polo-Hemd und der ausgebeulten Jeans wie jeder normale Arzt in einer Praxis. Fae kam er zwar irgendwie bekannt vor, doch im Grunde war es ihr egal, wie der Typ hieß, für sie zählte allein, dass er Chase helfen konnte. Zum Glück schien er zu wissen, was er tat, denn er tastete Chase' Körper ab, drehte ihn für einen Moment auf die Seite, um seinen Rücken zu begutachten, und leuchtete ihm in die Augen.

»Ich empfehle dringend, ihn in eine Klinik zu bringen. Er muss geröntgt werden. Mindestens drei Rippen sind gebrochen, dazu hat er massive Prellungen und ich vermute, eine Gehirnerschütterung, wenn nicht sogar eine Schwellung. Die Leber ist ebenfalls hart und er reagiert kaum bis gar nicht auf Ansprechen. Er gehört definitiv auf eine Station, wo er beobachtet werden kann, auch wenn man ihm dann unangenehme Fragen nicht ersparen und die Polizei informieren wird«, erklärte der Mann, bei dessen Worten Fae das Herz in die Hose rutschte.

Wollte Chase deshalb in kein Krankenhaus? Was hatte er getan, aber vor allem, wer hatte ihm diese Verletzungen beigebracht? Ihre Knie gaben nach und sie sackte zu Chase' Füßen auf die Bettkante.

»Was könnte passieren, wenn er hierbleibt?«, stellte Nate die Frage, die Fae nicht über ihre Lippen bringen konnte.

Der Arzt verzog das Gesicht, fuhr sich mit einer Hand durchs Haar und schnaufte. »Im schlimmsten Fall könnte er sterben. Innere Blutungen könnten auftreten, die Leber versagen. Er könnte einen bleibenden Hirnschaden erleiden. Das volle Programm.«

»War das eben die positive oder die negative Prognose?«, hakte Nate geschockt wirkend nach, was sein Gegenüber mit einer hochgezogenen Augenbraue bedachte.

»Positiv? Echt jetzt?«

Fae atmete stockend ein und aus. Ihr wurde schwindelig, während Chase hinter ihr zu röcheln begann.

»Mit ein, zwei Aspirin ist es hier nicht getan. Wenn ihr ihn wirklich hierbehalten wollt, kann ich seine Rippen bandagieren und die offenen Wunden im Gesicht und an den Händen versorgen. Mehr nicht. Danach braucht er Ruhe und sollte sich, wenn möglich, nicht bewegen. Falls er Blut spuckt oder Spuren davon im Urin zu finden sind, ist er in akuter Lebensgefahr. Ich kann euch ein paar hoch dosierte Schmerzmittel und Blutverdünner geben, damit sich keine Thrombose bildet. Das war es aber auch schon«, erklärte er und zuckte unschlüssig mit den Schultern.

Fae hätte am liebsten getobt, so wütend war sie. Nur, weil sie seinen Sturkopf respektierte, riskierte sie, dass er womöglich starb. Nate warf ihr einen mitleidigen Blick zu, für den sie ihm den Kopf hätte abreißen können.

»Okay, bandagieren Sie ihn. Wenn er wieder fit ist, dann schwöre ich Ihnen, bring ich ihn um«, traf sie schließlich eine Entscheidung.

Der Mann gab einen undefinierbaren Laut von sich und machte sich an die Arbeit. Mit geübten Handgriffen versorgte er Chase und checkte zwischendrin mehrfach nach, ob sich an seinem Zustand etwas änderte. Fae beobachtete alles mit Argusaugen.

Als der Arzt sich nach vorne beugte, um die Bandagen einzuschlagen, rutschte sein Polo-Hemd nach oben. Dabei offenbarte sich ein Tattoo, welches Fae mehr als nur bekannt vorkam. Sie hätte es im Schlaf stechen können, so oft hatte sie es den neuen Mitgliedern von Tuckers *L.A. Longhorns* unter die Haut gebracht. Sie sah ihn überrascht an, denn damit hätte sie wirklich nicht gerechnet. Tai musste also Tucker informiert haben, der dann einen seiner Männer hierher beordert hatte.

Als er nach einer Stunde wieder ging, versicherte er ihr, dass Chase es schaffen würde. Auch wenn er sie wahrscheinlich nur beruhigen wollte, hoffte Fae darauf, dass er ihr die Wahrheit gesagt und Chase tatsächlich eine Chance hatte.

Fae ließ sich neben ihm auf der Bettkante nieder und tupfte ihm mit einem feuchten Tuch die Stirn ab. Er stöhnte auf, presste die Augenlider zu und drehte den Kopf leicht zur Seite. Ihr Herz zog sich bei dem Anblick des gefallenen Riesen schmerzhaft zusammen. Er musste wieder gesund werden. Sie hatte ihm doch noch so viel zu sagen.

»Scheiße, es wird schon hell. In ein paar Stunden muss ich im Studio sein«, murrte Nate und ließ gleichzeitig mit einer Bewegung seines Kopfes ein lautes Knacken ertönen. »Ich leg mich unten auf die Couch, okay?«

Sie blickte zu ihm und versuchte sich an einem Lächeln. Dankbar, dass er bei ihr bleiben würde, nickte sie und er zwinkerte ihr zu, bevor er die Treppe nach unten ging. Sie selbst konnte keinen Schlaf finden, sondern lauschte stattdessen angestrengt auf jeden Atemzug, den Chase machte.

Zwischendurch fühlte sie regelmäßig seinen Puls und wechselte die Kühl-Akkus aus, die sie gegen die Schwellung in seinem Gesicht drückte. Sobald es heller wurde, flatterten seine Augenlider gelegentlich auf, er schloss sie jedoch immer wieder und stöhnte markerschütternd. Jedes Mal blieb ihr dabei das Herz stehen und sie griff panisch nach seiner Hand.

»Chase, wach auf. Alles ist gut. Du bist in deinem Bett. Ich bin hier bei dir und ich gehe auch nicht weg. Bitte, bitte wach auf«, flüsterte sie mit tränenerstickter Stimme. Es tat ihr so weh, dass er nicht reagierte. Die Übermüdung und die Anspannung der letzten Stunden taten ihr Übriges. Fae fühlte sich geistig und körperlich am Ende ihrer Kräfte. Sie musste dringend ins Bad, um sich etwas kaltes Wasser ins Gesicht zu spritzen.

Außerdem war ihr übel und sie sah bereits doppelt. Sich die trockenen Augen reibend, versuchte sie, aufzustehen, strauchelte jedoch und sackte neben dem Bett auf die Knie. Dabei stieß sie die Schüssel mit dem kalten Wasser um und brach schließlich hysterisch aufheulend zusammen.

Schluchzend klammerte sie sich an Chase' Arm, als sie Hände an ihren Schultern spürte, die sie sanft, aber bestimmend nach oben zogen, bis sie gegen eine feste Brust gedrückt wurde.

»Alles gut, Dora. Er wird wieder gesund. Einen Baum wie ihn fällt niemand so leicht«, versuchte Nate, sie zu trösten. Sie wollte ein *ich weiß* hervorquälen, doch es mochte ihre Kehle nicht verlassen. Stattdessen krächzte sie lediglich und hickste, weil sie von ihren Tränen beinahe erstickt wurde. Sie kämpfte wacker dagegen an und schaffte es schließlich, den dicken Kloß herunter zu würgen.

»Ich weiß, wie es ihm gerade geht«, brachte sie schniefend hervor und wischte sich die Tränen von den Wangen. Nate musterte sie eindringlich.

»Woher willst du das denn wissen? Du bist doch noch nie dermaßen zusammengeschlagen worden, oder?«, fragte er nach und wirkte reichlich ungläubig. Fae räusperte sich und überlegte, ob sie ihm die Wahrheit über einen seiner besten Freunde sagen sollte. Als ihr allerdings einfiel, dass er schon lange vor ihr Chicago verlassen und danach zu urteilen, was er ihr letzte Woche an seinem ersten Arbeitstag gesagt hatte, auch keinen Kontakt mehr zu seinen früheren Bandkollegen hielt, entschied sie sich für die Wahrheit.

»Jasper. Er … er hat mich halbtot geprügelt«, presste sie wispernd hervor und konnte dabei zusehen, wie sich Nates Miene verfinsterte.

»Das ist ein Scherz!«, rief er aus. Der Griff an ihren Schultern wurde fester, jedoch nicht schmerzhaft.

»Nein, leider nicht. Er war total auf Meth und ist durchgedreht«, erzählte sie und fühlte, wie die Eiseskälte, die diese Erinnerungen mit sich führten, durch ihren Körper zog. Jaspers fauliger Atem stach ihr in der Nase, Übelkeit stieg in ihr auf.

»Meine Mom hat mir berichtet, dass er in den Knast gewandert ist, aber sie meinte, er hätte einen Typen auf offener Straße überfallen«, erwiderte er und wirkte nachdenklich.

»Das stimmt. Ich … ich habe den Cops damals gesagt, dass ich nicht wüsste, wer mich … ich«, brachte sie hervor und atmete mehrmals tief durch, bevor sie den Mut fand, weiterzusprechen. »Nachdem du weggegangen bist, hingen wir alle in der Luft. Jasper am allermeisten. Ich wollte ihm nicht schaden, sondern hoffte bis zuletzt, dass er wieder zur Vernunft kommen würde.«

Nate schnaubte verächtlich.

»Pfft, Jasper und Vernunft. Er hat uns doch stets mit dem ganzen Scheiß versorgt. Schon während der Highschool war er der Typ, an den man sich wandte, um sich einen Joint zu holen oder ein paar Pillen. Später wurde er unser Haus- und Hoflieferant. Dummerweise fand er seinen Shit immer selbst am besten und hat sich ständig weggedröhnt. Als er dann irgendwann mit Meth um die Ecke kam, wussten wir allerdings, dass er endgültig zu weit ging. Das Zeug ist Hardcore und … ich habe meine Erfahrungen damit sammeln dürfen«, berichtete er und offenbarte ihr mit diesen Worten eine Wahrheit, die sie so nie wahrgenommen hatte.

»Dabei dachte ich immer, dass ihr ihn mit dem Mist in Berührung gebracht habt«, gestand sie Nate, der sie mit fassungslos aufgerissenen Augen ansah.

»Nein, definitiv nicht. Er hatte die Kontakte. Irgendeinen Typen, der im Meatpacker District eine Küche betrieb, wo er alles chemische zusammenrührte und nebenbei ein paar Pflanzen aberntete. Außerdem schuldete er ständig irgendwelchen Leuten Geld oder Gefallen. Lyle, Quentin und ich hatten oft überlegt, ihn zum Teufel zu jagen, weil er uns immer wieder in die Scheiße reingezogen und uns auch teilweise richtig ausgenutzt hat. Letztendlich taten wir es nur nicht, weil er unser Freund war«, gestand er und seufzte.

»Ich habe das nie bemerkt«, flüsterte Fae und versuchte, sich an irgendetwas zu erinnern, was ihr hätte zeigen müssen, dass Jasper nicht bloß ein Konsument, sondern auch ein Dealer gewesen war.

»Mach dir keine Vorwürfe. Er hat es immer gut getarnt. Nur seine Kunden wussten Bescheid. Seine Geschäfte liefen über Mund zu Mund Propaganda. Allerdings hatte er viele seiner Kontakte verloren, weil er miesen Stoff geliefert und ziemlich zwielichtige Praktiken an den Tag gelegt hatte. Komm her, ich bring dich ins Bad.«

Fae war froh, dass Nate sie stützte und sie nach nebenan führte. Am Waschbecken hielt er ihr Haar zurück, damit sie sich mit den Händen Wasser ins Gesicht schütten konnte. Es tat so gut, dass sie sich gleich besser fühlte. Danach brachte er sie wieder zu Chase, zu dem sie sich legte und sich für zwei Sekunden gestattete, die Augen zu schließen.

Es wurden fünf Stunden daraus und Fae wachte nur deshalb auf, weil Jada einer der Kühl-Akkus heruntergefallen war und laut knallend die Metalltreppe hinabdonnerte.

»Sorry!«, jaulte Jada und sah sie entschuldigend an.

»O Gott! Wie spät ist es?«, schreckte Fae hoch, warf einen prüfenden Blick auf Chase und sprang aus dem Bett. »War er wach? Wo ist Nate?«

»Er hat mich vorhin angerufen, da er ins *TI* musste und nicht wollte, dass du hier alleine bist. Meine Mom hilft im Studio aus und passt auf Marcia auf«, berichtete sie, während Fae Chase unter die Lupe nahm.

»Denkst du, er liegt im Koma?«, fragte sie besorgt nach, was Chase selbst mit einem lauten Stöhnen beantwortete. »Er sieht echt schlimm aus. Tucker sitzt unten.«

»Tucker? Hier?«, keuchte sie perplex und schaute über die Brüstung hinab, wo ein Mann mit Baseball-Kappe und in für Tucker völlig ungewohnter Jeans und Sweater auf der Couch saß und telefonierte. Verwirrt blickte sie zu Jada und formte seinen Namen mit den Lippen, ohne ihn auszusprechen.

»Tarnung«, flüsterte Jada und zuckte mit den Schultern. Mit zu Fäusten geballten Händen stapfte Fae hinab.

»Das ist ein verdammt hübsches Sümmchen. Tut dem verfickten Russen bestimmt ordentlich weh. Sehr gut, aber so wie es aussieht, wird der nächste Kampf nicht stattfinden. Mein Mann sagt, Boyd hat ihm zu heftig zugesetzt. Er liegt halb tot im Bett und wacht, wenn er Glück hat wieder auf«, hörte sie ihn sagen und sah Rot.

»Du mieser Scheißkerl! Du steckst also dahinter, ja? Illegale Fights, was?«, brüllte sie so laut, dass ihr der Hals wehtat. Tucker schoss nach oben und wich sogar einen Schritt vor ihr zurück.

»Hey! Beruhig dich!«, forderte er, aber eines wollte Fae ganz sicher nicht, sich beruhigen.

»Du sagst mir jetzt augenblicklich, wer Chase so zugerichtet hat oder ich schwöre bei Gott, dass ich dich eigenhändig in Stücke reißen werde!«

Im ersten Moment glaubte sie, auf Tuckers wettergegerbtem Gesicht ein belustigtes Grinsen erkannt zu haben, doch mit einem Mal wurde seine Miene finster, beinahe brutal.

»Du hast verdammtes Glück, dass ich dich sehr mag, Fae. Sonst hätte ich dir nun für deine Frechheit eine reingedrückt, von der du dich nie wieder erholt hättest. Park deinen Hintern auf der Couch, dann erzähle ich dir, was passiert ist«, blaffte er und deutete auf das cremefarbene Leder. Fae schnaubte vor Wut, fügte sich allerdings. Während sie sich setzte, behielt sie Tucker ganz genau im Auge. Er sollte ja nicht glauben, dass sie sich mit einer lapidaren Lüge abspeisen lassen würde.

»Also?«, zischte sie und wartete angespannt.

»Gleich vorneweg, als ich ihn vergangene Nacht das letzte Mal gesehen habe, konnte er noch auf beiden

Beinen stehen und war ansprechbar. Zumindest sah es so aus, als Rufus und Ken mit ihm zum Trailer zurückgingen. Den Kampf hat er gewonnen, mit Mühe zwar, aber das ist egal. Hier zählt nur das Resultat«, berichtete er, was Fae einen nahezu krampfartigen Schauder durch den Körper trieb.

»Oh bitte, Fae! Glaubst du allen Ernstes, er könnte sich so ein Apartment und den Porsche vom mickrigen Gehalt eines Türstehers leisten? Das hier ist West Hollywood und nicht South-Central«, fügte er barsch hinzu, ließ sich neben ihr auf der Couch nieder und zog sich die Kappe vom Kopf.

»Er macht das schon länger?«, fragte sie tonlos, was Tucker mit einem Nicken bestätigte.

»Sein Name ist, wie soll ich es ausdrücken, im gesamten Stadtgebiet bekannt. Mit gestern hat er sechzehn Kämpfe absolviert, aus allen ging er als Sieger hervor. Chase ist der geborene Fighter. Knallhart, rücksichtslos und brutal. Wer zu ihm in den Käfig steigt, ist sich bewusst, dass die Chancen schlecht stehen, ihn auf den eigenen zwei Beinen wieder zu verlassen. Boyd besaß vergangene Nacht zumindest eine minimale Gelegenheit, bis Chase genug davon hatte, auf sich einprügeln zu lassen, und ihn gnadenlos zerlegt hat.«

Fae hielt sich die Ohren zu. Sie konnte und wollte sich das nicht länger anhören. Ärger an der Tür? *Ein Problem, nichts weiter* hatte er zu ihr gesagt. Wieso war sie so blind gewesen und hatte die Zeichen nicht erkennen können? Oder wollte sie sie nicht sehen? Chase war ihr gegenüber zu keinem Zeitpunkt gefährlich erschienen. Natürlich war sie von seiner körperlichen Präsenz eingeschüchtert, doch nachdem sie ihn näher kennengelernt und er ihr einen Blick hinter seine Fassade gewährt hatte, sah sie ihn mit ganz anderen Augen.

Zitternd schlang sie ihre Arme um ihren Oberkörper und starrte vor sich ins Leere, bis sie wahrnahm, woran sich ihre Augen festgesogen hatten. Es war ihre Vorlage für sein Tattoo, die sie hier hatte liegenlassen. Der stählerne Arm, der die Ketten seiner dunklen Erinnerungen sprengt, wirkte so fremd und vertraut zugleich. Er war ein Käfig-Kämpfer, der sein Leben und seine Gesundheit für Geld riskierte. Ein brutaler Mann, der andere verprügelte.

»Für wen tut er das? Er organisiert die Kämpfe doch nicht selbst, oder?«, wollte Fae wissen. Ihre Stimme klang in ihren eigenen Ohren hohl und kraftlos, als hätte sie ihren inneren Kampf schon aufgegeben.

»Die Fights werden von den Russen organisiert, aber alle in L.A. ansässigen Gangs schicken ihre Fighter in den Käfig. Die Lagerhalle am Los Angeles River ist zum neutralen Gebiet erklärt worden, damit keiner auf dumme Ideen kommt. Ich habe ebenfalls zwei Leute, die regelmäßig dabei sind. Wie gestern Abend.«

»Du warst dort? Warum hast du nichts getan?«, schrie sie schrill auf.

»Ja!«, donnerte Tucker. »Ich sagte dir bereits, als ich ihn das letzte Mal sah, lief er auf beiden Beinen und wirkte zumindest einigermaßen fit. Er hatte zwar ein Veilchen und schien nach einem üblen Tritt gegen die Rippen ein wenig angeschlagen, doch mehr auch nicht. Sein Kampf war der Main-Event, wir gingen, sobald er vorbei war und nein, ich habe keine Ahnung, was mit ihm danach passiert ist. Allerdings vermute ich, dass Ken ihm auf die Schliche gekommen sein könnte«, mutmaßte er, was Fae den Atem anhalten ließ.

»Du meinst, wegen des Berichts?« Tucker nickte. »Aber er war so vorsichtig«, raunte sie.

»Vielleicht nicht vorsichtig genug. Entweder er hat etwas gemerkt oder ihm ist irgendetwas anderes sauer aufgestoßen. Der Einzige, der weiß, was geschehen ist, liegt dort oben und kommt hoffentlich bald wieder zu sich.«

Fae musterte Tucker eindringlich und stellte überrascht fest, dass er nachdenklich und besorgt wirkte.

»Er ist doch keiner deiner Männer, wieso interessiert es dich?«, fragte sie nach.

»Weil er, obwohl er für Ken arbeitet, ein guter Mensch ist. Er ist fair zu uns gewesen, als er uns sagte, dass er für Ken spionieren soll und wollte stattdessen lieber für dich und das *TI* einstehen. Sowas respektiere ich und er hat sich zudem an unsere Abmachungen gehalten. Ich schulde ihm etwas und wenn das beinhaltet, dass ich für ihn einige Leute aufmischen muss, dann tue ich das auch.«

Fae starrte ihn fassungslos an. Sie wusste zwar, dass sich Chase mit Tai und Tucker getroffen hatte, was dabei allerdings über den Unfallbericht hinausgehend besprochen worden war, offenbarte er ihr hingegen nicht.

»Was für Abmachungen?«, bohrte Fae nach. Tucker schnaubte genervt und ballte die Hand zur Faust.

»Du bist schlimmer als mein Zahnarzt, er trifft ebenfalls jedes Mal einen Nerv«, maulte er, ließ dann jedoch resigniert die Schultern fallen. »Die Beschaffung des Berichts war wichtig, weil wir annehmen, dass Ken Trudys Wagen manipuliert hat. Sie hatte ihn in einer meiner Werkstätten und meine Leute arbeiten sauber, zumindest, wenn ich es so wünsche.«

Faes aufgebrachtes nach Luft schnappen überging er, hob lediglich die Hand, um ihr anzudeuten, dass er noch nicht fertig war.

»Der andere Punkt, um den es ging, waren die Fights. Ich wollte sehen, ob er loyal ist und mit offenen Karten spielt. Er sollte mir sagen, wann er seine Gegner niederschlagen soll. Ich habe schon länger die Vermutung, dass Ken die Qualitäten von Chase ausnutzt und die Fights auf diese Weise manipuliert, um entsprechende Wetten zu platzieren. Gut, ich habe natürlich auch gewettet, alles andere wäre aufgefallen. Dafür geht man schließlich dahin. Sag mir Bescheid, wenn er wieder aufgewacht ist. Ich muss wissen, was passiert ist. Im Moment herrscht in der Stadt eine ziemlich angespannte Stimmung. Es liegt was in der Luft und nein, damit meine ich nicht die Abgase der Autos.«

Tucker ächzte, während er sich von der Couch erhob und deutete auf die Vorlage.

»Die ist verdammt gut. Passt perfekt zu ihm. Ist, nehme ich an, für seinen linken Arm, was?«

Fae gab ein »Hmm« von sich, weil sie kaum in der Lage war, einen klaren Gedanken zu fassen.

»Sein Vater war ein mieses Stück Scheiße. Heroin- und spielsüchtig, hat seinen Jungen körperlich und seelisch kaputt gemacht. Zum Glück ist, wenn du mich fragst, trotzdem was Vernünftiges aus ihm geworden. Pflege ihn wieder gesund, Mädchen, dann hast du einen Partner, der dich zu schätzen weiß.«

Fae schnaubte. »Als Sandsack vielleicht.«

Tucker gab ein Lachen von sich, was eher nach einem Bellen klang und schüttelte ein weiteres Mal mit dem Kopf.

»Chase? Nein, ganz sicher nicht. Er mag ein Fighter sein, an der Tür des Clubs ist er allerdings auch ein Wächter, der eine brenzlige Situation im Vorfeld deeskalieren kann. So agiert niemand, der Gefallen daran hat, anderen Menschen Schmerz zu bereiten.« Tucker setzte seine Kappe auf und zwinkerte ihr wohlwollend zu. »Er ist nicht Jasper«, sagte er plötzlich, was Fae wie ein Schlag ins Gesicht traf.

Fae starrte ihn fassungslos an.

»Woher …?«, keuchte sie und ein schiefes Grinsen legte sich auf die Gesichtszüge des alternden Präsidenten der *L.A. Longhorns*.

»Schätzchen, langsam aber sicher solltest du wissen, dass ich nicht bloß ein Easy-Rider bin. Ich habe meine Quellen und einige von ihnen werde ich anzapfen, sobald ich von dir einen Hinweis bekomme. Melde dich, wenn er sagen kann, was los war. Ich kümmere mich dann darum.«

Fae konnte nichts weiter tun als zu nicken, denn ihr hatte es wahrlich die Sprache verschlagen. Tucker wusste über ihre Vergangenheit Bescheid. Was allerdings weitaus schwerer wog, waren die Dinge, die sie über Chase erfahren hatte. Er war ein Käfig-Kämpfer, der andere Männer für Geld verprügelte.

In ihrem Magen bildete sich ein Eisklumpen, doch sobald sie an seine liebevollen Berührungen und seine Unterstützung im Kampf gegen ihre Ängste dachte, wärmte sich eine direkt darüber liegende Region massiv auf. Ihr Herz schlug schneller und lenkte ihre Füße zur Treppe, die sie eiligen Schrittes erklomm, um dem Mann, der sie so tief berührt hatte, wieder nahe zu sein.

Kapitel 22

Chase

Chase öffnete die Augen und glaubte, zu träumen. Vor ihm stand Fae, doch sie lag in den Armen eines anderen Mannes. Nate! Ausgerechnet dieser dahergelaufene Kerl drückte sie an sich. Warum hatte Boyd ihn nicht einfach kalt gemacht, dann wäre ihm dieser Anblick erspart geblieben. Nein, stattdessen war sein innerer Fighter endlich zum Leben erwacht und hatte in letzter Sekunde die Oberhand gewonnen.

K.o. in der zweiten Runde. Genauso, wie Ken es von ihm verlangt hatte. Ken, dieses miese Schwein. Sein Kopf drohte, beim bloßen Gedanken an ihn zu zerplatzen. Schmerzen hämmerten hinter seiner Stirn, folterten sein Gehirn und seinen Körper gleichermaßen. Er fühlte sich, als hätte man ihm die Haut abgezogen. Irgendetwas presste seinen Brustkorb zusammen und nahm ihm die Luft zum Atmen. Das Bild der beiden verschwamm vor seinen Augen, bis ihn die Dunkelheit erneut umfing.

Als er das nächste Mal zu sich kam, war es um ihn herum hell. Die Sonne schien durch die Fenster herein. Von unten konnte er Schritte vernehmen, mehr nicht. Seine Lider fielen ihm zu und er driftete in einen wilden Traum. Schreie, Gebrüll und das Klatschen einer Hand konnte er hören.

»Du jämmerlicher Pisser! Glaubst, weil du gute Noten heimbringst, wärst du was wert!? Du bist genauso dämlich wie die Schlampe, die dich auf die Welt gequetscht hat«, spie ihm sein Vater entgegen, bevor er ihm die Faust in den Magen rammte. Immer auf den Körper, nie ins Gesicht, damit auch ja niemand mitbekommen konnte, was er seinem Sohn antat. In seinem Traum versuchte Chase, zu flüchten, nur, um jemand anderem in die Arme zu laufen.

Die Bullys aus seiner Schule jagten ihm nach, hetzten ihn durch die Straßen, bis seine Lunge brannte und er nicht mehr weiterkonnte. Sie kreisten ihn ein, verhöhnten ihn und schlugen auf ihn ein, bis er sich nicht mehr wehren konnte. Schmerzen, Angst und Hilflosigkeit. Niemand stand ihm bei, keiner sah hin. Das Einzige, was den Druck, der auf ihm lastete, linderte, war die schmale Klinge. Ein kleiner Schnitt, dann konnte er wieder atmen.

Gequält stöhnte er, riss seine Lider auf und blickte in Faes erschrockene Miene.

»Chase!«, keuchte sie und beugte sich zu ihm nach vorn. »Gott sei Dank, du bist wach. Chase, rede mit mir. Sag doch was«, bettelte sie und rüttelte an seinem Arm. Seine Kehle war allerdings so trocken, dass er keinen Ton herausbringen konnte. Nicht einmal ein Krächzen brachte er zustande.

Mit dem wenigen, was ihm an Kraft zur Verfügung stand, versuchte er, ihr zu verstehen zu geben, dass er etwas trinken wollte. Zum Glück begriff sie augenblicklich, was er meinte und half ihm dabei, einige Schlucke Wasser zu sich zu nehmen. Verwirrt sah sich Chase um. Dunkel konnte er sich daran erinnern, Fae angerufen zu haben, wusste jedoch beim besten Willen nicht mehr, wie er es in seine Wohnung geschafft hatte. Alles ab dem Moment, wo sie seinen Porsche gestartet hatte, war weg.

Sein Magen knurrte, was Fae aufschreckte.

»Ich hole dir ein wenig Brühe. Bin sofort wieder da«, rief sie und wollte aufstehen, doch Chase stoppte sie.

»Bleib«, nuschelte er und bemerkte, dass seine rechte Gesichtshälfte von einer massiven Schwellung bedeckt wurde, die ihm das Sprechen zusätzlich erschwerte.

»Okay, aber du solltest wirklich etwas zu dir nehmen. Komm, trink noch einen Schluck«, plapperte sie fahrig und hielt ihm mit zitternden Händen die Flasche an die Lippen.

Chase sah sie an und konnte nicht glauben, dass sie tatsächlich gekommen war, als er sie brauchte. Das erste Mal in seinem Leben hatte er sich auf einen anderen Menschen verlassen. In einem Moment größter Not hatte sie ihn nicht hängen lassen. Und das trotz der Sache mit den Blumen und ihrer Zurückweisung. Fae hatte nicht gezögert.

Dankbar schob er seine Hand über ihre, die sie auf seiner Brust ganz leicht abgelegt hatte und drückte sie sanft. Seine Augen brannten, während er sie ansah und er spürte, wie sich sein Herz schmerzhaft zusammenzog.

»Ich habe alles falsch gemacht«, krächzte er, was Fae zu verwirren schien.

»Was meinst du?«

»Blumen«, erwiderte er, woraufhin sie mit den Augen rollte.

»Die waren schön, sehr schön sogar. Wären eigentlich noch mehr gekommen?«, wollte sie ganz zu seiner Verwunderung wissen.

»Rote Rosen.«

»Wow! Und warum kamen die nicht?«, hakte sie nach und irritierte ihn damit nur noch mehr. Träumte er etwa nach wie vor? War er gar nicht wach?

»Deine Reaktion. Stalker.«

Fae schnitt eine Grimasse, als sie sich anscheinend an ihre eigenen Worte erinnerte.

»Okay, ja, ich gebe es zu. Trotzdem. Die Gerbera waren einfach traumhaft«, erwiderte sie seufzend und strich sich eine Strähne hinters Ohr. Chase folgte der Bewegung mit den Augen, dabei fiel ihm auf, dass sich an Fae etwas verändert hatte.

»Wo sind die Dreads?«

»Sie haben mich genervt«, grollte sie, was ihn zum Lachen brachte. Das war keine gute Idee. Im ersten Moment glaubte er, seine Brust würde vor lauter Schmerz explodieren.

»Fuck«, quetschte er keuchend hervor und versuchte, sich zu beruhigen, was ihm nach einer Weile gelang. Fae hatte sich indes besorgt über ihn gebeugt und half ihm, ein zweites Kissen unter seinen Kopf zu stopfen, damit er besser Luft bekommen konnte.

»Du darfst dich nicht bewegen. Der Arzt, den Tucker vorbeigeschickt hat, meinte, du brauchst absolute Ruhe«, erklärte sie ihm, griff nach seiner Hand und verschränkte ihre Finger mit seinen. »Kannst du mir sagen, was passiert ist? War das Ken?«, drang sie auf ihn ein.

Chase bewegte leicht den Kopf, um ihr anzudeuten, dass sein Boss nicht dahintersteckte. Zwar waren er und Rufus ziemlich sauer gewesen, da er ihnen die verlangte Information nicht beschaffen konnte, sein gerade erlangter Sieg stimmte sie allerdings milde genug, um Boyds Arbeit nicht zu vollenden. Sein Gegner hatte ein zu einfaches Spiel mit ihm gehabt und wäre Rufus' Drohung nicht gewesen, hätte man wohl eher ihn aus dem Käfig getragen.

»Artems Leute«, flüsterte er. Fae schien mit dem Namen nicht viel anfangen zu können. Mehr wollte er ihr nicht sagen. Zum einen, weil seine Umgebung unscharf wurde, zum anderen, weil er Fae damit in Gefahr bringen würde. Die Ukrainer hatten sich nicht als faire Verlierer ausgezeichnet, sondern lauerten ihm stattdessen auf, nachdem er sich im Trailer umgezogen hatte.

Boyd hatte gute Vorarbeit geleistet, sodass er zu angeschlagen war, um sich gegen Nazar Kovalenko, die rechte Hand von Artem und selbst ein ehemaliger Fighter, ernsthaft zur Wehr setzen zu können. Was ihn jedoch wunderte, war die Tatsache, dass er ihn nicht kalt machte. Anscheinend wollte man ihn als Botschaft für Ken benutzen. Was sie beinhalten sollte, entzog sich allerdings seiner Kenntnis.

Fae drückte seine Hand und zog damit seine abdriftenden Gedanken zurück zu ihr. Was tat sie noch hier? Weshalb gab sie sich mit ihm ab? Er war nichts weiter als ein Verlierer in einem gebrochenen Körper.

»Musst du nicht ins *TT*?«, quälte er krächzend hervor und beobachtete ihre Reaktion. Sie schien irritiert zu sein, zog ihre Stirn in Falten und schürzte die Lippen.

»Als ob ich arbeiten könnte, während du hier halbtot rumliegst«, meckerte sie. »Nate und Morris übernehmen meine Schicht.«

Nate! Wer war dieser Kerl bloß und warum ließ sie ihn so rasch derart nahe an sich heran?

»Date?«, quälte er hervor. Fae riss die Augen weit auf.

»Ich glaube, du solltest erst mal wieder auf die Beine kommen, ehe wir auf unser nächstes Date gehen. Außerdem wäre es doof, wenn man dir dein Essen pürieren muss«, erklärte sie trocken, was Chase erneut zum Lachen brachte. Zum Glück konnte er sich schnell wieder unter Kontrolle bekommen, bevor die Schmerzen in seiner Brust zu stark wurden. Gleichzeitig hämmerten ihre Worte durch seinen Verstand und die Erkenntnis, dass sie mit ihm auf ein Date gehen wollte, ließ ihn erschauern.

»Wir beide?«

»Hatte ich gedacht, ja. Wenn du allerdings lieber mit Beth ausgehen möchtest …«, maulte sie, was Chase verwunderte. Natürlich hatte er bemerkt, dass Fae bei ihrem Aufeinandertreffen mit der Galeristin merkwürdig reserviert gewirkt hatte, glaubte jedoch eher, dass es an der für sie recht ungewohnten Umgebung gelegen haben könnte. Immerhin war sie nicht der Kunst-Typ und hatte zuvor nach eigener Aussage nie eine Galerie betreten.

»Ich steh mehr auf heiße Rothaarige«, flüsterte er und spürte, dass sich seine Kräfte, trotz des warmen Gefühls, welches sich in seinem Herzen ausbreitete, verabschiedeten. Es fiel ihm stetig schwerer, die Lider offen zu halten, bis er den Kampf schließlich verlor. Er driftete in einen wohligen Traum ab, in dem er mit Fae gemeinsam im Bett lag und ihren warmen Atem auf seiner Haut spüren könnte.

Als er das nächste Mal wach wurde, war er allein. Sobald er seine Sinne unter Kontrolle hatte, fing er Stimmen auf. Jemand unterhielt sich unten im Wohnzimmer. Wer genau, war für sein nur sehr langsam arbeitendes Gehirn zu schwierig auszumachen. Kurz überlegte er, sich bemerkbar zu machen, schloss dann aber lieber wieder die Augen und döste ein wenig vor sich hin.

Erst, als er hörte, wie jemand die Treppe hinaufstieg, blinzelte er und erblickte Fae, die ein Tablett vor sich hertrug. Hinter ihr tauchte ein Mann auf, den Chase nicht kannte.

»Du bist wach.« Ein Lächeln breitete sich auf ihrem Gesicht aus. »Das ist der Arzt, den Tucker geschickt hat.«

Ihr Begleiter trat an ihr vorbei, während Fae das Tablett abstellte. Er sah, dass sich darauf ein Teller befand, von dem ein ganz verführerischer Duft ausging. Sein Magen meldete sich lautstark.

»Das ist schon mal ein sehr gutes Zeichen. Diese Vitalfunktion muss ich also nicht überprüfen«, stellte der Doc mit einem verschmitzten Grinsen fest und zwinkerte Fae zu. Sie erwiderte es halbherzig und machte einen bedrückten Eindruck. Chase ließ sie keinen Moment aus den Augen, ertrug die Untersuchung stoisch und beantwortete die Fragen des Arztes wahrheitsgemäß.

»Sollten die Kopfschmerzen schlimmer werden, soll man mich anrufen. Ansonsten sieht es bereits viel besser aus. Zumindest bis auf ihre Leber, die Schwellung gefällt mir ganz und gar nicht. Der Bereich wirkt extrem hart«, erklärte er und drückte, wie um seine Worte zu bestätigen, auf dem Teil seiner Bauchmuskeln herum, unter denen dieses Organ lag.

Der Tonfall des Mannes beruhigte Chase, da ein gewisses Maß an Sorge darin mitschwang. Auch Fae schien es mitbekommen zu haben, denn sie rang ihre Hände und zitterte am gesamten Körper.

»Weiterhin strengste Bettruhe, so wenig wie möglich bewegen. Lassen Sie sich am besten ordentlich pflegen«, merkte der Arzt an und blickte dabei über seine Schulter hinweg zu Fae.

»Das mache ich, versprochen«, erwiderte sie und atmete stockend aus.

»Doc, wie lange bis ich wieder kämpfen kann?«, quälte Chase hervor, woraufhin dieser ihn entsetzt anstarrte und Fae einen erstickten Laut von sich gab.

»Ich bin ehrlich mit Ihnen, wenn Sie wirklich wieder fighten wollen, nehmen Sie sich für mindestens ein halbes Jahr eine Auszeit«, stellte er klar, was Chase die Augen schließen ließ. »Dann können Sie zumindest wieder mit dem Training beginnen.«

Chase riss die Lider auf und starrte ihn erschüttert an.

»Einem Kampf würde ich frühestens in einem Jahr, wenn nicht länger, zustimmen. Ihr Körper merkt sich diese schweren Traumata. Egal, wie viele Muskeln Sie haben, er erinnert sich an jeden einzelnen Schlag, den Sie eingesteckt haben. In zwölf Monaten sind auch Ihre Rippen ausreichend abgeheilt. Wenn Sie mich fragen, suchen Sie sich einen vernünftigen Job, bei dem Sie nicht Ihre Gesundheit dauerhaft schädigen.«

Im ersten Moment wollte er protestieren, aber dann traf ihn die Wahrheit wie ein Hammer gegen die Brust. Chase gestand sich ein, dass er den Kampf gegen Boyd zu leichtfertig und unvorbereitet angegangen war, weil er sich im Vorfeld lieber um andere Dinge, vornehmlich um Fae kümmern wollte. Er hatte sich dabei zu sehr auf seinen bisherigen Erfolgen ausgeruht. Sein Gegner hatte ihm zugesetzt, doch diese Blessuren waren lediglich kleine Kratzer gegen den Denkzettel von Nazar.

Vorher hätte er wenigstens eine winzige Chance gegen Yegor gehabt, nun ging selbst diese gegen Null. Von den drei geforderten Runden, mal ganz abgesehen.

Zumindest zeigte sich der Doktor halbwegs zufrieden, gab ihm noch einige weitere Ratschläge und stellte verschiedene Medikamente neben Chase auf dem Nachtschrank ab. Fae beäugte jeden seiner Handgriffe kritisch und schien erleichtert, sobald der Mann wieder verschwunden war.

»Vorhin hast du so ausgesehen, als würde die Welt für dich untergehen, solltest du nicht wieder kämpfen können«, murrte sie, nahm etwas Brühe auf einen Löffel und führte ihn zu seinem Mund. Das Essen war mittlerweile kalt. Fae hatte ihm zwar angeboten, es schnell in der Mikrowelle aufzuwärmen, aber Chase wollte nicht länger warten.

»Tut sie auch«, erwiderte er leise. Ihre Hand verharrte samt Löffel auf halbem Weg zu seinem Mund. Ein Tropfen löste sich von der Unterseite und fiel auf seine Bettdecke, doch ihm war es egal, genauso wie Fae, die ihn mit weit aufgerissenen Augen anstarrte.

»Darüber reden wir, sobald es dir besser geht. Jetzt iss!«, zischte sie und schob ihm den Löffel brüsk zwischen die Lippen. Chase verschluckte sich, weil er lachen musste, hustete und krümmte sich vor Schmerzen. Er ging buchstäblich durch die Hölle und ihm wurde bewusst, dass ihm diese Teufelin mit den flammend roten Haaren sie zusätzlich heißmachen würde, sollte er das Wort *Kampf* wieder aussprechen.

»Hey, ich bin verletzt und brauche Pflege!«, protestierte er, was sie die Augen zu Schlitzen verengen ließ.

»Dann benimm dich auch wie ein Kranker und konzentriere dich erst einmal auf deine Genesung und denk nicht an irgendwelche dämlichen Fights«, giftete sie und schob ihm den nächsten Löffel in den Mund. Hastig schluckte er die kalte Brühe runter und fügte sich, denn er war beim besten Willen nicht in der Lage, ihr etwas entgegenzusetzen.

Mal davon abgesehen machte ihn ihre forsche Art tierisch an. Da er jedoch so schon kaum einen klaren Gedanken fassen konnte, richtete er seinen Fokus vorsichtshalber auf das Essen und die Schmerzmittel, die sie ihm danach verabreichte. Jetzt an Sex zu denken, wäre wahrscheinlich sein Tod. Entweder, weil sein Körper streikte oder weil Fae ihm den Hals umdrehte.

Das nächste Mal wachte er mitten in der Nacht auf. Im ersten Moment glaubte er, völlig allein zu sein, aber dann hörte er ihre regelmäßigen Atemzüge. Fae lag neben ihm auf der Seite und schlief. Er konnte ihr Gesicht wegen der Dunkelheit nur sehr schlecht ausmachen, doch es fühlte sich gut an, sie bei sich zu wissen. Ein Lächeln zupfte an seinen Mundwinkeln und sein Herz schlug ein paar Takte schneller.

Wenn es jemanden gab, für den er das Kämpfen aufgeben würde, war es Fae. Sie könnte alles von ihm verlangen, egal was, er würde es tun. Solange es sie glücklich machte, wäre er es ebenfalls. Vorsichtig, um sie auch ja nicht zu wecken, schob er eine Hand über ihre. Sie zu spüren, war für ihn lebensnotwendig geworden. Wie hatte er es nur jemals ohne sie ausgehalten?

Am nächsten Morgen wurde er von verführerischem Kaffeeduft geweckt. Schnüffelnd reckte er seine Nase in die Höhe und tastete neben sich. Fae schlief nach wie vor, was ihn irritierte. Auf der Metalltreppe waren Schritte zu hören. Chase verharrte, blinzelte unter seinen Wimpern hindurch und wartete. Keine zwei Herzschläge später tauchte Nate auf, ging zu der Seite des Bettes, auf der Fae lag und stellte die dampfende Tasse dort ab.

»Dora, wach auf«, murmelte er neben ihrem Ohr und rüttelte sie sanft an der Schulter. Chase fragte sich, warum der Typ sie Dora nannte, doch dann erinnerte er sich, dass sie ihm berichtet hatte, ihn von früher zu kennen. Außerdem hatte er ihr wohl geholfen, ihn nach dem Kampf in sein Apartment zu bringen, was, wenn er sein Gewicht und seine Statur bedachte, sicherlich kein leichtes Unterfangen gewesen sein musste.

»Hmm?«, machte sie und hob den Kopf. Chase schloss seine Augen und versuchte, so regelmäßig wie möglich zu atmen. Den beiden durfte nicht auffallen, dass er sie heimlich belauschte.

»Ist was mit Chase?«, schreckte sie hoch. Chase spürte an den Bewegungen der Matratze, dass sie sich zu ihm umdrehte.

»Nein, alles okay. Er schläft. Ich habe dir Kaffee gemacht. Unten sind Sandwiches und Bagels. Er hat bestimmt auch Hunger, wenn er aufwacht«, flüsterte Nate.

»Danke, das ist sehr lieb von dir.«

»Ach was. Morris und ich waren bei der Fabrik und haben dein Auto geholt. Die alte Schrottlaube stand tatsächlich noch dort. Nicht mal die Räder hat man geklaut«, berichtete er, was Chase nicht wirklich verwunderte, wenn er an den völlig verrosteten Chevy dachte, dessen Quietschen sogar den Motor übertönte.

»Du solltest mal bei Tai anrufen. Er ist nicht sauer, keine Angst, aber er macht sich Sorgen«, bat Nate, woraufhin Faes Gewicht neben ihm verschwand und er hören konnte, wie sie gähnte. Chase hielt es nicht länger aus und begann erneut, unter seinen Wimpern hindurch zu blinzeln..

»Ich geh mal schnell ins Bad«, murmelte sie und huschte davon. Nate sah sich unschlüssig um, bevor er zur Treppe ging. Chase wollte sich eigentlich weiter schlafend stellen, bis Nate wieder verschwunden war, doch ihm brannte etwas auf der Seele.

»Danke«, krächzte er mit verschlafener Stimme.

»Wofür?«, wollte Nate überrascht wissen.

»Dass du Fae beistehst.«

Nate zuckte mit den Schultern, drehte sich ein wenig ab und schien über etwas nachzudenken. Schnaufend bewegte er seinen Kopf hin und her, bis er sich schließlich dazu durchgerungen hatte und kam zu Chase ans Bett.

»Fae hat echt viel Scheiß erlebt und das hier, das hier ist genau das, was sie nicht braucht. Wenn dir etwas an ihr liegt, dann hör damit auf. Steig aus, vermöble von mir aus ein paar Typen beim Sparring im Sportstudio, aber lass das mit den Kämpfen. Sie hat genug durchgemacht und benötigt keinen weiteren brutalen Schläger an ihrer Seite«, knurrte Nate, was Chase irritierte.

»Nate!«, hörte er sie ausrufen. Fae stand in der offenen Badezimmertür und starrte sie beide mit weit aufgerissenen Augen an.

»Ich wollte nur, dass er weiß, was passiert, wenn er …«, setzte Nate an, doch sie schritt brüsk auf ihn zu und baute sich vor ihm auf.

»Chase ist nicht Jasper! Er hat mir beigebracht, mich zu wehren und mir vor allem meine Stimme wiedergegeben«, erklärte sie ihm auf eine Weise, die Chase grinsen ließ. Angriffslustig funkelte sie ihren Kollegen an, der die Hände in einer beschwichtigenden Geste hob und sich zum Gehen wandte.

»Ich habe es nur gut gemeint. Wir sehen uns heute Abend«, nuschelte er und verschwand die Treppe hinunter. Fae schnaubte verächtlich und drehte sich zu Chase, der ihr seine Hand entgegenstreckte, um sie zu sich zu ziehen.

Sie folgte seiner stummen Bitte und setzte sich neben ihn.

»Was hat er da eben angedeutet?«, hakte er vorsichtig nach und erinnerte sich nur zu gut an ihre Panikattacke während des ersten Selbstverteidigungstrainings. Damals war sie zusammengeklappt, als er sie von hinten gepackt hatte. Er konnte hören, wie sie angespannt schluckte und spürte, dass ihre Hände zu zittern begannen.

»Baby, egal, was es ist, du kannst mir alles sagen. Halt dich an mir fest, wenn es dir dann leichter fällt. Ich bin dein Felsen«, flüsterte er und wartete auf ihre Reaktion. Fae schien zu überlegen, ob sie ihm tatsächlich alles erzählen sollte. Er atmete erleichtert auf, als sie sich neben ihn legte und ihren Kopf an seiner Schulter ablegte.

»Jasper. Er … er hat mich halbtot geprügelt«, brachte sie wispernd hervor und Chase spannte sich von Kopf bis Fuß an.

»Der Typ, der im Knast sitzt?«, erkundigte er sich und überlegte, wie er an das miese Schwein herankommen könnte, um ihm seinen dreckigen Hals umzudrehen.

»Hmm«, bestätigte sie und ließ stockend die Luft aus ihren Lungen. »Er war seinerzeit voll auf Meth. Hat sich das Zeug nahezu täglich gespritzt. Als ihm das Geld ausging, war sein Dealer der Meinung, es in anderer Form einfordern zu können. Da ich mich weigerte, wollte er mich sehr nachdrücklich überzeugen. Ich bin im Krankenhaus aufgewacht und habe nur überlebt, weil meine damaligen Nachbarn meine Hilferufe gehört und die Cops gerufen haben. Wären sie nicht gewesen …«, erzählte sie und Chase fühlte, wie sich rotglühende Wut durch seinen Körper fräste. Er würde dem Kerl den Kopf abreißen, sollte er seiner jemals habhaft werden. »… dann wäre ich draufgegangen. Seither habe ich Angst, Chase. Nicht, dass er mich finden und sein Werk vollenden könnte, sondern vor brutalen Männern, lauten Streitereien, Aggressivität. All das setzt mir zu.«

»Deshalb hast du dich vor mir gefürchtet«, stellte er fest, was Fae, deren kleine Hand auf seiner Brust ruhte und dort wohlige Wärme verbreitete, mit einem weiteren »Hmm«, bejahte. »Ich würde dir nie etwas tun, Baby«, raunte er und hoffte, dass sie den Unterschied zwischen ihm und diesem Dreckskerl tatsächlich erkennen konnte.

»Ich weiß«, erwiderte sie und schloss mit einem Seufzen auf den Lippen ihre Augen. Für den Moment ebbte seine Wut ab.

Ihre Nähe tat ihm gut, linderte seine Schmerzen und vor allem nahm sie ihm den Druck, der sich in seinem Inneren aufbaute, wenn er sich hilflos fühlte. Fae war für ihn da und er würde immer an ihre Seite sein, wenn sie es wollte.

Kapitel 23

Chase

Auch eine Woche später war Chase noch nicht in der Lage, sich länger als fünf Minuten auf den Beinen zu halten. Zum Glück war die Prellung im Gesicht deutlich abgeschwollen, genauso wie seine Leber. Einzig die angeknacksten Rippen hinderten ihn an allem. Nicht einmal seine Schuhe konnte er sich allein anziehen, sondern brauchte Faes Hilfe.

Ein Gutes hatte seine Stilllegung jedoch, er konnte so viel Zeit mit ihr verbringen, wie er wollte. Ein Stöhnen und sie kam sofort zu ihm und kuschelte sich zumeist an seine Seite. Sie verließ die Wohnung nur, um bei sich frische Kleidung zu holen, etwas einzukaufen oder im *TI* vorbeizuschauen.

Ihre Abwesenheit nutzte er in der Regel, um die Dinge zu klären, die Fae nicht unbedingt mitbekommen sollte. Wie die Anrufe bei Ken, dessen Wut über Nazars Attacke sich reichlich in Grenzen hielt oder den Besuch von Tucker.

Der Biker-Boss hatte mehr über den Angriff wissen wollen, als Ken, dem es, warum auch immer, egal zu sein schien. Leider konnte Chase ihm keine näheren Details liefern, da er selbst nicht wusste, warum der Ukrainer sich als dermaßen mieser Verlierer gezeigt hatte.

Er sah auf die Uhr und fühlte sich von Sekunde zu Sekunde unwohler. Fae war schon verdammt lange weg. Zwei Stunden, obwohl sie nur eine hatte fortbleiben wollen. Unruhig zappte er durch die Programme, fand jedoch nichts, was ihn von der Tatsache ablenkte, dass sie noch nicht wieder aufgetaucht war.

Mit einem mulmigen Gefühl in der Magengegend nahm er sein Smartphone zur Hand, wählte ihre Nummer an und landete sofort auf der Mailbox. Das gefiel ihm erst recht nicht. Natürlich würde er sie keinesfalls einengen, doch er machte sich Sorgen. Irgendetwas sagte ihm, dass da was nicht stimmte.

Chase suchte die Telefonnummer des *Tailors Ink* heraus und rief dort an. Nach dem zweiten Klingeln vernahm er Jadas Stimme, die ihn fröhlich begrüßte. Allerdings klang sie eher aufgesetzt, als gelöst.

»Hey, ich bin es, Chase. Ist Fae noch bei euch?«, fiel er direkt mit der Tür ins Haus.

»Chase! Gut das du anrufst! Himmel! Fae ist bei den Bullen«, hörte er sie keuchen und war im nächsten Moment auf den Beinen.

»Was ist passiert!«, wollte er wissen, griff nach seiner Hose und zog sie sich umständlich an.

»Sie wurde überfallen. Drüben vor dem Daily Mart. So ein zugedröhnter Junkie wollte ihr die Handtasche klauen«, berichtete sie, was sein Herz nahezu zum Stillstand brachte.

»Ist sie verletzt?«, drang er auf sie ein.

»Nein, nichts passiert, sie ist lediglich ein wenig mitgenommen. Was tust du? Du klingst wie eine Dampflok.«

»Ich ziehe mich an. Welches Department?«

»Tai und Morris sind schon bei ihr, sie müssten eigentlich gleich wieder da sein.«

»Ich fahre trotzdem hin.«

»Chase, jetzt sei vernünftig. Deshalb wollte Fae auch nicht, dass wir dich informieren. Bleib daheim, sie ist bald bei dir«, versuchte Jada, ihn aufzuhalten, doch Chase hörte ihr überhaupt nicht zu. Für ihn gab es nur Fae und er würde ganz bestimmt nicht auf seiner Couch sitzen, während sie ihn brauchte.

»Sie wollte nicht, dass du mich anrufst? Na, der werde ich was erzählen«, maulte er, griff nach seinen Wagenschlüsseln und schwankte zur Tür hinaus.

Keine fünf Minuten später parkte er den Wagen vor dem Studio, wo beinahe zeitgleich Tais Minivan über die Kreuzung fuhr. Mit viel Mühe bugsierte sich Chase aus dem Porsche, hielt auf die Eingangstür zu und stolperte im gleichen Moment hinein, als Fae durch die Kellertür im Gang am anderen Ende des Flurs auftauchte.

»Baby«, rief er und wusste nicht, ob er sie vor Erleichterung in die Arme schließen oder ihr eine waschechte Standpauke halten sollte. Er entschied sich für Ersteres und zuckte vor Schmerzen zusammen, weil sie ihn so fest umarmte, dass seine Rippen sich meldeten. Das vergaß er jedoch sofort wieder, denn sie zu halten, war alles, was zählte.

»Was machst du hier?«, nuschelte sie gegen seine Brust, was ihn zum Lachen brachte.

»Das wollte ich dich gerade fragen. Wer wird denn hier überfallen und ausgeraubt?« Er schob sich mit ihr gemeinsam zu einem der Stühle, um sich zu setzen. Sobald er ihr Gesicht ohne Probleme erreichen konnte, küsste er sie, als gäbe es kein Morgen. Die Angst fiel von ihm ab und ließ ihn zittern. Vorsichtig setzte sie sich auf seinen Schoß und lehnte sich bei ihm an.

»Ich dachte mir, ich bringe dir ein paar Äpfel mit, bevor ich nach Hause fahre. Als ich den Einkaufswagen aus dem Häuschen geholt habe, tauchte plötzlich so ein Typ auf und quatschte mich voll. Ich wollte ihn stehen lassen, doch er ist mir gefolgt und schließlich griff er mich an«, berichtete sie, wobei sie auf Chase sehr gefasst wirkte.

»Und dann?«, hakte er nach.

»Hat sie ihm gezeigt, dass man sich mit ihr besser nicht anlegt«, fiel ihr Tai ins Wort. »Ich habe die Aufnahme der Überwachungskamera gesehen. Vor ihr müssen wir uns in Acht nehmen, Morris. Du ebenfalls Chase, die macht sogar dich platt.«

Voller Stolz grinste er sie an. »Hast du geschrien?«, wollte er wissen, was sie mit einem Nicken bestätigte.

»Und getreten habe ich ihn auch. Das Gefühl, dass ich nicht hilflos der Situation ausgeliefert bin, sondern aktiv dagegen angehen konnte, war wirklich gut.« Sie atmete tief durch und schmiegte sich wieder bei ihm an. »Ich bin nicht mehr schwach«, stellte sie klar und warf jedem der Männer einen finsteren Blick zu, der sie alle zum Lachen brachte.

Chase hätte seine kleine Fighterin am liebsten sofort zurück in die Wohnung gefahren, doch Fae wollte ein wenig länger bleiben und an der Tinte schnüffeln. Während sie den Arm eines Kunden verzierte, lehnte er sich gemütlich nach hinten und beobachtete sie dabei. Sein Herz quoll beinahe über vor Stolz. Seine Fae konnte sich wehren und hatte den Schatten, der auf ihr lastete, erfolgreich in die Flucht geschlagen.

Sein eigener wuchs indes an, wann immer er an den nächsten Kampf dachte. Eine Woche hatte er noch. Sieben Tage, dann würde er Yegor gegenübertreten müssen. Ken hatte bereits nach dem Fight gegen Boyd klar zum Ausdruck gebracht, wie egal ihm sein Zustand war. Die Gleichgültigkeit, mit der er die hinzugekommenen Verletzungen bedacht hatte, gab ihm zwar zu denken, dennoch hoffte er darauf, Ken davon zu überzeugen, den Kampf zu verschieben. Was brachte es ihm, wenn er das Leben seines besten Fighters aufs Spiel setzte? Dadurch wäre nun wahrlich nichts gewonnen.

Tucker meinte, dass Ken den Einbruch womöglich bemerkt haben könnte, was Chase jedoch nicht wirklich glaubte, denn wenn dies der Fall gewesen wäre, hätte er seine Schwäche längst ausgenutzt und Rufus bei ihm vorbeigeschickt. Ein besseres Opfer, als er es im Moment abgab, konnte dieser Bastard tatsächlich nicht finden.

»Ach, Chase?«, sagte Fae und riss ihn damit aus seinen dunklen Gedanken. Ihr Lächeln hätte der Sonne Konkurrenz machen können, aber er vermutete, dass sie es nur einsetzte, um ihm etwas abzuluchsen. Also nahm er sich in Acht vor ihr.

»Was denn, Baby?«, fragte er grinsend nach.

»Wo du schon mal da bist, könnten wir doch …«, flötete sie förmlich und legte ihre kleine Hand auf seine Brust, während sie ihren Po auf seinen Schoß schob.

»Hmm?«, brummte er und tätschelte ihren Hintern ein wenig.

»Dein Tattoo. Ich hatte die Vorlage gestern bereits mitgenommen, um sie zu übertragen. Wenn du magst, können wir direkt loslegen«, schlug sie vor, was Chase im ersten Moment überraschte. Als er jedoch darüber nachdachte, fand er die Idee gar nicht mal so schlecht.

In der Zeit, in der er es sich auf dem gut gepolsterten Stuhl bequem machte, bereitete Fae alles Weitere vor. Sie stellte mehrere kleine Töpfchen mit verschiedenfarbigen Tinten auf, rasierte seinen Arm, übertrug die Zeichnung und zückte ihren Pen.

»Dann legen wir mal los, mein *Superman*. Verwandeln wir dich in den Stählernen und sprengen deine Ketten«, erklärte sie und setzte die Nadel an. Chase war bereits seit Jahren einiges gewohnt, wenn es um Schmerzen aller Art ging, doch das Stechen der Tätowiernadel rang ihm sämtliche Selbstbeherrschung ab. Mehrmals stand er kurz vor dem Abbruch, biss allerdings die Zähne aufeinander und versuchte, es irgendwie durchzustehen.

»Wenn es nicht mehr geht, brechen wir für heute ab«, bot ihm Fae nicht zum ersten Mal an. Auch diesmal schüttelte er vehement mit dem Kopf.

»Mach weiter«, presste er hervor und hechelte gegen das brennende Gefühl an.

»Die stählerne Pussy, da schau mal einer an«, frotzelte Morris und fing sich einen erhobenen Mittelfinger von Chase ein. »Sieht gut aus. Das wird ein echtes Highlight auf unserer Homepage«, attestierte er und ging erneut an die Arbeit. Chase lenkte seinen Blick wieder auf Fae, die so konzentriert arbeitete, dass sie es nicht einmal zu bemerken schien.

Es gefiel ihm, wie sie ihre Unterlippe zwischen die Zähne zog, wenn sie eine schwierigere Farbpassage auftragen musste. Auf ihn wirkte es, als wäre sie direkt mit dem Tattoo verbunden und nahm Anteil an seiner persönlichen Verwandlung.

Jedes Mal, wenn eine der Narben unter der Tinte verschwand, löste sich eines der Kettenglieder, die ihn innerlich gefangen gehalten hatten und ließ ihn freier atmen. Dennoch wusste er, dass es mehr benötigte als ein wenig Farbe, um ihn ein Leben lang auf Kurs zu halten. Dafür brauchte er Fae. Seinen Leuchtturm in der Dunkelheit, seinen Fixstern, nach dem er seinen Weg ausrichten konnte.

Sie setzte die Nadel kurz ab, um ihm überschüssige Tinte von der Haut zu wischen. Chase nutzte die Zeit, um ihre Hand zu streicheln, und sie schenkte ihm ein Lächeln. Was er jedoch auf ihrer Haut, versteckt unter einem bunten Tattoo spürte, ließ seine Alarmglocken schrillen.

Fae schien es bemerkt zu haben und versuchte ihm ihre Finger zu entziehen.

»Was hast du da?«, fragte er nach. Sie schlug die Augen nieder und seufzte.

»Es ist … es ist nichts.«

»Baby, versteck dich nicht vor mir, bitte«, murmelte er, damit die anderen Kunden nichts von ihrem Gespräch mitbekamen. Fae holte tief Luft und schloss einen Augenblick die Lider.

»Das war Jasper. Er hat meine Hand ziemlich übel zertrümmert. Die Narben sind von den Operationen, die gemacht werden mussten, um sie wiederherzustellen. Zum Glück funktioniert alles, na ja, bis auf den kleinen Finger«, wisperte sie und er konnte Tränen in ihren Augen schwimmen sehen.

Chase ahnte, dass ihr diese Offenbarung sehr schwergefallen sein musste. Immerhin hatte sie Tai eine ganz andere Geschichte erzählt. Womöglich wusste keiner von den übrigen Crew-Mitgliedern, außer vielleicht Nate, was Fae zugestoßen war und wer wirklich hinter ihrem Weggang aus Chicago steckte.

Er fühlte, dass jetzt der richtige Moment war, um auch ihr gegenüber vollkommen ehrlich zu sein. Chase drehte seinen Arm vorsichtig in ihren Händen und deutete ihr mit dem Kinn an, sein Tattoo, welches ihm Morris vor einigen Wochen gestochen hatte, näher anzusehen. Sie tat es, glitt mit ihren Fingern darüber und erstarrte. Es dauerte eine gefühlte Ewigkeit, bis sie ihm wieder in die Augen schauen konnte. In ihrem Blick las er Trauer, Angst und etwas für ihn nur schwer Deutbares ab.

»Warum?«, fragte sie und wischte sich eine hervorquellende Träne von der Wange.

»Weil ich es nicht mehr ausgehalten habe. Der Druck war zu groß, ich bin innerlich kaputt gegangen.« Er konnte nicht erkennen, was die Offenlegung seiner Seelenqualen in ihr auslöste. Womöglich war es doch keine so gute Idee gewesen, ihr hier, zwischen all diesen Menschen, seinen Selbstmordversuch zu gestehen. Als sie seine Hand jedoch ergriff, die Stelle an seinem Puls küsste und danach ihr Gesicht gegen seine Handfläche schmiegte, zerriss es Chase.

Jede Faser seines Körpers schien sich zu reinigen. In seinem Kopf dröhnte es, seine Brust dehnte sich aus und seine Muskeln erbebten. Von seinem Herzen aus wurde alles mit Wärme geflutet. Als Fae dann auch noch eine Hand an seine Wange legte und mit ihrem Mund ganz nah an sein Ohr kam, stand die Zeit für ihn kurz still.

»Ich liebe dich, mit all deinen Narben«, flüsterte sie und küsste seine Wange. Sie entfernte sich etwas von ihm, nicht viel, nur so weit, dass sich ihre Nasenspitze direkt vor seiner befand. Nun konnte Chase erkennen, was der für ihn zuvor undefinierbare Ausdruck in ihren wundervollen grünen Augen bedeutete. Es war Liebe.

Vorsichtig griff er nach ihrer Hand, platzierte sie über seinem Herzen und lehnte sich, soweit es seine Rippen zuließen, nach vorn.

»Ich liebe dich auch, Feodora.« Sie schniefte und schien gegen einen Kloß in ihrer Kehle anzukämpfen. »Für mich bist du perfekt.« Seine Worte brachten sie dazu, ihm ein Lächeln zu schenken, welches Chase nur zu gern für die Ewigkeit festgehalten hätte. Als jedoch sein Handy zu klingeln begann, verschwand es und stattdessen legte sich ein misstrauischer Ausdruck auf ihre elfenhaften Züge.

Chase zog sein Smartphone aus der Hosentasche und verzog das Gesicht, da es Ken war, der mit ihm sprechen wollte.

»Geh nicht ran«, forderte sie, doch er konnte ihn nicht einfach wegdrücken.

»Hey Boss, was gibt es?«, tönte er und hörte ihn am anderen Ende schnauben.

»Wenn deine kleine Tattoo-Maus mit dir fertig ist, beweg deinen Arsch zu *mir* nach Hause. Wir müssen über den Kampf reden«, blaffte Ken und legte sofort wieder auf. Faes Blick hatte sich nicht wirklich gebessert, im Gegenteil, es sah so aus, als wäre sie richtiggehend angewidert.

»Was wollte der Idiot?«, hakte sie nach und setzte die Nadel erneut an.

»Ich soll vorbeikommen.«

»Wieso? Du bist verletzt und arbeitsunfähig! Was will er von dir?«, bohrte sie weiter und Chase ahnte, dass ihn ein richtiges Donnerwetter erwarten würde, sollte sie von dem in einer Woche anstehenden Fight erfahren.

»Nichts Wichtiges. Es wird auch nicht lange dauern. Ich fahre kurz bei ihm vorbei, dann hole ich dich hier ab, okay?«, schlug er vor und wartete ungeduldig, bis sie endlich einlenkte.

»Na gut, von mir aus. Aber wehe, es steckt ein Kampf dahinter!«, schnaubte sie und drohte ihm mit dem Pen, ehe sie sich wieder auf sein Tattoo konzentrierte.

Er fuhr ruhig die Straße entlang, während im Autoradio davon berichtet wurde, dass man bei Löscharbeiten, die wegen der wütenden Waldbrände in den Bergen Richtung Pasadena stattfanden, eine weibliche Leiche gefunden hatte.

Chase nahm den Bericht nur am Rande wahr, denn er konnte noch immer nicht glauben, dass sein Arm nun von dieser fantastischen Tätowierung geziert wurde. Zwar lag ein Verband über den frisch gestochenen

Partien, doch er wusste genau, wie es aussah und würde sich nie daran sattsehen können. Fae hatte ganze Arbeit geleistet und es nahezu komplett fertiggestellt. Lediglich die Schattierungen musste sie noch nachziehen, was sie allerdings auf eine Sitzung in einigen Wochen verschieben wollte. Erstmal sollte alles abheilen, dann würde es weitergehen.

Vor dem Haus im de Mille Drive, was Ken zu Tais Ärger noch immer nicht verlassen hatte, stellte er den Porsche ab und ging zur Tür. Erst nach dem dritten Klingeln wurde ihm geöffnet und Cassandra wirkte dabei völlig durch den Wind.

»Chase, komm rein. Er ist oben, aber …«, brachte sie niedergeschlagen klingend hervor und schniefte währenddessen sogar mehrfach.

»Was ist los?«, fragte er und musterte sie eindringlich. Ihre blauen Augen waren gerötet, sie hatte definitiv geweint. Er wusste, dass Ken mit ihr nicht gerade zimperlich umging. Nicht nur einmal war er Zeuge, wie Ken sie anherrschte oder rude herumbugsierte. War er etwa noch einen Schritt weitergegangen und hatte sie geschlagen?

»Hat er dich …«, wollte er wissen und biss die Zähne aufeinander, dass es in seinem Kiefergelenk knackte.

»Nein, nein! Es geht um meine Schwester, Tamara. Sie ist bereits seit Tagen verschwunden. Ich mache mir solche Sorgen. Hast du sie vielleicht gesehen?«, brachte sie tränenerstickt hervor, doch Chase konnte ihr leider nicht helfen und von dem letzten Mal, als er sie gesehen hatte, wollte er ihr lieber nichts erzählen.

»Sorry, keine Ahnung. Ich kann mich aber mal umhören, okay?«, bot er an, was ihr ein zögerliches Lächeln abrang.

»Jetzt hör auf, rumzuheulen! Ich sage dir nicht zum ersten Mal, dass sich die kleine Zecke verpisst hat. Wurde auch Zeit, wenn du mich fragst. Sie hat uns lange genug ausgesaugt. Chase! Komm hoch«, blaffte Ken vom oberen Treppenabsatz zu ihnen herunter, drehte sich um und verschwand wieder im Gang.

Cassandra schniefte und schlug die Hände vors Gesicht. Chase hätte sie gern getröstet und ihr Mut zugesprochen, doch sie wandte sich ab und lief davon, bevor er etwas sagen konnte. Ken besaß wirklich keinerlei Feingefühl. Kopfschüttelnd erklomm er die Treppe und betrat das Büro, in welchem, wie bei seinem Einbruch, lediglich die kleine Schreibtischlampe brannte. Von Rufus war weit und breit nichts zu sehen, was Chase verwunderte.

»Boss«, begrüßte er Ken.

»Was machen die Rippen?«, erkundigte er sich direkt.

»Sind noch nicht verheilt. Der Doc sagt, mindestens weitere drei bis vier Wochen, vorher sollte ich nicht mal im Traum an ein Training oder auch nur an Fight denken«, log er.

»Verdammt. Tja, dann musst du wohl die Zähne zusammenbeißen. Und bevor du auch noch zu winseln anfängst, ich habe wirklich versucht, den Kampf zu verschieben. Leider ohne Erfolg. In einer Woche trittst du Yegor im Käfig gegenüber«, erklärte er und versetzte Chase damit einen Schlag in die Eingeweide, der ihn beinahe in die Knie gehen ließ.

»Boss, ich … das ist Selbstmord. Ich kann kaum stehen, geschweige denn tief durchatmen«, wandte er ein und hoffte wenigstens auf einen Hauch Verständnis, wenn er schon kein Mitgefühl erwarten konnte.

Ken schüttelte jedoch mit dem Kopf. »Igor hat es so festgelegt. Wahrscheinlich steckt er mit Nazar oder gar

Artem unter einer Decke. Das ist alles eine Scheiße«, rief er und warf die Hände in die Luft. Chase fühlte sich, als würde man ihm den Boden unter den Füßen wegziehen. Ihm wurde speiübel. »Du siehst aus, als ob du gleich kotzt. Nutze die Woche noch aus, versuch, dich vorzubereiten und vor dem Kampf wirfst du dir ein Dose Schmerztabletten ein, dann wird das schon. Außerdem, Runde eins ist besser, denke ich, auch wenn die Quoten echt beschissen sein werden«, murrte er und deutete auf die Bürotür, um ihm zu verstehen zu geben, dass er wieder verschwinden sollte.

Wie in Trance stieg er die Stufen hinab, setzte sich in seinen Wagen und fuhr zurück zum Studio. Fae merkte sofort, dass etwas nicht stimmte, doch er schob es auf die Anstrengung und überließ ihr das Steuer. Die Fahrt in sein Apartment dauerte ewig. Fae schwieg, worüber er sehr dankbar war. Ziellos starrte er aus dem Seitenfenster. Eine Woche hatte er noch. Sieben Tage.

Er fühlte sich, als würde er auf seine Hinrichtung zusteuern und ahnte, dass es genau darauf hinauslaufen würde. Yegor würde ihn umbringen.

Kapitel 24

Fae

Irgendetwas stimmte nicht mit Chase. Seit einer Woche wirkte er jedes Mal, wenn er glaubte, sie würde es nicht mitbekommen, wie ein Zombie. Mehr als einmal hatte sie ihn dabei erwischt, wie er einfach vor sich hinstarrte und zum Teil nicht mal reagierte, wenn sie ihn ansprach. Zudem klammerte er sich an ihr fest, als würde morgen die Welt untergehen.

Fae glaubte, zu wissen, dass es etwas mit Ken zu tun haben musste. Immerhin verhielt sich Chase so daneben, seit er zu diesem Misthaufen gefahren war. Hatte er ihm womöglich gekündigt oder, was weitaus schlimmer wäre, ihn zu einem weiteren Kampf genötigt?

»Channing Parker Samuels, ich möchte, dass du mir sagst, was dich bedrückt. Es macht mich wahnsinnig, dir dabei zuzusehen, wie du Löcher in die Wände starrst«, forderte sie und stellte einen Teller mit einem Stück köstlich duftender Lasagne vor ihm ab.

Sein Kopf zuckte herum und er blickte schockiert zu ihr auf.

»Ehrlich? Voller Name?«, erwiderte er tonlos, was Fae schnauben ließ.

»Ja, ehrlich und jetzt raus mit der Sprache«, drängte sie weiter. Dummerweise besaß Chase einen richtigen Betonschädel. Seine Sturheit war kaum zu überbieten. Frustriert warf sie das Geschirrtuch nach ihm, was mitten in seinem Gesicht landete, ohne, dass er auch nur den Versuch unternommen hätte, es aufzufangen.

Er ließ den Kopf hängen und atmete tief durch, bevor er sich zu ihr beugte und nach ihrer Hand griff.

»Komm her«, bat er halblaut und Fae ließ es zu, dass er sie auf seinen Schoß zog. Sie lehnte ihre Stirn an seiner Schläfe an, horchte auf seine regelmäßigen Atemzüge und wartete.

»Er wollte einen weiteren Kampf.« Sie traute ihren Ohren kaum, versteifte sich und sog scharf die Luft durch die Nase ein.

»Du hast ihm hoffentlich gesagt, dass er sich das abschminken kann, oder?«, rief sie schrill und suchte in seinem sich langsam tiefrot färbenden Gesicht nach Anzeichen dafür.

»Ich …«, setzte er an. Das genügte, sie wusste genau, was passiert war.

»Chase! Verdammt!«, stieß sie hervor und sprang von seinem Schoß herunter.

»Fae, du verstehst das nicht. Das Kämpfen … ich brauche es. Es macht mich aus, es definiert mich«, versuchte er, zu argumentieren, doch für Fae klang es eher nach einer Ausflucht, einer Lüge.

»Nenne mir nur einen vernünftigen Grund dafür, dass es dich als Person definiert, wenn du in einen verfluchten Käfig steigst, um dich zu prügeln!«, zischte sie und hätte ihm am liebsten den Hals umgedreht.

»Weil ich ein Nichts bin! Ohne das Kämpfen weiß ich nicht, wer ich bin. Die Fights geben meinem Leben eine Richtung. Was habe ich sonst? Wer bin ich ohne all das? Mein Vater hatte Recht, ich bin zu dumm, um was Anständiges aus mir zu machen«, schoss er zurück und schockte Fae damit bis ins Mark.

»Dein Vater?«, rief sie schrill. »Der heroin- und spielsüchtige Mistkerl, der dich windelweich geprügelt hat? Der hat dir diesen Scheiß eingeredet?« Chase blickte zu Boden. Sie konnte sehen, wie er mit den Fingerspitzen seiner rechten Hand an den Narben seines Handgelenks zupfte. Zudem zitterte er und schien nur mehr körperlich anwesend zu sein.

»Du bist so viel mehr, Channing«, versuchte sie, zu ihm durchzudringen, setzte sich wieder auf seine Beine und nahm seine linke Hand. »Du bist mein Felsen, mein Trainer, der Mann, der mich zum Lachen bringt und mich gegen meine Ängste kämpfen lässt.«

Sie konnte hören, wie er schluckte, aber anschließend schüttelte er leicht mit dem Kopf.

»Ich habe nichts, wenn ich nicht fighten kann. Wo soll ich mit all meinem Schmerz hin?« Tränen standen in seinen Augen, während er schniefte und seine Stirn an ihrer Schulter anlehnte.

»Dann redest du mit mir und wir finden gemeinsam ein Ventil. Ich bin für dich da, immer. Du hast mich und mein Herz gehört dir«, flüsterte sie ihm ins Ohr und fühlte, wie er bei ihren Worten erschauerte. »Ist das denn nichts?«

»Doch! Du hast Recht, das ist mehr, als ich jemals zu träumen gewagt hätte. Und ich habe oft von dir geträumt«, gestand er ihr und probierte sich an einem Lächeln. Seine Mundwinkel zuckten etwas nach oben, aber seine bedrückte Stimmung hellte sich nicht wirklich auf.

Fae nahm sein Gesicht in ihre Hände, küsste ihn zärtlich und freute sich, als sie seine Finger an ihren Hüften spürte. Er intensivierte von sich aus den Kuss, glitt mit seinen Händen unter ihr Shirt und half ihr dabei, sich rittlings auf seine Oberschenkel zu setzen.

Es war egal, dass das Essen kalt wurde, in diesem Moment waren alle Sorgen weit fort und Ken konnte sich zum Teufel scheren. Hier waren nur sie beide und all die wundervollen Gefühle, die Chase in ihr zu neuem Leben erweckt hatte.

Ihre Finger fuhren über seine Brust hinab zum Saum seines Oberteils. Sie zog es ihm aus und warf es achtlos zur Seite. Seine Rippen waren noch immer bandagiert, weshalb sie vorsichtig sein mussten, aber er war längst nicht mehr so ein Wrack wie vor zwei Wochen. Und so, wie sich die Beule in seiner Hose anfühlte, war er zumindest in diesem Bereich wieder voll einsatzbereit.

Chase knabberte an ihren Lippen, schob ihr Top samt ihrem BH nach oben. Er ließ sich Zeit, knetete ihre Brüste und ihren Po, bis Fae beinahe zerfloss. Sie wollte ihn tief in sich spüren, mit ihm verbunden sein.

»Lass uns hinauf gehen«, raunte sie ihm zu, was er mit einem dunklen Brummen absegnete und nach ihrer Hand griff. Gemeinsam nahmen sie die Stufen zum Schlafzimmer. Vor seinem Bett angekommen zog sie erst ihm, dann sich die Hose aus. Chase stöhnte auf, als sie ihn sanft nach unten drückte, um ihm anzudeuten, dass er sich auf den Rücken legen sollte.

Aus dem Nachtschrank holte sie ein Kondom hervor, rollte es über seinen auf seinem Bauch liegenden Schwanz und setzte sich auf seine Oberschenkel.

»Baby, komm näher, ich will dich küssen«, bat er und streckte seine Arme nach ihr aus. Fae beugte sich hinunter, presste ihre Lippen auf seine und fühlte, wie er sie gegen seinen Brustkorb drücken wollte.

»Nicht, deine Rippen«, wandte sie ein, was er mit einem Murren bedachte, ehe er sich stattdessen ihren Brüsten widmete. Fae genoss seine Berührungen, bog sich ihm entgegen und glitt gemächlich weiter nach vorne, bis ihre glühende Mitte direkt über seinem Schaft angekommen war. Sie hob ihr Becken, setzte die Spitze an ihren Eingang und ließ sich, begleitet von Chase' Stöhnen, darauf nieder.

Immer wieder flüsterte er ihren Namen, streichelte und küsste sie, während Fae das Tempo übernahm. Erst ganz langsam, doch als sie es nicht länger aushielt, wurden ihre Bewegungen fordernder. Sobald sie spürte, dass Chase ihr von unten entgegenkam, begann sie, mit ihrem Becken zu rollen, was ganz offensichtlich seine Selbstbeherrschung auf eine harte Probe stellte. Er verdrehte die Augen, stöhnte laut auf und überließ ihr rasch wieder die Führung.

Doch auch bei Fae zeigten diese intensiven Bewegungen Wirkung. Sie schwebte und mit jedem vollendeten Kreisen brachte sie sich der Erlösung einen Schritt näher. Ihm schien es ähnlich zu ergehen, denn er verzog das Gesicht dermaßen angestrengt, dass sie den Eindruck bekam, er würde vor Schmerzen umkommen. Dem war jedoch nicht so, stattdessen brüllte er seinen Höhepunkt in dem Augenblick heraus, in dem auch Fae davon durchgeschüttelt wurde.

Kraftlos sank sie neben ihm auf die Matratze und zitterte am gesamten Leib.

»Ich liebe dich, Feodora«, flüsterte er ihr zu und zog sie gegen seine Seite.

»Und ich liebe dich, Channing Parker«, erwiderte sie und küsste seine Brust, während sie ihren Kopf auf seiner Schulter ablegte. Für einen Moment glaubte sie, er würde sie mit seinen Augen verschlingen wollen, so intensiv sah er sie an. Es schien ihr, als ob er sich jeden Millimeter ihres Gesichts ganz genau einprägen wollte.

»Ruh dich ein wenig aus, Baby. Ich komme langsam wieder zu Kräften«, feixte er und zwinkerte ihr zu, bevor er seinen Blick zur Decke richtete und damit Löcher hineinbohrte.

Als sie aufwachte, wusste sie sofort, dass etwas nicht stimmte. Chase lag nicht mehr neben ihr und sie konnte ihn weder im Bad, noch unten im Wohnzimmer finden. Als sie seine Wagenschlüssel an ihrem angestammten Platz auf der Kücheninsel vorfand, wollte sie zuerst aufatmen, aber dann sah sie, dass seine Sporttasche fehlte.

Angst kroch durch ihren Körper. Er war doch nicht etwa …? Fae griff zum Telefon, wählte Tuckers Nummer an, erreichte jedoch lediglich die Mailbox. Wenn es heute Nacht einen Kampf gab, würde er es mit Sicherheit wissen. Sie schnappte sich ihre Autoschlüssel und eilte zu ihrem Chevy.

Als sie in Richtung Los Angeles River fuhr, versuchte sie weiter ohne Erfolg, Tucker zu erreichen. Je näher sie der Lagerhalle kam, an der sie Chase aufgesammelt hatte, desto mehr dicke Fahrzeuge und Motorräder überholten sie.

Ihre Gedanken liefen Amok. Fae malte sich bereits die schlimmsten Horrorszenarien aus, sah ihn blutend und mit leerem Blick auf dem Boden liegen, während sein Gegner über ihm die Fäuste gen Himmel reckte. Das Blut gefror ihr in den Adern.

Chase war nicht einmal fit genug, den Müll runterzutragen, wie sollte er da bitte einen Käfig-Kampf bestreiten? Mit quietschenden Reifen kam sie an der Zufahrt zur Halle zum Stehen. Vor dem Tor standen mehrere, ziemlich fies aussehende Gestalten, die nicht den Eindruck erweckten, als würden sie sie durchlassen wollen. Einer der Männer, dessen kantiger Kiefer sich nach vorn schob, beugte sich zu ihr nach unten. Fae rutschte das Herz in die Hose und sie glaubte, sich in ihrem schlimmsten Albtraum zu befinden.

»Bist spät dran«, nuschelte er mit einem breiten russischen Akzent, richtete sich auf und gab seinen

Kollegen mit einer Handbewegung zu verstehen, dass sie passieren durfte.

Fae wollte nicht fragen, wieso man ihr so einfach Zutritt gewährte, sie trat aufs Gas und parkte den Chevy so nahe wie möglich vor dem Eingang. Sie lief, ohne auf ihre Umgebung zu achten, auf ein offenstehendes Tor zu, vor dem mehrere, laut lachende Kerle in vereinzelten Gruppen herumstanden. Einige von ihnen pfiffen, sobald sie an ihnen vorbei kam, andere beäugten sie lediglich gierig und leckten sich die Lippen.

»Hey, Süße. Mein Schwanz braucht mal wieder ne kleine Pussy! Komm rüber«, rief ihr einer hinterher, aber das war ihr alles egal. Sie musste Chase oder zumindest Tucker finden und verhindern, dass dieser Wahnsinnige sich in Lebensgefahr begab. Danach würde sie Chase eigenhändig kaltmachen und seine Leiche in den Hills verscharren. Wie konnte er ihr das nur antun?

Sobald sie im Inneren der Halle war, blickte sie sich panisch um. In der Nähe eines Betonpfeilers entdeckte sie ein paar von Tuckers Männern und hielt schnurstracks auf sie zu.

»Wo ist euer Boss? Wo ist Tucker?«, forderte sie, zu erfahren, die Biker starrten sie allerdings allesamt mit hochgezogenen Augenbrauen an, statt ihr zu antworten.

»Püppchen, steig zu mir auf meinen Bock, dann bring ich dich zu ihm«, erklärte einer der Kerle und grinste sie dabei höhnisch an.

»Vorsicht!«, blaffte sie. »Ich arbeite für Tai und solltest du jemals auf meinem Stuhl landen, tätowiere ich dir das Wort Wichser einmal quer über deinen Quadratschädel!«

Ihre Ansage schien Wirkung zu zeigen. Vielleicht lag es auch nur daran, dass sie Tai erwähnt hatte, denn plötzlich wurden sie alle ruhig und beäugten sie kritisch.

»Ich hole ihn. Warte hier«, sagte der Möchtegern-Macho und verschwand. Fae blickte sich erneut suchend um und hoffte darauf, Chase irgendwo entdecken zu können. Fehlanzeige.

»War Chase schon im Käfig?«, wollte sie von einem der Männer wissen, dessen Antwort lediglich aus einem Kopfschütteln bestand. Sie atmete auf. »Wo kann ich ihn finden, wenn er sich vorbereitet?«, bohrte sie nach, doch der Typ schien ihr nicht weiter helfen zu wollen. Frustriert stampfte sie mit dem Fuß auf und wollte auf die Suche gehen, als sich eine große Hand grob um ihren Oberarm legte.

»Hiergeblieben«, knurrte der Typ und zog sie neben sich. Fae überlegte, ob sie an ihm ihre neu erlernten Selbstverteidigungstechniken ausprobieren könnte, ließ es jedoch besser bleiben. So massiv, wie der Kerl gebaut war, hätte sie sich bei dem Versuch womöglich nur selbst verletzt.

Ihr Herz raste, ihre Hände und Füße fühlten sich wie Eisklumpen an und ihr Magen stand mehr als einmal kurz davor, sich umzudrehen.

Dann plötzlich wurden Rufe laut und ein Raunen ging durch die Menge, die sich rund um den Käfig, der bis eben verwaist mitten in der Halle gestanden hatte, zusammenzog.

»Yegor!«, skandierten einige und reckten ihre Fäuste in die Luft. Die Rufe wurden immer ohrenbetäubender, bis sich aus einem der an der Wand stehenden Trailer ein fast zwei Meter großer Kerl herausschälte. Fae schluckte trocken. Dieses Monster strotzte nur so vor Brutalität. Allein bei seinem Anblick wollte sie sich am liebsten irgendwo verkriechen. In seinen Augen stand die pure Mordlust.

Sie ahnte, wer gleich aus dem anderen Trailer steigen würde. Vor allem, als zahlreiche der Anwesenden seinen Namen riefen, rutschte ihr das Herz endgültig in die Hose.

»Chase!«, brüllten sie im Chor, bis es in ihren Ohren dröhnte.

»Fuck, Mädel! Was tust du hier?«, hörte sie Tucker neben sich knurren. Er griff sie rüde am Arm und wollte sie zum Ausgang zerren, doch Fae riss sich los.

»Tu was!«, schrie sie ihm ins Gesicht und packte ihn an der Kutte. Dabei rutschte ein weißes Handtuch, welches er darunter verborgen hielt, hervor und fiel beinahe zu Boden. Bevor es im Staub landete, fing er es auf und schob es, sich dabei umsehend, zurück unter das Leder. »Der Typ bringt ihn um!«

Tucker holte tief Luft und blickte an ihr vorbei in Richtung Käfig, dann zu dem Kerl, der sie zuvor festgehalten hatte.

»Schaff sie weg. Besser, wenn sie das nicht mit ansieht«, grollte er und löste ihre Hände mit einem schmerzhaften Griff an ihren Handgelenken.

»Tucker!«, brüllte sie, während der Typ sie schnappte und sich einfach unter den Arm klemmte, als wäre sie ein kleines Kind.

»Chase! Chase! Chase!«, rief die Menge. Fae strampelte, schlug um sich, biss und kratzte den Mann, der sie eisern festhielt. Als er sie, um mit ihr durch die Öffnung im Tor zu steigen, unter seinem Arm hervorholte, nutzte sie ihre Chance und trat ihm mit voller Kraft zwischen die Beine.

Mit einem undefinierbaren Laut sackte er auf die Knie und ließ von ihr ab. Fae achtete nicht weiter auf ihn, sondern sprintete in Richtung Käfig davon. Genau in diesem Moment flog die Tür des Trailers auf und Chase wankte, flankiert von Ken und Rufus, auf ihn zu. Die Menge brüllte markerschütternd, doch das interessierte sie nicht. Sie musste ihn erreichen, bevor er dort hineinsteigen konnte. Sie musste es schaffen, egal wie.

Kapitel 25

Chase

Er brauchte keine Klinge, nur ihr Gesicht. Sie heilte ihn, hatte ihm gezeigt, dass da mehr war als Schmerz und Kampf. Fae hatte Recht gehabt. All das hier definierte ihn nicht, sondern einzig die Dinge, die er fühlte, wenn er mit ihr zusammen war. Doch dafür war es nun zu spät.

Chase hatte sich richtiggehend von ihr losreißen müssen, als sie neben ihm geschlafen und dabei so entspannt und glücklich gewirkt hatte. Sein Herz hatte sich zusammengekrampft, während er die Tür hinter sich zugezogen und ein Taxi bestiegen hatte, welches ihn zur Lagerhalle fuhr.

Das war vor drei Stunden gewesen und er nahm an, dass sie mittlerweile aufgewacht war und sein Verschwinden bemerkt hatte. Hoffentlich kam sie nicht auf die wahnsinnige Idee, hier aufzutauchen. Er kannte Fae zwischenzeitlich gut genug, um zu wissen, dass sie durchaus dazu imstande sein würde.

Wenn es darauf ankam, dann war nämlich sie die wahre Kämpferin und er lediglich ein Schisser, der sich in die Hosen machte. Ein echter Loser eben.

Die Tür des Trailers öffnete sich und Ken betrat den kleinen Raum, gefolgt von Rufus, der direkt an der Tür stehenblieb und sie damit blockierte.

»Siehst fit aus«, merkte er spöttisch an, beugte sich nach vorn und sah ihm ohne nennenswerte Regung ins Gesicht. Chase starrte zurück, bis er eine Bewegung bemerkte, aber zu langsam war, um reagieren zu können. Ken hatte ihm das Smartphone aus der neben Chase auf der Bank stehenden Tasche gefischt und steckte es sich triumphierend grinsend in die Hosentasche.

»Heute ist Fight-Night«, knurrte er und trat ganz nah an ihn heran, als ob er sicherstellen wollte, dass Chase ihn auch ja hören konnte. »Glaubst du wirklich, dass ich nicht merke, wenn sich jemand an meinen Sachen zu schaffen macht?«, zischte er und sorgte damit dafür, dass sich ihm der Magen umdrehte.

»Mal ganz davon abgesehen, dass ich genau wusste, wo ich meinen Schlüssel verloren hatte, tauchte er urplötzlich im Club auf. Ein Wunder? Nein, garantiert nicht. Der Unfallbericht ist mir scheißegal, dass du Made mich hintergangen hast, jedoch nicht. Die Wetten laufen heute nicht auf Sieg oder Niederlage«, stellte er mit kalter Stimme klar und verzog sein Gesicht zu einer teuflischen Grimasse.

»Ich habe mit Artem und Igor gesprochen. Heute dreht es sich vielmehr darum, *wie* Yegor dich kaltmacht. Ich habe ein hübsches Sümmchen darauf gewettet, dass er dir das Genick bricht. Wobei, wenn ich dich so ansehe, wird er dir wahrscheinlich gleich den ganzen Kopf abreißen. Wie dem auch sei, eines wird nach heute Nacht klar sein, mich betrügt niemand! Du hast versucht, dem falschen Mann ans Bein zu pinkeln. Rufus? Los geht es! Schaffen wir ihn raus«, blaffte Ken und lachte leise, während Rufus Chase am Oberarm packte und aus dem Trailer durch die bereits tobende Menschenmenge zum Käfig zerrte.

Alles um ihn herum verschwamm zu einem einzigen Brei aus Farben. Er konnte weder Gesichter ausmachen, noch wusste er exakt, wo er sich befand. Erst, als die Maschen des Gitters vor ihm auftauchten, begriff er, dass das Ende nahe war. Fae! Er bemühte sich verzweifelt, ihr

Antlitz in seinem Gedächtnis zu finden. Wo war sie nur? Fae?!

Für einen Moment glaubte er, ihre Stimme zu hören. Sie übertönte das Gebrüll, doch das konnte nicht sein. Seine Rippen schmerzten bestialisch. Er hatte den Verband abgemacht, um besser atmen zu können, und damit das genaue Gegenteil bewirkt. In seiner Seite stach es, als hätte Rufus ihm eines seiner Messer hineingerammt.

Fae? Wo war die Erinnerung, die er vorhin, als er neben ihr im Bett lag, so inbrünstig in seinem Hirn hatte speichern wollen? Ihr Gesicht sollte das letzte sein, was er sah. Er brauchte sie jetzt.

Yegor griente ihn an, bleckte seine fauligen Zähne und spuckte vor ihm auf den staubigen Boden.

»Du bist tot«, spie er ihm mit seinem breiten russischen Akzent entgegen. Chase nickte. Ken, dieser Bastard. Natürlich hatte er ihn eiskalt hereingelegt und sogar seine Verletzung zu seinem Vorteil ausgenutzt. Wäre es nicht so schmerzhaft, er hätte gelacht.

Wie damals, als ihn die Bullys jagten oder sein Vater ihn zu Hause verprügelte, fühlte Chase nur noch eines in sich, Einsamkeit. Die Leere füllte seine Seele und zerriss sie Stück für Stück. Schmerz. Er würde es erträglich machen. Gleich. Und dann würde er es auch schaffen Fae ein letztes Mal zu sehen.

Chase blickte Yegor in dessen blutunterlaufene Augen und straffte sich. Der Kampf würde jeden Moment beginnen. Der Gong ertönte. Die Menge johlte. Der Russe marschierte auf ihn zu, war bereits in der Mitte des Käfigs, als plötzlich aus dem Nichts heraus ein weißes Frotteehandtuch über den Rand des Zauns segelte und genau zwischen Chase und Yegor auf dem Boden landete.

Sein Kontrahent stockte in der Bewegung, starrte zu dem Handtuch, dann hinüber zu seinem Boss Igor, der sich ebenfalls verwirrt umschaute. Woher war das Signal für den Kampfabbruch gekommen? Ken und Rufus befanden sich hinter ihm, von ihnen konnte es somit nicht geworfen worden sein.

»Wer war das?«, brüllte jemand und erst jetzt nahm Chase den Tumult, der außerhalb des Käfigs herrschte wahr. Männer schrien sich an, einige zogen ihre Knarren, andere prügelten sich. Was zum Teufel ging hier vor sich?

»Chase!«, gellte Faes Schrei durch das Chaos. Er fuhr herum. Sie stand neben dem Maschendrahtzaun und rüttelte wie eine Wahnsinnige an der Tür. Dummerweise hatte nicht nur er sie bemerkt, sondern auch Ken. Er und Rufus schoben sich durch die Menge direkt auf sie zu. Mit zwei Schritten war Chase bei ihr, doch sie war zu aufgelöst, um das Schloss entriegeln zu können.

»Was soll die Scheiße, Desmond?«, hörte er Tucker, der Ken am Kragen packte und ihm die Faust mitten ins Gesicht rammte. Fae schaffte es indes, die Tür zu öffnen, half ihm aus dem Käfig und zog ihn, dabei Tränen der Erleichterung vergießend, zum Ausgang. Chase hielt sie jedoch auf.

»Meine Klamotten sind noch im Trailer«, rief er ihr über den nach wie vor tobenden Tumult hinweg zu.

»Scheiß drauf!«, erwiderte sie und zerrte ihn brüsk mit sich, bis sie aus der Halle draußen waren. Auch dort herrschte allgemeines Chaos. Die Biker prügelten sich mit den Russen. Mitglieder der ukrainischen Familie mischten ebenfalls munter mit. Jeder schlug irgendwie auf jeden ein, was ihnen die Chance bot, in Faes Chevy zu steigen und das Weite zu suchen.

»Gib Gas, Baby!«, brachte er stöhnend hervor, da er in dem engen Kleinwagen nur sehr zusammengekrümmt sitzen konnte.

»Versuch ich ja! Das Ding fährt nicht schneller!«, motzte sie und warf ihm giftige Blicke zu. Chase wurde bewusst, dass ihm ein noch größerer und wahrscheinlich weitaus gefährlicherer Kampf bevorstand, als der, dem er eben mit viel Glück entkommen war. Wer auch immer das Handtuch geworfen hatte, rettete ihm damit das Leben.

Er lachte auf und krümmte sich erneut.

»Du bist so ein Idiot!«, fauchte sie.

»Ich weiß, Baby. Ich weiß«, murmelte er und beobachtete sie, während sie den Chevy an dessen Grenzen brachte.

»Denkst du, das Ganze hat ein Nachspiel?«, fragte sie nach einer Weile.

»Wenn ja, dann eher für Ken und denjenigen, der den Fight abgebrochen hat«, erwiderte er und kratzte sich nachdenklich am Kopf.

»Abgebrochen?« Sie blickte verwirrt zu ihm.

»Der Handtuchwurf. Das allgemeingültige Zeichen, um die Aufgabe eines Kämpfers zu signalisieren«, erklärte er ihr.

»So ein weißes?«, bohrte sie weiter und Chase bemerkte, dass sie ihre Augen erschrocken aufgerissen hatte.

»Fae?«

»Tucker. Ich habe ihn vorhin mit …«, setzte sie an und brach in schallendes Gelächter aus.

»Tucker? Wieso sollte er den Kampf unterbrechen? Das kann nur eine der gegnerischen Seiten tun«, stellte er fest und ihm wurde bewusst, warum es einen derartigen Tumult gegeben hatte. Jede Seite beschuldigte die andere und, da keiner von ihnen auf das Geschehen außerhalb des Käfigs geachtet hatte, hatte auch keiner eine Ahnung, wer es wirklich gewesen war.

»Dieser alte …«, begann er und schlug die Hände vor das Gesicht.

»Damit nimmt er das Wort Aufmischen verdammt ernst«, meinte Fae und gluckste mehrmals. Chase wusste nicht, worauf sie hinaus wollte, doch das war im Grunde auch egal. Durch eine glückliche Fügung war er lebend aus der Sache herausgekommen und saß nun neben der Frau, die sein Herz in Händen hielt.

»Bring uns nach Hause, Baby«, bat er und strich ihr eine Strähne ihres wundervollen Haars hinters Ohr. Sie lächelte und zwinkerte ihm zu, während sie versuchte, dem Chevy noch ein oder zwei Meilen pro Stunde mehr abzuringen.

Epilog

Fae

»Ich soll euch wirklich nicht zum Flughafen bringen?«, hakte Nate nach, der Fae bei ihrer Arbeit über die Schulter blickte.

»Nicht nötig. Wir nehmen einen Uber«, erwiderte sie und zwinkerte der jungen Frau zu, die sich einen verschlungenen Buchstaben auf ihr Handgelenk tätowieren ließ.

Chase und sie würden den Independence Day zusammen bei Jane verbringen. Er hatte darauf bestanden, die Business-Class-Flüge zu buchen, und Fae fügte sich schmollend. Letztendlich war sie froh, denn so konnten sie einige Tage gemeinsam und vor allem weitab von L.A. verbringen.

Tucker hatte Chase einen neuen Job als Security im *Château Marmont* besorgt, den er nach ihrer Rückkehr antreten würde. Dort wäre er für die Sicherheit der VIP-Gäste zuständig, was für Fae nicht wirklich spannend klang, ihn jedoch ungemein reizte.

Nate, der noch immer neben ihr stand, hatte die Kundin mittlerweile in ein Gespräch verwickelt, was sich sehr nach einem Flirt anhörte. Der Kerl konnte es einfach nicht lassen. Obwohl er sie mit seiner Anwesenheit hin und wieder an die Zeit mit Jasper erinnerte, fühlte sich Fae von diesem dunklen Geist nicht mehr heimgesucht.

Tai und Tucker betraten das Studio. Fae nickte ihnen zu und arbeitete weiter, während sich die beiden nach hinten begaben. Sobald sie fertig war, gesellte sie sich zu ihnen, drückte Tucker einen Kuss auf die Wange und füllte ihren Thermobecher mit frischem Kaffee.

»Wir haben jetzt mit allen Sachverständigen gesprochen, das Unfallbild rekonstruiert und wirklich jeden Stein einzeln umgedreht. Keine Ahnung, was wir noch tun können, um herauszufinden, ob Ken seine Finger im Spiel hatte oder nicht«, murrte Tai und raufte sich die Haare.

»Ich weiß, Junge. Das Ganze geht mir tierisch auf die Nüsse«, maulte Tucker und kratzte über sein stoppeliges Kinn. »Hat sich der Bastard mal wieder blicken lassen?«

»Pfft!«, machte Tai und schüttelte den Kopf. »Seit Tagen weder gesehen, noch was gehört. Der Club ist dicht. Ausgezogen ist er allerdings auch noch nicht. Laut dem Anwalt weigert er sich, das Testament anzuerkennen.«

»Da bist du«, hörte sie Chase neben sich und zuckte erschrocken zusammen, da sie ihn nicht bemerkt hatte.

»Wir haben noch eine knappe Viertelstunde«, sagte er und deutete auf seine Breitling am Handgelenk. »Die Koffer habe ich bei Jada geparkt. Hoffe, sie muss in den nächsten Minuten nicht hinter dem Tresen vorkommen.«

»Ah, Chase. Schön dich zu sehen. Was machen die Rippen?«, begrüßte ihn Tucker. Ihr Freund zwängte sich an ihr vorbei, bis er ihm die Hand geben konnte.

»Zwicken noch, wird aber.«

»Gut. Gut. Tai und ich beratschlagen gerade, wie wir an weitere Informationen kommen könnten. Wegen Trudy«, weihte er ihn ein, was Fae nicht unbedingt guthieß, es allerdings auch nicht als schlimm empfand. Schließlich müsste er nirgendwo mehr einbrechen oder sein Leben dafür aufs Spiel setzen. Zumindest hoffte sie das.

Von vorne konnte sie hören, dass jemand das Studio betrat, und lehnte sich nach hinten, um zu sehen, ob Jada und Nate klarkamen. Sie stockte jedoch in der Bewegung, da es sich um uniformierte Polizisten handelte.

»Tai, da sind zwei Officer«, flüsterte sie und deutete in Richtung vorderer Bereich. Tucker, Tai und Chase wechselten verwunderte Blicke, aber nur Tai und Chase setzten sich in Bewegung.

»Ich trink mal weiter meinen Kaffee«, meinte Tucker und zwinkerte ihr zu, bevor sie sich abwandte und den Männern folgte. »Wir benötigen Ihre Hilfe bei einer Ermittlung«, erklärte der blonde Cop sein Auftauchen.

»Okay, was genau darf ich mir darunter vorstellen?«, fragte Tai mürrisch, woraufhin sich der zweite Officer räusperte.

»Es geht um die Identifikation einer Leiche. Sie hat ein Tattoo und wir vermuten, dass sie es in ihrem Shop gestochen bekommen hat.« Im Studio wurde es schlagartig still. Fae sah zu Chase auf, der einen Arm um ihre Schultern legte und sie gegen seine Seite zog.

»Okay, okay. Wenn es Ihnen nichts ausmacht, besprechen wir das draußen. Wir haben Kundschaft«, knurrte Tai und schob sich an den Polizisten vorbei, um die Tür des Studios zu öffnen. Sie traten gemeinsam hinaus auf den Bürgersteig, wo sie einige Augenblicke miteinander sprachen, bis einer der Cops Tai eine Visitenkarte reichte, bevor beide verschwanden.

Fae sah Tai an, dass er vom Anliegen der Bullen nicht sonderlich angetan war. Sie wusste, dass er wegen der Sache mit seinem Vater nur wenig für sie übrig hatte. Allerdings ging es hier darum, jemanden zu identifizieren und nicht, irgendwen zu verpfeifen. Vielleicht handelte es sich um die weibliche Leiche, die neulich während des Waldbrandes in den Hills gefunden worden war? Als er das Studio wieder betrat, klebten sämtliche Augen, sogar die der Kunden, an ihm. Alle schienen wissen zu wollen, was genau los war. Fae lag es auf der Zunge, zu fragen und sie öffnete ihren Mund, doch er hob eine Hand und schüttelte mit dem Kopf.

»Euer Flieger wartet nicht auf euch«, war alles, was er von sich gab. Statt ihr eine eingehende Erklärung zu liefern, zog er Fae in eine feste Umarmung. Sie konnte ihm an der Nasenspitze ablesen, dass ihm die Aussicht, wegen der Identifikation ins Department zu müssen, nicht sonderlich gefiel.

»Punktlandung. Unser Uber fährt gerade vor, Babe«, klinkte sich Chase ein. »Hast du alles? Deine Tasche?« Hektisch huschte sie in den Pausenraum, drückte Tucker einen Kuss auf die Wange, den er mit einem leisen Lachen quittierte, und rannte zurück nach vorn. Morris und Jada halfen dabei, das Gepäck in den Kofferraum zu laden. Alles ging so schnell, dass Fae das Gefühl bekam, die Hälfte vergessen zu haben. Während sie auf dem Express Lane in Richtung Flughafen entlang fuhren, ging sie alles in Gedanken wieder und wieder durch, bis sie bemerkte, dass Chase merkwürdig abwesend wirkte.

Liebevoll schob sie ihre Finger über seine, die sich kühl anfühlten, und verschränkte sie miteinander. Ihr Versuch, Nähe zu ihm aufzubauen, war von Erfolg gekrönt, denn er wandte sich ihr zu.

»Was hast du?«, fragte sie und musterte ihn eingehend. »Bedenken, dass meine Schwester dich nicht ausstehen kann?« Chase' Augenbrauen zuckten nach oben, während er tief durchatmete.

»Sie ist deine Sis und wird dich vor allem und jedem beschützen wollen, der dir etwas Böses antun will. Genauso wie ich. Doch das ist es nicht, was ...«, setzte er an, geriet jedoch ins Stocken. Sein Blick glitt an ihr vorbei durchs Seitenfenster. Sie wandte den Kopf, um zu sehen, was ihn so fesselte. Auf der anderen Seite des Express

Lane erkannte sie Häuser, einige Palmen und über allem die kalifornische Sonne, die von einem strahlend blauen Himmel herab schien. »Ich glaube, ich habe Schiss«, gestand er ihr, was Fae aufhorchen ließ.

»Vorm Fliegen?«, hakte sie überrascht nach. Chase schüttelte den Kopf.

»Es ist das erste Mal, dass ich L.A. verlasse.« Fae war perplex und riss die Augen auf.

»Du bist nie aus der Stadt rausgekommen?«

»Nicht wirklich«, gestand er und verzog das Gesicht. »Bis Dana Point hab ich es geschafft«, fügte er an, was sie mit einer wegwerfenden Geste und einem theatralischen Seufzen bedachte.

»Zählt nicht.«

»Hatte ich befürchtet«, murmelte er und schob eine Hand über ihre miteinander verschlungenen Finger.

»Wieso? Ich meine, jeder fährt doch mal irgendwo hin?«

Chase atmete tief durch und legte den Kopf in den Nacken. Ihr schien es, als suchte er nach einer plausiblen Erklärung, weshalb er die Stadtgrenze niemals wirklich überschritten hatte. Noch bevor er den Mund öffnen konnte, wurde ihr bewusst, dass er als Kind weiß Gott andere Sorgen, als eine ausgedehnte Urlaubsreise gehabt hatte.

»Ich kann nachvollziehen, worauf du hinauswillst und um ehrlich zu sein, außer der kleinen Tour mit 661958683 *Sound of Ice* oder dem Sommer Camp in Kenosha, als ich zehn Jahre alt war, bin ich auch nicht aus Chicago rausgekommen. Die Fahrt hierher war für mich ein echter Neubeginn und es kam mir oft so vor, als wäre ich ins Ausland gezogen.« Sie schenkte ihm ein aufmunterndes Lächeln, was Chase nur zögerlich erwiderte. »Hey, Fighter. Versteck dich nicht im Gestern.

Ich kenne deine Narben, rede mit mir. Mir ist klar, dass dir in deinem Leben viele schreckliche Dinge widerfahren sind. Wer, wenn nicht ich, kann verstehen, was in dir vorgeht?«, flüsterte sie, legte ihre freie Hand an seine Wange und lehnte ihren Kopf an seiner Schulter an. Der besorgte Ausdruck in Chase' Gesicht verschwand, während sein Blick über ihres huschte.

»Seitdem ich dich kenne, kommt es mir so vor, als wäre ich wiedergeboren worden. Du machst mich ganz«, raunte er und hauchte ihr einen zarten Kuss auf die Lippen.

Fae schmolz dahin und versank im tiefen Blau seiner Augen, das sie so an den Himmel über dem Michigansee erinnerte. Sie nutzte die kurze Unterbrechung des Kusses, löste ihren Gurt und kletterte auf seinen Schoss. Der Fahrer murrte zwar etwas von Anschnallpflicht, doch Fae war es egal. Am liebsten wäre sie in Chase hineingekrochen, so nah wollte sie ihm sein.

»Babe, wenn wir so weitermachen, bieten wir unserem Chauffeur eine sagenhafte Show und verpassen am Ende den Flieger«, murmelte er heiser gegen ihre Lippen. Fae tauchte nur langsam aus dem sie umgebenden Nebel der Lust wieder auf.

»Hm, dann schieben wir das ein wenig auf, bis wir in der Maschine sind«, schlug sie vor, was Chase die Augen weit aufreißen ließ. »Du hast doch bestimmt schon mal was vom Mile-High-Club gehört, oder?« Seine Kinnlade sackte herunter, während er nickte.

»Ich glaube, da gibt es nur ein Problem. Flugzeugtoiletten sollen verdammt eng sein. Wenn ich mich da reinzwänge, ist für dich vielleicht nicht mehr genug Platz«, wandte er ein. Sein Argument brachte sie zum Nachdenken, als ihr plötzlich etwas einfiel. Fae kicherte und beugte sich nach vorne, bis sie mit ihrem Mund neben seinem Ohr war.

»Die im Economy Bereich, ja. Wir fliegen aber Business Class«, flüsterte sie, was ihm ein tiefes Knurren entlockte.

Sie zwinkerte ihm zu und begab sich zurück auf ihren Sitz. Nachdem sie sich angeschnallt hatte, ergriff sie seine Hand und verflocht ihre Finger miteinander. Fae hatte das Gefühl, vor Glück fast zu platzen, so wohl fühlte sie sich mit dem Mann an ihrer Seite.

Chase war ihr Fels in der Brandung, er hatte ihr das Vertrauen in sich selbst und an die Liebe wiedergegeben.

Ende

Tailors Ink

Danksagung

Jede Narbe ist anders, genauso wie der Menschen den sie zeichnet. Manche von ihnen kann man mit bloßem Auge sehen, es sind jedoch die verborgen, die unsere Seele am meisten quälen. Jene, über die wir nicht sprechen, die uns lähmen, unseres Selbstwertgefühls berauben, sind die, die nie ganz ausheilen, wenn wir sie für uns behalten. Redet offen darüber, sprecht mit jemandem, dem ihr vertraut. Das Leben ist nie einfach, der erste Schritt immer der schwerste, doch was danach kommt, ist besser, als der einsame Moment, in dem ihr euch jetzt befindet.

Tragt eure Narben mit Stolz, denn ihr seid stärker, als jene die euch niedergeschlagen haben. Ihr seid wieder aufgestanden. Ihr seid die wahren Sieger.

Jedes Buch ist aufs Neue eine Herausforderung für mich. Manchmal ein wahrer Kampf, doch meistens eine Freude, an der viele Menschen teilhaben.

Von Herzen danke ich daher meiner lieben Freundin Mareike, die mir beigestanden hat und für deren Freundschaft ich so unglaublich dankbar bin, dass ich es kaum in Worte fassen kann.

Mein Partner Markus, der mich mit meiner Leidenschaft fürs Schreiben teilen muss und mir bei allem den Rücken stärkt. Der mich umsorgt und liebt. Danke mein Schatz! Ich liebe dich.

Meiner Verlegerin Lucy Stern, die mir in ihrem wundervollen „Traum“ ein Plätzchen gegeben hat, danke ich ebenfalls. Ich bin so stolz ein Teil dessen zu sein.

Meine Lektorin Isabelle, die immer die richtigen Ansätze findet und manchmal auch den passenden Abschluss. Du bist die Beste!

Zum guten Schluss möchte ich meinen Lesern danken. Euch, die ihr mit meinen Protagonisten leidet, kämpft und liebt. Ihr seid stark, mutig, voller Leidenschaft. Fühlt euch gedrückt! Danke für eure Treue!